O, flexamina atque omnium regina rerum, oratio

EL VIENTO SOPLA DEL NORTE

Victoria Suever

EL VIENTO SOPLA DEL NORTE

Editorial LEDORIA
J M R

I.S.B.N.: 978-84-16005-89-5
Depósito Legal: TO-8-2016
Printed by Publidisa

* Calle del Conde de Casal, núm.47
Las Ventas con Peña Aguilera (Toledo)
* Calle de la Fuente del Moro, núm. 6
Toledo
Teléfono: 925 25 13 81
Correo electrónico de contacto: info@editorial-ledoria.com
www.editorial-ledoria.com

Diseño de la portada: Equipo de la editorial Ledoria

Dedicado a mi hijo,
al que robé mucho tiempo mientras escribía.

A mis padres, hermano y sobrino.

El ruiseñor se niega a anidar en la jaula
para que la esclavitud no sea el destino de su cría.

Gibran Jalil Gibran

Mapa de las provincias de Mozambique en la actualidad

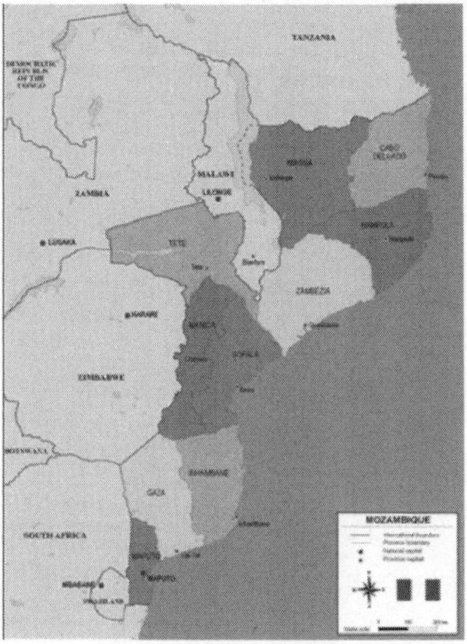

Posición de la Colonia Oriental Portuguesa en África

NOTA DE LA AUTORA

Todos los datos geográficos e históricos son reales.

Si la vida de algún personaje de la trama se parece a la realidad de otro es pura coincidencia.

1920-1922
Vila Praia de Âncora, norte de Portugal

1920
Amalia y Diogo

Nada hacía presagiar aquella mañana la desgracia que azotaría Vila Praia de Âncora[1], *freguesía*[2] del municipio de Caminha, al norte de Portugal.

Cada día al amanecer, las mujeres del pueblo salían al encuentro de sus maridos, hijos, novios o hermanos para ayudarles en la descarga y posterior venta del pescado en la lonja.

Esa mañana, después de la gran tormenta acaecida durante la madrugada, el viento había cesado y dejano paso a una suave brisa que agitaba sus airosas faldas. Para evitar que el cabello les molestara por el viento las más jóvenes lo llevaban recogido con pañuelos, y las de más edad se colocaban gruesos mantones cubriéndoles totalmente para evitar también el frío.

El sol se iba alzando en el nublado cielo y pareciera que tuviera miedo de salir y delatar el paso de las horas; cauteloso se asomaba entre las nubes, mientras las mujeres miraban al horizonte cada vez más agitadas, esperando el regreso de las pequeñas embarcaciones que faenaban en aguas litorales próximas a la costa.

Observando que sus sombras, arropadas por las olas, cada vez se hacían más pequeñas, comentaban cómo sus hombres, todos marineros, se quejaban del gran esfuerzo que conllevaba realizar la captura del pescado y subastarla ese mismo día en la lonja mientras estaba fresco para obtener el mejor precio. Pero en el fondo, estos lamentos trataban tan solo de velar las sospechas que sacudían sus corazones. Tenían el alma en vilo.

—La subasta se hace a la baja, y cada vez el valor del pescado baja y baja hasta que un comprador puja por el lote. Dicen que no está fresco y aún colea en las cestas. ¡Que hay días que nos descomponemos! —afirmó una señora que tenía en el mar a su marido y a sus dos hijos.

—¡Es que al final les vamos a tener que pagar por llevarse la pesca! —exclamó otra—. Y nuestros hombres se juegan la vida.

—Encima que llevamos ya dos semanas con los barcos amarrados y sin salir a faenar. En Viana do Castelo tampoco han salido por las malas condiciones de la mar.

—El litoral de varias *freguesías*[2] está en alerta a causa de los fuertes vientos costeros. El pesquero *Mae Luzia,* la madrugada del martes, rompió amarras y acabó en los acantilados. Tan embravecido estaba el mar que destrozó por completo la embarcación, y acabó hundiéndose.

—¿Y ahora qué van a hacer lo hijos de Luzia?

Nadie supo qué contestar. Todas las mujeres estaban inquietas, en ascuas.

—Tendrían que construir un contradique de abrigo —dijo otra.

Vila Praia de Âncora, a principios del siglo XX, era un pueblecito pesquero cargado de tradiciones y encantos. Situado en el distrito de Viana do Castelo, ya casi en la frontera con España, al pie de dos montes, el de Santa Luzia y la sierra D´Arga, era una bella aldea. El río Âncora dividía la playa formando un reducido estuario donde jugaban los niños; al sur la playa y el pequeño puerto. Su preciosa y larga playa servía de paseo para los enamorados, que cuando llegaban al final se protegían del viento entre las rocas de una antigua pero soberbia fortaleza militar, «el Forte da Lagarteira», de planta estrellada, situado en un lindo entorno cercano al puerto. Fue construida en el siglo XVII durante la guerra de Restauración por orden de don Pedro II. Hacia el interior, trepando entre los helechos y la densa vegetación, estaba el mirador del *Monte do Calvario,* con una ermita que empezaron a construir en 1910.[3]

Unos años antes, en 1918, la fiebre tifoidea había asolado Oporto y diezmando la población. Casi todas las familias contaban con algún fallecido. El destino se estaba cebando con ellos. El sol ya se había levantado y la embarcación *Manuela II* aún no llegaba.

Una joven del pueblo estaba entre ellas y escuchaba. En su familia no había marineros, tan solo su novio. Se estaban retrasando, y ella tenía que ir a abrir su tienda. Luego volvería e iría directamente a la lonja, a encontrarse con su prometido.

Se levantaba como cada día al alba y se preparaba para sus quehaceres diarios. Lo primero era ir al puerto a recibir a su novio cuando volvía de faenar. Después se iba con él a la lonja y le ayudaba a vender la captura del día. Y cuando su novio se retiraba a descansar, ella regresaba a sus otras ocupaciones.

Se llamaba Amalia y su padre era el propietario de una de las cuatro tabernas del pueblo. Al otro lado de la vía del tren, cerca del puerto, había cuatro establecimientos, que servían tanto de taberna como de tienda, donde se vendía de todo un poco. Pero desde que falleciera su madre, su padre dejó la taberna y la convirtió totalmente en tienda. El trabajo era complicado, pero como Amalia lo conocía desde niña, había gateado entre pertrechos pesqueros y jugado entre aparejos, cabos y redes desde su más tierna infancia, lo realizaba con tal destreza que parecía la labor más sencilla del mundo.

Siempre era embarazoso tratar con toscos pescadores que la trataban como a una niña y no confiaban en su capacidad. Le preguntaban por su padre, hombre rudo y curtido que sabía bregar con ellos. Ninguno quería que la hija del dueño les despachara y pedían que vinieran Carlos o João, los dependientes, a atenderlos, lo que exasperaba a Amalia.

Los empleados, aunque más jóvenes que el padre, al trabajar allí más de un cuarto de siglo, lo dominaban todo a la perfección. Pero también ella, que había nacido en el negocio familiar, y conocía cada uno de los nombres de los bártulos, cómo arreglarlos o dónde encontrar repuestos, lo sabía todo. Pero su juventud y, por añadidura, su condición femenina, hacían que los pescadores no la tuvieran en cuenta ni a ella ni a sus opiniones.

Su tienda estaba, como decía el padre, con una «desorganización organizada» que comprendían a la perfección sus empleados, pero desde que ella había aparecido en el almacén, todo estaba cambiado de sitio, quizás para mejor, pero lo cierto era que los demás perdían gran cantidad de tiempo buscando algo que siempre se había guardado en la esquina contraria. João y Carlos se enervaban porque no encontraban nada en ese tinglado, pero la simpatía y las acuciantes ganas de trabajar de la muchacha hicieron que, en pocos meses, fuera respetada por todos; y pasó de ser la niña mimada por los hombres de la casa, que siempre la arropaban y protegían, a una dependienta que pese a su juventud poseía una vasta experiencia.

—Niña, que no toques eso —le gritaba Carlos mientras Amalia cambiaba la ubicación de un gran cajón lleno de navajas de color negro decoradas con un ancla blanca—, me tiene frito con tanto ir y venir de mercancías.

—Lo voy a poner allí, al lado de la romana. Tenemos la báscula en ese rincón, muerta de risa, y nadie la compra —dijo mientras frotaba con una gamuza el plato de latón para que brillara y llamara la atención—. Así cuando pidan una navaja verán la romana y preguntarán el precio.

Nadie podía discutir su espíritu comercial, su tesón, ni su perspicacia; pero ni los empleados de su padre ni sus hermanos soportaban ya tantos cambios.

A sus dieciocho años había conseguido persuadir a hombres que le triplicaban la edad y llevaban toda su vida en el mar de que algo que no conocían era más útil que lo que ellos estaban acostumbrados a usar toda su vida. Con su paciencia y ahínco, conseguía convencerlos.

—Lléveselo, tío Basilio, y no compre un *xeito*. El *xeito* es una red muy dañina porque maltrata la pesca que coge y ahuyenta la que no cae. Como se pone perpendicularmente a la embocadura de las rías, la primera riolada de peces que topa con ella se enreda en sus agujeros, y aunque se entrampa en la red, se maltrata e irrita, pugnando por escapar y espanta a la que viene enseguida.

»Llévese una red de cerco, ya llega el verano —le siguió explicando Amalia—, y como las sardinas nadan en bancos todas juntas, si las cercan las pueden pescar con menos esfuerzo. Si no le gusta, me lo trae —afirmó encogiéndose de hombros—, y le devuelvo sus *contos*[4] —le decía frotándose el pulgar y el índice al viejo pescador.

Mientras la escuchaba, sacó con desgana un papelillo de su librito, y echando tabaco de su petaca de piel sobada y negruzca, lió el papel cilíndricamente hasta formar el cigarrillo; pasó la lengua con maestría por el filo para pegarlo, y acomodándose en el mostrador, cachazudo y sonriendo para sí, extrajo el mechero del bolsillo. Luego giró la ruedecilla, y la mecha se prendió con las chispas que aquélla producía; a la vez soplaba para ayudar a avivar la brasa. Finalmente, acercó el cigarrillo y lo encendió con parsimonia, mientras seguía escuchando «a la joven Amalia», que continuaba con su retahíla, y le enumeraba las nuevas adquisiciones. Y allí permaneció sin chistar con el cigarrillo entre los dedos amarillentos, hasta que la muchacha hubiera terminado con su locución.

Su padre miraba con cara de pánico. ¿Pero qué nueva forma de vender era esa? ¡Qué descaro!

A veces era arduo y dificultoso convencer a alguien de que una nueva red más cara rendiría el doble, o que los novedosos materiales de los impermeables soportarían mejor los desgarros, o que señuelos, jibioneras, guadañas o poteras de otro fabricante podían dar el mismo resultado o incluso superior. A los pescadores no les gustaba cambiar sus hábitos, y probar algo nuevo era arriesgado. Más valía comprar lo ya conocido. Les iba la vida en ello.

Pero, al cabo de unos pocos meses, ya todos querían que les atendiese la pequeña Amalia, como la llamaban, o la *cesterinha*, diminutivo del apodo de su padre, no porque supiera más que los demás, sino por su encanto y gracia en el trato.

Comerciantes de Oporto o de Lisboa discutían con ella sintiéndose superiores en experiencia, pero terminaban claudicando ante sus argumentos, ya que gracias a su tenacidad y empeño se quedaban sin respuestas con las que rebatirla. Y echaban de menos vender la mercancía de siempre sin que nadie les pidiera explicaciones o les regateara el precio.

—Es preferible discutir con una pared que convencerte de un precio que tú no consideres apropiado; eres terca como una mula —discutían padre e hija con frecuencia, por más que su padre le dijese que la mayoría de las veces era más importante la amistad que los beneficios, y que para ganar en ocasiones había que perder, y que gracias a esta vinculación el negocio había ido perpetuándose con los años.

Por eso el «tío Manuel», a espaldas de su hija, seguía sellando ventas con un buen apretón de manos, como venía haciendo desde siempre.

—Padre, ¿qué son todos estos trapos?

—¿Qué trapos?— dijo Manuel presuroso girando sobre sus talones, aquí no tenemos trapos... ¡Ah!, eso. Son banderas.

—¿Banderas?, ¿banderas de dónde?

—Pues nuestras, hija, ¿de dónde van a ser?

Amalia le miró desconcertada.

—¿Nuestras?, pero si son azules y blancas, padre, venga a verlas y no me conteste sin mirar siquiera[5].

—Que sí hija, es la bandera monárquica, que se cambió el año que tú naciste, creo recordar. Pero yo las guardo por si regresa de nuevo la monarquía, no pierdo las esperanzas. De todas formas tenemos un presidente de la república que gasta más que la familia real y tiene menos importancia diplomática.

—¿Padre, es usted monárquico?, no lo sabía...

—Hasta la médula hija, hasta la médula. Estuve un mes de luto cuando mataron al rey Carlos I y a su heredero Luis Felipe de Braganza en la plaza del Comercio en Lisboa, el 1 de febrero de 1908.

»Mira hija, todo empezó porque tenemos dos colonias en África, una en el océano Índico y la otra en el océano Atlántico, y entre las dos hay un pequeño espacio de tierra, el «Mapa Rosado» perteneciente a los ingleses que reclamamos nosotros para tener acceso a los dos océanos —añadió Manuel jactancioso—. Pero siempre que se reunían los países con colonias en África y lo reclamábamos, nos lo negaban. Tenían miedo de nuestro poder si consiguiéramos comunicar los dos océanos a través del ferrocarril, y desde allí llegar a nuestras colonias en la India. Siempre hemos sido el país con más colonias, pero con menos personas para protegerlas —concluyó.

»¡Nuestra eterna guerra con los ingleses y los holandeses! Nos tienen envidia desde siempre. Nosotros descubrimos nuevas tierras, las colonizamos, las explotamos, y ellos se dedicaban a robarnos los barcos llenos de mercancías y riquezas cuando ya estábamos cercanos a la costa. ¡Siempre ha sido así! Y eso que entre ellos se odiaban.

—Aun así los ingleses los consideraban falsos, arrogantes e intratables —añadió inesperadamente João. Todos le miraron sorprendidos—. ¡Pero nunca descubrieron nada, ninguno! No invertían en grandes proyectos de navegación! Los gobiernos, esos matriarcados, se ponían de acuerdo con los piratas para repartirse los botines que los españoles y nosotros traíamos de nuestras colonias. ¡Usurpadores, piratas...!

—Por eso inventaron una ley que sólo les protegía a ellos y nos perjudicaba a nosotros: «los dueños de las tierras descubiertas serán no los que las descubran y pongan sus asentamientos en ellas, sino los que profundicen en su interior». Así ellos se garantizaban que nosotros no tendríamos población suficiente para hacerlo y nos las podrían robar».

Todos le miraron pasmados. Nadie había oído nunca hablar de política a Manuel.

—El 11 de enero de 1890, el gobierno británico de Lord Salisbury envió al gobierno portugués un ultimátum, exigiendo la retirada de las fuerzas militares portuguesas del territorio comprendido entre las colonias de Angola y Mozambique, zonas reivindicadas por Portugal, el «*mapa rosado*», o sea, el trozo de tierra de que te he hablado antes. Uno de los acontecimientos que más contribuyó al desgaste y descrédito de la institución monárquica fue la cuestión del ultimátum que el 11 de enero de 1890 el gobierno británico entregó al gobierno portugués, exigiendo la retirada de las fuerzas militares existentes en el territorio comprendido entres las colonias oriental y occidental portuguesas, reivindicado por Portugal en las conferencias de Berlín de 1884 y 1885, y que Portugal se vio obligado a ceder a los ingleses. Y nos quedamos sin las tierras intermedias.

»Entre el 4 y 5 de octubre de 1911 —continuó relatando Manuel—, un grupo de monárquicos, entre los que estaba el aquí parlante —manifestó orgullosamente—, refugiados en Galicia y el norte de Portugal, zona monárquica por excelencia, aprovechando el primer aniversario de la república, hicimos una incursión armada en Tras-os-Montes y realizamos un intento de restauración monárquica; pero no tuvimos éxito y muchos fueron encarcelados. Lo intentamos de nuevo el 6 y el 8 de julio de 1912, pero nos repelieron con tal fortaleza que hubo muchos muertos y heridos y no pudimos volver a intentarlo.

»El año pasado, el 19 de enero de 1919, hubo otra escaramuza. Varias juntas militares favorables a la restauración de la monarquía intentaron otra contra-revolución. Eran tantos que los llamaban «la monarquía del norte»; se instauró la monarquía en algunas poblaciones el norte durante 28 días, izando incluso la bandera monárquica azul y blanca. ¡Yo era feliz, hija mía!, y cantaba nuestro himno nacional monárquico —contaba emocionadísimo, con lágrimas en los ojos, tanto que contagió a los demás—, pero yo no participé en ésta. Y ¡menos mal!, porque murieron muchos portugueses, y todos somos hermanos.

Amalia y los empleados que estaban en la tienda miraron a Manuel con ojos de admiración. A un hombre que luchó dos veces por implantar sus ideas y que se aferraba visceralmente a su raigambre de por vida.

—João dice que los tienes a todos locos. Que vendéis casi el doble que hace un año... Me estoy poniendo un poco celoso —le dijo su novio Diogo un día bromeando mientras paseaban hacia «*el Dolmen da Barrosa*», monumento prehistórico megalítico de finales del tercer milenio antes de Cristo que en el pueblo llamaban *Lapa dos Mouros*.

—Pero yo al único que quiero es a ti —afirmó cogiéndole la cara entre las manos y besándolo con cariño—. Y cuando nos casemos dejaré la tienda, así que tendré que hacer ganar a mi padre una buena cantidad de dinero para compensar mi ausencia.

—¡Soy tan feliz! —profirió Diogo, poniendo su callosa manaza encima del vientre de Amalia—. Nos tenemos que casar pronto. Mañana iré a ver al párroco para que haga las amonestaciones.

Amalia estaba embarazada, algo que, lejos de ser un problema, había sido un motivo de satisfacción y unión para ambos. El embarazo había dado aún más frescura a su cutis y estaba lindísima.

El novio de Amalia, Diogo, estaba deseando cada día pisar tierra firme para abrazar y besar a su novia, aunque, como eran observados por todos, se conformaba con abrazarla. Era un muchacho de veintidós años, querido por todos, familiares y amigos. Huérfano de padre, con tres hermanos, trabajador, honrado y dedicado enteramente a su oficio y a su familia. Y ahora a ella.

Su sueño era ser capitán de pesca, ser su único dueño y decidir qué pescar, cómo y dónde, no como ahora, que debía limitarse a hacer lo que su patrón le mandara.

Estaba embarcado en el *Manuela II* y hacían pesca de bajura. La tripulación la integraban unos cuantos hombres y tardaban poco tiempo en desembarcar las capturas en el puerto[6].

Era la época de captura de la sepia con trasmallo, una de las pesquerías tradicionales en esa zona costera. Pero al patrón le gustaba capturarla con reclamo, o sea, con *femieiros*.

—El *femieiro* es una de las formas más antiguas de pesca, descrita ya en tiempos de Aristóteles —les decía el patrón a sus hombres—. Yo se lo he visto hacer a mi padre, al padre de mi padre y al padre del padre de mi padre —proseguía, mientras los tripulantes del *Manuela II* lo observaban, hastiados y aburridos de escuchar siempre la misma letanía, mirándose unos a otros y dedicándose gestos con las manos que indicaban que hablaba mucho.

»Se ata una sepia hembra al extremo de una cuerda o sedal y se tira al mar, no es tan difícil. Luego se sube cuando se nota que uno o varios machos se abrazan a ella. Entonces el *trueiro* hace el resto. Con un palo con varios pinchos en la punta se sacan los machos del agua y se los va metiendo en la embarcación.

A Diogo le gustaba pescar la sepia con nasas, trasmallos y redes de arrastre, pero odiaba la técnica del *femieiro*.

Por eso había utilizado la herencia de su padre y todos sus

ahorros en mandar construir a un armador cercano un barco, el *Amalia*, para ser él su propio jefe. Sus hermanos habían heredado uno el pazo, otro unas tierras de labor, y el otro el caserón donde vivían todos y en el que permanecería su madre hasta que falleciera.

Todo el mundo lo decía, hacían buena pareja: él, alto, fuerte, trabajador y muy responsable; con la piel curtida y bronceada por el sol, los brazos musculosos y la cara de facciones rudas. Parecía demasiado serio, aunque cuando sonreía su cara se iluminaba y se llenaba de amabilidad. Ella, esbelta, cuerpo voluptuoso, blanca piel, grandes ojos verde agua, y unas finísimas manos de pianista, porque no tenía un trabajo relacionado con el mar. Era la mujer más linda y escultural del pueblo, deseada por los hombres y envidiada por las mujeres. Inteligente y astuta, hija del señor Manuel de Queirós, propietario del almacén más grande de la aldea. Siempre había vivido con cierta holgura. Pero, pese a su apariencia, era muy tímida y cuando salía de su casa enmudecía, al sentirse siempre observada, y esto la cohibía en exceso. A su padre le hubiera gustado que uno de sus hijos varones se encargara del negocio, pero el tiempo le había demostrado que su hija lo regentaba perfectamente. Allí, en su casa, se sentía segura, y le satisfacía verla desenvolverse con soltura. Se le notaba orgulloso.

«Sus hijos llegarán lejos», decían en el pueblo cuando hablaban de Amalia y Diogo. «Vivirán como reyes», comentaban, y nadie dudaba de ello.

La mañana avanzaba y los demás pescadores, con los rostros enjutos y severos tras haber malvendido con premura su lote diario, habían vuelto a la playa porque un barco de los suyos no llegaba. El ambiente era muy incómodo. Los hombres, cansados, con la cabeza apoyada en el hombro de sus mujeres, cerraban los ojos sin quedarse dormidos. Sus mujeres, sentadas, les abrazaban con desazón. Todos escudriñaban a hurtadillas a las otras mujeres que, inquietas, escrutaban el oleaje guardando silencio, esperando ver aparecer la proa del barco donde cada día regresaban sus hombres de la mar.

En cuanto Amalia abrió la tienda y ordenó lo imprescindible salió de nuevo. Se echó una toquilla de lana por los hombros; aunque el sol asomaba entre las nubes, el viento ese día era bastante fuerte.

Se había entretenido demasiado. Caminó deprisa calle abajo camino de la lonja, cuando sintió algo anormal en el entorno. No había gente en las calles y todas las puertas estaban cerradas. Las mujeres que barrían las puertas de sus casas con sus grandes escobones gritándose las unas a las otras mientras cotilleaban, ese día parecía que hubieran enmudecido. Incluso en las demás tabernas no se veía expectación.

Tampoco se oían las voces de las vendedoras de pescado ataviadas con gruesos faldones, delantales, la «faixa» que rodeaba la falda y su gran cesto de pescado sobre la cabeza.

El atuendo de las vendedoras de pescado era muy particular; normalmente iban descalzas para poder meterse y salir del mar fácilmente. Llevaban una larga falda con siete enaguas[7] debajo, que sujetaban con una larga tira de tela llamada «faixa» para remangarse la falda y no tropezarse con ella al correr por las calles, bajar o subir escaleras. De esta tira de tela colgaba la faltriquera, bolsa ornamentada donde guardaban el dinero. En la cabeza llevaban un sombrerito o cilindro de tejido para acomodarse la cesta y que ni se cayera ni hacerse daño; vendían gritando su mercancía por las calles del pueblo antes de que abrieran las tiendas. Es verdad que eran los peces más pequeños, los menos vistosos, o de los que había poca cantidad como para hacer un lote, y que nadie había comprado en la lonja. Por eso eran más baratos que en las pescaderías, algo que los pescaderos detestaban: cuando colocaban su género las *peixeiras* ya había vendido su lote diario. Gritaban su mercancía por las calles: «pescado fresco», «lo llevo barato», o relataban los pescados de ese día: «sepia, sardinas, pulpo fresco», cuando avistaban a alguna mujer en la puerta o alguna ventana. Y cuando la calle estaba vacía, cantaban su dulce cancioncilla, cuya melodía todo el mundo reconocía como la *peixeira,* la vendedora de pescado.

Todo en el ambiente era extraño y desapacible. El corazón de

Amalia empezó a palpitar con fuerza. Aceleró el paso.

Comenzó a chispear. Pasados unos minutos la lluvia arreciaba, y cuando llegó a la lonja, estaba calada y apenas podía respirar. Llevaba la toca sobre la cabeza y mechones de pelo chorreando le tapaban la cara.

Todo el pueblo se encontraba en la lonja.

Entre el tumulto logró distinguir a algunos familiares de Diogo. Bajo el repiqueteo de las gotas de lluvia en la uralita del techo se escuchaban gemidos. Los hombres lloraban con el corazón, sin ruido. Algunos abrazados, otros en algún rincón. Las rodillas le temblaron. Caminaba como poseída, con los ojos desorbitados, temiéndose lo peor. Sus pensamientos se hicieron realidad al oír que el *Manuela II* no había llegado a puerto y que otros pescadores habían presenciado cómo la quilla de la embarcación se hacía añicos contra las rocas, y habían visto hundirse el barco en el negro y aciago mar.

1922
Diogo

La fuerte corriente atlántica había arrastrado la embarcación *Manuela II* hacia los arrecifes de la costa da Morte, en Galicia. Diogo había caído al agua en medio del oleaje y aunque sus compañeros tiraron de las gruesas maromas que lo amarraban a bordo, la fuerte tormenta y la oscuridad reinante no fueron de gran ayuda para rescatar al compañero en el agua. No consiguieron subirlo de nuevo al barco. El hombre fue engullido por el siniestro mar y desapareció inexorablemente entre sus furiosas aguas. Con su impermeable amarillo y su gorro atado bajo la barbilla resbaló en la cubierta y fue la última visión que los otros pescadores tuvieron de él.

Horas más tarde el barco se debatía entre las olas, las rocas y la corriente, y se hundía hecho astillas con todos sus tripulantes en la misma mar que se tragara a Diogo.

La costa de Finisterre, *el fin de la tierra*, es una de las más peligrosas de la zona, por eso los oriundos la llaman *Costa da Morte*. Ya los marinos ingleses la llamaron cabo Roncudo hace más de dos siglos, considerando al arco finisterrano como el tramo de costa más peligroso que conocían, por las fuertes corrientes, por la cantidad de escollos, grandes rocas que se escondían a pocos metros de la superficie alejadas de la costa, los temporales, las repentinas caídas de niebla y los continuos naufragios.

A los pocos días, un telegrama llegó a la cofradía de pescadores anunciando la fatídica noticia: habían aparecido cerca del cabo de Finisterre los restos de un naufragio y el casco con el nombre *Manuela II*. También la corriente trajo a tierra seis cuerpos sin vida.

Los cuerpos fueron encontrados en la playa de mar de Fora, una playa importante, tan pequeña como traidora. Una de las más peligrosas de la Costa de la Muerte, con un oleaje tan fiero que ha padecido numerosísimos naufragios a través de los siglos.

Los tripulantes del *Manuela II*, atraídos por el faro de Finisterre (también llamado faro de Hércules, construido por los romanos), no pudieron esquivar los arrecifes de la costa que, en medio del temporal, llevaron al naufragio a la embarcación.

En la Edad Media se pensaba que el mundo se acababa en la costa gallega y que, de seguir navegando hacia el oeste, los barcos caerían por un precipicio hacía un abismo repleto de monstruos.

Incluso, según fuentes sin confirmar, Lucio Anneo, filósofo griego, a finales del siglo I, certificó que Décimo Junio Bruto, tras recorrer toda la costa del océano como vencedor, no regresó a su hogar hasta contemplar, no sin cierto horror y miedo de cometer un sacrilegio, cómo el sol se precipitaba en el mar y una llamarada salía de las aguas. Puede que este suceso pudiera haber sido visto desde el monte del cabo de Finisterre.

Algunos familiares de los desaparecidos viajaron a Galicia para identificar los cuerpos. De la familia de Diogo viajó uno de sus hermanos y, por supuesto, Amalia.

Amalia llorando todo el camino. Su futuro cuñado la consolaba con mentiras que ni él mismo se creía. Cuando llegaron la abrazó y la condujo al lugar donde habían dispuesto la capilla ardiente. Todos los familiares esperaban ansiosos y sobrecogidos el desenlace de la tragedia. Nadie quería ser el pariente de ninguno de los muertos. Dos marineros aún no habían aparecido. Podrían estar con vida.

Encogida, se sentó en un banco con la cabeza entre las rodillas esperando lo inevitable, solo quería pensar que de aquellos cuerpos ninguno fuera el de su adorado Diogo; quizá estuviera vivo en algún pueblo, había oído decir que algunos marinos habían perdido la memoria en naufragios. Era buen nadador, y solo habían encontrado seis cuerpos.

Rezó a su virgencita de Fátima[8], suplicando que no se lo quitaran, eran jóvenes y con proyectos, quizá Dios fuera misericordioso. Rezaba y lloraba en silencio, sin comentar una sola palabra con nadie refugiada en sus pensamientos. Las lamentaciones y llantos aumentaban a medida que los cadáveres iban siendo identificados. Los hombres gritaban en silencio.

Tuvieron dificultad para identificar los cuerpos medio putrefactos y de ropas andrajosas de los tripulantes del *Manuela II*. Casi todos tenían la cara tan golpeada por las rocas que su rostro era un amasijo de carne. Una mujer reconoció la tela desgarrada de la camisa de su marido, otra la cadena con una medalla que llevaba su hijo al cuello, y a Diogo lo reconocieron gracias a un antojo que poseía en la cara interior del muslo derecho y que semejaba un racimo de uvas tintas. Cuando Amalia lo vio sobre un lienzo, con la ropa hecha jirones, restos de algas en la boca y la piel hinchada y amoratada, se le doblaron las rodillas y cayó en redondo al suelo.

Diogo estaba en el puerto.

Minutos más tarde, Amalia abrió de nuevo los ojos y miró a su alrededor, no supo si llorar o gritar, el primer trago ya había pasado y un viso de sosiego reinaba en el ambiente. Vio a las demás viudas, madres y padres deshechos por la amargura, pero algo más tranquilos, y entonces fue ella la que comenzó a llorar con gemidos tales que contagió su dolor de nuevo al resto de familiares. Cegada por el dolor se precipitó sobre el descompuesto cadáver, besándolo y atrayéndolo hacia sí, como si con estos esfuerzos delirantes y enloquecidos le fuera a devolver la vida. El dolor salió de su cuerpo de forma desgarradora y pronunció el nombre de su novio hasta quedarse sin voz, en un alarido descarnado y quebrado que se oyó en toda la nave.

—¡Diogo!

Al entierro acudió todo el pueblo, hasta los niños. Desde la Iglesia Matriz o de *Santa Marinha* encabezaban la procesión el monaguillo con un farolillo y el sacerdote. La consternación era general. Fue una tragedia, que no por repetida llegaba a ser asumida. Los hombres ataviados con ropas sencillas pero rigurosas. Todos con sus gorros entre las manos. Las mujeres vestidas de luto, con faldas de grueso paño hasta los tobillos, el manto en la cabeza y casi todas con zuecos de madera y peales liados a las piernas. Su indumentaria era humilde, precaria, como lo eran sus vidas.

Enterraban a varios hombres. Volvían a sentir en sus almas de nuevo la tragedia y no por ello resultaba menos dolorosa. Y arrastrando los pies, con las cabezas gachas y en silencio, volvieron a sus casas consternados y encogidos por el camino del olvido, como llamaban al paseo arbolado que llevaba al cementerio.

1922
De Portugal al país sin nombre

Amalia se va a África

Amalia no solo había perdido a Diogo, su hombre, al amor de su vida. Estaba embarazada y tan solo ellos dos lo sabían. Habían convenido una precipitada boda hacía un mes, en cuanto se enteraron del hecho. Pero ya nunca se celebraría. Sería la madre de un hijo ilegítimo cuando solo restaban dos semanas para los esponsales. El mundo se hundía a sus pies y su futuro se presentaba oscuro e impredecible.

Amalia no tuvo otro remedio que afrontar lo ineludible y confesar a su familia su estado. Su padre y hermanos se quedaron asombrados y sin saber qué decir.

Pese a que tendría que haber ido ganando peso, Amalia cada vez estaba más delgada y pálida, lo que preocupaba a su padre y sus hermanos, aunque al resto del pueblo no le extrañó. Apenas salía de casa, cada día se sentía más apesadumbrada y con menos ganas de vivir. No iba a la tienda, a pesar de que todos preguntaban por ella. No sabía los deseos que tenían de poder consolarla.

Y lo peor de todo es que pronto se le notaría su preñez, se haría notoria, y Amalia y su familia temían que los comentarios se diseminaran como la pólvora.

Había que pensar rápido en una solución que fuera conveniente para todos, pero no la encontraban. Siempre había sido la niña mimada de la familia, sus hermanos la adoraban y nunca permitirían que su hermana estuviera en boca de nadie. Era una mujer muy joven, por eso sus hermanos y su padre acordaron que lo mejor sería que saliera del pueblo e intentase recomponer su vida y buscase otro marido, aunque no era fácil que un hombre quisiera casarse con una mujer ya grávida. Además, ninguno de los tres quería obligarla a hacer algo tan drástico y repulsivo.

Fue Dionisio, su hermano mayor, quizás el que más la quería, el que tuvo la idea que podría protegerla de las chismosas del pueblo y sus habladurías. Siempre tuvo adoración por ella y nunca la envidió, pese a que fue ella la que tomó las riendas del negocio familiar, que por tradición le correspondían a él como primogénito mayor. La apoyó delante de su padre, porque reconocía que ella era más inteligente y estaba más capacitada que él, y no pocas veces la pidió consejo ya que, aunque fuera más pequeña, sabía que su opinión sería más acertada que la suya. Era lista, emprendedora, comerciante como su padre, pero sobre todo audaz en los negocios. A él no le molestaba permanecer a su sombra, ¡qué importaba!, era feliz con su trabajo y no esperaba más.

—Amalia, mi niña —siempre la había llamado así, y ahora sabía que le quedaban pocas veces para repetírselo—. Siéntate conmigo un momento. Ya no puedo esperar. Sabes que todos te queremos y que no deseamos ningún mal para ti; te quiero con locura y te tengo que ayudar; por una vez en la vida, escúchame.

Dejó de mirarla a la cara y prefirió mirar el quinqué de aceite que estaba sobre la mesa; se le saltaban las lágrimas y no trataba de ocultarlo. Nada le importaba en ese momento más que su niña.

—Tú sabes mejor que nadie que no puedes dar a luz a tu hijo en este pueblo, sabes que nunca te perdonarías el trato que recibiría, siempre sería el bastardo de «*la Amalia*», y ni tú ni nosotros queremos eso ni para ti ni para él. Escúchame, por favor. Padre, Onofre y yo creemos que la mejor solución es que pongas tierra de por medio y, aunque sea muy duro, acompañes al tío Anselmo en su viaje de vuelta a ultramar; él allí es importante y podrías empezar una nueva vida como su sobrina viuda.

Las lágrimas ya habían aparecido en los dos rostros, sus miradas se cruzaron y, en un breve instante, por sus mentes pasaron los dieciocho años de vida en común.

El tenso silencio se rompió al arrastrar Amalia la silla para levantarse. Ambos se miraron y Amalia se lanzó en los brazos de su hermano. Los dos rompieron a llorar al unísono.

Así, aconsejada por su familia y para evitar la deshonra, Amalia viajó junto a sus tíos con documentos falsificados, que indicaban que era su hija viuda, a una de las colonias portuguesas en África, al África Oriental Portuguesa, donde a su tío le habían ofrecido un trabajo en la construcción del ferrocarril.

La larga travesía se le hizo aún más larga. Tenía el corazón desgarrado, añoraba su hogar, su familia, y padecía continuos mareos y vómitos cuya causa real no era el balanceo del barco, como podría barruntarse, sino su estado de gravidez, que pasaba inadvertido.

—No puedo soportar más este viento —le decía Amalia a su tía, mientras ambas, en cubierta, casi se derretían de calor sentadas en las hamacas del barco—. El capitán me ha dicho que estos vientos, a los que llamaba Alisios, soplarán sin cesar todo el tiempo que estemos en la zona de Cabo Verde. Nos dormiremos cada día escuchándolos.

—¡No se calman! —protestaba cada día Amalia al salir a cubierta—. Cada mañana me despierto y miro el mar deseando que haga un día tranquilo. Pero siempre es lo mismo. Siempre el fuerte oleaje y el viento. ¿Nunca deja de hacer viento aquí? —preguntó atolondrada al marinero que limpiaba de salitre[8] la cubierta fregándola con escoba de retama y baldes de agua que enjugaba con deshilachada mopa.

—Sí, señorita, a veces se calma. Pero nunca en esta época del año. Seguirá soplando así durante seis meses —contestó el marinero negro, mostrando sus blanquísimos dientes al sonreír.

—¿Y no variará? ¿No habrá tormentas ni un cambio de viento?

—Nunca, siempre igual.

Mientras los hombres jugaban a las cartas en la cafetería del barco, las mujeres se reunían para tomar el té, costumbre que habían copiado en la alta sociedad de los ingleses.

Amalia no soportaba a aquellas repelentes señoras que no hablaban más que de lo conveniente que era esa o aquella joven como esposa para sus hijos, de las telas que traían para hacerse elegantes vestidos con ocasión de la puesta de largo o el compromiso de alguna de sus hijas, así como de sus caballos pura sangre. Ella, aduciendo que estaba mareada permanecía en su camarote, con los ojos cerrados pensando en su novio, tristemente fallecido, y en la vida que le esperaba en el lugar al que la llevaban, o releyendo un libro que le había dejado su tío sobre la historia del lugar al que se dirigían.

«Ya en el siglo III d.C., los bantús, pueblo nómada que provenía de los Grandes Lagos centroafricanos, empezaron a encaminarse hacia el este, hacia la actual África Oriental Portuguesa. Eran una etnia aventajada culturalmente, puesto que, además del cultivo del grano, abundaban en el conocimiento de diversas raíces vástagos junto con la forja del hierro. Así se extendieron muy rápidamente por la zona costera del océano Índico.

Desde el siglo I, los árabes habían comerciado con estos pobladores africanos, intercambiando oro de sus minas y herramientas de hierro por otros productos manufacturados como telas de algodón, y algunos incluso se instalaron en estas tierras.

Entre los siglos IX y XIII empezaron a llegar y asentarse en la costa poblaciones oriundas del Golfo Pérsico, que era en aquel tiempo un importante centro comercial. Estos pueblos fundaron asentamientos en el litoral africano; y geógrafos de la época refieren un activo comercio con las tierras de Sofala, incluyendo el intercambio de tejidos de la India por hierro, oro y otros metales. De hecho, el hierro era tan importante que se piensa que unas aspas de hierro en forma de «X» de unos 30 cm de largo halladas en yacimientos arqueológicos de esta región, eran utilizados como moneda[9]. Cuando los portugueses dieron la vuelta al cabo de Buena Esperanza, ya sabían que desde el siglo X Al Mas'udi había descrito una ciudad con un gran puerto natural, llamada Sofala, ideal para el atraque y fondeo de barcos, donde comerciantes de todos los orígenes hacían sus trueques. Poseían grandes conocimientos astronómicos matemáticos y cartográficos.

Fue en 1498 cuando llegan a las costas orientales africanas Pedro de Covilha y el marino y descubridor portugués Vasco Da

Gama, desembarcan en la isla de Mozambique y comienzan los primeros asentamientos portugueses. Con el paso del tiempo descubrieron las grandes posibilidades del río Zambeze, que, proveniente de Angola, atravesaba Zambia, las cataratas Victoria (las mayores de África), y que el río desembocaba cerca de Quelimane, con lo que era un magnífico medio de transporte. A través del Zambeze se transportaban las mayores producciones de alimentos.

Posteriormente hicieron importantes prospecciones hacia el interior, en busca de las minas de oro y piedras preciosas abundantes en Licungo. Transportaban en barcos fluviales hasta los puestos de mar, donde creaban establecimientos de comercio con Portugal o con otros países: las factorías.

Ellos no colonizaban, solo despojaban a esas tierras de sus vastas riquezas minerales.

Portugal en el siglo XVI era un país latifundista y ganadero, sobre todo en el interior; cerca del mar se vivía de la pesca. Lisboa, su capital, era uno de los mayores puertos del mundo y a ella acudían emigrantes de todas las ciudades lusitanas, así como de otros países, y expertos marinos, que colaboraron con sus grandes conocimientos sobre astronomía en la elaboración de mapas y en el desarrollo e innovación de los instrumentos de navegación.

Todo esto, unido a unos reyes muy interesados en la expansión marítima y económica y unos osados navegantes, también muy interesados en obtener grandes beneficios económicos, promovió que su mirada hacia el mar les levantara permanentemente inquietudes de nuevos descubrimientos. Conforme se descubrían nuevas tierras los gastos se cubrían con creces con las mercancías, y no había dispendios de colonización ni aculturamiento, algo que a los reyes les era rentable. Y cuando los había, éstos estaban sufragados por nobles, que pagaban los barcos y el transporte a cambio de recibir títulos, poderes y privilegios. Los nobles gobernaban las tierras y a cambio recibían beneficios económicos. Este método se llamaba «*capitanía donataria*» y no le suponía gastos, apenas, a la Corona.

Al igual que en otras civilizaciones del continente, la presencia de los portugueses en Mozambique fue perjudicial.

Así, los portugueses trataron de fomentar el tribalismo haciendo pactos con los jefes de las etnias para así no crear un sentimiento anticolonialista ni antieuropeo. Los jefes de las etnias casi nunca querían pactar con los portugueses porque eran extraños para ellos y querían terminar con sus costumbres, por lo que hubo períodos de tiempo muy tensos y multitud de desencuentros.

Cuando el jefe de la etnia era hostil simplemente lo mataban y lo sustituían por lo que llamaban un «régulo», un nativo local de confianza con el régimen; a veces este supuesto jefe, que debía velar por los suyos, escogía a los hombres y mujeres más fuertes para venderlos como esclavos o para hacer trabajos forzados en otros países. Portugal fingía no enterarse.

En la Colonia Oriental Portuguesa, los portugueses se limitaron tan solo al control de las franjas costeras porque tenían pocos pobladores y colonos. Desde 1502 hasta la mitad del siglo XVIII, los intereses y negocios de la Colonia Oriental Portuguesa estuvieron bajo la administración de la India Portuguesa, porque los lusos tuvieron que traer colonos de sus otras colonias en Asia para poder poblar las colonias de África.

Después crearon «*factorías*», o sea, puntos de intercambio de mercancías y de abastecimiento; pero con las tentativas de invasión de los ingleses, que pugnaban con los portugueses por la posesión de esas ricas tierras, se tuvieron que asentar en el litoral y construir fortalezas con misión defensiva como la de Sofala. Más tarde, en 1507 construyen la fortaleza de la Isla de Mozambique. Entrado el siglo XVI, Sofala se convirtió en el primer gran puerto.

Algunos años más tarde, con la pretensión de dominar las zonas productoras de oro, se adentraron en el interior, donde fueron estableciendo nuevas factorías.

Como consecuencia del tratado de Windsor en 1338 —el tratado de mutua ayuda más antiguo del mundo (aunque los ingleses lo han interrumpido en varias ocasiones en que los portugueses lo han requerido)—, los ingleses han aprovechado esta cercanía para «espiar» a los portugueses e irse apoderándose con el tiempo de su acervo y conocimientos navales.

Así aprendieron a navegar en alta mar, a navegar contra el viento con la vela triangular[10], a regresar de Asia aprovechando los Monzones para ir en dirección a Oriente Medio o a utilizar los vientos Alisios.

Alrededor del año 1600, como no habitaba suficiente población lusa en las colonias, Portugal envió al África Oriental Portuguesa colonos portugueses incentivados e indios cristianos de Goa para establecerse en el valle del río Zambeze y repoblar la colonia. Pero algunos se casaron con las hijas de jefes tribales: ellos adquirían el respaldo guerrero de la tribu y la hija del jefe, al contraer matrimonio con un comerciante, aumentaba su poder económico, y como consecuencia el de la tribu de su padre. Con estos matrimonios algunas tribus lograron tener mucha fuerza, se establecieron en el territorio e incluso empezaron a sublevarse contra los propios portugueses.

La Corona portuguesa estableció que las tierras ocupadas eran portuguesas y que los ocupantes tenían que pagar un tributo a ésta. Este impuesto se conocía con el nombre de *prazos* (plazos a pagar al rey).

A mediados del siglo XVII establece que los *prazos* serán arrendados durante tres generaciones y transmitidos por vía femenina (matriarcado).

Pero este intento de garantizar la soberanía no tuvo mucho éxito porque los *Muzongos* y las *Donas*[11], tenían el poder suficiente, incluso militar con sus ejércitos de *Chicundas*[12], y se enfrentaron varias veces a la administración local, cuando les exigían el pago de estos *prazos*.

Y no solo ellos no pagaban al estado portugués la renta, sino que tampoco pagaban el *mussoco*, que era un pago que debían realizar todos los hombres sanos mayores de 16 años que cultivaban la tierra, trabajaban en las minas extrayendo oro, obteniendo marfil o en el comercio de esclavos, a cambio de telas o perlas de la India generalmente. Entonces ya solo les quedaba cobrar un *impuesto de palhota*, que era la obligatoriedad de pagar cada familia nativa una cantidad de dinero por tener una vivienda.

Pero era costumbre de los nativos trabajar tan solo para sobrevivir y no estaban acostumbrados a manejar dinero; a veces, sólo les retribuían en especie, por lo que a menudo no disponían de esa suma y no pagaban. Por ello era bastante común que les castigaran a realizar trabajos forzados, lo que llamaban *chibalo,* o a cultivar productos que ellos no consumían, pero que las compañías vendían (algodón o tabaco), a los que llamaban «productos de rendimiento».

Poco a poco, los portugueses se encontraron en una situación de desventaja y su poder decreció. Como resultado, la inversión disminuyó, y Lisboa perdió su interés por África. Comenzaron entonces a realizar negocios más lucrativos con India, el Extremo Oriente, así como a colonizar Brasil.

En 1832, el gobierno portugués por Decreto Real extingue los *prazos,* y en «compensación» los colonizadores inician el comercio de esclavos, que se mantiene hasta la abolición de la esclavitud de las colonias en 1869.

Amalia se quedaba muy extrañada con todo lo que leía, «un impuesto por vivir en una casa de paja», «otro impuesto de casi la mitad de su salario a cada hombre mayor de 16 años que le compensaban con telas»... ¡Qué raro era todo aquello! Y si no les obligaban a trabajar en otra o cosa o incluso les podían meter en la cárcel. Pero, ¿a dónde la llevaban?

«Ya Inglaterra se había enfrentado con Portugal para impedirle unir sus dos colonias más importantes en África, la Colonia Oriental y la Colonia Occidental (actuales Mozambique y Angola), en una franja luso-parlante que atravesara África desde el Atlántico hasta el Índico a través de una línea ferroviaria, lo que se llamó «Mapa rosado». Fracasó repetidamente porque los ingleses siempre se negaron a transferir o vender el territorio de Rhodesia, situado entre ambos países, y gracias a esta unión de territorios se comunicarían ambos océanos, y Portugal tendrían muy probablemente el control del comercio en África.

Por otra parte, todos los demás países que tenían colonias en África temían a los grandes navegantes portugueses, los grandes conquistadores del mundo con colonias en todos y cada uno de los continentes. Y no sabían cómo crear leyes que no evidenciaran este temor y rencor, pero que les impidiera hacerse los amos del mundo.

Así, en la conferencia de Berlín de 1884, en la que se reunieron todos los países con colonias en África, decidieron que las colonias debían pertenecer a los países que las ocuparan desde sus zonas costeras hacia su interior, y no simplemente a quienes los descubrieran. Era una forma de deshacerse de los portugueses, que tenían muchas colonias y poca población para defenderlas, frente a otros países como Gran Bretaña, que tenía pocas colonias pero mucha más población disponible.

Portugal poseía los asentamientos europeos más antiguos de África: Guinea Portuguesa, Angola[13], Mozambique, Santo Tomé y Príncipe, Cabo Verde, las islas de Madeira y Azores. Estos asentamientos, a los que llamaban factorías, se afincaban en islas cercanas a las costas y consistían en un fuerte defensivo donde dejaban algunos hombres de vigilancia, escasamente aseguraban las costas y, sobre todo, eran utilizados como puntos comerciales estratégicos. En estas factorías concentraban sus mercancías y volvían a cargarlas para su envío, en general, a Europa. En ellas intercambiaban con los nativos productos naturales o esclavos a cambio de baratijas y cachivaches a los que denominaban «rescate».

Pero ante la incapacidad financiera de Portugal para mantener este dominio, y al no poseer la cantidad de militares necesarios para defenderlo, Portugal cede sus derechos para gobernar gran parte del África Oriental a poderosas compañías, que hasta finales de los años 30 del siglo XX explotaron los recursos agrícolas y la mano de obra del país.

A partir del II Congreso de Berlín, en 1885, las potencias colonizadoras intentaron crear espacios continuos entre diversas posesiones y se inauguró la era de las fronteras trazadas al azar en el mapa, a través de regiones desconocidas y sin tener en cuenta dónde se localizaban las distintas etnias africanas, si separaban territorios de las misma etnia por la mitad o introducían etnias enemigas dentro de la misma «nación». Tampoco valoraron los movimientos migratorios de los animales hacia el agua o hacia las sabanas.

Se repartieron África con total desprecio por los intereses y deseos de sus habitantes autóctonos, dividiendo el continente con líneas rectas, como si se tratara de un pastel[14].

Y aunque a finales del siglo XIX ya se había abolido la esclavitud, las grandes compañías británicas continuaban explotando el trabajo forzado en sus colonias y muchos mozambiqueños terminaron como esclavos en otras colonias, sobre todo inglesas.

El interés primario de los portugueses al comienzo de sus viajes era conseguir seda, algodón y especias como la pimienta o la canela, muy escasas y altamente valoradas, y el azúcar, procedentes de la India y de Ceylán (actual Sri Lanka). Para eso necesitaban las factorías, para hacer escala en sus islas y colonias todas alrededor de África. Con el tiempo empezaron a traer también café, tabaco, índigo[15] y tintes para ebanistería.

Pero lo que acrecentó el comercio de los portugueses, fue la obtención de oro y diamantes en la costa occidental portuguesa, la actual Angola.

La población autóctona quedó relegada a ser mano de obra barata o caer en esclavitud.

Y los nativos del África Oriental Portuguesa terminaron por emigrar a las minas de oro sudafricanas, hasta el punto que emigraban un millón de mozambiqueños por año.

El día 10 de noviembre de 1887, la villa de Lourenço Marques fue elevada oficialmente al estatuto de ciudad, según un despacho firmado por su majestad Don Luis I, rey de Portugal. Fue la segunda ciudad en territorio colonial pero la primera en el territorio continental, ya que la primera había sido la Isla de Mozambique, que era hasta entonces la capital política y administrativa de la Colonia Oriental Portuguesa, aunque ninguna tenía ninguna zona urbana de referencia. Con los años Mozambique fue destronada por ésta.

En 1890, los ingleses se dieron cuenta de que los portugueses no estaban protegiendo sus colonias de ultramar, luego habían abarcado demasiado territorio de conquista con el descubrimiento de nuevas tierras en África, Asia y Oceanía, y aprovecharon la oportunidad para intentar ocupar la zona. Pero los portugueses les demostraron su efectivo control del territorio, reduciéndolos por la fuerza tras varias guerras.

Tampoco la conquista del interior fue nada pacífica, ya que jefes tribales como *Mawewe, Ngungunhana, Komala* y otros presentaron mucha resistencia; solo se consolidó hacia 1920, con la derrota del rey *Mokombe* en la región de Tete, en el norte. Incluso llamaron a la Colonia Oriental Portuguesa «*Provincia de Ultramar*», teóricamente con los mismos derechos que tenían los ciudadanos portugueses que vivían en Portugal. Pero todo era falso. Los habitantes autóctonos de la supuesta provincia de ultramar portuguesa no tenían ningún derecho, eran mano de obra barata para unos u otros. Los portugueses se los llevaron a otras de sus colonias, como Brasil, a trabajar en semiesclavitud, cobrando sueldos miserables en las plantaciones de café y cacao. Poco a poco fueron despoblando las tribus de hombres. Los llevaban incluso a las plantaciones de arroz[9] de Portugal, porque proliferaban los mosquitos de la malaria y los africanos estaban más inmunizados contra las picaduras de insectos tropicales.

Existía el llamado «*Estatuto de los indígenas*», que era un documento que regulaba los derechos y deberes de los indígenas que querían formar parte de la Colonia Oriental Portuguesa de una forma más participativa. El primero se creó en 1926 y se fueron modificando hasta el último, que se firmó en 1954. En esta serie de leyes se establecía cómo debía ser el comportamiento de los indígenas para ser asimilado por la cultura colonial, y desde ahí empezar a tener los mismos derechos que los blancos. Hasta 1926 los indígenas no habían tenido ningún derecho civil, jurídico ni ciudadanía. Ni siquiera podían circular por sus ciudades más tarde de las nueve de la noche sin una autorización escrita de su patrón. Con la nueva ley quedaban establecidos tres grupos de población: indígenas, asimilados y blancos. Pasar de indígena a asimilado requería una serie de requisitos, saber leer y escribir en portugués, ser de religión católica, vestir a la usanza portuguesa, acusar costumbres y conducta semejante a la vida europea... Debían, en suma, abandonar sus tradiciones, religión (animismo) y costumbres de cada etnia. Así, en teoría, adquirían el derecho de «*asimilado*» y pasaban a tener los mismos derechos que los portugueses. Hay que tener en cuenta que muchos portugueses en esa época y hasta casi finales del siglo XX eran analfabetos, y a los indígenas sin embargo se les pedía saber leer y escribir. Pretendían que fueran un pueblo acultural, sin tradiciones, sin pasado, sin apellidos, sin religión..., todo se lo querían anular. Los que habían asistido a las misiones cristianas se habían convertido al cristianismo y sabían leer y escribir el portugués; a cambio recibían algún puesto burocrático menor en alguna empresa. Y pasaron de ser los negros despreciados por los blancos, aunque tuviesen estudios, a los negros repudiados por los nativos, porque se habían convertido.

Amalia era muy inteligente y crítica, y no debaja de advertir que en ese sitio se cometían muchas injusticias, por lo tanto, no le iba a gustar vivir allí. En ese país su madre no hubiera tenido derechos porque no sabía leer, y la mayoría de los habitantes de su pueblo tampoco. ¿Quién les podría impedir pasear por su pueblo solo por no saber leer? No le cabía en la cabeza.

Amalia pasaba las horas pensando cómo sería la vida que le esperaba donde fuera que iba. No tenía ganas de nada, le invadía una gran desazón, un gran sentimiento de pérdida, de desinterés por el mundo, un gran dolor. Sentía mucha angustia y se creía despreciable. Había perdido todo lo que le importaba: su novio, su familia, su pueblo, sus raíces, todo por un embarazo que al principio les llenó de alegría a los dos, pero que ahora..., ahora..., ya no sabía si amar u odiar al fruto de su vientre. ¿Era su enemigo?, se reprochaba, sentía hostilidad. ¡No!, ¡era el hijo de Diogo, lo amaba! Estaba tan confusa que lloraba constantemente sin saber qué hacer. Su tía no la comprendía, y no podía hablar con nadie más. Se veía sola, muy sola.

Recordaba las palabras del párroco: «Dios no nos envía más de lo que podamos soportar; te ha puesto a prueba porque sabe que eres lo suficientemente fuerte como para soportarlo», y experimentaba culpabilidad y rabia: «Si yo hubiera sido una mujer más débil nada de esto le hubiese pasado a mi Diogo». Y comenzaba de nuevo a llorar amargamente.

Una tarde que se encontraba más animada, pues ya se le habían pasado los vómitos, quiso pasear con su tía por cubierta. Ambas, con sus respectivas sombrillas y elegantes vestidos (que su tía le había encargado a su modista antes de salir, para no quedar en ridículo), se sentaron con las demás señoras a tomar el té. Al finalizar, Amalia comenzó a acomodar los platos unos encima de otros y a limpiar con una servilleta las migajas de los bollitos que habían comido las señoras. Su tía casi se desmaya del asombro. Las demás aristócratas contemplaban con incredulidad lo que sucedía, y con lástima el disgusto en los ojos de la tía de Amalia (supuestamente su madre), se disculparon y se levantaron. Esa tarde Amalia recibió la reprimenda más grande de su vida; todo por no haberse sabido comportar como una dama; pero ella se defendió y respondió con acritud: «Es que yo no soy una dama, soy dependienta en un pueblo de pescadores».

El tío, ante los gritos que se dirigían ambas mujeres, entró al camarote a poner orden, y le explicó a su esposa que debía enseñar a Amalia antes de la finalización del viaje el comportamiento adecuado de una señorita. Su tía salió haciendo un desaire a ambos muy enojada, pero al día siguiente, después de la fuerte discusión que Amalia escuchó a través de la pared, comenzaron sus clases de aprendizaje y protocolo de una dama en sociedad.

—Y por supuesto nunca se llama al camarero, ni se le hace seña alguna. Él debe estar pendiente de llenar la taza cuando se vacía, y eres tú la que le dices si quieres más o no, pero con sutileza. Nunca confraternices con la servidumbre, y nunca les ayudes a hacer nada, aunque ello fuere levantar una servilleta. Y aprende que todo tiene una posición y un uso, los vasos, la servilleta e incluso los cubiertos, que, según los dejes, le dirán al camarero si te han gustado o no las viandas.

Estas lecciones, aunque resultaron tediosas para Amalia y le parecieron de lo más extravagantes y ridículas, le sirvieron mucho en su posterior vida.

Al llegar al cabo de Buena Esperanza la climatología fue todavía peor. Amalia caminaba por cubierta con dificultad. Azorada, daba traspiés y apenas se atrevía a salir de su camarote. Las sienes le estallaban y el permanente malestar le provocaba arcadas continuas por su embarazo, aumentadas por el mal del mar y las dificultades de navegación que presentaba el cabo de las Tormentas, también llamado el *Gigante de Adamastor* por sus fuertes corrientes y su violento oleaje. Cuando se cruzaba con algún marinero que la veía vomitando repetidamente, creyendo que era resaca marina (y quizás era cierto), la acompañaban a la parte más protegida del barco, sotavento, para que se tumbara allí. ¡Y siempre le advertían que no se quedara en cubierta!

Cuando Amalia de Queirós desembarcó en Angoche, región ribereña del océano Índico, después de la interminable travesía, se encontró con un panorama dantesco que la impresionó tanto que estuvo a punto de caerse de la pasarela: unos hombres golpeaban con látigos a otros, gritándoles toda clase de insultos e improperios, algunos de los cuales sus oídos no habían escuchado nunca.

Angoche había sido centro de trata de esclavos, se palpaba en el ambiente, y Amalia lo detectó desde su llegada al puerto.

Aunque la esclavitud en esta zona del África Oriental se había abolido a finales del siglo XIX, las compañías aplicaban políticas de trabajo forzoso que suministraban hombres para trabajar en minas y plantaciones, así como en los puertos. Hombres bantús, semidesnudos, altos y fuertes, con la piel negra brillante no dejaban de trajinar, subiendo y bajando mercancías, baúles y bultos varios, a las órdenes de algún colono o mestizo bantú ascendido de categoría, y que, ensoberbecido por su nueva posición social, trataba a los trabajadores peor de lo que antes le habían tratado a él y a su etnia los europeos.

La familia de Queirós se trasladó a la ciudad de Zambezia, donde estaba la compañía más rentable del país, y se establecieron en un puesto militar de avanzada, pues su tío había sido contratado para construir una vía férrea que uniría Zimbabue y el puerto de Beira, en la colonia.

Pero esa no era ciudad para ella. No quería estar bajo la custodia y el cuidado de sus tíos, se sentía relegada y suprimida. Siempre había sido libre. Y más desde la muerte de su madre, cuando ella, como única mujer de la familia, tuvo que sacar a pulso su casa y casi tomó las riendas del negocio paterno. Ahora se sentía como un parásito, pero, sobre todo, lo que peor soportaba era la falta de libertad para tomar decisiones y tener que acatar la voluntad de sus tíos.

No soportaba la farsa de aquellas mujeres, con sus almidonados temas de conversación. Ella no se veía en ese ámbito, sin verdaderas amigas y rodeada de codicia, cinismo e hipocresía. Las sonrisas eran fingidas, y ella sentía las miradas e imaginaba los cotilleos de que era víctima. No quería que su hijo naciera en ese ambiente ni resignarse a vivir así el resto de su vida.

Tampoco tenía ganas de que le buscaran un marido a la fuerza; su amor por Diogo era indeleble y le guardaría luto permanente en su alma. No quería ni podía dar a luz allí. Así que decidió independizarse y viajar a la capital del país. En el fondo, ahora eran sus ansias de fortuna, no sólo de libertad, sino también de prosperidad las que la impulsaban a arriesgarse.

—¿Estás loca? Allí no conoces a nadie. Aquí estarás siempre protegida por nosotros.

—¿Y qué voy a hacer aquí? No hay nada a lo que yo pueda dedicarme en esta taciturna y melancólica ciudad. Aquí no hay nada.

—No tienes que trabajar. Aquí vivirías con nosotros, como nuestra hija, y quizás encuentres un marido entre los portugueses que vienen a trabajar al ferrocarril. Puede que hasta un ingeniero.

Pero Amalia no quería estar controlada por nadie, deseaba vivir su propia vida. Por eso, pese a los reclamos de sus tíos, decidió marcharse, y lo hizo en un camión que transportaba materiales para la construcción.

—Una mujer blanca viajando sola con un hombre desconocido tantos kilómetros. ¡Lo nunca visto! ¡Y en tu estado!

—Y luego, ¿dónde vas a vivir?

—Sidonio Pinto es un hombre de vuestra confianza. Él me encontrará algo. No se preocupe, tía.

La tía le volvió la espalda, gritando:

—¡Esto no es Portugal! ¡¿De qué vas a vivir?! ¿Te crees que vas a encontrar una taberna de pescadores para trabajar? No hay hostales, ni la gente te va a alquilar una habitación. ¡Haz lo que quieras, pero si fueras mi hija te quedabas aquí! ¡Si tu pobre madre levantara la cabeza! Pero si te vas, no nos vengas después pidiendo ayuda. Estás preñada, te hemos sacado de Portugal para que tuvieras una oportunidad de rehacer tu vida, de presentarte como nuestra hija, una honorable viuda, como una verdadera aristócrata, y de encontrar un buen hombre, un comerciante, o algún viudo rico, y tú lo echas todo a perder. Tú no aprendes, lo llevas en la sangre, eres una perdida...

—¡Calla, mujer! —le gritó su marido—. Deja que haga lo que quiera. Es su vida. Si quiere echarse a perder, al menos que lo haga pronto y lejos. Vete si quieres, pero no vuelvas a pedirnos nunca nada.

Amalia se trasladó a Lourenço Marques, y mientras encontraba una casa adecuada se estableció en el hotel Polana, inaugurado ese mismo año de 1922.

Hotel Polana. Lourenço Marques
Colonia Oriental Portuguesa

Al anochecer, Amalia entró en el hotel un poco cohibida pero con decisión. El largo vestido le acariciaba los tobillos. Su sencillo atuendo, color verde manzana, le hacía destacar aún más el rubor de sus mejillas. Todos los presentes volvieron la vista hacia ella. Su aspecto cansado motivó lo suficiente a uno de los *botones goa*[17] del hotel para salir a su encuentro y ayudarla con el equipaje.

Amalia estaba tan deslumbrada con el lujo del hotel que no salía de su asombro mientras detenía su mirada en el piano y todo el elegante mobiliario. Aunque su experiencia en el barco la había impresionado, no fue aquel sino un mero acercamiento al lujo imperial que sus ojos ahora contemplaban.

Dirigió su mirada, no obstante, hacia unos sillones, pues los zapatitos blancos que llevaba le habían hecho rozaduras. Eran sus primeros zapatos. Se sintió, no sin razón, fuera de lugar, como gallina en corral ajeno. En ese momento era el blanco de todas las miradas, lo que produjo que su rubor aumentase.

Siempre había creído que África era un continente poblado por negros semidesnudos con lanzas, animales salvajes y serpientes; al menos esos eran los dibujos que representaban el continente en sus libros del colegio. Y lo que había visto hasta ahora tampoco tenía demasiado interés. Jamás había pasado por su mente que hubiera un lugar tan majestuoso y lleno de comodidades, y menos que unos hombres de otra raza que ni conocía trabajaran allí, hablasen portugués como ella y tuvieran tan buena educación. «¿Quién los habría enseñado?» Razonaba. Se sentía insignificante pensando que en su pueblo todos la admiraban y, sin embargo, ahora todo iba a ser muy diferente. Ya se daba cuenta de que aquí no destacaba por nada. Todos los que la miraron al entrar, ahora ya la ignoraban por completo.

Ya junto a los sillones musitó con un hilo de voz:

—Buenas tardes, ¿puedo sentarme allí? —le preguntó al botones que portaba su equipaje y caminaba a su lado.

—Desde luego, señorita. ¿Desea algo para beber antes de registrarse? —se aventuró a preguntar el botones engalanado con chaqueta y casquete rojos, y pajarita blanca, observando la cara de agotamiento de Amalia.

—No, señor, muchas gracias —contestó ella pensando que no iba a tener dinero para beber nada en ese lugar tan fastuoso. Y mucho menos para quedarse a dormir. Todo le parecía como de cuento. Nunca había visto a nadie ataviado de esa guisa.

Por muy despierta y resuelta que fuera en su pueblo, allí no entendía de nada, desde que arribó a tierras africanas todo la sorprendía y sobrepasaba. Se dio cuenta de que allí no era nadie, y que sus pocos conocimientos de pesca en este país le servirían de muy poco.

—Está bien, señorita, pero déjeme traerle al menos un vaso de agua —insistió el botones retirándose y levantando levemente su sombrerito cilíndrico rojo.

Ella, en su fuero interno, se lo agradeció con toda el alma y discretamente se quitó los zapatos, escondiéndolos debajo de los volantes de su vestido. Ya no podía soportarlos más. Además, estaba mareada después de subir la larga rampa en caracol que daba acceso al hotel Polana.

—Mientras descansaba, recordó las explicaciones que le fuera dando el amable taxista:

—Aquí se hacen competiciones de coches —le había contado por el camino—. El mes pasado, un cochecito derrapó y se quedó atravesado, provocando un grave accidente con un Colt que no lo vio tras la curva...

Y entre ensoñaciones se quedó dormida un rato en el recibidor del hotel.

Lourenço Marques, capital de la Colonia Oriental Portuguesa, era una ciudad muy próspera y con encanto, que cada día atraía más visitantes y hombres de negocios.

Fue el coronel Lopes Galvão, en 1917, el que afirmó: «Si Lourenço Marques gana un hermoso hotel, la ciudad me lo deberá a mí». Una ciudad con ese patrimonio necesitaba un hotel para poder recibir a sus visitantes ilustres.

En ese momento, los padres de la ciudad decidieron que el hotel debería «exaltar el arte y la arquitectura de América», y representar «todo lo bueno de los portugueses».

Así se forjó la idea de construir un hotel que fuera un símbolo, la «referencia nacional y exaltara el patriotismo». Se reunieron para concebir los planos y estuvieron de acuerdo en que fuera de grandes dimensiones, con los materiales más nobles y de una belleza sin parangón. Y de nuevo fue el coronel Lopes Galvão el que concentró todo su esfuerzo y, junto a Adriano Maia y sus amigos del Transvaal, pusieron todos los medios a su alcance para construir un gran hotel en Lourenço Marques: el hotel Polana.

No se sabe si la eventual intervención del coronel fue decisiva para la construcción del hotel, pero el caso es que en 1918 fue abierto un concurso por la «Delagoa Bay Lands Syndicate», donde siete empresas constructoras se ofrecieron para emprender las obras y presentaron sus numerosos diseños.

El diseño ganador corrió a cargo del arquitecto inglés sir Herbert Baker, que eligió para su construcción el estilo de moda *Palace Style*, que ya había utilizado con gran éxito en una serie de proyectos famosos de África, edificios europeos y australianos, tales como el Union Building de Pretoria, la estación de Pretoria, el Memorial de Leicester, el Boshendal y el Franschoek, solo por nombrar algunos.

La construcción del hotel comenzó en la década de 1920 bajo la dirección de Hugo Le May, quien estimó que el nuevo hotel costaría doscientas mil libras (incluyendo un ascensor y el diseño interior completo). A los diecinueve meses, en julio de 1922, el hotel se completó con un costo total de trescientas mil libras y fue aclamado como «uno de los hoteles mejores y más modernos de África, con 142 habitaciones, sin rival en cualquier puerto del sur, y con muy pocos hoteles en Europa que igualaran sus condiciones y belleza»[18].

Estaba situado en el corazón de Lourenço Marques, en la *Avenida Antonio Enes*, una de las más atractivas de la ciudad más grande de Mozambique, frente a la bahía, muy cerca del centro y de las embajadas.

Durante los diez años siguientes, la elegancia y la gracia de este hotel único hizo que se le considerara no sólo uno de los lugares más prestigiosos para permanecer en el sur de África, sino además uno de los hoteles con más atmósfera y más emblemático del mundo.

En 1936 tal era la relevancia del hotel que fue comprado por el millonario Schlesinger, que supuestamente pagó cuatrocientas mil libras por él. Lo mantuvo durante toda la guerra mundial y luego lo cedió a su hijo, que lo conservó hasta 1963.

Fue en los años de la Segunda Guerra Mundial, sin embargo, cuando el hotel Polana alcanzó tal vez su mayor cota de fama. Como parte del imperio portugués, el hotel se convirtió en el lugar ideal de encuentro neutral para los espías y agentes secretos de las dos fuerzas aliadas: las alemanas y las italianas. De hecho, el hotel era conocido como un lugar donde los espías de Sudáfrica, Inglaterra, Estados Unidos, Alemania e Italia se relajaban y eran capaces de «intercambiar saludos corteses» cuando se encontraban en los pasillos o los bares, por lo que llegó a ser conocido como la «*Gran Dama de África*».

1910
Quinta A Campainha
Vidigueira, Bajo Alentejo
Portugal

Aurelia Esteves Moreira

Cuando la señora Aurelia Moreira se puso de parto avisaron rápidamente al médico. Como multípara que era, el parto se le había adelantado mucho. Ya había parido siete hijos, todos varones, y esta vez, en el octavo, esperaban tener su anhelada hija.

Había amanecido nublado y al mediodía se puso a llover. Poco a poco la tormenta arreció, convirtiéndose en un aguacero como hacía años no se había visto. Diluviaba.

El agua azotaba el tejado y las ventanas. Comenzó a granizar.

El granizo semejaba aceitunas y tuvieron que bajar algunas persianas para que no se rompieran los cristales. Cada relámpago iluminaba la mansión entera. La culebrilla que se dibujaba en el cielo era espeluznante. Se les erizaba el vello y algunas de las mujeres que había en la casa clamaban al cielo. ¡Tenían tanto miedo! Otras se santiguaban, rezando a santa Bárbara. A los pocos segundos de verse el sobrecogedor relámpago ya se escuchaba el trueno ensordecedor. Tenían la tempestad sobre sus cabezas. Era terrible escuchar esos truenos y sentir cómo la casa retumbaba y parecía moverse. Vibraban los cristales, temblaban los frascos de perfume y demás adornos que tenía doña Aurelia sobre su cómoda. De pronto, un descomunal trueno restalló, y algunos cristales de las ventanas se rompieron. La corriente de aire hizo que los pestillos de otras ventanas cedieran sonando algunos portazos, que crearon un efecto en cadena de fuertes golpes que hicieron que las mujeres, asustadas, gritaran una y otra vez como niñas, se abrazaran entre ellas y lloraran, olvidándose de la parturienta.

Doña Aurelia apenas prestaba atención a la tormenta, este parto le estaba costando demasiado esfuerzo. Llegó un momento en que los espeluznantes truenos ni se oían bajo sus colosales gritos, pues eran más agudos que todos los truenos del orbe.

El cielo se puso negro y solo los relámpagos alumbraban la estancia. Se apagaron las luces. Todas las mujeres gritaron a la vez. Parecía un gallinero. La comadrona las hubiera echado a todas de no ser porque las necesitaba para que trajesen agua caliente y toallas limpias, aunque tardaran una eternidad cada vez que les pedía a algo. Además, a las más jóvenes les deba miedo de salir solas de la estancia. Doña Frederica estaba ya harta de ellas.

—¡Madre del amor hermoso, qué miedo! ¡Santa Bárbara bendita, baja de los cielos y protégenos! Parece que se va a acabar el mundo —clamó espantada una de las criadas más jóvenes mientras rezaba, juntas las manos, humillada la cabeza—. La matrona la miró de reojo contrariada, a punto de perder los estribos.

—Id a ver si se han fundido los plomos[19] o se ha ido la luz. Y mientras traed velas —dijo Dulce con suavidad. Pero como no se movieron, gritó:

—¡Mirad los plomos y traed velas!

Dulce, la niñera, era la única que parecía conservar la templanza frente al desbarajuste. Las demás, supersticiosas, imaginaban que la tormenta era una maldición divina o un castigo y estaban horrorizadas.

—¡Cristo santísimo, protégenos del mal! Con tanto trueno los pollos se van a aturdir y no van a salir del cascarón —aseguró la encargada del gallinero.

Casi toda la servidumbre estaba en la habitación espeluznada por los gritos angustiosos de doña Aurelia y la pertinaz tormenta, pero nadie hacía nada. Las pesadas cortinas que cubrían los ventanales se agitaban a la luz de las velas creando largas sombras que se agrandaban como espíritus extraños.

El granizo no dejaba de golpear los cristales.

—Dejad de rezar y traed toallas limpias y más agua caliente —volvió a ordenar la comadrona casi gritando—, ¡no os quedéis mirando y moveos!

«¡Vaya cataplasmas!» —pensó.

El médico no terminaba de llegar.

—¿Pero ha visto usted cómo baja el agua por el camino? —dijo una de las doncellas.

—Hay una riada. Por ese camino no va a poder venir nadie —aseveró doña Frederica.

—¡Ay, San Antonio bendito, protege a mi señora! Que mi señora dé a luz pronto —rezaba Dulce una y otra vez.

—¡Dios mío, ayúdame! ¡Salva a mi hijo! No puedo más, ayúdame, Dios mío —susurraba para sí doña Aurelia, rota por el dolor. Gemía. Tras un fuerte grito y aprovechando un momento de alivio se agarró con ambas manos a los barrotes de la cama y pujó con todas sus fuerzas.

«Un pujo más y la cabeza del niño asomará, se dijo para sí misma». Y así fue. Hubo un gran suspiro generalizado y algún grito contenido. Ya estaba todo hecho, pensaron todas. Tras un rápido giro del cuerpecito con manos hábiles, la comadrona sacó al niño y lo tendió a los pies de su madre, esperando a que el cordón umbilical dejara de latir para cortarlo y aprovechar las últimas gotas de la sangre materna antes de separarlo de ella para siempre. Al fin parió otro hijo, contra sus esperanzas de dar a luz a una niña, pero el amor de madre va más allá de los deseos. Todo había terminado.

Pero se equivocaban.

En semipenumbra y recién parida, doña Aurelia cada vez perdía más sangre y su vida se deslizaba con ella. No era normal que después de finalizado el parto el dolor continuara siendo tan intenso. Sus fuerzas la abandonaban, su cuerpo casi desangrado estaba a punto de desfallecer, pero de sus cuerdas vocales empezaron a salir gritos horribles e improperios tales que más parecía un vaquero que la señora de la casa.

El útero no se contraía. Una parte de la placenta podía haberse quedado dentro. No veían bien. Las velas no daban suficiente luz y en ese cuarto no había otra forma de iluminación que no fuera la eléctrica. La comadrona actuó lo mejor que pudo.

Esto es una «atonía uterina», pensó Frederica, la comadrona.

—Pida lo que necesite, señora Frederica—dijo una de las doncellas, atenta a la situación.

Esta exploró el abdomen de la paciente. Ya era vieja y con tantos niños traídos al mundo había tenido todo tipo de experiencias. Movió la cabeza de un lado a otro y murmuró algo entre dientes.

—Esto no va bien.

La primera maniobra a realizar ante una atonía uterina es el masaje bimanual del útero, así que lo masajeó de manera intermitente ante la mirada curiosa de las criadas: hacia abajo desde el abdomen con una mano y hacia arriba desde el pubis con la otra mano.

Pero el útero no se contraía y no dejaba de sangrar, así que después de media hora y ante el agotamiento de la puérpera, la dejó descansar y resolver asuntos privados con su familia; no tardaría en desangrarse.

Doña Aurelia sabía que con la sangre que había perdido ya era muy difícil su supervivencia, había presenciado partos muchas veces, aparte de todos los suyos. Se sentía muy débil y miraba las caras cetrinas de las criadas, imaginándose la palidez de la suya propia.

Apenas sin fuerzas solicitó hablar con su marido. Se despidió de él y de sus hijos y, en su lecho de muerte, pidió hablar con Dulce, su criada favorita, antes de descansar para siempre.

Dulce lloraba en la cocina con parte de la servidumbre. Dos de los hijos de doña Aurelia permanecían acurrucados en su regazo. El ama y la sirvienta llevaban muchos años juntas y la niñera había sido la verdadera madre de sus hijos.

—Dulce, tienes que casarte con don Gregorio —dijo la moribunda sin rodeos.

Fuera de la habitación se escucharon murmullos muy variados. Desde las que se taparon la boca de alegría, hasta las que murmuraron «de vestir santos a casarse con el amo».

Dulce la miró con estupor, como si pensara que su señora había perdido la razón. Las lágrimas brotaron de sus ojos y corrieron por sus mejillas para caer sobre las manos entrelazadas de ambas. Lloraba con hipo, casi atragantada de llanto y dolor. Dulce verdaderamente amaba a su señora.

Las demás criadas presentes en la alcoba se miraron incrédulas. Dulce era mulata y los señores blancos. ¿Cómo la señora querría que su marido se casara con una criada, y además mulata?

—Sí, tienes que casarte con ella, sería la mejor madre que mis hijos pudieran tener. Es a la que más quieren.

—Por amor de Dios, señora, no diga eso —contestó Dulce—. Usted no va a morir.

Don Gregorio no dijo nada, sólo sollozó apretando los ojos.

—¡Júrame que lo harás, Dulce, júramelo! Has sido como una madre para mis siete hijos, sé que quieres al señor, ya tienes más de treinta años, podéis ser muy felices —balbuceó, ya casi no se la entendía, esbozando con esfuerzo una sonrisa de respeto y ternura—. Si tú no lo cuidas este niño morirá —le dijo señalando al niño que, todavía ensangrentado y cubierto de lanugo, dormía en su cuco—. Nadie se había ocupado de lavarlo. Todas estaban sobrepasadas por los acontecimientos y la confusión.

—Pero, señora, no diga eso —se quejaba Dulce— yo quiero al señor, a los niños y a usted, los quiero a todos, pero también quiero que usted siga siendo la señora de esta casa. Yo continuaré cuidando de todos.

Pero los ojos de la señora se pusieron en blanco, igual de blancos que su fina piel, lo cual contrastaba con las grandes manchas de sangre de su camisón y de las sábanas de la cama. Sus pálidas manos resbalaron de las de Dulce y una cayó sin peso por el borde de la cama, a la vez que su cabeza se hundía en la almohada entre sus rubios y ondulados cabellos. Cuando los ojos volvieron a mirar, ya casi sin vida, se quedaron clavados en los de Dulce. Esbozó una exigua sonrisa y en pocos segundos falleció sin ni siquiera haber recibido los santos óleos.

Un gemido general salió de la habitación. Todas se santiguaron y comenzaron a rezar al unísono. Dulce se quedó mirando esos ojos oscuros hasta que una de las criadas se los cerró y la retiró de la cama, que, trastornada, caminó apoyándose en el brazo de esta hacia donde la llevaran.

Nunca olvidó el gesto de confianza de la señora, que le encomendó el cuidado de su marido y de sus propios hijos.

Boda de Gregorio y Dulce

Dulce Sampaio Sousa había trabajado desde los catorce años en la hacienda de los do Río cuidando de sus hijos desde que nacieron.

Descendiente de esclavos del Brasil, era una mujer de piel oscura, exuberante, de labios carnosos y ojos negro azabache. Su rostro ovalado, de pómulos altos y fina nariz, era de una belleza exótica, casi sobrenatural, iluminándose al sonreír con unos dientes blanquísimos y perfectos. De caderas anchas y pecho generoso, su estrecha cintura no necesitaba de corsés para ser tan fina como la de la avispa. Don Gregorio, a veces impresionado por su belleza, se había referido a ella en conversaciones con su esposa doña Aurelia, pero era un hombre muy respetuoso y fiel, y nunca tuvo un gesto imprudente con Dulce ni le hizo ningún desaire a su mujer. Por eso doña Aurelia sabía que él no la iba a despreciar ni sentiría remordimientos si ella misma se la ofrecía en matrimonio como última voluntad. Y Dulce amaba demasiado a los niños como para rechazar el ofrecimiento.

Dulce era una mujer trabajadora y leal, temerosa de Dios y con buenas costumbres. Y aunque atraía a todos los varones, no tuvo suerte con ellos. Siempre ocupada con los niños, dio largas a cuantos galanteadores la cortejaron; en su juventud había sido solicitada con invitaciones a bailes y fiestas y los pretendientes la rondaban. No eran de su agrado, ya que pensaba que solo se fijaban en su belleza, sin valorar sus otras virtudes. Y así fue dejando pasar el tiempo y su juventud. Los hombres de su edad se habían ido casando, y ella dejó de prestar atención a las solicitudes de otros algo más jóvenes.

Pasados los meses convenientes de luto, Dulce y don Gregorio contrajeron matrimonio. La ceremonia fue sencilla pero conmovedora. Asistieron todos los hijos y familiares cercanos de don Gregorio y todo el personal de servicio de la finca. Y, cómo no, otros caciques, bien conocidos o amigos de don Gregorio, y algunas autoridades de la ciudad.

Cuando don Gregorio escuchó los cascos de los caballos aproximarse, su pensamiento se retrotrajo a antaño, al día en que había contraído nupcias con su amada y difunta Aurelia.

«Veinte minutos antes del mediodía había hecho su aparición el joven y ansioso novio, el señor Gregorio do Río, que vestía un chaqué y no dejaba de caminar de un lado hacia otro y de fumar. Sacaba su pitillera de plata y cogía un cigarrillo, mientras tenía ya otro en la boca. Estaba nerviosísimo, hasta que por fin entró en la iglesia acompañado por sus padres, que a la vez servirían de padrinos[20]. Allí se entretuvo conversando con el sacerdote, que con su voz tenue y conciliadora le distrajo de sus pensamientos.

Cuando apareció el coche de la novia, un Landau cubierto negro brillante, todos se volvieron y, encandilados, observaban la elegancia de los cuatro corceles blancos, vivamente enjaezados y cubiertos con mantas azul ultramar que pateaban y relinchaban sujetas las bridas por el palafrenero. Un momento después vieron descender a la novia. Comentaban con admiración la elegancia de Aurelia y de sus damas de honor, que sujetaban la cola del vestido, evitando así que la tela de seda tocara la tierra rojiza y llegara inmaculada hasta el patio empedrado de la finca. Entraba del brazo de su padre, encaminándose al altar donde la aguardaban todos.

El padre la acompañó hasta el altar, donde su prometido la esperaba ansioso, escuchando las notas de la Marcha nupcial de Mendelsshon, que anunciaban la llegada de la novia.

Allí, con un gesto, el padre hizo entrega de su hija al futuro esposo.

Su piel pálida junto al blanco del vestido nupcial daban a la novia un aspecto seráfico. Sin escote y con manga larga cerrada con tres botoncitos de perlas, el vestido era discreto. El vuelo de la falda de sencillo labrado parecía levitar. Todo era exquisito y había sido confeccionado en Lisboa de forma artesanal por unas modistas de prestigio. Era un vestido de corte único, semejaba una reina. El ramo, de pequeñas flores campestres con grandes colas colgantes de azahar, era el mayor símbolo de su pureza. Una mantilla dieciochesca de encaje le cubría totalmente el cabello al uso de la época, ajustado a la cabeza y con las ondas del bordado de Chantilly tapándole la frente, prendida con una diadema de oro y diamantes, acervo familiar desde hacía siglos de la familia do Río. Todas las mujeres de esta dinastía la lucieron el día de su boda».

Don Gregorio parecía ausente recordando todo cual si hubiera pasado ayer. Con el repicar de los cascos le venían más y más escenas de su anterior matrimonio.

«Al finalizar los esponsales salieron a la calle del brazo al son de la coral de la wagneriana ópera *Lohengrin*, como era tradición, donde recibieron una lluvia de arroz. Los ya desposados se dirigieron en el mismo coche de caballos al patio central de la finca, donde se celebraría el ágape; mientras, los demás invitados fueron a pie o en sus propios carruajes.

Los enlaces protagonizados por la *buena sociedad* habían empezado a considerarse desde la última decena del siglo XIX y primera del XX como un acto de pomposidad y boato. Hasta entonces, el ámbito casero era el reducto diario y festivo del quehacer culinario en la Lisboa finisecular del XIX, al mismo tiempo que el reflejo de una sociedad bien abastecida enraizada en unos ámbitos gastronómicos que se hundían en la noche de los tiempos.

Cuando doña Aurelia y don Gregorio contrajeron sagrado matrimonio en la iglesia de Vidigueira todavía se podían apreciar en este evento social las pautas que la tradición marcaba. Contrayentes, familias y demás invitados se reunieron en el templo donde iba a tener lugar el enlace. Finalizada la ceremonia, la numerosa comitiva, compuesta por cerca de cien invitados, entre los que destacaban altos cargos, se dirigió en varios carruajes —siguió recordando don Gregorio— hasta una respetada casa de comidas, donde previamente se había concertado la reserva exclusiva para aquel día de varias estancias y un exclusivo menú. Todos los invitados disfrutaron de una suculenta comida que se complementó con una no menos exquisita cena. Durante todo este periplo *gastronómico-festivo* reinó una diversión y una algazara sin límites. Delicados manteles de hilo, cubertería de plata y la vajilla de *Sèvres*, con jarrones de la misma colección, adornaban las mesas hermosos centros de flores. No faltaba un detalle. Todos los pormenores fueron cuidados con primor. Una fila de camareros saludaron al entrar a los comensales, entre los que había altos cargos funcionariales y otros caciques, miembros de la burguesía y de la aristocracia de la época, entre los que se encontraban sus familiares.

El menú fue impresionante y sofisticado para la época: perdices, faisanes, patos, todo ello asado con los más diversos condimentos de importación se sirvieron en bandejas de plata. Langostas, carabineros, vieiras y un sinfín de otros mariscos llenaban fuentes decoradas de un modo tan ingenioso que daba pena destruirlas para comérselos. De tan variado como fue el menú, nadie recordaba totalmente el contenido. De postre varios kilos de pastelillos de Belem, de la misma Lisboa, acompañaron con castañas *marron glacé*, café y alguna copa de mistela para las damas y Porto para los caballeros.

Cuando el banquete hubo finalizado, los caballeros empezaban a fumar cigarros puros o pipas y las damas se levantaban para acicalarse, la orquesta cesó de tocar unos segundos y sorprendió a todos con los acordes del vals del *Danubio Azul*, como en las cortes vienesas. Era el momento de inaugurar el baile por los recién casados. El nuevo matrimonio, complacido y enamorado, danzó ante todos. Don Gregorio se lució como excelente bailarín, dando decenas de vueltas a la novia, sin tropezar ni una sola vez con ella ni con su vestido. Era costumbre que la novia bailara con su padre y el novio con su madre. Y después ambos fueron cambiando de pareja, aunque la más solicitada fue sin duda la novia. No se sabe cuándo, los recién casados se escabulleron, retirándose del salón sin que nadie se percatase».

Un delicado golpe en el brazo sacó a don Gregorio de su ensimismamiento. Dulce estaba a punto de llegar y él tenía que esperarla junto al altar. Era la condesa de Briasol.

—Vamos Gregorio. Déjate ya de ensoñaciones. Tenemos que ir yendo hacia el altar. Tú solo la tienes que ver cuando estés en la iglesia esperando —le susurró doña Zilma, condesa de Briasol.

Don Gregorio reaccionó. Por un momento se había sentido perdido, pero doña Zilma agarró su brazo con fuerza y se lo llevó al lugar que le correspondía.

Zilma Eduardo Medeiros o Soares, condesa de Briasol, era una antigua amiga de la familia que, desde que enviudó, dejó de frecuentar los ambientes aristocráticos y festivos. Pero hizo una excepción para ser testigo de boda del mejor amigo de su difunto esposo.

Era una mujer aún joven, de unos cuarenta años, con porte sobrio y elegante. No siendo guapa era alta y muy delgada, algunos decían que seca, de pómulos prominentes; su cara tristona era alargada, sus labios finos y los ojos marrones con forma almendrada. La nariz era fina y recta, un poco más larga de lo normal. Tenía un cutis blanco, posiblemente aclarado con polvo de arroz o albayalde, producto blanqueante que usaban las damas de la época. ¡Todo por tener un cutis de porcelana!, aunque contuvieran arsénico o plomo y fueran peligrosos para la salud. No estaba bien visto en aquellos años lucir la piel morena, ya que esta era la característica de la clase obrera, que pasaba largas jornadas trabajando bajo el sol. Algunas señoras de sociedad llegaban incluso a marcarse aún más el color azulado de las venas para que no se dudase de su delicadeza cutánea.

Zilma siempre había sido muy excéntrica y no dejó de serlo en esta ocasión. No tenía ningún rasgo que la hiciera bonita, pero era elegante y de aspecto etéreo. Lucía unos cabellos ondulados que le daban un aire muy juvenil, pero de todos era conocido que su pelo era liso, y se lo ondulaba usando tenacillas, pasándose largas horas frente al espejo con una doncella rizándole el cabello.

Exhibió su gran porte con un vestido largo de gala que causó impresión. Tampoco le importó resaltar más que la novia o eclipsarla, seguro que ni se percató de ello. Ninguna dama pudorosa de la época hubiera mostrado algo más que el rostro y las manos antes de las seis de la tarde, salvo ella. Su vestido de color dorado y corte Imperio estaba confeccionado en una tela que parecía llena de escamas. Tenía el escote pronunciado y redondo y caía en «A» a partir del nacimiento de su pequeño busto, lo cual le favorecía. Las mangas cortas le llegaban al codo. No era un vestido cómodo ya que aún se usaban los corsés, y ella llevaba uno pronunciado de corte paloma. Hubiese sido un traje de noche ideal, pero ella innovó usándolo al mediodía. La tela era suntuosa: tul de hilo bordado en chaquira con aplicaciones de canutillo, piedras de cristal y perlas de papelillo, y el preciosismo con el que estaba decorado daba muestras de su cuidada confección y de su alto precio. Así demostraba su poderío económico y la bonanza de su familia. Por último, un gran lazo de tul de hilo de plata le rodeaba la cintura y en la espalda los cabos colgaban hasta el suelo. Pesaba unos cuatro kilos, pero ella lo lucía con ligereza. Posiblemente fue fabricado en París por las casas *Callot Soeurs,* o *Poiret y Fortuny,* que usaban materiales variados con brillo metálico, e innovaron en la moda de 1910.

Fue la persona más admirada después de Dulce. Entró en la capilla junto a don Gregorio y se colocaron frente al altar.

Dulce llegó llegó en el carruaje entre vítores de alegría de algunos de sus antiguos compañeros de trabajo. El hijo mayor de don Gregorio, Miguel, iba a ser su padrino, y la estaba esperando junto al pequeño Aurelio. La ayudó a bajar, ya que su falda, estrecha y larga, apenas le permitía dar pequeños pasos.

Antes de la boda, Dulce había pedido a su aún señor que invitara a todos los trabajadores de la hacienda. Él convino en hacerlo. No le pareció muy oportuno negarse porque aún sentía el duelo por su mujer, y no quería entrar en un nuevo matrimonio desatendiendo las ilusiones de su nueva esposa.

Ese día las gentes del pueblo portaban su mejor indumentaria. Cuando vieron a Dulce tan elegante comentaron que estaba soberbia y aplaudieron y silbaron de alegría. Ya habían bebido lo suficiente en el desayuno que ofrecía Don Gregorio, como era tradición antes de la boda a sus invitados, y estaban más felices que en los días de trabajo. Esta ocasión se aprovechaba para hacerse fotos con el novio o entre los invitados antes de la ceremonia. Los humildes paisanos disfrutaron como nunca, posando por primera vez en su vida todos juntos con su señor, o por grupos. Serían las únicas fotos que muchos tuvieran en su infortunada existencia.

Dulce vestía un discreto traje chaqueta color marfil de fino brocado. La chaqueta entallada con cuello de solapa y poco escotada, por supuesto de manga larga, y con guantes de encaje, ya que no se podían enseñar los brazos en la casa de Dios. La falda, larga y estrecha, casi le llegaba a los tobillos. El contraste con su cutis color caramelo le confería una belleza exótica.

Había elegido un ramo de rosas blancas, puesto que aunque no era joven era virgen y para ella vestir de blanco era indispensable. El pelo recogido en un moño bajo con un sombrerito con velo de tul que le tapaba la cara. Y como único adorno unos pendientes de perlitas haciendo juego con un collar que le regaló don Gregorio el día de su compromiso.

No era un matrimonio por amor, pero ambos se respetaban profundamente.

Entró en el patio del brazo de Miguel Moreira do Río, su futuro hijastro, al que más quería, sabiendo que el amor era recíproco. Él la acompañó hasta el altar, donde don Gregorio la esperaba muy atento del brazo de doña Zilma de Briasol.

El padre Francisco, amigo de don Gregorio, que le había casado en primeras nupcias y después bautizado y ofrecido el resto de los sacramentos a todos sus hijos, ofició una emotiva ceremonia, que amenizaron una pianista y un violinista de la orquesta de la ciudad de Setúbal. Ejecutaron piezas como el *Ave María* de Schubert, el *Adagio* de Albinoni, o el *Gloria in Excelsis Deo,* de Vivaldi. Don Gregorio no había escatimado en agasajos. Eran las diez de la mañana. Dulce lloró de emoción cuando don Gregorio puso en sus manos las arras e hicieron el intercambio de estas, símbolo de los bienes que iban a compartir, y cuando le puso la fina alianza de oro en el dedo anular izquierdo de la mano, igual que hizo ella. Algunos murmuraron que estas lágrimas les darían buena suerte, porque la tradición decía que serían las últimas derramadas durante su matrimonio.

La boda fue sencilla, pero no por ello quería desmerecer a la novia.

A mediodía los recién casados entraron en el patio, zona de la finca destinada al banquete. Sonó la marcha nupcial de Richard Wagner y casi todos los asistentes de rango inferior aplaudieron y prorrumpieron en ovaciones tales como «¡Vivan los novios!» y silbidos que al principio molestaron a los más finos. Pero después algunos les imitaron entre risas y la entrada se convirtió en una algarabía. Dulce estaba radiante y feliz. Don Gregorio, pese a lo excepcional de la situación, tuvo el aplomo de consentirla.

El padre Francisco, pletórico de felicidad, se colocó frente a los músicos de la orquesta cual director y estuvo largos minutos simulando dirigirlos, ya que el vino de la Eucaristía y después los ponches en el patio le habían embriagado. Los músicos, con mirada burlona, no sabían qué hacer. Alguien lo retiró de allí y se lo llevó a tomar otra copita de vino, que le entonó aún más y fue dirigiendo ahora a los comensales caminando entre las mesas durante todo el desposorio. Todos reían y alguno comentó que menos mal que no le había dado por ir con el acetre y el hisopo esparciendo agua bendita sobre las cabezas de los comensales.

Al acceder al patio porticado del edificio, todos los asistentes al enlace contemplaban bajo los arcos las columnas adornadas con guirnaldas de romero, tuyas y jaras. Las mesas se habían dispuesto bajo los soportales para protegerse de una eventual tormenta de verano. La que iba a ser para los novios y los invitados principales se había vestido con manteles de blanquísimo Damasco rodeada de sillas victorianas de palisandro, con cómodos asientos y respaldos. Cuanto menos relevancia social tenía el asistente o más lejano era el parentesco se situaba más alejado de la mesa principal. Los adornos iban desapareciendo, e incluso las sillas pasaban a ser de enea o taburetes para los trabajadores de la finca, que comían al otro extremo del patio.

De vez en cuando el griterío de los comensales más lejanos contrariaba a los más remilgados. La gente humilde celebraba los esposorios de forma más animada, sin tanto postín. Cuando acabó el convite, las mujeres, sobre todo, estaban desando ponerse a bailar y así olvidarse de sus quehaceres diarios, y para no molestar a los contrayetes salieron a la calle a festejar su propia velada.

Desde el patio se escuchaban los acordes de una guitarra y las voces de algunas mujeres cantando fados. Algunos invitados salieron a la calle. El gusto por la música tradicional portuguesa y los fados los aproximó. Algunos atraídos por el repiqueteo saltarín de las cuerdas, otros por la gracia de las melodías, y otros por simple curiosidad se fueron uniendo al grupo exterior y se formó un variado grupo, donde terminaron bebiendo y cantando juntos hombres y mujeres de cualquier estatus social o profesión. Todos bailaban en corro. La alegría de las personas de campo era tal que los jóvenes acomodados envidiaron por un día su desenvoltura, se olvidaron de sus costumbres estiradas y se unieron a ellos. Se dieron cuenta de que estaban disfrutando como nunca lo habían hecho antes.

Pero al levantarse el sol terminó el embrujo. Los ricos durmieron en sus camas con mullidos colchones de lana y sábanas de hilo bordadas y planchadas, y los trabajadores se retiraron a sus casas de adobe, a sus lechos de paja, o a su jergón con pulgas. Ya no era el día del connubio, de la camaradería y la amistad.

La rica durmió hasta pasado el mediodía quejándose del ruido que había en la mansión, porque tenía resaca y le dolía la cabeza; mientras la pobre limpiaba los suelos y el menaje del día anterior y le llevaba el desayuno a la cama.

—Fernanda, ¿por qué hacéis tanto ruido?, ¿no podéis limpiar sin dar golpes y sin que los platos choquen unos contra otros?

—Disculpe, señora, ahora se lo digo a las muchachas. Es que son muy descuidadas y, como ayer bebieron mucho, hoy están más patosas que de costumbre —respondía la criada pacientemente para satisfacer a alguna señora quisquillosa, cuando el ruido era el de siempre, incluso menos, porque las sirvientas estaban cansadas y también les dolía la cabeza.

Menos mal que su nueva señora era Dulce, la que había sido una de sus mejores aliadas, la que había compartido lavandería, fregadero y cacerolas, y todas sabían que siempre sería su defensora a ultranza.

Fue una fiesta memorable, la mejor que habían vivido algunos y para otros la única de tal magnitud. Todos hablaron u oyeron hablar en la región durante años de aquella criada negra que se casó con su señor y de la celebración de su matrimonio.

En menos de un año nació una preciosa niña mestiza, de rasgos finos y piel canela a la que llamarían Inés Juan.

Inés Juan Sousa do Río era la hija pequeña del patrón, la «*perla negra*» de su padre, como él mismo solía llamarla. Nació en una familia de ocho hijos, pero de madre diferente. Ella fue la novena. Aunque el padre había tenido nueve hijos, Inés Juan era su primera hija, al igual que para Dulce, que solo parió esa vez en toda su vida.

Julián el lechero

Pasaron los años, e Inés, a sus siete años, se había convertido en una niña preciosa, amada y consentida por todos, no solo porque era hija del patrón o porque su madre hubiera sido niñera en la casa, sino además por su exotismo. Su color era distinto al del resto de los habitantes de la finca, aunque en el pueblo había más habitantes oriundos de África.

Inés era aún una chiquilla cuando, subida en el carro que llevaba la leche, escondida entre las grandes lecheras, se fue una mañana porque quería una muñeca de porcelana que había visto en el escaparate de la tienda del pueblo. Llegó a la lechería y se bajó del carro antes de que el repartidor la viera, encaminándose hacia la plaza. Con su alcancía bajo el brazo envuelta en un paño de ganchillo que hasta entonces había cubierto la cómoda de su habitación entró en la tienda y pidió la muñeca.

La dueña de la tienda se sorprendió, primero de que una niña sola entrara a su tienda a esas horas en las que todos los niños estaban en el colegio, después porque iba vestida como «de domingo», según le dijo a su vecina, y porque caminaba «tan campante» por la calle sin ningún adulto cerca. No se atrevió a decirle nada porque enseguida la reconoció como la hija de los mayorales.

Llegó con su hucha y pagó con monedas pequeñas, sus ahorrillos.

Su madre, doña Dulce, estaba tan enfadada que la buscó por toda la hacienda. Había servido a su señora durante dieciséis años y nunca se le había escapado ninguno de sus ocho hijos, y ahora perdía a la suya.

En poco tiempo el enfado se convirtió en pavor, y ya no solo la buscaba su madre, sino su padre y sus hermanos, que ya habían regresado del colegio o del trabajo. Ya por la tarde, y a punto de ponerse el sol, todos los empleados de la finca la buscaban, el pánico en sus ojos, pues todos querían a la niña, todos la habían visto nacer y crecer, todos amaban esos ojos de azabache y esos dientecillos de blancura insuperable, que destacaba con el tostado de su piel. Además, todos habían reído contagiados por su risa. Y todos estaban desquiciados.

Don Gregorio, a punto de enloquecer, llamó a la guardia nacional republicana, que se presentó en la finca con sus trajes verdes flamantes y se pusieron a buscar con linternas en los pozos, zanjas, acequias y en otros lugares peligrosos de los alrededores.

La madre tenía una mirada perdida. No había ingerido alimentos en todo el día, lo que junto a los ojos rojos e hinchados y el disgusto habían hundido sus mejillas. Entraba y salía de la casa; subía y bajaba las escaleras; la llamaba con desesperación sabiendo que no estaba..., entre jadeos, mirando y remirando una y otra vez las habitaciones que ya había recorrido mil veces durante el día. Parecía trastornada recorriendo la casa ya a oscuras, llamando a su hija con un hilo de voz. Se había quedado ronca de tanto chillar y llorar. Arrastraba los pies y se agarraba a las paredes para no caerse, y aunque su marido, criadas, hijos y demás personas de la hacienda le decían que descansara un rato, ella parecía no escuchar a nadie, pasaba de largo y se desasía de las manos que pretendían sujetarla.

Y en medio de todo este alboroto oyeron el galopar de un caballo en la lejanía y el ruido de un carro. Todos se temieron lo peor. Un hombre venía voceando pero sus palabras eran inteligibles. Cuando la madre lo oyó se desplomó aterrada en una butaca y no parpadeó hasta que fue visible que era el carro del lechero, instante en que se levantó y sacando unas fuerzas que no parecía tener echó a correr hacia él. Otros habían hecho lo mismo.

Todos corrieron envueltos por el miedo: podría ser portador de noticias, pero no sabían si serían buenas o malas.

Cuando estuvieron lo suficientemente cerca del carro advirtieron que en el pescante, a su lado, iba alguien, y cuando pudieron identificar al pasajero descubrieron que era Inés. La niña apretaba contra su pecho una preciosa muñeca de porcelana blanca, vestido de volantes y sombrerito blanco, como el suyo.

—¡Inés, Inés, hija mía! —gritó Gregorio do Río, su padre, el primero que llegó al carro—. Julián, ¿qué hace la niña contigo? —le inquirió sobresaltado y fuera de sí—. ¿Qué hace mi hija contigo?

—Don Gregorio, tranquilícese, don Gregorio, tranquilo —gritaba el lechero mientras intentaba zafarse de las manos del padre, que lo agarraba ya por el cuello de la chaqueta—. Yo no he hecho nada, me la han traído a la lechería, estaba perdida en el pueblo...

—¡Quieto, don Gregorio! —le gritaba el señor Vicente, mientras lo sujetaban entre él y otros, porque se había abalanzado sobre el pobre lechero, que no hacía más que huir de las férreas manos del padre de la niña Inés.

Don Gregorio, fuera de sí, fue retirado del carro por sus trabajadores para que la calma llegase a su ser.

—¡Soltadme, lo mato, lo mato! —imprecaba con la boca llena de espuma. —¿Qué le has hecho a mi hija?

—¡Estaba perdida, estaba perdida! —No hacía más que vocear el lechero— ¡Yo solo la he traído! ¡Me la han traído, me la han traído! —gritaba una y otra vez, en medio de una confusión donde las voces de los dos hombres se mezclaban y no se entendía nada.

Por fin, don Gregorio después de ensañarse con el lechero, recuperó la compostura. Y, sofocado y avergonzado, se acercó al lastimado y aporreado lechero, que sentado en una piedra bebía un vaso de vino, mientras relataba, aún temblando por el susto, los detalles del incidente y la celeridad con que había llegado. El resto de los paisanos le miraban impávidos y serenos, escuchando cómo se desarrollaron los acontecimientos.

—Perdona, amigo Julián, no sé qué se me ha pasado por la cabeza al verte llegar. ¡Traed chorizo y pan para este hombre! —gritó a la servidumbre—, puesto que todos estaban en la calle rodeando a los protagonistas. Y metiéndose la mano en el bolsillo del pantalón sacó un fajo de billetes del que separó algunos para dárselos al pobre hombre—. Ten —le ofreció—, por el disgusto.

Pero Julián, casi con lágrimas en los ojos, se levantó dignamente de la piedra en la que descansaba, aunque apenas podía respirar, bien por la fatiga bien por la aflicción en su alma, y rechazando con amabilidad la comida que una sirvienta le traía envuelta en una servilleta, le espetó con orgullo:

—Don Gregorio, así no se arreglan las cosas. Yo he traído a su hija deprisa, lo más aprisa que he podido, casi reviento a mi caballo; pero usted ha pensado mal de mí porque soy un hombre del pueblo; no lo he hecho ni por una recompensa ni por una gratificación, solo por ahorrarle las lágrimas a su pobre madre. Pero si hubiera sabido que su respuesta iba a ser esa cólera feudal hacia mí la hubiera dejado en casa de Herminia hasta mañana, que, como cada día, vengo a recoger su leche.

Y tocándose el sombrero de paja con solemnidad a la vez que un orgulloso, «*con Dios*», salía de su garganta, les dio la espalda a todos, subió a su carro y se alejó sumiéndose en la noche.

Inés había estado todo el día jugando con su nueva muñeca en la plaza del pueblo, dándola de comer y paseándola por todos los lugares que ella conocía, que no eran muchos: la iglesia, la plaza y la heladería.

—Mira, Rita —le dijo a su muñeca—, ¿ves esa señora que llora? Es la Virgen María, la madre de Jesucristo, nuestro Señor. ¿Has visto qué guapa es y qué bonito es su manto? Tienes que rezar conmigo para ser una buena cristiana...

Y no tuvo ni hambre siquiera, pero al atardecer las calles se tornaron oscuras, los bancos de la plaza del pueblo se vaciaron y sintió miedo. Empezó a caminar sin rumbo, con la muñeca apretada contra su pecho, hasta que Herminia, una señora, oronda y de mejillas rosadas le preguntó qué hacía sola en la calle a esas horas.

La niña contestó balbuceando:

—He venido escondida en el carro del lechero, pero no sé volver a mi casa —lloriqueó la niña.

—¿El lechero? ¿El de la calle de la rampa?

—No sé. El lechero que se lleva la leche de mis vacas...

—¿Tus vacas? ¿Dónde vives, niña?

—En la hacienda «A Campainha» —respondió con los ojos llenos de lágrimas.

—¿A Campainha? —repitió la señora, fijándose en la tez color caramelo de la niña. Y cogiéndola de la mano la arrastró hasta la lechería, donde el sorprendido lechero la vio entrar mientras la señora le gritaba que aquella era la hija de don Gregorio y que la llevara a su casa.

—A saber cómo estarán, seguro que la andan buscando por todos lados. La madre estará como alma en pena.

—Acabo de arreglar los establos, ni he probado bocado.

Y el pobre lechero, cansado, la subió de nuevo en su carro. Si iba a la guardia civil tardaría lo mismo, así que optó por acercarla él mismo; y no podía permitir que esa niña estuviera fuera de su hogar por más tiempo. La llevó, nervioso, rápido, poniendo su vida en peligro, y lo recibió el furioso y vehemente padre de Inés, que pensó de todo menos que ese lánguido y angustiado hombre había recorrido el camino de forma vertiginosa para dar tranquilidad a una familia destrozada.

El padre había cogido a su hija de la mano y, avergonzado y afrentado, se había metido en la mansión sin rechistar ni dar las buenas noches siquiera. Nadie se hubiera imaginado que Julián fuera tan brioso y valiente. Todos hicieron lo mismo, sintiéndose desplazados y abochornados, cada cual se fue a su hogar murmurando y la mayoría mirando a su señor de reojo.

—¡Hija mía, hija mía!, ¿estás bien?, ¿dónde has estado? —lloró Dulce mientras la abrazaba y se la comía a besos.

Tenía las ventanas de la casa abiertas de par en par porque decía que le faltaba el aire. Jadeaba mientras la abrazaba y la besaba. La niña, incómoda, se rebullía en su regazo.

—Vamos, Dulce, deja ya a la niña. Estará cansada —dijo don Gregorio—. Debe de haber sido un duro día para ella.

Pero lo cierto es que los únicos que lo habían pasado mal habían sido ellos, todos los que adoraban a la niña, y algunos que por su trabajo se habían solidarizado con la búsqueda.

—Vamos, Inés, vete con Guida, que te bañe y te acueste. Mañana nos explicarás cómo llegaste al pueblo —le dijo su padre con voz severa, pero herido en sus ínfulas de grandeza.

Al día siguiente, la niña Inés, entre lloros y fingidas lágrimas, explicó a sus padres su aventura y estos le rieron la gracia. Durante la noche se les había pasado el disgusto y únicamente deseaban abrazar a su hija, que en tan solo un día había demostrado la importancia que su presencia iba a tener en la hacienda.

—Nunca regañan a la niña, echa unas lagrimitas de cocodrilo y se va de rositas —decía una criada—. Es una malcriada. Pone la casa patas arriba, a su madre casi le da un patatús, el padre casi desgracia al lechero, pero ni le dan un sopapo.

—Es tan caprichosa que por las noches me llama para orinar, aun teniendo su hermoso perico[21] guardado en la mesilla— dijo la niñera.

—¡¿Pero y lo graciosa y lista que es?! ¡Y tiene esa mirada tan angelical...! —dijo otra.

Esa fue la primera vez que Inés desapareció de la finca sin avisar y asustando a todos, pero no la última.

El día de su Primera Comunión, en medio de la fiesta y aún vestida con el traje blanco de tul y encajes, como una pequeña novia, desapareció de nuevo.

Ese día no tardaron tanto en echarla de menos. La niña se había criado en un ambiente permisivo y pueril, en el que todo le estaba permitido, todo lo tenía y solo le bastaba sonreír o llorar para que la perdonasen.

Esta vez no se marchó sola. Marculino, el hijo del capataz, de diez años de edad, se había escapado con ella. Marculino siempre había estado enamorado de Inés.

La recordaba de recién nacida en su moisés, vestida con faldones de batista y bordados a vainica. El moisés tenía un dosel de color rosa que brindaba protección contra insectos, partículas de polvo y arena. Incluso tenía un volante de la misma tela rodeando el canasto de mimbre. Parecía la hija de los reyes de algún país asiático, rodeada de lujo y telas suntuosas. Él siempre estaba cercano, desde que empezó a gatear por el jardín, cuando golpeaba sus juguetes contra el suelo hasta romperlos, o cuando pronunció sus primeras palabras. Él siempre estuvo ahí.

«Marculino, moja el chupete de la nena en azúcar para que deje de llorar», le decía Guida, y Marculino corría a la cocina a mojar el chupete en el azucarero; «Marculino, recoge los juguetes de Inés y mételos dentro de su cesto», le mandaba doña Dulce; «Marculino, ¿me traes un bollo de arroz de la cocina?», le pedía Inés, y Marculino corría y se lo traía en menos de un minuto; «Marculino, ve a por un plato de galletas de mantequilla y nos las comemos mientras hago los deberes».

Así fueron pasando los años y transcurriendo la vida de los dos niños. Inés formaba parte de la existencia de Marculino. Era más que su hermana. Era más que su familia. Era su vida, su amor.

Y de esta manera, el día que Inés tomaba la Primera Comunión y toda su familia estaba celebrando el convite, los dos niños desaparecieron, en esta ocasión a lomos de un caballo.

Cuando los encontraron, Inés tenía su precioso vestido de Comunión manchado de mermelada de fresa y de churretes de chocolate, al igual que la cara y las manos. Marculino tenía crema pastelera pegada a la cara. Habían metido en un esportillo todos los dulces que fueron capaces de robar de la cocina y una jarapa para el suelo, y allí estaban los dos, mondados de risa, sentados en la manta y con las caras llenas de merengue, chocolate y crema de vainilla, haciendo apuestas sobre quién se tragaba más buñuelos o quién se comía más deprisa un trozo de tarta.

Este fue el último día que Marculino pudo jugar con Inés a la vista de los demás, ya que le prohibieron entrar en la mansión de los señores, y pasó a encargarse de las caballerizas y a trabajar ayudando a su padre. A Inés, a su vez, le prohibieron jugar con los niños de la hacienda y la instaron a comportarse como una señorita, lo que incluía ir al colegio, salir sólo con niñas o celebrar su cumpleaños en fiestas pesadas y aburridas. Y como venganza, Inés volvió a escaparse una y otra vez, hasta que ya fue normal que periódicamente la jovencita desapareciera sin que nadie supiera cómo, dónde, ni con quién estaba. Era una adolescente rebelde y habría de dar muchos disgustos a sus progenitores.

Pero Inés nunca dejó de verse con Marculino y siguió visitando a los empleados y ayudándolos en todo lo que podía, regalándoles ropa si la necesitaban, medicinas o alimentos que sustraía de la casa, o incluso ayudando en las tareas del campo si sabía hacerlo. Su hierático comportamiento en el hogar era antagónico al que tenía cuando estaba con los empleados de la hacienda.

Ella estaba presente cuando los empleados hablaban y se quejaban de su mala situación económica o de las muchas horas que trabajaban.

Los genes de su madre, de mujer trabajadora y amable, se traslucían en el comportamiento generoso y elogiable de Inés. Se vislumbraba que su vida iba a ser distinta a la de sus padres.

1922-1926
Lourenço Marques
Colonia Oriental Portuguesa

La ciudad de las acacias

Cuando Amalia llegó hacía casi tres años, toda orgullosa y altiva de la metrópoli a Lourenço Marques, también llamada la ciudad de las acacias, se dio de bruces con una ciudad enorme, moderna y con glamur que la dejó desconcertada y fascinada al mismo tiempo. Una ciudad soleada, sin niebla como su pueblo, con un cielo intensamente azul; por debajo las rojas acacias en flor, cuyas florecillas, al ser acariciadas por el viento se desprendían y revoloteaban para después depositarse en el suelo, alfombrándolo con un delicado tono bermellón.

Era una ciudad con vida social, con comercio, con belleza. Observó que en esta ciudad se mezclaban en armonía los blancos, en su mayoría portugueses, con los negros y los indios. Al menos en aparente armonía. Las grandes mansiones que veía tenían dueños blancos, y los negros autóctonos eran la servidumbre. Ningún oriundo vivía ahí. La población oriunda vivía como siempre había vivido, a las afueras, en sus casas de adobe o cabañas de paja, *palhotas*, en pequeños poblados indígenas o en casuchas aisladas, rodeadas de una pequeña porción de tierra que cultivaban; y acudían a trabajar a la gran ciudad, que distaba varios kilómetros en rocines, pero la mayoría caminando.

La ciudad no carecía de nada. Tenía comisaría de policía, bomberos y hospital, iglesia, mercado municipal y hotel, jardines, ferrocarril y tranvías; incluso con el tiempo llegaría a tener mezquita, casas de modas y hasta ¡clubes náutico y sociales donde reunirse!, mucho más de lo que ella había necesitado nunca.

Las mujeres paseaban a sus bebés en cochecitos de grandes ruedas y capotas, elegantemente vestidas bajo sus sombrillas, mientras una niñera negra, de pulcro uniforme blanco, los empujaba.

En el hotel Polana los hombres, con sus bigotes ensortijados, trajes de lino blanco y sombreros a la moda, fumaban pipas y leían el periódico. Incluso, en un sillón apartado, se escuchaban los ronquidos de un hombretón gordo y con barba que dormía la borrachera sin ningún pudor, con un vaso vacío sobre la mesa.

Jóvenes muchachos negros de la ciudad trabajaban como mozos o recaderos, atendían como dependientes en comercios o trabajaban en la construcción. Algunos conducían camiones o carromatos de madera íntegramente, excepto las ruedas, donde transportaban mercancías, o se les veía encaramados a unos altos andamios de tablones, construyendo otros edificios.

A Amalia de Queirós, que venía de Portugal, un país de Europa mucho más desarrollado y que pensaba que allí iba a triunfar, por su diferencia cultural con los indígenas, le parecía imposible que en medio de un continente virgen pudiera existir una ciudad tan desarrollada. Gozaba de hermosas mansiones palaciegas, con grandes avenidas, jardines de diseño, con tránsito de vehículos a motor y una vida comercial más o menos próspera. ¡Hasta tenía un hotel de lujo exuberante que la sobrecogía con solo mirarlo! No daba crédito a lo que sentía: ella, procedente de la civilización, resultaba que nunca había salido de su aldea y nunca había visto señoras con trajes de gasa, ni señores que cuando se cruzaban con ella se levantaban el sombrero y la saludaban en portugués. Se encontraba en otro continente, en un país que ella se imaginaba salvaje, con una ciudad moderna en constante movimiento que se cernía sobre ella. Todo le resultaba desconocido. Tuvo miedo.

Se instaló en el hotel Polana, pensando que podría permanecer allí hasta que diera a luz. Estuvo varios días sin salir. Hasta comía en su habitación. Con la tez marchita, cada día se consumía más. Al quinto día, el director del hotel en persona llamó a su puerta. Era la única mujer sola que se hospedaba en el hotel y tuvo miedo de que pudiera estar enferma.

—Tengo miedo de salir a la calle —le confesó entreabriendo apenas la puerta—. Todos me miran. Hay nativos negros por todas partes y algunos hasta se atreven a sonreírme con sus gruesos labios y esos blancos dientes —dijo estremeciéndose—. ¿Y si me hacen algo? Parece como si me conocieran. ¡Y yo no conozco a nadie!

En su pueblo natal nunca había visto una persona negra. Nunca le había gustado ser observada, y ahora allí era el centro de atención. Por mucho que se sorprendiera de las miradas de curiosidad que despertaba, no se daba cuenta de que solo era eso, curiosidad.

Don Álvaro, director del hotel, se rió sin malicia.

—No tenga miedo, señora de Queirós, ¡esto es África! ¿Cómo no va a haber negros? La población autóctona es negra, son todos negros. ¡Cómo no la van a mirar con lo hermosa que es usted? En cuanto la ven dos veces ya la conocen, por eso algunos amablemente se atreven a sonreírle, e incluso después de varias veces a saludarle. Nadie se atrevería a hacerle ningún daño. La respetan e incluso la admiran.

Eso no era del todo cierto, ya que existían muchos nativos que odiaban a los blancos, luego sí podría correr peligro en alguna ocasión. Pero era difícil que esto sucediera durante el día y menos en barrios lujosos; por eso para serenarla inventó esta argucia.

—Aquí solo unos pocos portugueses y otros cuantos europeos somos blancos. Pero espere usted a salir de la capital, ¡no verá ni un solo blanco en kilómetros!

Un escalofrío recorrió todo el cuerpo de Amalia. Hasta don Álvaro notó la sacudida. Un miedo cerval paralizaba su cuerpo. Toda su valentía había desaparecido.

—No tema usted, señora de Queirós. Parece usted una «flor de estufa», está pálida de no salir a que le de el aire. Le proporcionaré una camarera para que le acompañe a pasear o de compras, mientras llega su marido...

—No tengo marido. Soy viuda. Además, no dispongo de mucho dinero —balbuceó. Y ruborizándose añadió—: ¿Podría indicarme otro alojamiento más económico?

Pero no hizo falta. Don Álvaro se compadeció de esa dulce muchacha de aspecto enfermizo y frágil; no sabía que las ojeras y su cara demacrada eran consecuencia de su estado de buena esperanza, y llegó a un acuerdo económico y laboral que satisfizo a ambos.

Amalia de Queirós, haciéndose pasar por viuda, además de vivir en el hotel, también trabajaría allí como camarera.

Ofreciéndole un puesto de aprendiz de gobernanta estuvo unas semanas aprendiendo concienzudamente las funciones de esta. Así el hotel Polana se convirtió en su casa. Era una mujer blanca, joven, fuerte, guapa y recién llegada de Europa. La gobernanta la miraba recelosa pues temía perder su trabajo. Amalia aprendió rápido y pronto se repartieron las camareras entre las dos. La mujer que al principio percibió como una competidora ahora se encargaba de la mitad de su responsabilidad. Las dos estaban contentas y satisfechas con el acuerdo. Cada una tenía a su cargo a veinte mucamas, que se ocupaban de mantener las habitaciones limpias y las camas correctamente hechas.

Doña Amalia se traslada a su casa

—¿Señorita, por favor, sería tan amable de sentarse a mi mesa? Me gustaría invitarla a tomar un café o un refresco, lo que usted desee.

—Lo siento, señor. Acabo de salir de trabajar y estoy muy cansada. Me voy a mi casa. Será en otra ocasión —se disculpó Amalia amablemente.

Amalia seguía siendo muy bella. Conservaba la piel muy blanca, pese al sol de Lourenço Marques, puesto que siempre iba por la sombra, en coche o con sombrilla, y su melena espléndida y rubia, que ella misma se ondulaba con tenacillas, y raya a un lado, como la actriz sueca Greta Garbo, la hacía muy juvenil.

—Señorita, disculpe que la moleste de nuevo —dijo el elegante caballero español, quitándose el sombrero—. Sé que está usted muy ocupada, pero estoy muy interesado en conocerla. No piense usted mal. Si usted me concediera el honor de cenar conmigo le estaría eternamente agradecido. Es usted muy bella.

—Muchas gracias —manifestó sonrojándose Amalia. Aunque estaba en una gran metrópoli continuaba siendo la inocente muchachita de pueblo del que había salido hacía unos meses.

—Las que usted tiene —contestó él con atrevimiento—. Déjeme que me presente, me llamo Juan Alberto del Castillo Yáñez, y soy español. Con mucho gusto la invito a mi mesa. Me sentiría muy agradecido si aceptara cenar conmigo.

Amalia sonrió. Le pareció un hombre extremadamente educado y caballeroso.

—Estaría encantada de cenar con usted, pero tengo otro compromiso y me es imposible —mintió ella, acordándose de las lecciones de su tía en el barco—. En otra ocasión quizás pueda ser, caballero.

Él la saludó inclinando brevemente la cabeza y volvió a ponerse el sombrero.

Amalia no podía establecer relaciones serias con nadie, y menos aún con un caballero español, que le parecía un señor de gran respetabilidad y que probablemente no comprendería su historia. Debía esperar a que naciera su hijo para establecer nuevos contactos y rehacer, si cabía la posibilidad, su vida.

Amalia estaba embarazada. Ya se le empezaba a notar el abultado vientre aunque se lo comprimiera con una faja, y le era difícil disimular su gestación. Había conversado con el director del hotel para ausentarse de sus funciones laborales durante los últimos meses del embarazo y hasta que su hijo pudiera quedarse al cuidado de una nodriza, de modo que esta se ocupara de la criatura en su ausencia. Le había pedido además que le ayudara a encontrar una casa a las afueras de Lourenço Marques, pero aún en los barrios de blancos. Ella ya había elegido entre las trabajadoras del hotel una niñera para que realizase las tareas del hogar y, además, se manejase con el recién nacido. La que más confianza le inspiraba era una joven nativa muy predispuesta que ella misma había estado instruyendo para el cuidado del hijo que iba a venir al mundo.

Desde que se conocieron surgió entre ellas una afectividad y un apego singulares. Se ayudaban mutuamente y se enseñaban la una a la otra. Amalia la enseñó a hablar mejor el portugués y ella la ayudaba con las compras, le recomendaba tiendas y le dio compañía en sus días de abatimiento.

Pero pocas semanas antes del parto enfermó de gravedad. Solo confiaba en los hechiceros de su etnia, y cuando estaba ya a punto de morir Amalia la había arrastrado para que la viera un médico blanco. Este diagnosticó sífilis y le recetó[22] un compuesto a base de cianuro que acababa de descubrir un médico alemán llamado Paul Ehrlich, en 1910.

Ciertamente había visto que tenía una herida en la entrepierna, el «chancro», pero se había curado, y no le dio mayor importancia hasta que empezaron a aparecer otros síntomas, sobre todo las manchas en el pecho, espalda y cara, momento en que acudió al chamán de su etnia. En África era muy frecuente contraer enfermedades venéreas, ya que la mayoría de los hombres no se trataban, ni blancos ni negros, y contagiaban a todas las mujeres con las que yacían.

Unas se volvían locas, otras quedaban ciegas y muchas fallecían. Las que conseguían sobrevivir parían hijos deformes o quedaban estériles. Ella había sobrevivido. Amalia la había cuidado durante meses, administrándole el cianuro. Soportó durante todo este tiempo sus fiebres, su debilidad y sus fuertes dolores, la falta de apetito o la caída del pelo.

Y después del tratamiento el médico le diagnosticó que nunca podría enjendrar hijos. Una sentencia de por vida, puesto que las mujeres en algunas etnias eran tratadas como una garantía de procreación de la estirpe, y poco más les unía a sus esposos, que tomaban nuevas esposas, o tenían hijos con otras sin que esto supusiera una deshonra en su conducta. Si una mujer era estéril o no podía concebir hijos la repudiaban. Si este dato se conocía antes del matrimonio, ningún hombre la aceptaba como esposa. Incluso, cuando una mujer quedaba viuda, en algunas etnias se convertía automáticamente en la esposa del hermano del marido y era despojada de su casa y sus bienes. Ante esta tesitura, Amalia se la llevó con ella y ambas se juraron fidelidad sin mediar palabra.

Cuando Amalia le anunció su marcha al director, don Álvaro, se indignó mucho por su falta de confianza. No se había percatado de su gestación. Pero luego, seducido por su humildad y encanto, la comprendió y se ofreció a ayudarla en todo lo que necesitase.

—Es preciosa —dijo Amalia cuando vio la casa.

Estaba a las afueras de Lourenço Marques, pero sin llegar a *Mafalala (Mafali),* barrio popular habitado tan solo por nativos. En estas áreas más pobres limítrofes de la ciudad, los nativos vivían en pequeñas aldeas, en chozas redondas o cuadrangulares, con techo de caña, paja o hierba y paredes hechas de ramas de árboles y rellenas de cañas o paja. Después estas aldeas se rodeaban por una empalizada, a veces con espinos, que les protegía de enemigos y animales salvajes; se les llamaba ciudades de caña, «*cidade do caniço*». Al resto de Lourenço Marques, en contraposición, se le llamaba la Perla de Oriente, *a «Pérola do Oriente»*.

Estaba en la *Rua Consiglieri Pedroso*, una bocacalle de la *Avenida Aguiar*, que más tarde se llamó *Dom Luiz* (actualmente avenida Samora Machel), cerca de Capitanía del Puerto y del magnífico *Edifício Pott*.

La *Avenida Dom Luiz*[23] nacía en la *Baixa*, junto al mar, y se extendía hacia el norte hasta la *Plaça Mouzinho de Albuquerque* (actualmente plaça Independência). Era una amplia avenida arbolada de anchas aceras y concurridos comercios. A su izquierda estaba la gran *Pláça 7 de março*, con su quiosco de música, sus bancos y alguna cafetería con terraza y sillones de mimbre, donde beber algo fresco por las tardes; y a su derecha, la *Fortaleza*. De la plaza hacia el oeste salían tres calles perpendiculares a Dom Luiz que terminaban en la *Plaça Mac Mahon* (actualmente plaça dos Trabalhadores) donde resaltaba la estación de ferrocarril.

La más alejada del puerto, la *Rua Consiglieri Pedroso,* era la larga calle donde se situaba la casa de Amalia; y a la derecha, justo enfrente, *la Rua Joaquim Lapa*.

La *Avenida Don Luiz* continuaba y atravesaba una de las principales y más importantes avenidas de la villa, la *Avenida da República*, para finalizar en la *Plaça Mouzinho de Albuquerque*, con su estatua ecuestre, el ayuntamiento y la Sé Catedral.

No era un barrio céntrico, pero todo quedaba cerca. Recientemente habían rebajado el terreno para hacer la *Baixa* de la ciudad, (palabra portuguesa que designa el terreno cercano al mar), con lo que el mar estaba cien metros más lejos de la pared sur de la *Fortaleza* que cuando ésta se construyó. Hacía tan solo diez años la muralla sur llegaba a ras del agua de la bahía. Pero esa zona fue soterrada y rellena de tierra y la «*Fortaleza de Nossa Senhora da Conceição*» quedó cien metros tierra adentro.

La casa tenía dos plantas. La de abajo estaba adaptada para el servicio, la cocina y otros habitáculos; era amplia. La de arriba, más cuidada, aunque no por ello imponente: varias salas grandes con ventanales a la calle principal, un comedor, varios dormitorios, y dos hermosos cuartos de baño como los que había en el hotel, uno en el pasillo y otro incluido en una de las habitaciones; ella pensó que sería el dormitorio principal. Era una hermosa vivienda, pero no una mansión colonial.

Le pareció una hermosa casa, pero demasiado grande para sus necesidades y presupuesto económico, y así se lo hizo saber al empleado que había mandado don Álvaro, el director del hotel Polana.

—Las casas buenas son todas grandes. Don Álvaro me ha adelantado este dinero para que usted haga las reformas..., la casa necesita una cocina nueva, comprar algunos muebles y arreglar y pintar la cerca de estacas del jardín.

Le ofreció un sobre con dinero. Por el grosor, debía de haber una gran suma.

Amalia no necesitaba tanto lujo; no le hacía falta nada de eso.

—Muchas gracias —respondió cortándole—. Agradézcale de mi parte a don Álvaro su oferta, pero no lo necesito. La casa ya es perfecta.

No quiso rebajarse a pedir una más pequeña y aparentar no poder pagarla, por miedo a verse obligada a quedarse con el dinero que le ofrecían.

El empleado insistió:

—Con esta pequeña ayuda le sería más fácil iniciar una nueva vida...

Amalia le interrumpió.

—No necesito dinero, muchas gracias. Con lo que tengo me arreglaré, y lo demás lo iré comprando poco a poco. Manifiéstele mi más encarecido agradecimiento a don Álvaro y dígale que la semana que viene, cuando me haya instalado, me pasaré por el hotel a darle las gracias personalmente.

Amalia era muy orgullosa y sensata, y sabía que aceptar el dinero de un hombre poderoso era tener una deuda con él, que solo podría traerle problemas en el futuro o implicar deberle un favor que no sabía en qué podría consistir... Así que, aunque precisaba del dinero, fingió que no era así y se dispuso a desembalar lo poco que tenía. Esa sería su nueva casa y había que transformarla en su hogar.

Pintó la valla, arregló la cocina y la dejó dispuesta para ser habitable. Más tarde compró una cama y un colchón a los indios en el barrio de los *monhés*[24], que ellos metieron en su habitación con gran esfuerzo; puso unas telas por cortinas y, ¡por fin!, ya tenía un hogar.

La vida social en Lourenço Marques hacia 1922 era muy animada, teniendo en cuenta que la población blanca estaba formada por aristócratas, embajadores y hombres de negocios, políticos, diplomáticos, militares y extranjeros, que, junto a sus mujeres, constituían la clase social adinerada, reflejo de la metrópoli. Todo estaba preparado para un nivel de vida alto y para gastar dinero. Era la compensación por vivir lejos de Portugal, lejos de la civilización.

Y aunque había alguna tienda de modas, Amalia pensó que con sus habilidades como costurera no solo podría ganarse la vida, sino competir en diseños con los que vendían. Era una mujer muy despierta y locuaz para su época, con dotes para el aprendizaje y con gran iniciativa.

Como la ciudad tenía un clima de sabana tropical relativamente seco y una corta estación lluviosa, la temperatura entre su mes más cálido, enero, y el más frío, julio, solo variaba unos grados. Únicamente tendría que diseñar vestidos livianos, lo que no le pareció muy difícil. Así pues, decidió que ella sería la persona encargada de suministrar a todas esas señoras venidas de las ciudades y los países más prósperos del mundo, un establecimiento donde poder adquirir la elegante ropa que necesitaban y no podían comprar, salvo viajando a Europa al menos dos veces al año. Ella traería la moda europea a aquel país del este de África.

Precisaban una modista europea, ya que las nativas estaban

muy lejos de poder distinguir aún entre las telas, los complementos y las hechuras que daban o no elegancia a una señora de categoría. Y no todas estas señoras, por mucho que quisieran aparentar, podían permitirse viajar a Europa con la asiduidad suficiente para cambiar con frecuencia de vestuario.

Ella había cosido siempre con su madre, había confeccionado su propia ropa y la de sus hermanos. Mientras vivía en su pueblo, no entendía de moda, pero el viaje en barco y la observación de las elegantes señoras que se alojaban en el hotel fueron modelando su buen gusto. Sabía coser, cortar y dar la forma adecuada a una prenda para que su terminación fuera apropiada. Solo le quedaba observar a las señoras que paseaban por las grandes avenidas e imitar los diseños de sus vestidos.

—Pero, señora, ¿usted sabe coser? —razonó su criada sorprendida.

—Sí, cuando estudiaba con las monjas era lo único que nos enseñaban. Y en una familia siempre hay que zurcir algunos calcetines, meter un dobladillo o sacar las costuras de alguna falda que se ha quedado estrecha. Tú corre la voz. Pronto tendremos clientas. Quedarán tan contentas que vendrán otras, y después otras más. Y así, poco a poco, seré la modista del barrio.

Pero se equivocaba, no sería la modista del barrio, sino la mejor modista de toda la ciudad. En el hotel había conocido a muchas personas importantes y había hecho favores; ahora la esposa de un embajador portugués le iba a enviar revistas de moda y patrones, y un comerciante de Bombay telas diferentes y originales.

Ella sabía hilvanar, zurcir y coser cosas sencillas. Su madre le había enseñado incluso a sobrehilar, hacer un pespunte uniforme y nido de abeja; también a bordar en bastidor, hacer una vainica o un complicado filtiré. Pero sus conocimientos eran muy limitados. Empezó haciendo patrones de sencillas blusas y faldas para ella y sus sirvientas; luego se las probó y observó que les quedaban bien; siguió con vestidos de fácil confección. Ensayó a pespuntear y festonear. Necesitaba un trabajo que pudiera realizar en casa y que le permitiera cuidar de su futuro hijo. Con persistencia y tesón se dio cuenta de que se le daba bien y ese podría llegar a ser su oficio. Pasó de remendar calcetines en Portugal a ser una modistilla en prácticas en África. Iba abriéndose camino en un mundo para el que nunca se había preparado. Se hizo con unos maniquís, los vistió con sus creaciones y los colocó en la mejor ventana, a modo de escaparate.

Las señoras, al ver los modelos ya terminados y expuestos, los encargaban iguales, pero ella se negaba a repetirlos, siempre decía que su costura era exclusiva y que nunca ninguna coincidiría con otra dama que llevara un vestido igual. Esta estrategia complació a las estiradas señoras de la ciudad. Y a ella le dio distinción y categoría.

Nunca dejaba un encargo sin cumplir ni a una clienta insatisfecha. Si no le gustaba la terminación de alguna prenda, ella, con su acerico a la cintura y su jaboncillo en la mano, pintaba las sisas, añadía trozos de tela, simulaba cuellos postizos, agrandaba escotes o los cerraba con encajes superpuestos, acortaba las faldas o las alargaba con un gracioso volante, ajustaba faldas o embellecía con pespuntes alguna solapa para que pareciera nueva. Para todo tenía una idea novedosa o una solución y, aunque nunca dio clases de confección, los diseños de la mejor *boutique* francesa eran imaginados por ella mucho antes de que se expusieran en los escaparates de las grandes urbes europeas.

Encargó cuatro grandes sillones tapizados en terciopelo y una mesita de bronce y cristal para que las señoras tomaran té o limonada mientras ella les enseñaba figurines o telas. Se hizo traer de Estados Unidos, a través del embajador francés, la revista mensual *Vogue*, que entusiasmaba a las mujeres. Ella creía que muchas iban a su taller solo por ver los nuevos diseños, los figurines y pedir que se los copiaran.

Siempre decía que lo importante era la apariencia. Como decía su padre con frecuencia: «Todo el mundo ve lo que aparentas ser, pocos experimentan lo que realmente eres».

—A las mujeres nos gusta sentirnos señoras y que nos traten con exquisitez. Casi todas las mujeres que viven aquí tienen una vida aburrida en casa, donde casi ninguna puede tomar decisiones y se las valora poco. Cuanto hablan es de menús y de situaciones domésticas. Hay que hacerlas sentirse las más bellas y las poseedoras del mejor gusto. Y sobre todo que las decisiones que toman son importantes.

Con este argumento comenzó su negocio y pronto tuvo una gran clientela de señoras de la alta sociedad lourenço marquense.

Ya había cumplido su sueño y su fama se extendería con rapidez por la ciudad.

Con gran esfuerzo y perseverancia se fue abriendo paso y se estableció en Lourenço Marques, la capital de la Colonia Oriental Portuguesa, como viuda de Queirós.

Allí, sola, sin familia, y llena de orgullo y de amor por su amado Diogo, alumbró a su hija en la *Casa de Saúde da Maxaquene* de Lourenço Marques, un día de calor sofocante del mes de diciembre de 1922.

Con el pelo recogido y cubierto, unas veces con un «*ntuzus*», pañuelo con el que las africanas se cubren la cabeza, y otras por una redecilla y rulos a la europea, siempre llevaba en el dedo anular de la mano izquierda las dos alianzas que indicaban su viudez, y vestía ropa austera de colores discretos que la definían como una mujer seria y respetable. No estaba interesada en los hombres, tan solo en sacar adelante su taller de costura para poder criar a su hija.

La primera vez que usó «*ntuzus*», su devota y leal sirvienta la corrigió presurosa:

—Señora, esa capulana que lleva no es de viuda, sino de *curandera*, de mujer con poderes mágicos. ¡Menos mal que no ha salido a la calle...! Las capulanas de tres colores, rojo, blanco y negro con un sol rojo en el centro se usan para ceremonias religiosas y mágicas. Si usted la usa, quien la vea lo va a considerar una falta de respeto. Y ahí comenzó su plática:

—Las capulanas de luto suelen ser de color blanco y negro y se tapa también la cabeza con otra igual. A veces todas las mujeres visten igual el día del funeral —explicó su fiel sirvienta—. La capulana en Mozambique no es una prenda cualquiera; aparte de que puede tener muchos usos, como tapar la cabeza, el uso más común del «*ntuzus*» es ser una falda. Aunque también vestido; llevar un niño, un lienzo donde dormir, transportar cacharros, hacer mudanzas, poner como cortinas, etc.

»Tiene mucha importancia el colorido o la calidad del tejido. No es lo mismo una de algodón o mijo que de seda o cachemir. También influyen los dibujos o los símbolos que lleve pintados.

»Hay algunas que solo utilizan las madres o abuelas en las bodas. Son capulanas de «*prestigio*», más grandes que las otras; se llaman *Mucumi*, colcha, y solo las usan las mujeres mayores, las madres de la novia el día de la pedida de mano, o como lecho nupcial. Aunque en todo el país tienen gran tradición, es en el norte en las ciudades de Nampula, Nacala, Pemba y la Isla de Moçambique donde las mujeres superponen y atan de formas características unas sobre otras, las adornan con joyas, pendientes y collares, de forma que parecen reinas. La ornamentación con capulanas de delicados tejidos y radiantes colores evidencia más el poder y el nivel económico que el oro y las joyas.

»Tanto sirven para agasajar a una suegra, para pedir la mano de la novia o para regalar en un cumpleaños. También influye si se tiene una o dos haciendo juego. Si solo se tiene una servirá para la cabeza o falda, e indicará poco poder adquisitivo; pero si se tienen varias se les pueden dar más usos. Para un atuendo completo, falda, parte superior, cinturón para hacer pliegues y cabeza, se necesitan cuatro al menos.

»Las mujeres casadas no compran capulanas, las compra su marido. Debe comprar una o más al mes, si no es que las cosas no van bien. Y él debe conocer su valor y significado. Según los colores y la riqueza de dibujos, o lo que signifiquen, enviará un mensaje a su esposa y al resto de personas sobre su felicidad marital. Así, si lleva tejidos baratos y colores apagados, dirá que está descontento; mientras que si ofrece una capulana de espléndidos colores y atractivos dibujos, y, sobre todo, si la tela es suntuosa, gritará a los cuatro vientos que es feliz en su matrimonio —continuó exaltada.

»Las telas empezaron a ser traídas por los portugueses a partir del siglo XIX, desde Oriente a Mombasa, eran muy grandes y nosotras las partíamos en seis cuadrados iguales, luego cada cuadrado en dos y se remataba el más largo. Se tejían de algodón, pero después fueron incorporando otras fibras, siempre de suave tacto. Al principio eran utilizadas solo liadas al cuerpo como prenda de vestir, pero poco a poco fueron considerándose un símbolo de riqueza y de nuestra identidad cultural».

Amalia se quedo maravillada por esta parrafada. No pensaba que esas telas fueran un tema con tanta enjundia para las mozambiqueñas.

1923
Una tarde en el puerto
Catembe

Una de las cosas que Amalia aprendió al poco tiempo de llegar a aquella ciudad fue dónde estaba el barrio de los pescadores. Se pasaba las horas mirando con cara melancólica y afligida remendar las redes a los nativos. En ocasiones hubiera deseado poder exponerles sus conocimientos o venderles algún utensilio que no usaban. Pero ellos tenían sus propias costumbres y hábitos de trabajo; ella no sabía para qué eran aquellos cestos, redes o trastos varios que veía sacar y meter en sus embarcaciones artesanales. Y, además, la mayoría no conocía su idioma.

Algunos días en los que no resistía la nostalgia paseaba al atardecer con su hijita María Leopoldina por la calle Don Luiz, cruzaba la plaza 7 de marzo, donde la niña jugaba un rato y luego, de la mano, la llevaba a ver los enormes barcos de guerra y los barcos a vapor que con frecuencia llegaban al muelle. Veía cómo bajaban o subían los pasajeros..., para la niña era toda una distracción. Pero en el fondo, lo que la madre deseaba era girar a la izquierda, a la *Baía do Espiritu Santo,* la pequeña zona donde estaban los nativos de *Catembe* con sus pequeñas barcas, y desde donde también partían y llegaban los únicos barcos que comunicaban Catembe con Lourenço Marques.

El descubridor portugués Antonio de Campo, compañero de Vasco de Gama, decubrió una pequeña bahía a la que llamó «*Baía da Lagoa* o *do Espiritu Santo*», donde más tarde se construyó la villa de Lourenço Marques. Frente a esta bahía había una población a la que solo se podía acceder por mar, en la que solo vivían nativos en plena selva; sin comercios ni comodidades, que se dedicaban y siempre se habían dedicado a la pesca: era la población de Catembe. Era la tierra que se veía al mirar hacia el mar desde Lourenço Marques: la bahía y Catembe. No se veía el mar abierto.

Los pescadores llegaban sobre las cinco, y entre los dos tripulantes de esas toscas barcas conseguían arrastrarlas a la orilla de la playa en la *Baía do Espiritu Santo*. Era un espectáculo para ambas ver cómo sacaban los peces «*magumba*», los camarones y otras muchas especies, separarlos y venderlos a las nativas, que los colocaban en unas mesitas improvisadas y los vendían gritando el precio. A ella no le gustaba el *magumba* porque tenía muchas espinas y era peligroso para la niña, pero los camarones, ¡esos enormes camarones!, y las langostas que a veces traían le apasionaban. Siempre compraba alguna para la cena.

Catembe era una población que, aunque estaba tan solo alejada unas dos millas y media de distancia, no tenía comunicación de vehículos con la ciudad, ni ferry, ni puente. Y todo, absolutamente todo en ella, era más caro. No había agua corriente, ni electricidad, ni puestos médicos, ni ningún tipo de desarrollo. Vivían de su autoabastecimiento, en medio de la selva, a tres kilómetros de la civilización. Si necesitaban algo de la gran ciudad el transporte se lo encarecía mucho; tampoco podían llevar a sus hijos a las escuelas de las misiones porque los barcos tenían sus horas y los niños no podían cumplir con los horarios rígidos del colegio (nunca los colegios de los blancos). Todo esto les hacía más difícil salir de la ignorancia y la pobreza.

En esta bahía, algo más alejada de la costa, había una pequeña isla muy frecuentada por turistas y científicos porque tenía una estación de biología marítima. Pero lo más importante es que en el sur de esta isla había una gran península que se extiendía por el continente hasta Sudáfrica, donde abundaban los elefantes[25].

A veces iba al pequeño puerto con su fiel sirvienta, sobre todo desde que ésta tenía un novio secreto que vivía en este poblado frente a la bahía. No sabían si estaba casado, algo muy frecuente en las relaciones indígenas, o que sabiendo que era estéril no quería contraer matrimonio con ella. Pero algunos sábados la recogía en casa, la llevaba a Catembe, pasaban el día juntos y la traía de nuevo por la noche. A Amalia le hubiera gustado acompañarles y ver cómo vivían, hablar de pesca, de redes..., contar su historia, quizá; deleitarse con esos jugosos camarones de los que luego ella venía presumiendo, pero era impensable: nunca una mujer blanca podría cruzar ese pequeño estrecho en una barca en compañía de su criada y un nativo negro. ¡Y menos con un niña! Todo el mundo se preguntaría para qué. Era una ciudad proclive a las habladurías. Las distancias raciales eran tan enormes que no cabía en la cabeza de nadie, excepto, como tantas otras veces, en la de Amalia.

Mateus Panguene era pescador e hijo de pescadores. En las barcas de aproximadamente un metro y medio de ancho por seis de largo tan solo iban dos hombres que remaban uno a cada lado de la barca contra la corriente. Ya era difícil salir de la bahía, cuanto más no sería luchar contra las olas en alta mar.

Mateus tuvo que dejar un trabajo de mozo porque no podía ir cada día a Lourenço Marques, ni sus padres tenían posibilidades económicas para pagarle un alojamiento de lunes a sábado. Si nacías en Catembe te morías en Catembe. Veías la ciudad, pero no tenías posibilidad de cruzar al otro lado. Solo se podía en barco. Y por eso sus habitantes eran pescadores.

Desde la ciudad, Catembe parecía una isla paradisiaca e idílica, con sus árboles, sus mariscos, sus pescadores y sus barcas. Con sus mujeres con capulanas y sus mesitas con el pescado fresco cada tarde, sobre todo los sábados y los domingos, cuando «los portugueses» acostumbraban a comprar más para la cena. Pero todo esto no era cierto. Por eso los blancos, «los portugueses», cuando paseaban por la bahía del Espíritu Santo lo llamaban «el paseo de los tristes».

1924
Amalia cena con el empresario

—Es usted muy amable, pero no puedo aceptarlo —dijo Amalia.

—No lo considere usted un regalo, considérelo un pago por los servicios que me prestó el otro día. Hacerme de intérprete con ese empresario brasileño me fue de gran ayuda. Sin usted no habría podido concretar los negocios que veníamos a tratar. Ya sabe que su secretaria se puso enferma y tuvo que quedarse en la habitación reposando. Sin usted nuestros acuerdos se hubieran retrasado varios días —corrigió el señor Juan Alberto del Castillo Yáñez, el empresario español.

—Eso no lo considero un trabajo. Al fin y al cabo yo soy portuguesa y mi pueblo queda muy cerca de España; casi todos chapurreamos algo de español.

Y ofreciéndole la mano enguantada para que se la besara, le devolvió el precioso paquete plateado y se fue caminando hacia la salida, perseguida por la mirada de cuantos hombres había en el salón de fumadores.

—Esa mujer es un encanto. Parece inteligente y honesta, una rara combinación en la aristocracia —le dijo el español al director del hotel.

—Sí, lleva usted razón, es muy inteligente, pero no es aristócrata —dijo don Álvaro con aire melancólico, mirando la puerta por la que ella había salido—. Es una mujer con mucho talento.

—¿Cómo podría hacerla cambiar de opinión y que aceptase cenar un día conmigo?

El otro hombre se lo quedó mirando sin saber qué decir. Él mismo había tratado de obtener sus favores, incluso le había ofrecido dinero para ayudarla cuando ella empezaba el periplo de su nueva vida, y no lo había aceptado. No supo qué contestar.

—Intente que la secretaria de su socio vuelva a ponerse enferma la próxima vez —respondió, y los dos rieron mientras brindaban.

Amalia ya tenía una posición como costurera. Sus modelos eran tan ingeniosos y sus combinaciones tan acertadas que se la disputaban las señoras con más prestigio de la ciudad. Su hija vivía con ella, pero pronto cumpliría dos años y había que plantearse mandarla fuera de la colonia para que se formara. Sabía que la educación de una señorita era muy importante. Debían separarse, pero nunca le parecía buen momento para ello.

La niña era feliz. Corría por la casa con los pies desnudos. Era más feliz jugando y saltando con los hijos de las criadas que con las niñas que no podían siquiera sentarse en el suelo para no mancharse. Se estaba asilvestrando, incluso se expresaba con algunas palabras de la lengua vernácula que oía pronunciar a las sirvientas y a otros niños, y que ni siquiera su madre entendía. Allí no había buenas escuelas y comprarle unos sencillos zapatos requería un pedido a Europa. No quería que su hija viviera de ese modo y acudió a su hermano en busca de ayuda.

Onofre, uno de sus hermanos, tenía que cumplir el servicio militar y lo habían destinado a Mozambique. Esa era la única posibilidad que veía para que su hija pudiera volver a su país: enviarla de vuelta a casa con él. Pero le tenía que conceder algún aliciente.

La costura le daba para vivir, pero no para que su hermano aceptara el hacerse cargo de la pequeña, y mucho menos para que le pudieran ofrecer una educación que ninguno de ellos poseía. Quería que su hija fuera distinta. Que tuviera otras oportunidades. Que no viviera como ella y sus padres habían vivido. Antes de vislumbrar aquella vida no la echaba en falta, pero ahora..., había visto tanta belleza que quería que su hija tuviera de todo. Deseaba que su hija fuese como las hijas de aquellas señoras elegantes que llegaban a su taller de costura a encargar trajes de lo más diverso, y tomaban el té finamente con sus guantes de encaje. Tenía que prosperar aún más en su negocio, pero no sabía cómo...

Así que cuando, meses más tarde, el educado empresario español, el señor Alberto del Castillo, estuvo de vuelta en Lourenço Marques y de nuevo la invitó a cenar, aceptó la invitación.

Pasaron una velada muy agradable. Comieron manjares que ella no había catado nunca: una pasta marrón untada en panecillos tostados y, aunque muy grasienta y pesada, ¡qué deliciosa! Don Alberto lo llamó «paté». También comieron un queso de aspecto repugnante que tenía color azul y parecía podrido, aunque don Alberto le dijo que no lo estaba y que confiara en él.

—Abre la boca y cierra los ojos —le propuso, y le metió en la boca un trozo de pan con queso.

Ella notó la acidez del queso que, para su sorpresa, no tenía mal sabor. Lo masticó y se lo tragó, y al paladear un sorbo del vino blanco espumoso notó la diferencia con todos los que había degustado con anterioridad.

Más tarde comieron una carne cortada en filetes muy finos. Y acompañada de unos fideos largos, muy largos, con una salsa negra. El empresario le explicó que era una salsa de trufa, que la trufa está bajo tierra y la encuentran los cerdos con su olfato y que es una delicia, y resulta más cara aún que el oro. Ella no entendió cómo un cerdo podía oler algo que luego se utilizase para dar sabor a una comida, pero se comió esos largos fideos enrollándolos lo mejor que pudo, imitando a don Alberto, y saboreó los pequeños filetitos rosados que le causaron un placer muy intenso, totalmente desconocido.

De postre comieron turrón de Jijona, un dulce navideño típicamente español. Lo había traído él personalmente de España, «para agasajar a la señorita Amalia». Pidió que lo trocearan y pusieran de postre. Cada vez que Amalia se llevaba el turrón a la boca notaba el crujir de las almendras, el dulzor de la miel y la suavidad de aquella pasta deliciosa. Nunca lo había probado y la exquisitez le hacía reír con cada bocado.

El empresario español le comentó que quizá había tomado demasiado vino, pero ella sabía que solo había ingerido unos sorbos, que exteriorizaba la felicidad de haber descubierto un nuevo placer en la vida: la buena mesa.

Luego la acompañó a su casa en un precioso coche de caballos, y mientras esperaban que la criada abriera la puerta, se quitó el sombrero, le besó la mano y, en pie, muy derecho, inclinó la cabeza hacia ella. Nadie la había tratado con tanta cortesía. Había sido una velada inolvidable. Era feliz.

Al día siguiente sopesó la noche anterior con el resto de su vida y se dio cuenta de que eso es lo que deseaba para su hija. Que la trataran como a una dama, que la mimaran y que tuviera lo mejor. Y ella lo lograría.

1925
María Leopoldina enferma

—¡Madre! ¡madre! —gritaba María Leopoldina corriendo por la casa como alma que lleva el diablo.

Amalia se levantó y también lo hizo la sirvienta despavorida sin saber qué pasaba.

La niña corría por la casa, la madre y la sirvienta detrás no le daban alcance; por fin se sentó en un sillón y comenzó a tirar de algo que le salía del pie. De lejos Amalia no sabía qué era, una cosa blanquecina..., pero en cuanto llegó la niñera gritó a la niña, que se quedó quieta en el acto. La verdad es que el grito paralizó tanto a la madre como a la hija.

La niña se puso a llorar y echó a correr hacia los brazos de la madre, pero no llegó, porque la niñera la cogió en volandas y se la llevó a la cocina donde la sentó en una silla y le dijo que no se moviera o si no «el gusano de Guinea se la comería». Amalia no sabía qué pensar; su hija amedrentada ya no lloraba, tan solo hipaba por el temor. Ella no sabía si eso era una exageración de su sirvienta o si de verdad la niña tenía algo serio. La mujer *Thonga* hablaba sola en su lengua mientras rebuscaba algo por lo cajones. Al final se volvió hacia ella.

—Son gusanos de Guinea señora —dijo la niñera— y chupan la sangre.

Amalia miró aterrada, su cara denotaba pavor. No podía creerse que eso tan largo que estaba sacando fuera un gusano, pero lo parecía.

—Señora, mire.

Mientras hablaban, la sirvienta había preparado un viejo trapo y lo había extendido encima de la mesa. Tumbó a la niña encima y, sujetándole con firmeza el pie, fue tirando con mucha habilidad de algo que nunca había visto Amalia, y que aunque creía reconocer, el asco no le permitía aceptar: era un enorme gusano blanco.

La chiquilla se removía, no por el dolor, sino por la molestia, pero su madre le tenía sujeta la cabeza y los brazos. Mientras, le susurraba un ¡chsssss! muy suavemente al oído, le hablaba con dulzura y le distraía para que no centrara su atención en la extracción del gusano. Amalia observó cómo la criada sacaba el verme lentamente, con suavidad. El bicho se movía encima del trapo de la mesa. Tendría unos dos milímetros de grosor y casi ya un metro de largo. ¡Se estaba mareando!

La niñera, que la conocía muy bien y sabía de sus escrúpulos, la vio empalidecer y le dijo que se sentara, que a la niña no le dolía y que ya estaba acabando.

—Señora, no puedo parar hasta que salga enterito —le explicó la niñera—. Si se rompe crecerá de nuevo dentro y puede tardar un año hasta que vuelva a dar la cara. Y a veces se pudre y se infecta dentro.

—Termina, termina —dijo Amalia con indolencia—. Voy a beber agua.

Amalia sabía que tenía que hervir el agua antes de beberla, porque podía estar contaminada, pero no sabía que podía tener ese tipo de parásitos. En su pueblo nunca los había visto, ni oído nombrar. Se llamaba *Dracunculus medinensis o «dracunculíase»*, aunque los nativos lo llamaban *«infecção pelo verme da Guiné»* simplemente, (infección por el gusano de Guinea), debido a la fama que tenía la afección desde hacía años en este otro país africano.

Estos parásitos vivían en aguas estancadas, principalmente dulces, aunque también saladas, y cuando un individuo las bebía, los *copépodes,* que son el medio de transporte de las larvas, se rompían en el estómago y se distribuían por todo el cuerpo humano. En un año los gusanos podían llegar a crecer un metro de largo y dos milímetros de diámetro, y era cuando se decidían a salir del cuerpo, normalmente por la pierna o por el pie, aunque se daban casos en los que salían por los ojos o por los testículos.

En el primer año mientras estaban en crecimiento no daban sintomatología, por lo que el receptor no sabía que estaba contaminado, pero cuando crecían más, el dolor era tan grande que la persona debía estar en reposo durante meses, alejada de sus familiares hasta que el gusano salía por sí solo o era extraído. Era mejor que saliera por sí solo, porque si en la extracción se rompía, cualquier pedazo que quedara en la piel podría infectarse y provocar úlceras y grandes complicaciones.

El problema era que en los países sin depuradoras de agua, cuando el gusano salía, la gente metía los pies en el agua del río, con lo que volvía a contaminarlo de nuevo, y era un proceso sin fin. Y aún así, siempre donde hubiera plancton, habría millones de *Dracunculus medinensis* dispuestos a parasitar con sus larvas a otros individuos.

Tendría que explicar a la niñera y a su hija, por muy pequeña que fuera, que no debían beber agua en casa de sus amiguitos, y no permitirla caminar descalza por la orilla del río ni de la playa; y mucho menos en las ocasiones en que iba con su sirvienta a visitar a algún conocido a alguna de esas poblaciones periféricas donde no había agua corriente.

Las mujeres iban varias veces al día y acarreaban agua de charcas o ríos en vasijas sobre la cabeza, o con un palo y un recipiente en cada extremo. Lavaban ropa o cacharros y tiraban el agua sucia a las afueras del poblado; las personas con los pies contaminados pisaban estos charcos y los contaminaban, haciendo que la enfermedad se transmitiese a todos los que después pisaban el agua. El problema es que al ir todos descalzos, la infección se extendía a otras zonas pantanosas y todo volvía a comenzar.

Pero no hacía falta irse a las poblaciones periféricas donde residían los nativos; éstos caminaban descalzos también por la ciudad. Incluso aquellos con un nivel de integración social aceptable, como la compañía indígena de infantería o los centinelas indígenas de la guardia del gobierno, que hacían guardia de uniforme y con fusil, o los componentes de las bandas de música municipales. Todos iban vestidos a la europea, pero descalzos. ¡Había muchas contradicciones en la Colonia Oriental Portuguesa de la época!

1926
Onofre se lleva a la niña

Onofre había sido enviado a Mozambique a realizar el servicio militar. Era normal en esos años, cuando Portugal tenía tantas colonias en ultramar que los soldados de promoción pasaran unos meses en ellas, principalmente en las africanas, que necesitaban mayor control.

El 28 de mayo de ese año, el oficial Gómez da Costa dio un golpe de estado que propició en Portugal la segunda dictadura militar, disolviéndose el congreso.

A partir de 1927, tras recuperar los contrarevolucionarios el poder popular, se produjo una situación muy convulsa en Portugal: se creó la organización revolucionaria agraria, el movimiento nacional sindicalista y, entre otras, cambió la ley de educación, pasando de ser obligatoria desde los seis años a los cuatro.

Amalia ya no podía esperar más: su hija debería ir a Portugal este mismo año.

Onofre era un hombre alto como su hermana, fuerte y con la cabeza grande. Tenía aspecto tosco y su vozarrón le hacía parecer un bruto, pero era muy noble. Él no era tan rubio, pero tenía los mismos ojos verdes que tenían todos en la familia. Era herencia paterna.

Cuando llegó a casa de su hermana, Onofre quedó desconcertado ante el estilo de vida de ésta. La casa era humilde, pero aún así había conseguido ella sola una forma de vida muy superior a la que él tenía con su familia en Portugal.

Onofre regresó a Lisboa con su reducido equipaje, una niña de cuatro años en brazos y una cantidad de oro en una maletita, junto con la abundante ropa de su sobrina. El oro era para el cuidado de la niña.

Él tenía novia, pero no disponían de posibles para casarse. Ahora, con el cuidado de su sobrina, parte del problema se les había resuelto. Se comunicó con su prometida, que vivía en el norte, cerca de Aveiro. Se llamaba Lucinda.

—Si tu hermana nos ha mandado a la niña para que la criemos, debemos casarnos y utilizar su dinero para comprarnos una casa —dijo Lucinda.

—Pero compraremos una casita pequeña y cuando yo vaya ganando más dinero compraremos otra mayor.

—No, Onofre, no. Vamos a comprar una buena casa. Nosotros le cuidamos a la mocosa, pero no de balde. Nos lo cobraremos con parte del oro que vaya mandando su madre.

—Lucinda, no hables así. Mira, la niña es preciosa.

—Nosotros las tendremos mucho más guapas —dijo Lucinda impertinente.

En pocos meses contrajeron matrimonio, trasladándose a un pueblo pequeño en el concejo de Beja, Oliveira do Alentejo. Lo consideraban suficientemente alejado de su familia y de los cotilleos, y allí compraron la tan ansiada casa.

Su hogar era la envidia del pueblo. Se trataba de la morada de un indiano que la había adquirido hacía años, cuando regresó del Brasil, y ahora, ya muy anciano, se había trasladado de nuevo a Porto Alegre, a vivir con sus hijos, y había vendido todas sus pertenencias en Portugal.

Pero, como si de una maldición se tratara, pasaron los años y Lucinda no concebía ningún hijo.

—Hoy una mujer se me ha acercado en el mercado y me ha dicho que tiene siete hijos, que acaba de parir otro y que no puede alimentarlo, no tiene leche.

—¿Y quiere que lo amamantes tú? —se burló Onofre mirando por encima de las gafas.

—¡No seas animal! —dijo Lucinda ofendida—, ¿cómo lo voy a amamantar yo?

—Entonces, ¿qué te ha dicho? —le contestó su marido casi sin prestarle atención, arrastrando las palabras.

—¿Me quieres hacer caso? No me estás escuchando.

Onofre apartó con desgana los ojos de la carta que estaba leyendo y la miró con cara benevolente.

—Me ha dicho que, como nosotros no podemos tener hijos, quizá quisiéramos quedarnos con el suyo y criarlo como nuestro. Es una niña —explicó entonces Lucinda.

Onofre se quedó asombrado y perplejo. No sabía qué responder. La primera respuesta que se le pasó por la cabeza fue «¿qué dices, mujer? Eso es una locura», pero luego, pensando en los años de casados y en la falta de descendencia, se le encendió una chispa en los ojos y sonrió.

—Un hijo, por lo menos si fuera varón... —dijo desalentado.

Ella bajó la cabeza, no se le había ocurrido que su marido pudiera tener preferencias en cuanto al sexo, pero era verdad, ya tenían una niña.

—También tiene un niño de once añitos. Es un poco feo y con las orejas de soplillo, pero está sano y es espabilado. No tiene dinero para llevarlo al colegio.

—¿Cómo se llama?

—Telmo. Si ella quiere, podría venirse a vivir con nosotros, se lo preguntaré mañana. Podríamos pagarle un buen colegio. Además, así nuestra María Leopoldina tendrá un hermano mayor que la defienda —elucubró Lucinda—. ¿Qué dice tu hermano en la carta?

—Dice que acaban de inaugurar un faro nuevo, «el Faro de Leca», con una torre de 46 metros de altura idéntica al Faro de Vila Real de Santo Antonio, con una óptica gigante de 500 milímetros de distancia focal y un alcance de 23 millas en condiciones normales. Lo inauguraron el domingo pasado, hubo una gran fiesta en Vila Praia de Âncora —contestó pleno de orgullo y satisfacción.

Y los dos sonrieron. Su vida empezaba a tomar otro cariz.

Violet y Alves dos Reis

—Don Virgilio, le he preparado un café como a usted le gusta —presumió Violet, acercándole la taza a su invitado—. Negro, con azúcar y dos cubitos de hielo, como lo toman los españoles en verano —añadió.

—Usted siempre tan observadora —aseguró María Luisa, la esposa de don Virgilio, que, sentada a su lado, sorbía su té en una taza de porcelana de Meissen.

María Luisa Jacobetti de Azevedo era una hermosa joven portuguesa, adinerada y acostumbrada a ir siempre a la última moda. En los años veinte el mundo de las artes, las ideas y las costumbres cambiaron mucho en Europa, enfrentándose a todo y a todos. Lo que antes era bello ahora ya no estaba en boga.

—¿Ves? Se llevan las cintas en la frente —confirmó María Luisa mostrándole la suya—, el pelo corto y los sombreros en forma de casquete, largos collares, vestidos sueltos sin marcar el pecho y, además, por encima de los tobillos. ¡Ahora sí que se lucen los zapatos!

—¡Marisa! ¿Llevas las uñas pintadas de rojo? —se extrañó Violet extrañada, arrugando la nariz.

—Sí. Se estila en París. Es laca de uñas. Y mira mis pestañas.

María Luisa se acercó a ella.

—¿Las ves? Son totalmente negras y parecen el doble de largas. Se pintan con una crema negra y un cepillito. Hace que los ojos resalten mucho y parezcan mucho más grandes. Ya no se lleva la piel blanca. Ahora solo tienen la piel blanca las trabajadoras de las fábricas que no salen ni de noche ni de día al sol. Ahora hay que maquillarse con un tono más tostado.

—¿Con tanto maquillaje? ¡Nunca te había visto tan exagerada!

—Cuanto más lleves, mejor. Los labios muy rojos, los ojos muy negros y las cejas muy perfiladas, en forma semicircular, ¿ves?

—Sí, sí, ya veo... En una revista había visto ya este estilo, pero no terminaba de creer que se usara de verdad. Pensaba que solo era un reportaje fotográfico.

Tomó sus manos y observó de nuevo las uñas.

—No puedo creérmelo —dijo—, las uñas pintadas de rojo... Lo más parecido que había oído que existiese eran los tatuajes de *henna* que se hacían las mujeres de la India en las manos el día de su boda. Pero las uñas rojas... ¡esto sí es extravagante!

—París es un hervidero desde que anochece hasta que amanece. Las mujeres conducen coches a gran velocidad y, además, por todos lados hay pintores, pensadores, escritores y se toma una bebida que se llama absenta.

Virgilio miró por encima del periódico que estaba ojeando. Le encantaba que su mujer siempre estuviera guapísima, a la última, y que disfrutara compartiendo lo que sabía. Violet era una buena amiga y a él le gustaba escucharlas conversar. Al contrario que el resto de los hombres, no se aburría. Sabía valorar el interés que ella mostraba por estar siempre atractiva.

Engalanada con un vestido rosa pálido, totalmente suelto, que no se ajustaba a las curvas, todo bordado de piedrecitas brillantes, con finos tirantes, y dejando los hombros al aire, se movía con sensualidad y la hacía más llamativa si cabía. Completaba su atuendo un sombrerito en forma de casco que casi le tapaba los ojos y que también era rosa.

—La próxima vez que vaya a París te traeré algunos modelos de una nueva modista y sombrerera parisina que ha triunfado. Se llama Coco Chanel. Así podrás lucirlos tú en Lourenço Marques.

—Maria Luisa, como eres delgada, de ojos oscuros y tez aceitunada y no tienes apenas pecho, esta moda te sienta como anillo al dedo. Con el pelo corto pareces una chiquilla..., bueno, ¡un chiquillo! ¡Y ese collar de cuentas con varias vueltas que te llega casi a las rodillas! —comento Violet encumbrando el buen gusto de su amiga—. No tiene valor alguno.

Le parecía inverosímil. ¡Qué frivolidad!

—¡Uy, qué descuidada! Con tanta conversación no me he dado cuenta de que ya no tienes té en la taza —declaró Violet y volvió a llenársela, al tiempo que la miraba con asombro y fascinación.

Mientras, María Luisa observaba la preciosa alfombra, sin duda, persa, y muy probablemente de *Kashan*, ya que era extraordinariamente densa y la belleza de su colorido así se lo sugería. Tenía el fondo azul oscuro adornado con un medallón central que acababa por ambos extremos con dos coronas floridas. En la parte restante se entrelazan flores y follaje. Los bordes eran rojos. Parecía de seda, por lo que habría costado una fortuna. Se quitó un zapato, puso un pie sobre ella y sintió su suavidad y frescura. Ya no lo dudó, era de auténtica seda.

Los tres permanecían charlando en una amplia estancia con dos extraordinarios ventanales. Por ellos entraba una luz intensa, tamizada por unos visillos de tela suave y etérea de organza, que se movían con el viento. Frente a ellos había un espejo ovalado con marco de madera dorado y tallado, de estilo rococó. Sobre un pequeño aparador de madera colonial, un reloj de sobremesa en bronce, tipo francés, con dos mujeres con túnicas griegas portando una parihuela, sobre la que se hallaba la esfera. A cada lado, unos esbeltos ibis con patas rosadas, de porcelana, componían el conjunto.

El suave tintineo que sonó al chocar la tetera con la taza la sacó de su abstracción.

—Perdona, Marisa, ¿te he asustado? —dijo Violet.

—No, no, estaba admirando la belleza de este salón. Tienes muy buen gusto.

Violet sonrió por el elogio y le pasó el azucarero.

Cada uno estaba sentado en un sofá chippendale, de respaldo curvo, tapizado en cuero rojo burdeos y patas de madera maciza oscura con forma de garra. Los tres sofás estaban colocados en forma de «u», y en el centro una delicada mesa de cristal dejaba transparentarse el rosetón de la alfombra que tenían bajo los pies.

En la pared tapizada con motivos florales destacaba la vitrina con una vajilla fabricada en *Viana do Castelo*[26], de blanquísima porcelana y con dibujos azules, herencia familiar, pues no podía comprarse nueva ya que la fábrica había cerrado en 1855. A juego, la mesa de comedor de madera de palisandro, de robustas patas torneadas con diez hermosas sillas y dos sillones en las cabeceras. Dos cornucopias, una a cada lado del aparador, aportaban la exquisitez que todo en esa estancia emanaba.

Cuando los europeos llegaron a África, Asia y América encontraron un modo de vida que nada se parecía al que habían estado acostumbrados en sus países de origen. Se llevaron todo lo que pudieron desde su país o intentaron rehacer el mundo que ellos conocían con los materiales que se hallaban a su disposición en dichos lugares y adaptándose a las condiciones locales. De esa combinación nació el estilo colonial, que combinaba la organización europea del hogar con los materiales exóticos y los retoques propios de los países conquistados.

Don Virgilio y doña María Luisa se habían conocido en Cascais, en la playa. Mientras ella paseaba por la orilla, el azar quiso que se torciera un tobillo justo en el momento en que se cruzaba con el hombre y que ésta cayera al suelo, mojándose completamente su vestido blanco.

—No se preocupe, señorita —le dijo galantemente Virgilio—. Póngase mi chaqueta y en seguida traigo mi coche de caballos; mi cochero y yo la llevaremos a su casa.

Las amigas que acompañaban a María Luisa se quedaron boquiabiertas al ver al apuesto joven envolver con su chaqueta el cuerpo mojado de su amiga, para después alejarse corriendo por la arena en busca de un coche.

Lo cierto es que Virgilio no tenía ningún coche de caballos, y mucho menos cochero, pero sabía que una señorita no se dejaría acompañar en un coche público por un joven al que no conocía.

Artur Virgilio Alves dos Reis en verdad era el hijo de un comerciante de ataúdes. Cuando su padre empezó a tener problemas financieros y le terminaron declarando insolvente decidió estudiar ingeniería, pero fue entonces cuando conoció a María Luisa Jacobetti de Azevedo y dejó sus estudios para casarse con ella en 1916.

—He recibido nuevamente carta de mis padres pidiéndome que regrese a Portugal —le dijo Marisa a Violet—. No entienden que me haya casado con Virgilio. Pero nunca volveré, lo amo.

—Además, tus padres no aceptarían que volvieras casada con él, ellos quieren que te divorcies. No puedo entender que una familia tan católica como la tuya prefiera romper un matrimonio antes que verte casada con el hombre al que quieres.

—Date cuenta, Violet querida —dijo Marisa con petulancia—, que ellos tenían otros planes para mí. Mi madre ya me había buscado un pretendiente, el hijo de una prima suya italiana, nacida creo que en la Provenza: Pietro Serafinelli. Rico, más rico incluso que mis padres, con cientos de viñedos y una bodega de vinos de fama internacional. El verano que mi esposo y yo nos conocimos iba a venir a Cascais de vacaciones a conocerme, pero no tuvo tiempo. Virgilio se le adelantó.

—Yo no era lo suficientemente bueno para Marisa porque carecía de fortuna —dijo Virgilio con gesto rencoroso—. Pero no me hacía falta una ascendencia noble, yo mismo forjé mi futuro y llegué más alto que ellos. Ahora soy rico y tengo prestigio. Algún día me suplicarán perdón de rodillas, pero yo no se lo daré. No pensaba soportar ni un minuto más las humillaciones de sus padres, por eso nos vinimos. Y Marisa siempre fue mi apoyo.

Artur Virgilio Alves dos Reis fue cabecilla de la mayor falsificación de billetes de la historia[27]: los billetes de quinientos escudos, en 1925, y con certeza el mayor burlador de la historia portuguesa (se cree que posiblemente uno de los mayores estafadores del mundo).

—Fíjate, Violet, solicitó un empleo en el departamento de Obras Públicas de Angola, al poco de casarnos y, después de la entrevista, no dudaron que él era el más capacitado. A fin de cuentas era el único que se había graduado en Oxford —dijo ella con orgullo y cara de tontita.

Alves dos Reis se falsificó sus propios títulos universitarios, como el de ingeniero de Oxford, y así consiguió su primer trabajo fuera de Portugal. Se trasladó a África con tan solo su mujer, su título falso y su verborrea de vividor en 1916. E hizo una fortuna en Angola.

Falsificó otros títulos universitarios de ingeniería: de licenciatura en Ciencias de la Ingeniería, Geometría, Mecánica y Física Aplicada, Ingeniería Civil General, Física, Metalurgia, Ciencias Exactas, Paleografía, Ingeniería Eléctrica y Mecánica, Diseño Mecánico y Civil. O sea, de casi todas las materias que abarcan los estudios científicos, firmados y sellados por una escuela politécnica de ingeniería que ni siquiera existía, la Polytechnic School of Engineering en la Universidad de Oxford.

—Yo vine a África como funcionario en las obras públicas de la colonia. En Angola se podía hacer fácilmente fortuna. Aún hoy es una tierra virgen sin explotar, y todo lo que sea dar oportunidades de desarrollo a esas gentes es bueno —dijo Virgilio mientras se terminaba su café con hielo.

—Lo peor es que nadie quiere dar nada, todos van a recoger o a robar —añadió Violet un poco afectada—. Y aquí en la Colonia Oriental Portuguesa peor. Como no tenemos tantas riquezas, se han llevado todo lo que había y no han dejado nada al pueblo.

—No digas eso, Violet —dijo Marisa frunciendo el ceño—. Hemos dejado muchas cosas, hemos construido mansiones preciosas, palacios, iglesias, hoteles. Las calles están convenientemente alisadas, y algunas adoquinadas, y las aceras son tan anchas que han de poner jardines antes de llegar a las casas. Antes de venir los portugueses esto era un cenagal, con chozas en pequeños poblados inconexos. Ahora tenemos ciudades, carreteras, comercios, embajadas, trenes. Ésta, tu ciudad, es una de las más bonitas de la costa oriental de África —dijo presurosa Marisa. Las dos somos portuguesas, y debemos sentirnos orgullosas de la labor encomiable que han hecho nuestros compatriotas.

—Es cierto. Se puede pasear por Lourenço Marques igual que por cualquier capital de Europa. Cuando llegamos a Angola, la Colonia Occidental Portuguesa en 1916, Luanda parecía un pueblo del Alentejo. Ahora es una ciudad moderna que puede competir con París en belleza —añadió un poco enojado Virgilio.

Y era verdad, los portugueses estaban habituados a vivir bien, y allí donde iban implantaban sus costumbres y su cultura. Lourenço Marques era una ciudad colonial, y como todas las ciudades coloniales portuguesas, y españolas, tenía ese espíritu romántico que irradian esas edificaciones con soportales y grandes terrazas, donde salían las mujeres en mecedoras de madera, con asiento y respaldo de rejilla, a tomar el fresco en los atardeceres bochornosos de verano, o donde se cobijaban de las tormentas vespertinas en la época de lluvia.

Era corriente ver jovencitas acicaladas con vaporosos vestidos claros con encajes, abanicándose sentadas en sus sillones de mimbre o maderas tropicales. Fingían leer un libro o jugar a las cartas, cuando lo que de verdad miraban era a los galanes que las cortejaban mientras se paseaban en sus coches de caballos por las impolutas calles de la ciudad.

—Sí, yo mismo he hecho mucho por estos países, sobre todo por Angola. Me nombraron ingeniero jefe del Ferrocarril de Angola al poco tiempo de llegar. Más tarde compré el ferrocarril y me hice rico. Ahora poseo la más próspera compañía de importación de automóviles americanos en Lisboa y estoy en tratos para adquirir la compañía minera del sur de Angola.

—Y podemos permitirnos venir de vacaciones a Lourenço Marques a visitar a nuestros amigos y alojarnos en los mejores hoteles con las playas de agua más transparente de África —afirmó Marisa—. La semana que viene nos iremos a Isla Paraíso. Me han dicho que las habitaciones tienen camas con dosel y aire acondicionado.

—¿Qué es el aire acondicionado? —preguntó Violet.

—Es un aparato eléctrico que echa aire frío y mantiene la habitación fresca; no como los ventiladores, que lo único que hacen es mover el aire caliente —manifestó Marisa con gesto despectivo, mirándose las uñas mientras movía la otra mano en círculo, imitando a un ventilador.

Después de charlar unos minutos más, Marisa le propuso a Violet:

—Querida, ¿no vas a enseñarme esas sábanas con encajes que te han traído de Brujas?

Violet la miró con ojos de sorpresa, y aunque tardó en reaccionar unos segundos don Virgilio no se dio cuenta. Violet no sabía de qué le estaba hablando, pero intuyó, como buena confabuladora, que Marisa le tenía que contar algo en privado.

—¡Ah!, sí, Marisa, vamos al dormitorio, confirmó Violet, siguiéndole la corriente.

Las dos se levantaron pidiendo disculpas a Virgilio, que les hizo un gesto de aprobación con la mano, y se dirigieron a la escalera.

—Virgilio casi se da cuenta.

—¡No importa!, él se hace cargo —dijo—. Sabe que a veces las mujeres tenemos cosas que contarnos en privado. Es un hombre con mucho mundo.

—¡No te vas a creer lo último en Europa! —cuchicheó Marisa.

Violet, expectante, ni parpadeaba.

—Las prostitutas francesas cogen el pene de un hombre con la mano, se lo meten en la boca y le dan placer con la lengua...

Violet no le dejo terminar.

—¿Qué...?

Pero Marisa le tapó la boca con los dedos y murmuró:

—Sí, como cuando están haciendo el amor. A eso se le llama «hacer un francés».

Violet y Marisa

—Siéntate, Marisa, tranquila, ¿qué te pasa?

—Violet, Violet, amiga mía... —lloró Marisa.

—María Pía, trae una infusión de tila para la señora —le dijo Violet presurosa a su sirvienta.

María Pía era sirvienta de Violet desde hacía años. Era su sirvienta y amiga. Hasta cuando estaba enferma le hacía pócimas y ungüentos de su antigua etnia. Llevaba tantos años con su señora que más parecían hermanas que ama y criada. Siempre estuvo a su lado, sirviéndola con fidelidad. Y a veces, el exceso de confianza traía consigo una pizca de deterioro en su subordinación. La sirvienta se alejó calmosamente arrastrando los pies.

—¡Vamos, tráela inmediatamente! —le dijo Violet alterándose.

—¡Ya voy, enseguida la traigo! —dijo con tranquilidad y un fuerte acento africano, moviendo su enorme trasero, que hacía sonar las enaguas que llevaba bajo la falda.

—¡No vayas tan deprisa, no vayas a perder la capulana! —la regañó Violet, a punto de perder los nervios.

María Pía volvió la cabeza, pero se alejó con la misma parsimonia con la que se movía siempre.

Marisa no dejaba de llorar y sonarse los mocos. Su cara, extremadamente lívida y demacrada, contrastaba con el elegante traje rojo guinda que vestía. Mantenía el equilibrio sobre unos enormes tacones de aguja, con una punta que parecía imposible de calzar. Era una mujer que, aun en los momentos más difíciles, ni perdía la compostura ni un ápice de estilo.

—Perdóname, querida —dijo su amiga—, perdona que haya venido aquí a dar este espectáculo, pero eres la única amiga que tengo en la ciudad. Las demás me mirarían por encima del hombro o me juzgarían. En ti sé que puedo confiar —Violet sonrió agradecida, y Marisa continuó—. Han detenido a Virgilio —Violet la miró sobrecogida—. Lo acusan de estafa y de tráfico de armas. Lo han metido en la cárcel.

—¿Cómo?, ¿tráfico de armas?, ¿en la cárcel?, ¿de nuevo? No puede ser —dijo Violet recordando a Virgilio la última vez que estuvo en su casa, con su traje negro, con los tres piquitos del pañuelo asomando por el bolsillo de la chaqueta, su sombrero panamá con cinta negra y sus brillantes ojos negros. Siempre tenía una sonrisa en los labios.

Ya había estado en la cárcel el año anterior por unos cheques sin fondos que había emitido para pagar en la última de sus empresas, y había sido descubierto en Oporto, en julio de 1924. Estuvo en prisión cincuenta y cuatro días, y fue allí donde concibió su plan más atrevido y audaz: falsificar un contrato en nombre del Banco de Portugal, en el que pedía una nueva emisión de billetes de quinientos escudos a la empresa británica Waterlow & Sons Limited de Londres, una respetable firma que imprimía billetes para muchos gobiernos del mundo, entre ellos Portugal.

Incluso algunos creen que se puso en contacto con el español Juan de la Cierva, inventor del autogiro en 1923, para con su patente crear una empresa de fabricación de helicópteros, pero su entrada en prisión dio al traste con la empresa.

Como era muy hábil en descubrir atajos para vivir bien, aunque no fuera de forma honrada, había averiguado que existía una ley que le daba al Banco de Portugal la licencia exclusiva para emitir billetes por un monto de hasta dos veces su capital pagado. También descubrió que, cuando era presionado por el gobierno, el banco emitía billetes muy por encima de la proporción permitida. Nadie en el banco verificaba los números de serie de los billetes.

En 1924, Alves dos Reis redactó un documento falso un tanto ridículo. El escrito aseveraba que un grupo internacional de inversionistas le prestaría cinco millones de dólares a Angola. A cambio, el consorcio recibiría el derecho de emitir billetes por un valor de cinco millones de dólares. Parece inconcebible que alguien en su sano juicio tomara con seriedad semejante documento. No se sabe cómo, consiguió que un notario le firmara el contrato, y lo llevó al consulado británico, donde le estamparon el sello consular, autentificando la firma del notario. Alves dos Reis falsificó la firma de Francisco da Cunha Rego Chaves, el alto comisionado de Angola, y, seguro de sí mismo y con su contrato en las manos, se presentó en la oficina de sir William Waterlow.

Aunque la petición era anómala, puesto que procedía de un particular y no directamente del gobierno portugués, alguno de sus muy elocuentes cómplices, como el financiero holandés Karel Marang, explicaron a sir William Waterlow que, por razones políticas, todos los contactos referentes a la impresión de nuevos billetes debían ser hechos con total discreción, pues era una maniobra política del gobierno portugués. La explicación fue que pretendían conseguir un montante de billetes suplementario para uso interno en las colonias, concretamente en Angola, donde se estaban haciendo grandes inversiones industriales.

Alves dos Reis también falsificó cartas del Banco de Portugal para Waterlow & Sons Limited. En respuesta, y no totalmente convencido, sir William Waterlow escribió una carta confidencial al gobernador del Banco de Portugal, Inocêncio Camacho Rodrigues, donde preguntaba por los contactos con el financiero holandés Karel Marang. Pero aparentemente esa carta nunca llegó a su destino.

Waterlow & Sons Limited imprimió doscientos mil billetes de quinientos escudos, por un valor total de diez millones que, en 1924, representaba casi el uno por ciento del producto interior bruto portugués.

Había casi igual número de billetes falsos que legítimos, exactamente iguales, puesto que, para facilitar el trámite, Alves dos Reis había pedido a la casa impresora de Londres que tuvieran los mismos números de serie que los originales ya emitidos.

—Lo detuvieron el seis de diciembre. Ya iban detrás de él. El Banco de Portugal estaba receloso porque se rumoreaba que había billetes falsos, pero nunca consiguieron encontrar ninguno.

—Pero, Marisa, ¿es verdad que Virgilio ha falsificado billetes?

—Sí, querida. A mí me extrañó que me enviara a nuestra mansión de Lourenço Marques, aunque me dijo que lo esperara descansando mientras él terminaba de gestionar unos préstamos en Angola. Me acompañó un amigo suyo alemán, Adolph Hennies, que luego volvió con él a Oporto.

A Violet se le erizó la piel desde el cuello a la punta de los pies. Conocía perfectamente a Adolph Hennies. Era un espía alemán que se alojaba con frecuencia en el hotel Polana. A veces iba acompañado por un hombre de negocios holandés de lo más repugnante. Eran pedantes y prepotentes. Tomaban el café con el dedo meñique extendido, fumaban puros y se reían a carcajadas, molestando a todos cuantos estaban en el salón.

—Han estado investigando nuestro banco.

—¿El Metropole, en Oporto?

—Sí, dicen que funciona demasiado bien, que da créditos muy altos a empresas en Angola sin pedir avales. Hasta nos han acusado de ser conspiradores. Han dicho incluso que era una táctica alemana para perjudicar a nuestro país —siguió mientras lloraba Marisa. Miraba ensimismada la tacita de color fucsia desgastado, con dos rosas amarillas en plena floración estampadas en cada uno de los lados de la taza. La porcelana era tan fina que al beber podía ver cómo se transparentaba el dibujo exterior. Soltó el platito que tenía en la mano derecha con movimientos delicados y volvió a coger el pañuelo de fino algodón egipcio, bordado con sus iniciales M.L. en una de las esquinas. Con él se secó las lágrimas.

—Han venido policías a nuestra vivienda. Tuve que recibirles en salto de cama porque no quisieron esperar a que me vistiera. Ha sido de lo más humillante —dijo a una Violet cada vez más conmovida.

—¡Qué irrespetuosos! —exclamó su confidente, indignada.

—No te imaginas lo que es presenciar cómo una docena de policías revuelven tus cosas, tus cajones, hasta la ropa íntima... ¡Fue horrible ver cómo se miraban unos a otros entre risitas! Buscaban dinero, pero no encontraron nada. Decían que tenía que haber dinero falso en algún sitio. Que en Lisboa se rumoreaba que había billetes de quinientos escudos falsos, y ya no los aceptaban en las tiendas.

—¡Dios mío!

—Ayer fueron al banco. En el sótano encontraron a mi Virgilio y a otros tres llenando maletines con billetes. Los han metido a los cuatro en la cárcel —Marisa se echó en los brazos de su amiga y lloró en su hombro—. Me he quedado sola. Virgilio solo tiene veintiocho años.

Entonces comenzó a sollozar clamorosamente.

—Cálmate querida. El maquillaje se te estropea y tienes la cara llena de churretes.

La suma exacta de dinero que circuló nunca se ha sabido, pero se estima que ascendía a millones de dólares. Tres de los cuatro miembros de la estafa recibieron largas sentencias de prisión. José Bandeira fue liberado después de pasar veinte años en la cárcel. Adolf Hennies fue liberado de prisión en 1936, después de estar once años en ella. Murió en la miseria. Karl Marang contrató a los mejores abogados y solo cumplió once meses de cárcel. Se nacionalizó francés y se fue a Cannes, donde vivió riquísimo hasta su muerte.

Alves dos Reis[28] permaneció veinte años en prisión hasta el siete de mayo de 1945. Se puso a trabajar en la empresa de importación exportación que todavía le quedaba, junto a sus tres hijos. Aun así, intentó otro negocio sucio de exportación de café y volvió a ser condenado, pero ya no fue a la cárcel. Diez años después murió de un ataque al corazón, sumido en la pobreza.

1941
Lourenço Marques
Colonia Oriental Portuguesa

1941
María Leopoldina

María Leopoldina de Queirós acababa de regresar a su tierra natal, Mozambique, después de catorce años de ausencia. Quería ver de nuevo a su madre, Amalia, a la que no recordaba y hacía años que solo veía en fotografías.

Con tan solo cuatro años de edad su madre la envió a Portugal para que saliera de esta tierra de buscavidas, estudiase y se convirtiera en una señorita. Así, siendo aún una niña, viajó con su tío Onofre, el hermano de su madre, y bordeó África para llegar a Portugal, el país de sus ancestros.

Lourenço Marques había ido cambiando con los años. Antes era una tierra de emigrantes ricos. Ahora se había ido poblando cada vez más de colonos de varios países, sobre todo portugueses, indios y chinos; y también de expatriados por el gobierno portugués que los enviaba allí como condena. Todavía continuaban los grandiosos bailes de etiqueta en el Polana, mas la población era variopinta. Empezaron a abrir comercios, cines, teatros, tiendas, etc. La vida cultural aumentaba, pero disminuía el nivel económico de la población blanca; algunos nativos conseguían integrarse, los indios a tener más poder comercial, y los aristócratas a perder poder adquisitivo y tener miedo[29].

María Leopoldina era laurentina[30]. Estaba bien educada, era culta y respetuosa, religiosa y descreída, como su madre.

Aunque naciera en la capital de la Colonia Oriental Portuguesa, se había criado con sus tíos en un pueblo llamado Oliveira do Alentejo, en el Bajo Alentejo portugués, a la sombra de alcornoques, olivos y naranjos, comiendo pescado fresco a la brasa, verduras recién recogidas del campo y en un ambiente de amor y espiritualidad familiar en el que había sido muy feliz. Pero su mayoría de edad la empujó a conocer su verdadero origen, la tierra donde vivía la mujer que le había dado la vida, su madre, Amalia.

El hermano de Amalia, Onofre, prefirió comprar bienes en Portugal, tierras y fincas, para que su hija adoptiva, aunque huérfana, contara con una buena dote a la hora de elegir marido, algo que consideró más práctico para una mujer que el hecho de tener cultura.

María Leopoldina había aprendido francés, tocaba perfectamente el piano y sabía comportarse como una señorita de buena cuna. ¡Quién diría que su cuna no era tan buena como ella pensaba!

Ya desde adolescente fue una jovencita de carácter fuerte. Pía, de sobria espiritualidad y devota, todos la consideraban una buena católica; acudía a escuchar la sagrada misa acompañada de su tía todos los domingos y fiestas de guardar; tenía buena educación y respetaba las buenas costumbres, la cortesía y urbanidad.

Su talante quizás fuera el fruto de las circunstancias de su nacimiento, ya que era hija de una mujer portuguesa soltera, aunque todos pensaban que era viuda, lo que la hacía que su tía siempre la educase con el máximo de respetabilidad y decoro, para que nadie pudiera poner en duda su honor y su honra.

María Leopoldina, pese a su religiosidad, creía en la ciencia y en el progreso. Quería ser médico, y aunque no era común en la época que las mujeres tuvieran titulaciones universitarias, en Portugal, ya desde 1880, era posible ver mujeres en la universidad, pues en este año una obtuvo la primera titulación en Medicina. Pero sus tíos, con quien vivía, consideraron irreverente la idea de su sobrina y consideraron sus deseos como un capricho. Así, María Leopoldina tuvo que conformarse con estudiar en un colegio de monjas y tener una educación femenina propia de su época.

Hacía horas que habían divisado tierra y por fin se avistaba el puerto. El buque pronto atracaría en el muelle y, ya desde lejos, el *Nyassa*, de la Empresa Nacional de Navegación a vapor, empezó a hacer sonar la sirena. Avisaba a tripulantes, pasajeros y estibadores del puerto que iba a recalar en pocos minutos. El *Nyassa*, de ocho mil novecientas ochenta toneladas y hélices gemelas, tenía capacidad para mil pasajeros.

El ruido ensordecedor advertía a todos los trabajadores de su pronta llegada. La llegada del gran buque portugués era un acontecimiento esperado con anhelo. En el puerto se prepararan para amarrar el barco con gruesas maromas y cadenas, después de echada el ancla por la borda.

Un puerto que normalmente recibía barcos repletos de mercancías de decenas de países, o barcazas cargadas de pescado, solo recibía una vez al mes un barco con pasajeros de Europa, por eso todos esperaban con entusiasmo que atracara, ya que o aguardaban a algún familiar, alguna mercancía, alguna carta, o sencillamente la llegada de este barco y sus novedades atraía siempre a muchos curiosos. Todos ansiaban verlo fondear.

Era el mejor día para los porteadores y estibadores del puerto, que bajaban y subían mercancías, colocándolas convenientemente en sus lugares de destino. En jornadas como esa conseguían la tercera parte de sus salarios mensuales, puesto que trabajaban a destajo. También los pasajeros contribuían. Siempre felices de llegar a su destino, eran muy generosos cuando estos fuertes hombres nativos bajaban sudorosos los grandes baúles, maletas y demás bultos que traían, y no escatimaban en ofrecerles buenas propinas. Todo el mundo estaba preparado y esperando las órdenes del jefe del puerto: hoy era un buen día y había que sacarle el mayor partido. Los jefes siempre eran blancos, y si algún negro o mulato llegaba a algún puesto intermedio tenía que demostrar haberse europeizado, y nunca era un cargo de relevancia. Para los portugueses y demás europeos, los nativos no eran verdaderos ciudadanos del país.

Ya llevaban más de dos horas de espera en el puerto, sentados en el suelo, mirando si se acercaba el buque, que venía con retraso sobre el horario previsto a consecuencia de los fuertes vientos y la marejada del día anterior.

Aunque aún era temprano, estaba empezando a caer el sol. Pronto anochecería. Habría que descargar con rapidez y amabilidad todo el equipaje que trajeran los europeos, acostumbrados a un trato exquisito.

María Leopoldina, ajena a estas circunstancias, se encontraba en su camarote todavía un poco mareada después del largo viaje. Era la segunda vez que llamaban a la puerta para retirar el equipaje. Se levantó angustiada y con los ojos medio cerrados abrió la puerta. Entraron dos grumetes que llevarían sus pertenencias a puerto: tres maletas y dos baúles de grandes dimensiones. No había querido desprenderse de casi ninguno de sus enseres porque pretendía comenzar una nueva vida en África y no separarse de su madre nunca más. Lo único que había dejado en Oliveira do Alentejo era su ajuar y el piano.

Lo último que recordaba de su madre era haberla gritado desde la cubierta del barco a punto de partir: «*hambanine mae*», mientras movía su manita, y que la madre la contestara: «*hambanine filha*»[3](«adiós mamá», «adiós hija»), diciéndole también adiós con la mano, sumida en un mar de lágrimas que la niña no apreciaba en la lejanía.

Con estas dos palabras repitiéndose una y otra vez en las bocas de ambas, mientras la madre gemía y suplicaba arrepentida de ver partir a su hija, el barco se fue alejando hasta que cada una dejó de ver a la otra. Pero ninguna olvidó ese momento y fue uno de los recuerdos que las unió durante todos los años que estuvieron separadas.

El puerto natural estaba en la bahía de Bahía de la Laguna, «*Delagoa*». Era una entrada del océano Índico en la costa de la colonia portuguesa, sin apenas oleaje y de grandes dimensiones, unos setenta por veinte kilómetros. Por eso Lourenço Marques se había convertido en una ciudad eminentemente comercial.

La Colonia Oriental Portuguesa era completamente desconocida para Maria Leopoldina, aunque fuera su tierra natal. Paradójicamente estaba volviendo a un país en el que sentía no haber estado nunca.

El capitán la estaba esperando a la entrada del puesto de mando, con su uniforme de gala blanco y su gorra de plato, ya que se despedía a pie de pasarela de todos los pasajeros, sobre todo de los de primera clase.

—Espero que el viaje haya sido de su agrado, señorita. Le deseo que su estancia en Mozambique sea de tu total conveniencia —le dijo mientras le tomaba la mano y se la acercaba a los labios, en un ademán cortés de besarla, pero sin hacerlo.

Ella sintió su mano gruesa, grande y callosa, prueba de haber sido marino durante años y de haber agarrado con fuerza aquel timón de madera de caoba. Ella lo había observado con la vista al frente y siempre serio, tanto con el mar en calma como cuando las tormentas azotaban la proa.

—Su equipaje está ya en el puerto, ¿ve a sus familiares?

No permitiría que abandonara su barco hasta estar seguro de que alguien había venido a recogerla y dejarla en buenas manos. No podía aceptar que esa hermosa joven, asustada y vulnerable, desembarcara sola.

—¿Ve usted a sus familiares, señorita de Queirós? —repitió el capitán.

Verdaderamente él conocía la respuesta. Era casi imposible ver nada ni a nadie en aquel tumulto. Todo era desorden y confusión, gritos y chirridos, golpes y sirenas. Casi daba miedo mirar y no ver nada.

María Leopoldina no conocía a su madre más que por unas antiguas y descoloridas fotografías color sepia.

Cientos de personas se arremolinaban yendo y viniendo de un sitio para otro, unos cargados con grandes maletas, otros empujando carros cargados con grandes baúles. Grupos de gente discutiendo por conseguir mozos, por obtener buen precio de transporte o poder agenciarse un medio de salir de esa algarabía. Pero dentro de ese desorden casi todo el mundo sabía bien en qué consistía su faena, era el quehacer cotidiano del puerto. Sin embargo, para María Leopoldina todo resultaba nuevo.

Doña Amalia, su madre, se encontraba sentada en un coche de caballos, alejada una centena de metros del gentío, nerviosa ya desde hacía dos horas.

Mientras esperaba recordaba cómo era su hija cuando se fue.

«Madre, deme una *quinhenta* (moneda de 50 centavos), me están esperando los demás niños para comprar un pirulí en la *Perola do Oriente*», (una tienda de comestibles donde vendían chucherías muy frecuentes en la época, ubicada en el edificio Pott).

Compraba un pirulí de caramelo derretido teñido de rojo, envuelto en hojas de sisal que todos chupaban por turno, o un cucurucho de maíz tostado o de almendras de cajú (anacardos). Y allí permanecía junto a los demás niños, sentada en el umbral de la puerta de su casa.

Ahora recordaba que con la misma *quinhenta* se podía viajar en autobús y cruzar la ciudad, como hacía quince años, y comprar el mismo cucurucho de anacardos, aunque ahora el cucurucho era más chico. El tiempo había pasado pero los precios seguían igual, esa monedita seguía valiendo para lo mismo.

Cuando vio aparecer a María Leopoldina hablando con el capitán, al pie de la pasarela, ella la reconoció al instante y el corazón le dio un vuelco. La hubiera reconocido entre cientos. Estaba preciosa con aquel vestido blanco tan vaporoso, con el talle bordado. La falda se le volaba con el viento al igual que el sombrero que sujetaba con la mano izquierda, mientras en la flexura del brazo derecho sujetaba un bolsito de asa corta y broche dorado.

Su hija estaba de nuevo allí después de catorce años. La última vez que la vio también estaba en la borda de un barco, esa vez en el *Zambesia,* en brazos de su hermano Onofre, y le decía adiós con la manita desde cubierta.

María Leopoldina se había separado unos pasos del capitán y se apoyaba en la barandilla. Miraba hacia el puerto, con la convicción de que en algún momento vería algo que le resultara familiar, pero no sabía qué. Sentía presión en el estómago y pecho. Y esta vez estaba segura de que no era por la indisposición que había sufrido durante casi toda la travesía, sin embargo, le costaba respirar y mantener el equilibrio, lo que no le ayudaba mucho a concentrarse.

No obstante, era imposible no ver al mulato fornido, de un metro ochenta de estatura y cerca de cien kilos, que subía por la pasarela y se dirigía al capitán. Vestía ropa de porteador, pero cuidada y limpia.

—Buenas tardes, capitán —dijo tendiéndole su manaza—. Soy Mchenga, jefe de estibadores, y vengo a recoger a la señorita María Leopoldina de Queirós. Me envía su madre, doña Amalia, viuda de Queirós.

María Leopoldina, al escuchar su madre, se dio la vuelta y tosió con sutileza, dando muestras de su presencia.

El capitán sonrió, sintiendo su obligación cumplida y dichoso por una vez más haber realizado su trabajo correctamente.

Recogió del suelo un pequeño neceser personal que ella llevaba consigo y se lo entregó al porteador, pero ella se adelantó a cogerlo y le dijo:

—Esto lo llevo yo. No pesa. Muchas gracias por su amabilidad y por la buena travesía, ha sido un placer tenerlo como capitán en el *Nyassa*.

—Buenas noches, señorita. Espero verla de nuevo a bordo. —Y volvió a besarle la mano enguantada.

Algunos pasajeros aún permanecían en el barco. Se fue despidiendo de ellos cortés y amablemente, deseando que también disfrutaran de una feliz estancia en la Colonia Oriental Portuguesa, e instándoles a volver a Portugal de nuevo en su buque.

María Leopoldina tardó más de un minuto en poder dar el primer paso y poner un pie en la pasarela; significaba terminar con Europa y empezar una nueva vida en África. Aunque había sido su voluntad, no sospechaba que fuesen esas las emociones que iba a sentir. Todas las sensaciones se resumían en una: temor. Temor a lo desconocido, temor a no adecuarse a una nueva cultura, a nuevas gentes, pero, sobre todo, temor a su madre.

¿Cómo sería ella? Aunque le resultara paradójico, le parecía recordar un rostro noble y generoso, aquellos ojos tristes que fueron quedando en la distancia; siempre la pensó con esa imagen, cuando aun estando tan lejos, no se había olvidado de cuidar de ella financieramente. La que nunca olvidaba su cumpleaños.

Sentía las piernas como en un sueño. No podía moverse. Pero, ¿por qué? ¿temor a lo que se iba a encontrar? No, no era eso. Era cobardía, aprensión.

—Deprisa, señorita —le decía Mchenga, tomándola suavemente del brazo—. No vaya a tropezarse, ya no hay casi luz. Los mozos ya llevan su equipaje al carruaje, su madre la espera. No se detenga, siga caminando, el sol se oculta.

Ella miraba ese caos y en su mente no se fijaba claramente ninguna imagen, ni siquiera veía el suelo donde pisaba, solo miraba al frente, a ver si lograba descubrir que aquella anhelada figura que había forjado en su mente tenía semejanza con la realidad.

—Señorita, la noche aquí cae rápido —la apremiaba Mchenga en portugués, con fuerte acento zulú—. Camine más rápido, aún queda un trecho hasta llegar a su casa. Ella miraba las enormes grúas que bajaban grandes cargamentos. Las personas que se abrazaban. Se fijó que había automóviles estacionados o transitando por el puerto *Cais do Jordão*. Después le explicaron que en deferencia a los turistas los dejaban circular por el puerto, para recogerles y enseñarles la ciudad.

Mchenga era un hombre respetado y poderoso en el puerto. Según avanzaban por el muelle, los demás trabajadores se apartaban cediéndole el paso: irradiaba poder, quizás incluso temor. Tardaron apenas cinco minutos en atravesar el gentío y alejarse de la multitud hasta llegar a la calle, donde les esperaba un coche de caballos, antiguo pero elegante. Los hombres que seguían a María Leopoldina y Mchenga colocaron y ataron el equipaje que traía la muchacha desde Europa. Ya casi nadie tenía coches de caballos sino automóviles, pero doña Amalia seguía con su coche de caballos. Hacía años que se habían dejado de usar, sobre todo en la ciudad, pero ella sentía un romántico sentimiento de conservación por su viejo carruaje, el primero que compró, y nunca se desprendió de él.

Fuera del *Cais*, ya más tranquila, María Leopoldina miró a su alrededor. Todo era precioso. Había una plaza, grande y muy transitada. Un edificio antiguo como si fuera de defensa militar quedaba a su derecha, la Fortaleza; un poco adelante un edificio colonial de tres plantas, las dos últimas con preciosas terrazas que lo rodeaban con cuidadas barandillas de madera, arcos y unas torretas en el tejado: era la Capitanía del puerto. Un quiosco de música precioso y algún puesto de prensa. El suelo adornado con geométricos mosaicos portugueses blancos y negros; árboles donde los niños se apoyaban para jugar al escondite; bancos, arbustos y, aunque era de noche, todavía mujeres y hombres tomaban helados en sillas de mimbre, mientras sus hijos corrían tras un balón o un aro por el parque. Todo parecía muy elegante y tranquilo. No vio a ningún nativo.

Esta era la primera impresión de la ciudad de Lourenço Marques que tenían los pasajeros que llegaban en barcos con destino a la colonia, a Pretoria, Johanesburgo, y otros lugares de África del sur. Una ciudad de ensueño. Los portugueses cambiaron un cenagal, un pantano por una encantadora ciudad llena de mansiones, plazas, parques y avenidas perfectas. Era la *Praça 7 de Março*.

La *Plaça*, que era el centro neurálgico de la ciudad, había cambiado de nombre varias veces y cada cual la llamaba como la recordaba; primero había sido *Plaça 7 de Março*, después *Plaça Mouzinho de Albuquerque*, para volver a ser *7 de março*. Así que la gente la llamaba simplemente «la Plaza» (actualmente *Plaça 25 de Juhnio*).

Los sábados y domingos por la mañana, la banda municipal tocaba música clásica, mientras los ciudadanos blancos podían sentarse a escucharla en sillas dispuestas para tal menester que se extendían alrededor del quiosco[32], *coreto*. Los hombres conversaban y comentaban las últimas noticias que venían de Lisboa, aunque fuera con retraso. Por la tarde, una orquesta interpretaba canciones de moda y se bailaban los ritmos más diversos: *cha-cha-cha*, *swim*, *jazz*, *vals* o música tradicional portuguesa. Todos se divertían. Aunque a los nativos no se les permitía bailar junto a los blancos, escuchaban y bailaban alejados aprovechando la música que desde lejos aún se oía.

María Leopoldina vio la silueta de una señora que pagó a los dos mozos nativos y los despidió amablemente; ellos inclinaron la cabeza y se alejaron a buen paso. La chica se quedó observando a los hombres que se alejaban vestidos con camisas zurcidas y sudadas y petos desgastados de color indescriptible.

Se escuchaban los resoplidos de un caballo que nervioso empezaba ya a piafar, mientras un muchacho apenas adolescente la miraba pasmado desde el pescante del carruaje. La señora lo reprendió:

—¡Que te duermes en los laureles, chico! Sujeta a ese rocín —le llamó la atención doña Amalia.

—Doña Amalia, ¿ordena usted algo más? —dijo Mchenga con una mirada inescrutable.

Aquella mujer se giró y sus ojos verdes coincidieron con las pupilas de María Leopoldina, paralizándola aún más, si es que eso era posible.

—No, Mchenga, eso es todo. Muchas gracias. Ayude a mi hija a subir al coche, por favor.

Y dándole unas monedas esperó a que María Leopoldina estuviera acomodada en el asiento posterior del carruaje. Después entró ella, también ayudada por el agradecido hombre, que la despidió con una blanca sonrisa.

Era una mujer madura, cautelosa, con semblante agradable.

El muchacho arreó los caballos y el coche se puso en marcha. Desde el interior, ambas escucharon al hombre bantú, el jefe de estibadores, que continuaba con su trabajo y, sin perder un minuto, comenzaba a dar voces a sus subordinados en una lengua que ellas ya no comprendían. Por un momento solo se le oía a él.

Cuando el ritmo del traqueteo de los cascos del caballo hizo pensar que ya se encontraban en un camino regular, las mujeres se rebulleron sin saber qué hacer. El silencio era incómodo. Doña Amalia era consciente de que su hija no sería la primera en romper el hielo y que la primera en hablar tendría que ser ella.

Pero como si se hubieran leído el pensamiento, las dos volvieron su cara hacia la otra y se miraron. Fueron unos segundos, pero para ambas se les figuró una eternidad. Por sus mentes pasaron fugazmente todos esos momentos juntas y los pocos recuerdos que cada una tenía de la otra. Sus ojos se arrasaron de lágrimas y sin decir palabra se abrazaron y rompieron a llorar, dándose decenas de besos entre sollozos.

Tanto amor contenido, tanto anhelo, ¡por fin juntas! Parecía que nadie pudiera separarlas nunca más.

Y abrazándose con fuerza y llorando a lágrima viva, madre e hija permanecieron unidas hasta que la voz del cochero interrumpió su trance.

—Doña Amalia, tenemos que parar. Voy a conectar la dinamo para que se enciendan las luces —dijo el joven cochero.

—Está bien, Tembo —respondió Doña Amalia con voz temblorosa.

Se apartaron, pero sin decir palabra se continuaron observando, como si no se hubieran visto nunca en la vida.

Maria Leopoldina no sabía qué hacer ni decir. Su madre lo había ensayado durante años, pero lo llevaba esperando tanto tiempo que lo había olvidado. Era su hija, su vida, su ser, y ahora, teniéndola al lado, su cuerpo fuerte evidenciaba debilidad.

La madre habló por fin a su hija, sin dejar de mirarla.

—Hija, qué feliz soy, no tengo palabras para describir lo que siento. Tengo tantas ganas de abrazarte, besarte, sentirte... —La abrazó y besó de nuevo—. Pero ahora ya estamos juntas, todo será distinto, te quiero tanto, te... —se le quebró la voz, las lágrimas no la dejaban continuar.

El trayecto a casa no duró más de diez minutos, pero fueron los diez minutos más intensos de sus vidas, llenos de amor, con miradas nunca sentidas. María Leopoldina, trémula, se encogía en su asiento. Su madre, agarrotada, quería preguntarle tantas cosas que no sabía por dónde empezar. Esperaría. Ya tendría tiempo de enterarse de todo, de conocer a su hija.

Ahora sólo quería mirarla, observar cómo había cambiado. Era toda una mujer. Una verdadera señorita. Lo había conseguido.

1944
Antonio conoce a María Leopoldina

—María Leopoldina, curioso nombre.

—Es el nombre de la comadrona que asistió a mi madre en mi nacimiento. Fue muy duro y la partera, una mujerona negra, la consoló, secó sus lágrimas y la animó cuando por el dolor quería morirse y gritaba que le sacaran «de una vez a ese hijo que le estaba rajando las entrañas». La cogió de la mano mientras pujaba y apretó el vientre de mi madre para facilitarle el alumbramiento.

—Gracias a su experiencia —explicó ella— evitó mucho sufrimiento y dolor a mi madre. Puso sus manos en el periné y tirando hábilmente de mi cabecita hacia afuera protegió su dolorida piel de un posible desgarro. No la cortó, algo muy usual para agilizar partos difíciles, algo que luego con los años acarrea graves consecuencias en las mujeres, por posibles infecciones o mala cicatrización. Por último, le cocinó un buen tazón de caldo de gallina para reconfortarla después de que todo hubo pasado. En señal de gratitud, mi madre me puso su nombre. Decía que de no haber estado ella allí no hubiéramos sobrevivido al parto, ni mi madre ni yo.

Aunque el día que la conoció iba sola, no era la costumbre de la época, al contrario: cualquier señorita o mocita en edad de merecer debía salir de casa acompañada siempre de otra persona adulta. Y acudir a misa no era una excepción. Si su madre no podía, tendría que ir con otra mujer o con un familiar.

Pero cierta mañana de domingo, María Leopoldina se retrasó en sus quehaceres matutinos y ya no encontró a nadie que la acompañase. Antonio, que venía observándola desde hacía semanas, aprovechó la ocasión para acercarse y hablar con ella a la salida de misa.

Así comenzó Antonio su noviazgo con María Leopoldina, tras pedirle permiso a su madre. Hablaban casi siempre a la salida de misa con su madre delante, como era costumbre en Portugal, y así lo había vivido siempre ella, con el consiguiente asombro y las risitas de los habitantes autóctonos de Mozambique, que no entendían estas ridículas costumbres.

Raras veces el novio entraba en la vivienda de la novia, pero nunca estaban solos, y conversaban bajo la atenta mirada de la madre normalmente, o si salían, siempre llevaban a alguien de «carabina».

Era gracioso verlos pasear con una sirvienta continuamente pegada a sus talones por las inmensas aceras soleadas de Lourenço Marques, llenas de árboles de un verde exuberante con espléndidos jardines llenos de flores que llegaban hasta las casas, que se alejaban de la calzada por decenas de metros en las grandes avenidas. A ellos les gustaba pasear por la *Baixa*, por la *praça 7 de Março* y la *Plaça Mac-Mahon*, al final de la Rua Araújo, donde estaba el *monumento a los caídos de la Gran Guerra*, inaugurado en 1935. Bajo los andenes acristalados de la estación del ferrocarril, y tomar un café en su refinado bar, a nivel de los mejores del mundo. También frecuentaban la *rua Araújo* (actualmente *rua de Bagamoyo*) donde se ubicaba el único cine de la ciudad, que no era sino el teatro *Varietá* venido a menos, aunque fuera la primera sala de espectáculos construida en Lourenço Marques a principios de siglo XX. Era la zona con más ambiente, sobre todo en la *Avenida da República* (en la actulidad *Avenida 25 de Septembro*) donde estaban las mejores pastelerías y cafeterías *de la* ciudad.

Aunque en el cine *Varietá* las películas eran de dudosa procedencia, muchas llegadas a través de Sudáfrica, era el único cine de la ciudad. El *Manuel Rodriguez* funcionó como cine pero luego se convirtió en teatro, para ser inaugurado de nuevo tras un incendio en la Avenida Don Luiz el 5 de mayo de 1948.

Al principio el Varietá no se construyó como teatro ni como cine, sino que se inauguró en mayo de 1910 como una pista de patinaje por dos hermanos italianos, los Bruccellato, muy aficionados a este deporte. Pero el 5 de octubre de 1912 inauguraron el teatro en cuya construcción Pietro Bruccelato puso mucho entusiasmo, trayendo desde Italia gran número de estatuas y otros objetos decorativos. Para la arriesgada inauguración, a la que acudió el gobernador general de la colonia, Pietro Bruccellato contrató a grandes estrellas de la lírica de la época como Bianca Almazza y el tenor Franco Gregório, que representaron *El barbero de Sevilla* de Rossini, en cartel hasta el 31 de diciembre de 1913. Por él pasaron las figuras más representativas del teatro portugués, como María Matos, y compañías portuguesas y extranjeras del más alto prestigio durante muchos años.

En Lourenço Marques había de todo, no faltaba de nada. Se podían encontrar todo tipo de bebidas: vino, whisky, cerveza... y cualquier actividad: bolos, golf, caza, pesca, tenis, etc. Hasta tenían prostitución y casinos abiertos los siete días a la semana, incluidos los festivos y fiestas de guardar, prácticas prohibidas por los puritanos británicos y, sobre todo, los Boers, que veían en tren o barco a la colonia portuguesa a divertirse. No faltando nunca las casa de *Fado* y las corridas de toros, que eran el asombro de los visitantes. Había dos casinos en la misma calle Araújo: el Casino Costa y el Casino Silva, pero cerraron ambos antes de los años 40. Después se abrió el casino del hotel Polana.

En otras calles no tan concurridas ya más alejadas del centro, tan solo había una fila de árboles de flores moradas, jacarandaes, para diferenciar la zona de paseo de la de tránsito de carruajes. Según uno se alejaba del centro, las calles perdían encanto y limpieza y había menos automóviles aparcados, y aún menos transitando, pero con todo, mantenía el aspecto moderno de cualquier ciudad europea.

Ellos sabían que existían barracas donde se reunían negros y mulatos a tomar verdadero café mozambiqueño, licores nativos y otros productos del campo. Pero la sociedad mozambiqueña era muy separatista en el sentido que cada grupo social se relacionaba casi exclusivamente con los de su misma ascendencia:

munhes (indios, paquistaníes), blancos mozambiqueños, mulatos, negros. La categoría «blanco extranjero» quedaba fuera, así que se tenían que conformar con las terrazas de cafés para blancos.

A veces unos cuantos niños negros, con pantalones cortos y camisetas de colores, bien calzados, y hasta pulcros calcetines blancos, estaban sentados en algún banco de piedra chupando un helado, o contando cromos, y la belleza de la arquitectura y la placidez de sus habitantes no tenía nada que envidiar a otras urbes coloniales como La Habana o Nueva Orleans, con sus mansiones con soportales y sus terrazas llenas de plantas y flores. Era una ciudad sin parangón: con el alboroto y griterío que les encantaba a los nativos, suavizado por la dulzura de los portugueses.

Este era el entorno que rodeaba a estos amantes, que paseaban bajo el bochorno laurentino sin siquiera darse la mano, bajo la supuesta atenta mirada de su madre o de una mujer nativa rezongona que caminaba dos metros detrás y no entendía por qué tenía que estar allí. Entraban a veces en una tienda donde vendían un chocolate holandés, el *«Van Hutten»*, delicioso, del gusto refinado de Antonio, que era un «gourmet» para todo lo que se refiriera a manjares culinarios. Lo vendían en una tienda de comestibles y esquisiteces llamada *«Magalhães & Sousa Dias»*. Solían entrar aquí casi siempre que pasaban por delante, que era con mucha frecuencia, ya que estaba en la Avenida de la República. Había que cuidarse de la típica alcahueta (europea, por supuesto), que pudiera hacer comentarios de la chica, así que Antonio tuvo que pasar por el aro, y soportar a la criada que los acompañaba; no le interesaba que la reputación de su amada estuviera en boca de nadie.

Pero alguna vez, con alguna disculpa, conseguían salir solos, y siempre huían al gran bosque de eucaliptos que tenía la ciudad. Ahí se perdían, se abrazaban y sentían la pasión de poder entregarse sin miradas indiscretas y dar rienda suelta a los instintos carnales que sentían el uno por el otro, sin que nadie les impidiese disfrutar del poco goce que la época imponía.

Pero Antonio no aguantó por mucho tiempo esta hipócrita situación.

—Si te dejaran salir iríamos a la *Pastelería Cristal*, en *la Avenida 24 do Julho*, frente al Liceo, porque cuando vengo a verte paso por la puerta y sólo con el olor que sale ya dan ganas de comerse todo —dijo Antonio.

—Pues sé un poco más espléndido y la próxima vez que vengas traes unos pastelillos y yo preparo un té o chocolate de Ecuador que me ha regalado una clienta —le dijo Amalia, la madre de María Leopoldina, que no se andaba por las ramas.

—¿Chocolate? —preguntó Antonio.

—Sí, por lo visto en España y en algunos países de América se consume mucho el chocolate líquido como bebida. Lo toman por el frío. Derriten el chocolate en el fuego junto con leche y queda una bebida espesa exquisita. Luego mojan en el chocolate unas masas de harina frita que llaman «churros» o «porras».

—Tenemos que probarlo, doña Amalia, aunque creo que con este calor no nos va a sentar nada bien ese invento.

—El próximo día pasa por la *Pastelería Princesa*, o por esa que dices tú y merendamos. ¡Ah!, y sacad las manitas los dos de debajo de la mesa.

Los dos sacaron las manos de donde las tenían escondidas para poder acariciarse. Cuando la madre salía de la habitación, Antonio siempre aprovechaba para robarle uno o varios besos a María Leopoldina, pero no pasaba de ahí. Él ya estaba un poco harto de este riguroso proceder.

—Doña Amalia, termine ya esa falda y vamos los tres a la pastelería. Hace una tarde buenísima y el sol es muy bueno para los huesos de las mujeres.

Doña Amalia lo miró perpleja (¿qué tendría que ver el sol con los huesos?). Pero como era un hombre tan culto no le contestó y aceleró las puntadas para terminar rápido.

Era verdad, la *confitería Princesa* tenía fama de hacer los mejores dulces de todo Lourenço Marques. Diamantina, la dueña, amasaba con sus propias manos la masa, que llevaba harina mezclada con melaza, huevos, piña, anacardos y otros frutos secos machacados. Tenía recetas que nunca compartía con nadie y de las que decía que eran secretos de familia.

Horneaba allí mismo sus pastas, bollos y pasteles y no necesitaba más publicidad que el olor que salía por la puerta.

Después de tomar una cerveza marca «*Laurentina*» fabricada en la colonia y una ración de almejas en la *Cervecería Laurentina,* sita en la *Avenida Andrade Corvo*, en una bonita terraza haciendo esquina con la *Avenida Augusto Castilho*, se daban un paseíto hasta la *pastelería Princesa Patricia* o a la *Pigale* y allí tomaban unos ricos pastelillos acompañados de café. Caminaban uno junto al otro, sin tocarse y sin apenas intercambiar palabra. Ella miraba tímidamente al suelo y sentía rubor en las mejillas. Se disculpaba diciendo que era por el calor, pero Antonio, conocedor de la mente femenina, sabía que, después de dos meses rondándola y saliendo casi a diario a pasear, ella estaba perdidamente enamorada de él. La madre caminaba detrás para poder controlarlos, pero dejándolos cierta intimidad para hablar. Él sentía su pecho henchido, rebosante de felicidad. Está siendo paciente y perseverante y ha conseguido llevarse el gato al agua.

Recordando sus noches de conquistador portugués, con la sangre hirviéndole en las venas y todo él pletórico, casi no conseguía reprimir las ganas de abrazarla, besarla y hacerla suya, pero no como a todas las mujeres con las que había compartido lecho hasta entonces.

Ella era tímida, tierna y sutil, y debía tratarla como a una señorita, como a la futura madre de sus hijos y a la mujer de su vida. Él también se había enamorado.

Amaba a María Leopoldina desde el mismísimo momento en que la vio. Apenas vislumbró su rostro, oculto tras un velo negro, con topos que le tapaban los ojos y la nariz y que sólo dejaba al descubierto sus finos labios color nácar, que no se pintaba de rojo «por respeto al martirio de nuestro señor Jesucristo», como siempre decía ella; apenas vio su ovalado rostro de alabastro, la imaginó como un ángel que estaría a su lado el resto de sus días.

No tardó mucho Antonio Pessanha en no pensar más que en aquellos tristes ojos grisáceos y en aquel cabello ondulado que le caía sobre los hombros, y en pedir la mano de María Leopoldina para casarse con ella, apenas cuatro meses después de verla por primera vez descendiendo por la escalera de la catedral, con el libro de salmos y el rosario entre las manos cubiertas por unos finos guantes de encaje, en aquella misma catedral blanca, con una inmensa torre central, cuyo reloj marcaba ese día las doce y cuarto.

La *Sé Catedral Nossa Senhora da Conceição*, en Lourenço Marques, construida por los portugueses recientemente e inaugurada por don Manuel Gonçalves Cerejeira, cardenal patriarca de Lisboa, en representación del Papa Pío XII, el 14 de agosto en 1944, le recordaba a Antonio el santuario de *Nossa Senhora de Fátima* (Nuestra Señora de Fátima), en *Cova de Iría*, pues las dos eran blancas, con una torre central en la que destacaba un reloj y coronadas ambas por una cruz; solo que en la de Lourenço Marques, más moderna, más alta y de líneas más sobrias y lineales, habían añadido otras dos naves, una a cada costado, teniendo la torre central dos módulos a cada lado, en vez de uno como tiene la portuguesa. En su interior, sin apenas adornos ni bancos, llamaban la atención las vidrieras. La Sé Catedral, que miraba hacia *Baixa* y al mar, resultaba imponente.

Las mujeres negras paseaban por la calle con sus trajes multicolores y la *capulana* liada a la cabeza tapando su encrespado cabello para así protegerse del implacable sol. Al caminar contoneaban sus traseros al son de una música inaudible, sobre todo si portaban sobre sus cabezas cántaros o recipientes con agua o pesados fardos de hierba envueltos en telas. Tenían una habilidad especial para mantener el equilibrio de los cántaros o las vasijas u otros bultos encima de la testa, soportados en un rodete hecho con cualquier trozo de tela, tensando el cuello y haciendo contrapeso con el movimiento del resto de su cuerpo.

Todo en ellas era sensualidad, tan lujuriosa como el brillo de sus ojos. Cuando sonreían mostraban sus blancos dientes y una risa vulgar, pero mil veces graciosa, resonaba en los oídos de todos los que estaban cerca, sobre todo de los hombres, blancos y negros, que se las comían con los ojos.

Es Lourenço Marques en esta época colonial una de las capitales más preeminentes y pujantes del sur de África, comparable a

Ciudad del Cabo, y hogar de una lista de envidiables obras maestras arquitectónicas que reflejaban el interés de los colonizadores portugueses en su imperio marítimo. Por eso la capital de la Colonia Oriental Portuguesa está marcada por una violenta historia y una notable nostalgia portuguesa, de la que Antonio Pessanha no se escapaba.

Aunque parece impensable que el ingeniero francés Gustave Eiffel pisara alguna vez este país tropical, es cierto que contribuyó a embellecer este territorio con dos obras que perduran a través de los años: la centenaria Estación de Ferrocarril (*Caminhos de Ferro)* y la Casa de Hierro (*Casa de Ferro*).

La estación de trenes deja pomposamente el testimonio de un pasado glorioso donde oficiales uniformados fluían bajo el esqueleto de hormigón de su bóveda y su cúpula de bronce, que tuvieron que traer desde Europa. Ya desde 1910 era la admiración de los viajeros que llegaban desde cualquier rincón de África, e incluso deslumbraba a los más sibaritas visitantes europeos.

Esta estación era el final de la línea del tren que provenía de Sudáfrica. Su inauguración, el 19 de marzo de 1910, fue el último acto oficial de la monarquía portuguesa en terreno mozambiqueño, con un viaje desde Lourenço Marques hasta San José de Lhanguene.

El tranvía partía de la estación de ferrocarril y rodeando la plaza se dirigía a la *plaça 7 de Março,* entraba en la *Avenida Dom Luiz* por el lado izquierdo y llegaba a la *rua Francisco Ferrer*, atravesando las zonas más comerciales y concurridas de la ciudad. Así, desde mayo de 1904, que empezaron a funcionar, importados del Reino Unido hasta 1936, que los suprimen definitivamente[33]. Se les llamó «*los Imperiales*» porque tenían dos pisos y una escalera en cada lado: el de arriba para los negros y asiáticos y el de abajo para los blancos. Eran abiertos por arriba y no tenían laterales. Unos dos años más tarde los retiraron, y tan solo circulaban tranvías de una planta.

El otro de los encargos que recibió Eiffel para honra de esta preciosa ciudad fue la Casa de Hierro, que se levanta a unas pocas manzanas al norte, cerca del refrescante jardín botánico

Vasco de Gama[34], inundado de vegetación tropical, y de la catedral.

El edificio fue exclusivamente construido en metal, como otra construcción que Eiffel había hecho en su patria, Francia. Pero la obra, de finales del XIX, que estaba pensada originalmente para albergar al gobernador portugués de Mozambique, nunca llegó a tener este uso, ya que el calor y el clima tropical de Lourenço Marques hicieron insoportable su habitabilidad, y el gobernador portugués jamás hizo de ella su hogar. No tuvo en cuenta Eiffel la humedad y la temperatura del país a la hora de realizar tan grandioso proyecto de chapa y metal.

1934
Évora y Cascais
Portugal

1934
Antonio, Tiago y Vasco Pessanha
Évora

Antonio Damiao Mendes Pessanha había nacido en Évora, al sur de Portugal, en el Alto Alentejo. Era un hombre joven, inteligente, cautivador y tenía una vasta experiencia de la vida. Escudriñaba el mundo a través de los libros de viajes de los conquistadores españoles y portugueses, y añoraba no haber nacido en esa época y haber formado parte de su tripulación.

Era un hombre cosmopolita y se sentía ahogado en su Évora natal. Como sus otros dos hermanos, Vasco y Tiago, tenía afán de grandeza, y pronto abandonó el hogar materno para buscar otros alicientes.

Vestía elegante, siempre con traje, chaleco, corbata y sombrero de paño, aunque hiciera calor, y lo más informal que podía lucir era un buen pantalón, en tonos grises, y una camisa fina de cuello redondo con pajarita o corbata, y a menudo con un chaleco de rayas plateadas o doradas, que resaltaban su color de piel cetrina.

Siempre iba peripuesto y acicalado, el desaliño no formaba parte de sus principios.

Llevaba un reloj suizo de bolsillo de oro, con caja redonda y números romanos, una cadenita de oro con una medallita de la Virgen de Fátima y un anillo en el dedo meñique de la mano izquierda, con un zafiro rodeado de pequeños brillantes que había mandado labrar al joyero de su pueblo según un diseño propio. Le gustaba sentirse único y destacar. Y siempre que podía lo hacía.

Desde que nació y hasta que terminó su doctorado en la Universidad de Coimbra, había vivido siempre en Évora, junto a sus padres y hermanos, antigua ciudad amurallada portuguesa, fronteriza con España, junto a sus padres y hermanos. Su casa en la calle Mercadores, cerca de una de las entradas de la muralla, era modesta pero confortable. La fachada pintada de blanco la adornaba, rodeando la puerta principal y las grandes ventanas, un marco de pintura amarilla albero.

La ciudad se fundó sobre un montículo, posteriormente amurallado, en cuyo promontorio los romanos habían construido un templo dedicado a la diosa Diana. Aquel monumento romano databa del siglo II y contaba con más de una docena de columnas corintias. Muy cerca estaba la catedral, que más bien parecía un recinto defensivo.

Por las tardes, cuando terminaban las clases en la universidad, a veces salía con alguna de sus novias —puesto que había tenido varias—, y la llevaba a tomar algo a la *plaça do Giraldo*, amplísima y preciosa plaza en el centro de la ciudad, con su suelo empedrado en dos colores formando dibujos geométricos, en la que destacaba la iglesia de *San Antón*, que tenía la fachada más alta y era la mayor de las de Évora, y la bella *fonte Henriquinha*.

—Antonio, hoy hace frío, vamos a buscar a la viejecita que vende las castañas asadas —le dijo su novia.

—Sí, pobrecilla, hace mucho frío.

Siempre había en esta plaza dos o tres ancianas con sus hornillos de hierro asando castañas humeantes, cuyo olor abría el apetito desde lejos. Vestían ropa siempre negra, pañuelo, blusa, toquilla y falda, con algún ropaje encima. Y ese mísero trabajo proporcionaba una ayuda económica a sus sórdidas vidas.

—Sí, pero ¿te imaginas cuando llegue a su casita...? Debe de ser tan pobre... ¡Tiene toda la carita arrugada, y una piel tan blanquita y fina! Ahora, si te fijas en las manos, parece que solo tiene piel y huesitos. Da penita.

—Ya decía yo que siempre que veníamos a la plaza comprabas castañas. Pensaba que era para calentarte las manos con el cucurucho de papel de periódico donde las mete..., pero ya veo que no. Te da pena la viejecita.

—Sí —dijo ella con una sonrisita azorada, mirando al suelo.

Si miramos a las mujeres portuguesas, una gran parte poseen

la mirada triste. Triste por la soledad, por las *saudades*, como llaman ellos a «echar de menos». Y es que Portugal, por causa de la gran población emigrante, en su mayoría masculina, marchita con antelación a sus mujeres, que arrastran los pies por el cansancio de sentirse envejecer solas, sin sus hombres, sin sus maridos, y a veces también sin sus hijos, sin un hombre que les dé cariño y con las entrañas ardientes y deseosas de amor.

Cuando llegan a una edad que podría considerarse la plenitud de la vida, la madurez, pero nunca la vejez, sus rostros enjutos, cansados, arrugados y tristes ya parecen los de una mujer en edad de cuidar nietos, cuando apenas sus hijos habían salido de la escuela primaria.

Con la cabeza gacha en invierno se protegen del intempestivo frío con una toca a modo de manta que les cubre desde la cabeza; ese pelo peinado hacia atrás, recogido en un moño redondito, bajo, de pelo negro sujeto por horquillas, que contrasta con su blanca y finísima piel, que salvo las manos y el rostro nunca vio nadie, excepto quizás sus maridos en sus cada vez más espaciados regresos.

La típica mujer portuguesa del norte, sumisa, trabajadora, obediente, sin cintura, entristecida, decente, siempre sola; que camina sin compañía a buen paso por las calles empedradas; que con su pañuelo negro, anudado delante casi tapándole la cara, trabaja en el campo o sirviendo en las casas de familias adineradas.

La plaza del Giraldo era el centro neurálgico y comercial de la ciudad, con un sinfín de comercios, bares, restaurantes y demás centros de ocio, casi todos bajo unos amplios soportales, que protegían del sol del verano y de la lluvia del invierno. Era el sitio ideal para ir con una chica a la que se pretendía conquistar.

Y subiendo y bajando esas calles empinadas (con preciosas viviendas de dos plantas, unas blanquísimas como la nieve, vestigios de palacios burgueses jalonadas de balcones, como la de los condes de Montealegre, y otras con zócalos pintados de amarillo), comer o cenar en cualquier tabernita, donde unos buñuelos de bacalao en invierno o unos refrescos de limón en verano les daban fuerzas para continuar por esas empinadas calles hasta llegar a un jardincito, cerca de las termas romanas, donde poder abrazarse en un banco entre los árboles.

Cuando quería deshacerse de alguna chica tenía un método infalible, en vez de dirigirse al norte, hacia las termas, enfilaba al sur, hacia la iglesia de San Francisco, y las llevaba a la *Capela dos* ossos, que a él le atraía por lo macabra que era: estaba decorada con miles de calaveras y tibias humanas. Entonces las chicas casi siempre lo dejaban plantado y él se las quitaba de en medio.

Évora es una hermosa ciudad que tiene lo mismo ruinas de templos romanos que edificios góticos. En la iglesia de San Francisco, durante el siglo XVII, unos monjes mandaron construir *la Capella dos ossos*, o Capilla de los Huesos. A la entrada, la frase «*Nos ossos que aquí estamos pelos vosos esperamos*» («los huesos que aquí estamos, por los vuestros esperamos»), ya intimida a quien iba a visitarla. Había dos momias colgadas del techo. La leyenda cuenta que aquellas momias fueron en vida un padre e hijo que maltrataban a su esposa y madre, respectivamente. Un día la hicieron tanto daño que la mujer, al borde de la muerte, maldijo a ambos diciéndoles que pronto morirían y que ni el diablo querría tenerlos en el infierno. Cuando fallecieron se cumplió su maldición, y al intentar enterrar los dos cuerpos, la tierra estaba tan dura que los padres franciscanos tuvieron que colgarlos en el techo de la capilla.

Antonio siempre había vivido en ciudades pequeñas, donde todos se conocían; con ambiente provinciano, de gustos poco refinados y pasados de moda. Con mentalidades y costumbres anticuadas, atrasadas, sencillas, casi pueblerinas, no eran lo que él deseaba para su vida.

Él tenía otras pretensiones. Deseaba vivir en una ciudad cosmopolita, o en algún país exótico donde siempre pasara algo distinto, donde cada amanecer fuera diferente al anterior, y no como lo que había vivido hasta ahora, donde cada día era una copia casi exacta de todos los demás.

Por eso viajó por diversos países europeos, por las islas Azores, Madeira y, por fin, se decidió a dar el salto a África.

1944
Vasco Pessanha
Cascais

—Me ha dejado sin nada, estoy en la ruina.

—Ya te lo decía yo.

—Sí, ya sé que eres muy lista y lo sabías.

—No lo sabía, pero poner tu casa a su nombre y darle poderes sobre la gestión de tus perfumerías...

—¿Cómo iba yo a sospechar que no era capitán de la Marina? Si venía engalanado con el uniforme, lleno de estrellas, barras y galones...

—Pero si caían chuzos de punta aquel sábado que vino a buscarte y no traía ni una miserable gabardina... Se veía que quería impresionarte, no te dabas cuenta de nada.

—Sí, no le importaba mojarse, el caso era demostrarme que era capitán. Yo creo que había alquilado el traje para ese día.

—Maldito vanidoso farsante. Se gana las miradas con su porte y sus mentiras, es más falso que un Judas.

Adelaide Monteiro Gonçalves juntó las manos cubriéndose los ojos con ellas y lloró amargamente. Todo el mundo lo había visto venir menos ella.

Hacía unos meses sus padres habían fallecido en un accidente de tráfico, y se convirtió en la única heredera de un imperio de olores. Los mejores perfumes, los más cremosos jabones, los polvos compactos más suaves pertenecían a la empresa cosmética de su fallecido padre.

Ella, una mujer delicada y enfermiza, de una fragilidad palpable, que se había educado en los mejores colegios de Europa. Nunca había mojado sus manos en agua fría, ni frotado un pañuelo para lavarlo; la niña de los ojos del gran marajá de los polvos egipcios o de las esencias de Oriente. La ingenua muchacha había caído en las garras de este desalmado, inhumano y cruel hombre, que «por su bien», para que los problemas de las finanzas de su padre no recayeran sobre su «linda cabecita», le había engañado. Cuál no sería su esmero, zalamería y su diligente atención en cuidarla, en mimarla y en solucionarle todas las dificultades que se le presentaran que había conseguido su confianza, hasta el punto de darle poderes para gestionar sus bienes.

Pero lo que esta inocente doncella no sabía era que «su interés» no estaba en proporcionarle bienestar a ella, sino en arrebatarle el fruto del trabajo de toda una vida: los bienes que la chica había heredado de su padre.

Su padre, un hombre modesto, había llegado de los confines de la sierra de *Gerês*, en el norte de Portugal, a la ciudad de *Oporto* sin nada en los bolsillos. Cargado de ilusiones y con solo una idea en la cabeza: conseguir el dinero suficiente para que su familia no tuviera que vivir más en una quinta y trabajar de forma casi servil para unos señores malcriados e ingratos.

Y lo había logrado. Pasó de ser limpiacristales en una perfumería a ser el chico de los recados del encargado, y con el tiempo, gracias a su iniciativa, fue contratado de dependiente en una de las mejores perfumerías de Oporto. El muchacho prometía, era ocurrente y resolvía pequeños problemas cotidianos por sí solo, pero gracias a su modestia nunca presumía de ello. Tuvo suerte. Fue a caer en las manos de un hombre bueno, una persona honrada que supo valorar su pericia y recompensar sus méritos.

Pasó de ser dependiente a representante de sus productos y abrió un gran mercado, tanto que, en menos de diez años, ya habían ampliado en ocho perfumerías más el negocio, que por otra parte poco más tarde llegó a transformarse en negocio familiar, porque la hija del dueño se convirtió en su prometida y después en su esposa.

La débil y caprichosa hija, que nunca conoció el esfuerzo y nunca se preocupó del negocio familiar, al fallecer sus padres le entregó su fortuna a Vasco Veloso por amor, al capitán Veloso, como se hacía llamar Vasco Pessanha (hermano de Antonio y Tiago), y fue tan solo una presa más de este depredador sin alma.

Engañó a muchas mujeres, presas fáciles para este embaucador. El dichoso capitán, que ni era capitán ni era nada, tan solo trabajaba como enfermero en el hospital militar de Ultramar, en Lisboa. Era un estafador, había hecho promesa de matrimonio a decenas de mujeres solas y pudientes; a todas las que pudo convencer ya de llevar la gestión de sus negocios, ya de que le compraran un coche, una vivienda, de gestionar sus bienes, o simplemente sacarles el dinero con cualquier pretexto, sobre todo embaucándolas haciendo que se enamorasen de él.

—Señorita, no llore. Yo también he perdido a mis padres recientemente. Hay que superar las adversidades. Siempre es mejor en compañía.

—Lo siento, caballero, pero no lo conozco...

—Disculpe, soy el capitán Veloso —dijo mientras tomaba su mano derecha con amabilidad y se la acercaba a los labios—. Es un placer conocerla. Me he atrevido a hablar con usted porque la he estado observando y parece usted atormentada. Su mirada vaga por la sala y parece usted tan apenada...

—Desde luego que lo estoy, acabo de perder a mis padres. A los dos.

—¡Cuanto lo siento! ¿Ha sido un accidente de tráfico? Desahóguese conmigo... ¿Le apetece una taza de café caliente? Por cierto, no me ha dicho aún su nombre.

—Adelaide, Adelaide Monteiro Gonçalves.

—Encantado de conocerla. Yo soy el capitán Veloso. Vasco Veloso.

El falso capitán Veloso estudiaba a sus presas en su trabajo, el hospital. Se había dado cuenta, gracias a su experiencia como enfermero, que en esos momentos, cuando las personas están en un hospital, son más vulnerables que en otras muchas circunstancias. Necesitan apoyo, cariño y casi siempre están solas. Más aún cuando sus familiares fallecen, y mucho más cuando los que fallecen son los padres de una hija que se queda huérfana y sola en el mundo. Esas eran las presas más fáciles y las buscaba. Y cuando las encontraba tenía medio trabajo conseguido.

Al cabo de unas semanas de apoyo y amparo, la mujer solía

rendirse a sus encantos, a su atractivo y a su uniforme. Se engalanaba como si fuera ciertamente un capitán de la Armada y acudía a las citas diciendo que salía de su despacho o de una reunión estratégica. Eso solía aumentar mucho las garantías de éxito de su empresa.

De las que no podía sacar dinero explotaba su cuerpo. Estas eran otro tipo de presas. Jóvenes de pueblo, del interior, alejadas de sus familias, casi siempre analfabetas, pobres y bonitas. Les prometía un buen marido o un trabajo de fama. Ellas en su ingenuidad se creían todo lo que las decía.

—Yo te buscaré un trabajo de actriz en Portugal, y podrías llegar a trabajar en el cine. Eres muy guapa. La industria cinematográfica está en apogeo y cada vez se demandan más actrices con rasgos como los tuyos. Si no te buscaré un buen marido, tengo buenos contactos. Vas a ver, con tu belleza va a ser coser y cantar.

»Niña, te compraré los vestidos más bonitos y los zapatos más modernos que haya en las zapaterías de Lisboa. Te llevaré a los estudios de cine y todos quedarán prendados ante tu belleza y serás la protagonista de las mejores películas. Los hombres caerán rendidos a tus pies. Todos querrán casarse contigo. Ya verás la de pretendientes que te van a salir».

—Sí, yo estaba trabajando en Seixal, en casa de un arquitecto que me trataba bien, pero la mujer del portero de la finca, por casualidades de la vida, tenía una amiga que era de mi pueblo, (¡el mundo es un pañuelo!), y le contó mi historia: que yo tenía un novio que cuando se fue a hacer el servicio militar dejó embarazada a una mocita de Funchal, en Madeira, y sus padres le obligaron a casarse con ella. Yo me quedé esperando tres años a que volviera. Todo el mundo se enteró de que me había dejado, y yo, con veinticuatro años a las espaldas, ¿dónde iba a ir? Ya ningún mozo del pueblo me quería, y hasta en los pueblos cercanos sabían la historia. ¡Qué de lenguas viperinas hay por el mundo!, ¡mal rayo las parta! Y las mujeres son peores que los hombres. Empezaron a decirme «¡Vete de *sopeira*[35] a la ciudad y no avergüences más a tus padres!» ¿Y yo qué había hecho?

Casi todas eran chicas de pueblo que habían sido abandonadas por sus novios o se habían quedado embarazadas. Dejaban sus pueblos por vergüenza. Sus padres veían el embarazo como una deshonra familiar y las echaban de casa sin piedad.

Por eso las llamaban peyorativamente «*sopeiras*», porque a muchas las ponían a trabajar en la ciudad apenas por la comida, por la sopa. Eran mujeres sumisas, que nunca protestaban, pues habían sido educadas a la sombra del hombre. Primero su padre y luego el fruto de su vientre las obligaban a no poder manifestar sus opiniones y a vivir maltrechas de la caridad, en la esclavitud de los dueños de la casa, si no querían terminar en la prostitución.

El capitán Veloso, que lo sabía, les ofrecía la posibilidad de aspirar a una existencia mejor. Las retiraba de sus detestables trabajos para vivir en un sueño. Las compraba los mejores trajes, medias de seda, zapatos. Iban a peinarse en las mejores peluquerías, se hacían la manicura..., y cuando ya eran dependientes de estas comodidades, las chantajeaba con hacer daño a sus hijitos, o con contarles la verdad a sus familias, si no «acompañaban» a este señor o se casaban con aquel otro caballero. Su sueño se convertía en una pesadilla.

Muchas de estas mujeres solas, por vergüenza, nunca lo denunciaron. Las que tenían posibles perdieron sus fortunas, otras sus viviendas y fincas, otras tan solo un coche o unos miles de escudos. A las más dio promesa de matrimonio, hizo comprar ajuares y muebles, dejó sin dinero y luego las abandonó. Pero con las que fue más indigno y aborrecible fue con las pobres muchachas pobres, que obligó a prostituirse bajo amenazas.

—Yo lo he denunciado. Al principio fue un escándalo, pero mi familia me apoyó y buscamos un abogado. Dijeron que la deshonra con dinero pasa. Que seres tan abominables como éste tienen que pagar. Me burló, pero no sucumbí, y ahora ese rufián, vividor, experto en encandilar a inocentes dará con sus huesos en prisión. ¡Embaucador!

1944-1945
Años de cambios
Lourenço Marques
Colonia Oriental Portuguesa

1944
Antonio y María Leopoldina

—Yo quisiera aprovechar mi estancia en la colonia para casarme en Lourenço Marques, y que mi madre asistiera a la boda —dijo María Leopoldina.

—Pero tu madre podría venir a Portugal. Allí tenemos mucha más familia.

—Es que acabo de reencontrarme con ella. Llevo muy poco tiempo aquí. He estado en Portugal tanto tiempo..., llego y al punto te conozco, ¿no crees que es demasiada fortuna? Esta tierra me ha traído buena suerte. Además, ella no se integraría en la sociedad portuguesa, aquí sabe desenvolverse con soltura. Es una reina. Allí sería una «don nadie».

—Está bien. Yo no soy muy creyente, me da igual dónde nos casemos; tampoco tengo mucha familia. Casémonos aquí. Demos la noticia a tu madre.

—Tengo que avisar a mi tío para que vaya preparando las escrituras de la casa y las fincas, así veremos cuáles vendemos y cuáles nos quedamos.

—Eso no corre prisa...

—Ya, pero sí vamos a necesitar dinero para la boda.

—Querida, yo lo voy a pagar todo.

—¿Y el ajuar? Tengo que recoger todo el ajuar de casa de mis tíos.

—No te preocupes por eso, amor mío, tenemos dinero más que suficiente.

—Ya sé que tú eres el hombre de la casa y quieres pagarlo todo, pero deja que yo ponga algo también, tengo mis cosas en Portugal: mis sábanas, manteles, todo lo que he ido comprando desde que era niña. A las mujeres nos hace ilusión, ¿entiendes, amorcito? —le dijo, zalamera.

Antonio la entendió perfectamente. Darían la noticia a su futura suegra, él le pediría la mano de su hija y partiría al Alentejo a hablar con el tío de su futura esposa, a fin de ordenar la fortuna que ella le había revelado como muy copiosa. Mientras tanto, María Leopoldina se quedaría en Lourenço Marques, buscaría una casita donde residir, y a la vez que acondicionaba el hogar a su gusto, cursaría los pedidos que debiera hacer a Europa.

La tía Lucinda, como buena portuguesa, había ido preparando desde que la niña era pequeña su ajuar, y un gran arcón con sábanas bordadas, toallas con encajes y mantelerías con los bordados más exquisitos la esperaba. Además de ropa de primera puesta para un recién nacido y de ropa interior para ella, preciosos camisones y batas de seda, y todo lo necesario para no tener que gastar dinero en los primeros años de vida conyugal. Y, cómo no, vajillas, cuberterías..., además de cuanto María Leopoldina ya de mocita iba eligiendo con su tía.

Pero le faltaban muebles básicos de dormitorio, salón, lámparas y alfombras, que eligió con esmero en catálogos de los almacenes «*Armazens do Chiado*» en Lisboa. Compró algo de ropa para Antonio y ella en grandes casas de moda en Lourenço Marques, como *John Orr & CO,* o su preferido, *Fabião & Silva,* aunque no gozaban de la gran variedad de lo europeo.

Cuando Antonio Pessanha le pidió a doña Amalia la mano de su hija, ésta se emocionó muchísimo. Recordó el momento en que su pequeña nació, hacía veintiún años, y que por desear una buena educación para ella tuvo que enviarla de vuelta a Portugal.

—¡Voy a ver casarse a mi hija! ¡Y voy a poder asistir a sus nupcias! —vitoreó entusiasmada a la vez que emocionada. Se le saltaron las lágrimas—. Ni en sueños hubiera pensado que la vida me iba a dar este privilegio.

Estaba tan contenta que invitó a su hija y a su futuro yerno al teatro.

—¿A qué teatro vamos, al *Varietá* o al *Gil Vicente*? —preguntó ingenuamente Antonio ante la mirada inquisitiva de doña Amalia.

—A cuál va a ser —respondió—, al Teatro Gil Vicente, no querrás que nos metamos en la calle Araújo[36] de noche, en ese nido de burdeles, cabarets y borrachos..., ahí solo se puede ir de día. Menos mal que los porteros de las discotecas te defienden un poco de las prostitutas y de las bailarinas que acosan a los hombres, incluso a los acompañados por sus esposas. Antes se exhibían óperas de diversos autores. Allí pude ver *El barbero de Sevilla*, pero desde hace cuatro o cinco años solo actúan compañías de segunda o tercera clase, coristas que luego se alojan en los barrios bajos. No como antes, que se alojaban en lujosos hoteles, unas comparsas que sólo sirven de amantes a jefazos y políticos de la ciudad. Ya solo van allí los extranjeros —concluyó.

Antonio quedaba un poco en evidencia. Podía notarse que él frecuentaba ese ambiente y que no le molestaba en absoluto, todo lo contrario, más bien le agradaba. Al estar cerca del puerto, de noche tenía un ambiente totalmente distinto al diurno.

—El teatro Gil Vicente es un teatro serio, un teatro portugués de toda la vida. Cuando se quemó, su dueño lo reconstruyó introduciendo las mejoras de un gran escenario, asientos muy cómodos, ¡dicen que caben más de mil personas![37], extraordinaria acústica y excelentes palcos. ¿Reservamos uno? Yo nunca he estado en un palco, y esta ocasión lo merece.

—¿Cogemos el tranvía? —intervino rauda María Leopoldina para interrumpir la conversación.

—No, mejor cogemos el *chimboio*[38], paramos en la avenida de la República y tomamos una *Laurentina* con *caracóis* o con *pasteis de bacalhau* en el Scala o el Continental mientras hacemos tiempo para sacar las entradas...

Todos salieron de la casa conversando de temas intrascendentes. Pero al día siguiente volvieron sobre el tema. Antonio insistía:

—Yo preferiría casarme en Oliveira do Alentejo, donde está tu familia. La mía vendría desde Évora, pero si insistes tanto nos casamos aquí y después nos vamos a Portugal, en cuanto finalice mi contrato.

Antonio, que había nacido en Portugal, en la ciudad universitaria de Évora, había disfrutado de una vida muy distinta a la que llevaba en África. Era un hombre citadino y Lourenço Marques se le quedaba pequeño. Al principio llegó pensando en dudosas aventuras, pero al conocer a María Leopoldina el joven había anulado esos planes trocándolos por un rumbo más juicioso.

No quería vivir más allí. Mozambique era un país cautivador y bello, y para un zascandil como él resultaba muy sugerente y llamativo. Pero sólo por un tiempo. Él quería tener familia y se lo dijo a su novia, sabiendo que convencerla no iba a ser fácil. A ella le había entusiasmado su nueva vida en África. Habían pasado tres años y sentíase jubilosa.

—Aquí la esperanza de vida es baja, hay muchas enfermedades tropicales, la mortalidad infantil es una de las más elevadas del mundo, y acerca del desarrollo humano ¿qué te voy a decir que tú no sepas? ¿No fuiste a estudiar a Portugal?

—Yo soy laurentina, ¿o no lo recuerdas?

—Bueno, laurentina, laurentina, no. Tus padres son portugueses y te has criado en Portugal: «el buey no es de donde nace, sino de donde pace». Además, a los naturales de esta ciudad ya no se les llama laurentinos, se les llama «coca-colas».

—¿Coca qué?

—Co-ca-co-la —le dijo lentamente. Veo que no lo has escuchado nunca. ¡Claro, como en Portugal está prohibida...! Y existe aquí porque la traen de Sudáfrica, que si no tampoco habría. ¿Y tu madre no te ha llevado a beber ninguna desde que estás aquí? Tendremos que ir esta tarde a una cantina por la Marginal a tomar una bien fría. Es una bebida americana que se vende en todo el mundo. ¡Pero si es la bebida de la revolución![39]

Pero María Leopoldina no se distrajo y volvió al tema.

—Mi madre reside acá.

—Ya nos hemos llevado todo el oro que había aquí y todos los esclavos que nos han permitido vender —dice Antonio intentando clarificar las cosas—. ¿De qué sirve el quedarnos más tiempo en este mísero país? Se producen levantamientos continuos y en uno de ellos nos van a degollar. Hay grupos guerrilleros en Tete que cada vez están más organizados y tienen más adeptos. Sus líderes son cultos, han estudiado en Europa, tienen contactos con los gobiernos de otros países y poseen estrategias. Ya no estamos hablando de luchas contra nativos sin armas.

—Pero es que Europa se encuentra ahora en un momento muy crítico. Hace un par de años los británicos increpaban a los portugueses para que dejaran de abastecer a Alemania de Wolframio. Hay guerra en toda Europa. España y Portugal no son beligerantes porque España acaba de salir de su propia guerra civil, y Franco, como Salazar, se ha mantenido en la neutralidad —explicó ella.

—La gente de un país detesta el que venga nadie a decirles cómo se tienen que comportar y quién tiene que mandarles, sobre todo si se trata de un extranjero, y más si es de otra raza. Nosotros somos blancos y tenemos todas las riquezas. Las casas de lujo que hay en Lourenço Marques son de los blancos, portugueses la mayoría, y del resto de europeos. Los negros, que son la población autóctona del país, los «verdaderos dueños del país», apenas han cambiado su forma de vida, habitan en cabañas de paja, carecen de escuelas y hospitales y siguen labrando con arados de madera. Lo único que hemos hecho por ellos es llevárnoslos para que trabajen en las minas de Sudáfrica o cultiven como esclavos las plantaciones del Brasil. Es natural que echen de menos a un gobernante como Gungunhana. El régulo tenía gran carisma y luchó audazmente contra los portugueses, consiguiéndolos repeler varias veces. No debemos olvidar, sino tener muy presente, que poseyendo doscientas o trescientas esposas, más de un centenar de vasallos y una enorme riqueza en ganado, marfil y oro, su gente le apoyaba. Él tampoco les dio nunca nada ni se preocupó por el bienestar de su pueblo, pero la gente tenía sus tradiciones, y Gungunhana no era blanco ni intruso, era su jefe tribal y descendía de reyes desde hacía siglos: «era de los suyos» —le rebatió Antonio.

—Los portugueses les obligaban a él y a todos los jefes tribales a ondear la bandera portuguesa cada vez que algún alto dignatario pisaba suelo mozambiqueño para humillarlos. Y si no lo hacían tenían que atenerse a las consecuencias. Los siguen tratando como esclavos y no respetan sus costumbres ni su idiosincrasia.

—No sé cómo podía tener en casa a doscientas o trescientas

mujeres. Yo con una no doy abasto —rió Antonio ya cansado de discutir con su terca novia.

—Bueno, no tenía a todas en la corte, sólo cuarenta vivían con él. Las restantes habitaban en poblados o aldeas cercanas. Era una forma de mantener la paz entre las distintas etnias y tener prestigio político. Fíjate que adquiría nuevas esposas a un ritmo casi bimestral. Con cada nuevo matrimonio forjaba nuevas alianzas, y gran número de regalos y mayor engrandecimiento por las alianzas que se creaban. Era una gran honra para estos pequeños pueblos tener como aliado y protector al *rey de Gaza*[40], también llamado *el león de Gaza*.

Cuando Gungunhana fue capturado le obligan a elegir a siete de sus mujeres para que lo acompañen. Los llevaron a Lourenço Marques en el vapor portugués Neves Correia y de allí en el África a Lisboa. Para subir en el primero las hacen caminar con su equipaje hasta llegar al mar, meterse en el agua y llegar al barco. Para los *Angune* es un tabú entrar en el agua y comer pescado.

Allí fue con sus siete esposas predilectas, las principales, las que nunca habían trabajado, y cuya única función era cuidar de él y acicalarse. La principal obligación de la esposa preferida era cuidar que la corona de su marido, hecha de cera y tejida con su propio cabello, permaneciera siempre brillante. Era un placer para ella tener el privilegio diario de componer con sus manos el cabello de su esposo y engalanarlo junto con cera, para crear una preciosa corona única en el reino, que destacara por su brillo y forma. Era el emblema del rey. La enseña del reino, su corona. Cuando acababa con esta labor gastaba el resto del tiempo junto a las demás esposas en arreglarse, sobre todo peinarse, ya que las reinas principales usaban un peinado alto, muy trabajado, cilíndrico o cónico, que las secundarias no tenían permitido usar. Se encargaban de la servidumbre y del confort de los aposentos reales. Enfilaban collares de perlas lindamente tallados, hacían bellos ramos de flores u otras tareas para entretenerse, pero no sabían hacer nada más. Nunca habían realizado tareas domésticas ni de otra índole.

Después de navegar durante 60 días, para ellas de martirio y zozobra, llegaban a Lisboa, donde las encerraban en un frío calabozo. Creían que los palacios en la metrópoli eran así. Al principio recibían visitas, altas personas que por curiosidad las visitaban y llevaban presentes: flores con las que ellas adornan sus cabellos, manjares, ropas..., pero pasados los meses dejan de tener visitas. Ellas, acostumbradas al calor del trópico y al sol, no sabían por qué las habían encerrado en ese lugar húmedo, oscuro y siniestro durante meses. Pasaban frío, hambre y desolación.

Cuando por fin juzgaron a su marido y le desterraron a una isla de las Azores, la «moral religiosa» de la época le hace escoger entre una de sus siete esposas. Sólo le dejaban llevarse a una con él. Él las amaba a todas por igual y si escogía a una despreciaba a las demás. Así que, firme con sus principios, decide marchar solo hacia su destierro. Pero los portugueses no quieren devolver a las esposas de Gungunahana, que no eran culpables de nada, a su tierra con sus familias. Y sus esposas, sus compañeras de exilio e infortunio, olvidadas por todos y ya fuera de la protección de su rey, las que fueran reinas de uno de los imperios más poderosos de África del sur, siete mujeres de la más alta categoría social, encargadas de mandar esclavos y dirigir una corte, terminaban en la isla de Santo Tomé en un prostíbulo.

—No hemos contraído matrimonio aún —continuó María Leopoldina—, y no creo que vayan a sublevarse tan pronto. Es cierto que solo les hace falta un líder que les una a todos en contra del ocupador; yo no he oído que haya iniciativas de levantamiento de ningún tipo. Además —añadió en tono burlesco—, yo tengo un machete... —le señaló un machete viejo y oxidado que colgaba de un clavo detrás de la puerta.

—Los portugueses tienen muchas colonias y creen que lo tienen todo muy controlado, pero no es cierto. Como ves solo hace unos cincuenta años que Joaquim Augusto Mouzinho de Albuquerque capturó a Gungunhana; y por miedo a la opinión pública, en vez de fusilarlo, como habrían hecho con cualquier otro, lo exiliaron a una fortaleza en las Azores, donde murió pasados nueve años.

Gungunhana, un líder carismático, hijo y nieto de jefes bantús que nunca se sometieron a la colonización portuguesa —exclamó Antonio contundente—. Por períodos hubo pactos, pero los bantús siempre fueron rebeldes, y ahora no tienen líder, pero en cuanto aparezca uno se unirán a él y echarán a los portugueses de este país. Cuando Mouzinho de Albuquerque volvió a Portugal lo aclamaron como a un héroe e incluso le hicieron responsable de la educación del príncipe don Luis Felipe I. Ahora Mouzinho tiene una estatua en la mejor plaza de Lourenço Marques.

—¡Este no es nuestro país, es el de ellos! —gritó ofendida María Leopoldina.

Antonio la miró de soslayo.

—Bueno, tienes razón —dijo Antonio— cada vez Salazar envía más colonos aquí y al resto de las colonias, lo ha convertido en una forma de exiliar a los presos políticos, a gente indeseable, e incluso a humildes agricultores que no tienen donde caerse muertos, y los que no encuentran trabajo en la metrópoli también los envía aquí. A todos los manda a buscar una nueva vida en las colonias.

—Sí, esto podría llevarnos a una sublevación, pero no ahora. Yo quiero vivir aquí —resolvió María Leopoldina sin dejar opción de protesta a su novio.

Antonio agachó la cabeza ante la tozudez de su amada. Ella lo miró condescendiente y amorosa. Pero le puso una condición.

—En cuanto nos llegue la primera noticia de sublevación, levantamiento o falta de seguridad nos vamos.

—Trato hecho, pero sólo si me dices el nombre completo de ese príncipe que hemos nombrado antes —le dijo antes de darse por vencida, con suspicacia, sabiendo que era imposible que lo supiera.

—¿Quién, Luis Felipe?

—Sí.

—¿Ese que juraba que protegería a su padre con su propia vida? —preguntó incrédulo Antonio.

—¡Sí, ése! Hablas con propiedad, porque el día que asesinaron a su padre, el rey, lo hirieron a él de muerte y falleció a los pocos días. ¡Qué ingenuo! —dijo dibujando una sonrisa burlona en los labios.

—A ver, deja que me concentre —dijo Antonio poniéndose un dedo índice en cada una de las sienes y cerrando los ojos—: Luis Felipe María Carlos Amelio Fernando Víctor Manuel Antonio Lourenço Miguel Rafael Gabriel Gonzaga Xavier Francisco de Assis Benito de Sajonia-Coburgo-Gotha y Braganza.

María Leopoldina lo miró atónita, abrió la boca durante unos segundos, pero no dijo nada.

—*Alea jacta est*[41] —añadió él levantando las cejas.

—Espero que nosotros no estemos cruzando el *Rubicón*[42] —sentenció María Leopoldina.

1945
La ruina de María Leopoldina

—No tienes nada.

—¿Qué?

—Que no tienes nada de nada.

—No te entiendo —dijo María Leopoldina, ofuscada—. ¿Que no tengo qué?

—Ni olivares, ni viñedos, ni casa..., nada.

María Leopoldina lo miró como si fuera un demente. Le pitaban los oídos y no comprendía lo que estaba oyendo.

—No hay registrado nada a tu nombre.

María Leopoldina estuvo a punto de caerse porque las piernas le flaquearon. Se sentó. No podía entender lo que Antonio le estaba diciendo. Su madre había trabajado toda la vida para que ella pudiera tener un buen porvenir y una buena dote para el día en que se casase. Su tío Onofre le había comprado varias fincas, olivares y viñedos, y una quinta que estaba al cuidado de un casero, a la que habían ido muchas veces y de la que su tío siempre decía: «Aquí vivirás con tu marido y criarás a tus hijos». Ella lo recordaba perfectamente, con jardines, con una hacienda que ella adoraba por lo campestre y rústico que era, por la libertad que sentía cuando estaba allí; en un medio agreste y campesino como donde se había criado. Adoraba los caballos y en el verano solían pasar unos días en familia, junto a su hermanastro y sus tíos.

Ahora que lo pensaba, hacía ya muchos años que no habían vuelto a ir a la finca, pero ella había oído hablar a veces de los caballos, del nuevo tejado de la casa o del parto de una yegua.

—¿Cómo que no tengo nada? —volvió a repetir como saliendo

de un sueño—. Yo misma he estado en la finca y he visitado viñedos de uva tinta que mi tío decía que daba un buen vino alentejano.

—Sí. Todo esto que me dices existe. Primero estuvo a nombre de tu tío, que lo puso a su nombre porque tú eras menor de edad y así protegía tu patrimonio de posibles caza fortunas. Pero ahora todas tus propiedades están a nombre de un tal Telmo Vasconcelos.

—¿De Telmo? Pero si es como mi hermano.

—¿Como tu hermano? Pues te ha robado tus tierras, tu hacienda y todo lo que tu tío iba comprando a tu nombre.

—¿Todo está a su nombre? Ah, entonces no hay problema... —dijo ella aliviada, pues confiaba en su hermanastro.

Había vivido con él toda la vida. Él era unos años mayor que ella. La sacaba de la mano a pasear y le compraba caramelos con las monedas que Onofre les daba.

Onofre no era el padre de ninguno de los dos, pero los amaba como si fueran hijos propios, y los niños también a él. Onofre y Lucinda eran buenas personas. Dios no les había concedido hijos, pero les había brindado la oportunidad de tener en su casa a dos niños pequeños que gritaban, corrían por el pasillo y se escondían en las habitaciones, reían, jugaban y a veces lloraban, y ellos les daban consuelo. El azar les había dado la posibilidad de tener unos hijos maravillosos. Y los dos niños habían tenido la suerte de vivir con ellos y estar siempre bajo su cuidado. Ellos se desvivían por ofrecerles siempre lo mejor, tanto material como espiritualmente. Los habían criado con severidad pero con mucho amor, y nunca les había faltado una palabra de aliento por parte de su padrastro Onofre, ni un beso por parte de su madrastra Lucinda.

—Sí lo hay, querida mía. He ido a hablar con él y se ha negado a recibirme—. Ha fingido no estar, cuando su secretaria me había dicho antes que estaba. He vuelto cada día y he permanecido en el recibidor desde la mañana hasta la noche y no se ha dignado dirigirme una palabra. Así he estado una semana, hasta que el sábado me he presentado en su casa a media mañana, sin avisar, y con gesto socarrón me ha dicho que quién era yo para preguntarle por su vida y por sus tierras; y que no volviera a molestarle o iba a mandar que me detuvieran.

—Telmo, ¿estás seguro?

Antonio la miró con pena. Ella había vivido con él largos años tratándolo como su hermano en el mismo hogar, hasta que él se casó y formó una familia. Incluso fue la madrina de su primer hijo. No podía creer que la hubiera traicionado así.

—¿Y qué te dijo mi tío?

—Cuando volví a contarle lo sucedido se echó a llorar azorado. No podía creer lo que le estaba diciendo. Me juró y perjuró que todo estaba a nombre tuyo. Que él se había ocupado toda la vida en pagar la contribución, de contratar cada año cuadrillas de jornaleros que recogieran las cosechas, para que nadie pudiera decir que estaban abandonadas o desatendidas, de guardar las ganancias en una cuenta bancaria a tu nombre. Se ocupaba de visitar las fincas y de llevarte con él para que todos supieran que tú, aunque niña, eras la dueña de todo, y te respetaran. Pero al no tener la suficiente educación contable para ocuparse de la tediosa labor de las posesiones de su sobrina había delegado en Telmo

»Él me dijo que todos te conocían y que en el pueblo todos saben que tú eres dueña de medio municipio. Por eso te llevó a estudiar a otra ciudad, sabía que eras un buen partido en el pueblo y no quería que algún mozo interesado jugara con tu corazón y te engañara.

»No creyó nada de lo que le dije, pensó que me había informado mal, se acercó a hablar con Telmo a la comisaría y conversó con él. En cuanto le mencionó las escrituras de tus propiedades dijo que tenía un asunto muy importante que atender y que se pasaría por su casa a la hora de comer para explicarle todo. Pero no lo hizo.

»Tu tío acudió a la comisaría a diario, varias veces cada día, pero cada vez un agente le respondía que su hijo trabajaba en una investigación muy importante y que no podía atenderlo. También lo buscó en su casa a la hora de comer y a la de dormir. En la primera visita su esposa fue muy amable y le aseguró que en cuanto volviera ella se lo diría y él, sin duda, se pasaría por su casa. Pero a partir de la segunda visita cambió, su voz se volvió fría y en cada ocasión le decía que no estaba y que no sabía a qué hora regresaría, que estaba llegando muy tarde por las noches, e incluso que no venía a almorzar a casa. En los últimos encuentros le dijo que dejara ya de molestar, que su marido ya iría cuando pudiera, y que ella no podía estar hablando con él todo el día, que tenía más cosas que hacer. Tuvo un comportamiento deleznable».

—¡Pobrecillo, mi tío! Lo ha tratado siempre como a un hijo. Le ha dado de todo, incluso le compró una casita donde vivir cuando se casó. Le pagó los estudios y le puso profesores particulares para que lo ayudaran en casa, porque era un zote. Luego recurrió a sus contactos para que entrara en la academia de policía... Parece que no aprobó el examen de acceso. Se lo debe todo a él.

—Tu querido hermanito Telmo ha mordido la mano que le dio de comer.

—¡No es mi hermano! Y ahora menos ¡Maldita sea!

—Tu tío ha dejado de comer y ha caído en un estado de apatía y tristeza que, según tu tía, nunca había tenido. No come, apenas habla, llora sentado en su sillón y mira por la ventana al infinito sin ver nada. Solo, de vez en cuando, de sus labios se escapa una palabra que repite durante varias veces: «Perro, perro, perro...» Y un torrente de lágrimas corre por sus mejillas.

»Nunca pensó que tuviesen al lobo dentro de casa. Me fui y me dio mucho pesar dejarlo allí, se le veía envejecido. En un mes había envejecido diez años. Estaba delgado y abatido. Parecía que le había caído una losa encima y no podía escapar de ella. Esta losa tenía un nombre: vergüenza.

1944-1945
Onofre y Telmo
Oliveira do Alentejo

1944
Onofre y Telmo

—¿Qué haces aquí? —dijo Telmo—. Déjanos solos —le ordenó agriamente al oficial que había traído a Onofre.

—Telmo, hijo...

—No me llames hijo. Yo no soy tu hijo.

—Telmo, no te reconozco. Me pareces otro.

—Pues no soy otro. Soy el mismo de siempre.

—Hijo..., quiero decir, Telmo —dijo Onofre e hizo una pausa—Telmo, ¿qué ha pasado con las cuentas de tu hermana?

—¡Acabáramos! ¡Ahí querías llegar! —increpó Telmo.

—¿Pues qué te esperabas, que no me iba a enterar?

—¿Y qué pasa? ¿Para qué quiere ésa tanto dinero?

—¿Cómo que ésa? Es tu hermana...

—Hemos vivido juntos, pero no es mi hermana —le dijo gritando y apuntándole con el dedo índice.

—Con todo lo que hemos hecho por ti, Telmo, no puedo creerme que te hayas vuelto así. Os habéis criado juntos, siempre os hemos dado lo mismo a los dos...

—Sí, pero yo no soy el hijo de una puta como lo es ella.

Onofre le levantó la mano, crispado, pero se contuvo, suspirando fuertemente.

—¿Qué pasa?, ¿me vas a pegar? —interrogó Telmo con soberbia, empujando a su protector y casi padre. Rió socarronamente—. Parece que el viejo tiene cojones... —añadió dándose la vuelta y sacando un cigarrillo del bolsillo—. ¿Si no de dónde iba a sacar tanto dinero?

—¡Cierra el pico! ¡No mientes a mi hermana! —exclamó encarándose con él.

Pero Telmo encendió el cigarro y, a la vez que depositaba el mechero sobre la mesa, exhaló el humo del cigarro en los ojos de Onofre, diciendo:

—A saber de dónde ha sacado el dinero tu hermana. Tu sobrinita ya tiene bastante con lo que tiene. Todo lo he puesto a mi nombre y al de mis hijos. Habla con quien quieras, búscate abogados, todo lo tengo firmado por ti.

Era evidente. A través de los años, Telmo había ido manipulando los documentos con la ayuda de un notario al que sobornaba y había puesto todas las escrituras a su nombre.

—Tú me diste autorización para ello. ¿Recuerdas cuando yo te hacía la contabilidad anual de las tierras? —dijo riéndose y mirándole con gesto burlón y despectivo—. Cada vez que firmabas transferías una propiedad a mi nombre... ¿Sabes durante cuántos años te he arreglado los papeles de las fincas? —Comenzó a reírse a carcajadas, dándole la espalda.

—Tienes muchas cosas que esconder, no me obligues a ponerte en vergüenza delante de todo el pueblo —le dijo Onofre fuera de sí, mientras se le acercaba.

—¿Qué vas a decir de mí, viejo piojoso? ¿Qué vas a decir? —Le golpeó en la cara fuertemente, haciéndole sangrar.

Onofre se tocó la cara y le dijo:

—Me has roto la nariz, estás loco. Eres un ladrón y un sinvergüenza. Todo lo que tienes se lo debes a ella: tu hacienda, tu casa, tu fortuna y tu posición como jefe de policía. Tú no vales ni has valido nunca para nada. Todo lo que tienes lo ha comprado el dinero que ha mandado mi hermana desde África; sin nosotros te hubieras comido los mocos —escupió Onofre con una rabia que jamás había sentido.

Telmo lo golpeó de nuevo, tan fuerte que cayó sobre la mampara divisoria del despacho y la rompió. Todos vieron cómo Telmo, aquel joven jefe de policía, golpeaba repetidamente en el suelo y sin piedad al hombre que le había dado todo desde que tenía once años, que le había sacado adelante y que le había tratado siempre como un hijo.

—Me has robado todo —le dijo desde el suelo y todos lo oyeron.

—No tienes dónde agarrarte. No podrás demostrar nada —gritó—. Y además, ¿sabes una cosa? —le dijo al oído, sentado a horcajadas sobre Onofre—, la casa donde vives también es mía, así que ya puedes ir recogiendo tus cuatro trastos y te estás largando. ¿Qué pasa? ¿Te ha comido la lengua el gato? Y ahueca, sal de aquí pitando.

Onofre se levantó como pudo, observado por los agentes, que en ese momento estaban en la jefatura y que no intervinieron ni siquiera al ver que su jefe le estaba dando una paliza. Se limpió la sangre con un pañuelo que llevaba en el bolsillo, se arregló la ropa y salió de la comisaría como un perro viejo, con el rabo entre las piernas.

Cuando su esposa lo oyó aproximarse se acercó corriendo a la puerta de entrada, secándose las manos en un paño de cocina, nerviosa porque sabía de dónde venía Onofre. Cuando lo vio ensangrentado y con una manga rota se abalanzó sobre él llorando y preguntando qué le había pasado.

Onofre le contó lo sucedido, que Telmo lo había insultado delante de todos e incluso golpeado. Según Onofre avanzaba en su relato, Lucinda comenzaba a sentirse mal, a empalidecer... Puso sus manos sobre el pecho. No podía respirar. Su cara comenzó a ponerse morada, al igual que las manos, y la respiración se volvía por momentos más forzada.

—¡Lucinda! —gritó Onofre—, ¡Lucinda!, ¿qué te pasa?, ¿qué quieres?, ¿quieres agua?

Ella trataba de hablar.

—Lucinda, ¿qué quieres?, ¿qué dices? ¡Lucinda! —gritó—, ¡Lucindaaaaa!

Su respiración se hizo jadeante, cada vez más jadeante; luego empezó a boquear, como los peces cuando los sacas del agua, hasta que de repente cesó. Cesó para siempre.

—¡Lucinda! Mi Lucinda... —lloró con la cabeza sobre su pecho—. Mi Lucinda, mi bella Lucinda. He vivido por ti y para ti toda la vida. Nunca he querido a otra y sin ti no podría vivir. Lucinda...

Lo encontraron al día siguiente ahorcado, colgado de una cuerda en una viga del dormitorio, bien vestido, limpio y arreglado, con la cabeza ladeada y la lengua negra colgando, pero con la mirada fija en su Lucinda, a la que había amortajado engalanándola con sus mejores ropas, calzándole unos zapatos de fino tacón, peinado y perfumado, y que reposaba ahora con los brazos cruzados sobre el pecho, en la cama, sobre la colcha de ganchillo que ella misma, de joven, había tejido.

1945
Noticias desde Oliveira do Alentejo

Varios días después, doña Amalia recibió la noticia mediante un telegrama. Perdió el conocimiento y su sirvienta tuvo que llevarla a un diván.

María Leopoldina, su hija, no podía dar crédito a lo sucedido. Antonio le había contado en pocas palabras por teléfono el gran cambio que había dado su tío desde que se desencadenaran los acontecimientos, pero nunca pensó que se precipitarían hasta llegar a esto.

Antonio, aunque no era de la familia, como persona más accesible en aquel momento lo organizó todo. Puso telegramas a los familiares y conocidos de los difuntos. Ni su hermana Amalia ni su sobrina pudieron asistir al entierro. Sí se desplazaron hasta Oliveira do Alentejo familiares cercanos desde su pueblo Vila Praia de Âncora y desde Aveiro, donde vivía su esposa.

Se encargó de que tuvieran un buen funeral. Compró una sepultura para que los enterraran juntos en el camposanto, aunque el tío Onofre falleciera de suicidio. Realizó muchas gestiones y algunos chanchullos para conseguir este propósito; gracias a que por su trabajo tenía contactos con algunos funcionarios que le ayudaron a resolverlo. Eso le habría gustado a Lucinda y toda la familia se lo agradeció. Trasladaron los féretros en un mismo vehículo con crespones negros y grandes coronas de flores al cementerio. Se celebró una homilía en la capilla del pueblo y otra en la necrópolis. No se olvidó de ponerse un brazalete negro en la manga del traje en señal de luto.

También encargó que publicaran una esquela en varios periódicos nacionales y en el *Diario de Oliveira do Alentejo*. Contrató misas por sus almas en la iglesia del pueblo durante seis meses.

Al menos todos recordarían a los tíos de su esposa, a la que amaba, y rendiría homenaje al matrimonio que la había criado y hecho tan feliz. En el entierro conoció al otro hermano de su futura suegra. Hablaron de Amalia, de su vida, y relató alguna curiosidad sobre las dos ausentes que por veces le hacían llorar y por veces reír. Se despidieron. Todos quedaron muy reconocidos por el esfuerzo de Antonio y por haber sabido de Amalia después de tanto tiempo.

María Leopoldina estuvo trastornada durante varias semanas, no levantaba cabeza. Vistió luto riguroso de la cabeza a los pies durante dos meses, aunque la costumbre era dos años, pero Antonio no le permitió manifestar su dolor de forma semejante. Su madre lo apoyó diciendo que «la procesión se llevaba por dentro», que se vistiese de manera adecuada a su futuro nuevo estado de casada, y que por favor no anulara la boda por nada del mundo; que su marido se sintiera feliz al verla y que el luto que llevaba ella no lo padeciera él. Después de llorar mucho lo comprendió y volvió a su indumentaria habitual.

1945
Boda de María Leopoldina y Antonio

Vasco Pessanha
Lisboa

—Antonio, ¡cuánto tiempo sin verte! ¿A qué se debe esta grata visita? —dijo Vasco Mendes Pessanha en tono inhóspito y cínico a su hermano.

—Me voy a casar —dijo sin mayores preámbulos Antonio.

—¿Te vas a casar? ¿Y quién es la afortunada? —añadió en tono melifluo.

—No la conoces. La conocí en Mozambique.

—¡Qué sorpresa! ¿Vas a contraer matrimonio con una negra? —prorrumpió su hermano riendo a carcajadas, sin disimular en absoluto.

—No es negra, pero si lo fuera, ¿qué?

—Nada, nada..., o sea que no es negra. Bueno, entonces háblame de ella— dijo en tono apaciguador.

—Se llama María Leopoldina, es laurentina.

—Bien, ¿y cuándo va a ser el feliz acontecimiento?

—Nos casamos el seis de junio.

—¿Por qué no esperáis a que acabe la guerra? Ya queda poco. Así podréis ir a París de viaje de novios. Es lo típico.

—No es una mujer corriente. Además, creo que no podremos ir de viaje de novios. Ha habido una desgracia en su familia.

—¡Qué triste! —se burló Vasco— ¿Qué le ha pasado a la laurentinita?

—Su hermanastro Telmo le robó todas sus posesiones, y sus tíos, con los que se crió en el Alentejo, han fallecido del disgusto.

—¿Del disgusto? ¡Qué sensibilidad!

—Pero..., ¿a ti qué te pasa? Parece como si todo lo que te estoy contando te resultara gracioso, pareces un bufón —dijo Antonio irritado—. Me voy, parece que he cometido un error viniendo a visitarte.

—Perdona, perdona, hermano —dijo Vasco arrepentido—. Siéntate. Vamos a tomarnos una copa.

Acercándose al mueble bar, de madera de raíz de olivo y roble americano, como todo el mobiliario de la biblioteca en la que estaban, sacó una licorera con bourbon y dos vasos anchos whisky. Fue a la cocina y trajo hielo en una cubitera de cristal de Bohemia a juego con los vasos. Sirvió dos cubitos de hielo en cada uno con unas pinzas de plata y se sentaron en dos cómodos sillones de cuero negro *Chester*. Las paredes totalmente cubiertas de librerías, los lomos encuadernados en piel. Sólo dejaban un espacio libre para dos cuadros de gran tamaño de *Cargaleiro*. Antonio se asombró del nivel de vida que tenía su hermano. Que él supiera era enfermero y trabajaba en el hospital de Ultramar, de Lisboa.

—Antonio, perdona mis burlas.

Iba cubierto con un batín de cachemir aparentemente carísimo pero muy calentito, unas zapatillas a juego y estaba despeinado. Se sentó en el otro sillón y se puso a servir las bebidas. Se le notaba desalentado.

—Ayer recibí una noticia que ha hecho que la vida haya perdido para mí todo su sentido... Me han detectado un tumor cerebral en fase terminal. Me quedan algunos meses de vida —dijo alargándole un vaso a Antonio, que había dado un respingo al oírlo.

—Déjalo sobre la mesa —dijo Antonio.

Le temblaban tanto las manos que no se atrevió a cogerlo. Se hundió en el asiento. Era su hermano mayor.

—Bueno, ¿y qué me decías de los tíos de tu prometida? —inquirió Vasco, ahora en un tono familiar y agradable.

Antonio le contó la historia. Le vino bien desahogarse, confraternizar. Más bien cambiar de tema para no pensar en la inminente muerte de su hermano.

—Y María Leopoldina está destrozada —concluyó.

Vasco se quedó mirándolo con gesto desabrido y ausente, como si estuviera analizando lo que había oído.

—Telmo, me has dicho, ¿verdad? ¿En Oliveira do Alentejo?

—Sí —dijo Antonio sorbiendo ahora un trago de whisky.

Vasco cambió de tema, como si lo que había oído no le hubiera hecho la menor mella.

Hablaron del trabajo de Antonio, de cómo era Lourenço Marques, de María Leopoldina, de su madre Amalia, hicieron un recorrido por toda la historia familiar. Recordaron su infancia en Évora, y cómo les gustaban aquellos helados que vendían enfrente de la iglesia de San Juan Evangelista, cerca de la *Pousada*, con sus muros llenos de azulejos, que su padre les compraba cada domingo al salir de misa.

También recordaron aquella vez que fueron de vacaciones a la playa de *Nazaré*, y mientras se bañaban se voló la sombrilla, y cómo su madre corría tras de ella, con sus carnes moviéndose al compás. Estuvieron riendo toda la tarde y dieron cuenta de toda la botella. A veces se les saltaban las lágrimas, no se sabe si por la nostalgia de los recuerdos o porque los dos estaban ya achispados.

Pero en cuanto Antonio salió por la puerta, Vasco, con actitud enérgica, cogió el teléfono y se puso en contacto con un almirante del hospital con el que le unían algunos chanchullos mutuos, e hizo indagaciones sobre este malvado y execrable policía.

Días antes de la boda de Antonio y María Leopoldina, cuando ya todo estaba preparado, el vestido, el ajuar, la casa, las invitaciones y la hora de la ceremonia, recibieron un telegrama bien distinto a los de felicitaciones. Fue Antonio el que lo leyó, primero para sí mismo y luego, a instancia de las dos mujeres, en voz alta.

—Fallece Vasco Pessanha. Stop. Sepultado día 30 mayo. Stop. Testamento a su favor. Stop. Preguntar coronel Elías Coelho. Stop.

Antonio abrazó a su prometida, afligido. Doña Amalia le dio sus condolencias y también le abrazó. Él sabía que esto tenía que suceder de un momento a otro y no se sorprendió demasiado. Mientras María Leopoldina lloraba, Antonio guardó el telegrama en su cartera y lo metió en el bolsillo de su chaqueta.

—No llores, querida. Cuando le hablé de ti le gustaste mucho. Me dijo que le hubiera encantado estar presente en nuestra boda. Pero que su salud no le permitía hacer el viaje.

6 de junio de 1945. Boda de María Leopoldina y Antonio

Aunque los preparativos de la boda habían quedado un poco deslucidos por los últimos acontecimientos, todos disimulaban sus sentimientos, dejando el corazón a un lado, y seguían como podían con sus vidas.

—Hasta los años veinte solo las novias de las familias pudientes se permitían llevar un vestido blanco. El resto se casaban con colores oscuros, con predominio del negro, ya que así podían aprovechar el vestido después. Llevar un vestido blanco se consideraba un lujo excesivo y hasta una excentricidad —dijo doña Amalia—. La tía Lucinda se casó con un traje chaqueta azul marino, y luego lo usó muchas veces.

—Pero no tenía una madre modista, ¿verdad? —repuso su hija—. Madre, ¿verdad que me hará usted el vestido de novia blanco?

—Me encantaría, sería para mí un honor, pero no sé cómo lo quieres. Depende de la tela y del diseño —dijo la madre algo angustiada.

Doña Amalia había hecho vestidos de noche y trajes de chaqueta, pero un vestido de novia sería un reto para ella.

—Madre, quiero un vestido sencillo, ajustado al cuerpo y con un velo prendido en el moño; algo fácil, que me lo haga usted sería un gran regalo sentimental para mí. Y hágamelo a su gusto, será una sorpresa.

—¿Y si luego no te gusta?

—Me gustará. Si no, pues me hace otro. —Se rió maliciosamente.

Doña Amalia besó a su hija, estaba muy emocionada. En pocos días, doña Amalia ya tenía el vestido para la prueba.

—¡Madre, es precioso! Ha adivinado mi gusto sin preguntarme siquiera.

—Venga, pruébatelo.

—¡Qué original, madre! —Se puso a dar vueltas por la habitación.

Antonio, al escuchar el jolgorio, entró.

—¡Fuera!, ¡vete de aquí! ¿No te han enseñado a llamar a la puerta? —le gritaron ellas y las sirvientas.

El hombre, estupefacto, salió despavorido y desde fuera preguntó:

—Pero, ¡¿qué pasa?!

—El novio no puede ver el vestido de la novia hasta el día de la boda. Si no, da mala suerte.

—¡Vaya tontería!, contestó tras el chasco. Pero si te quedas más conforme, no he visto nada, estaba mirando a tu madre. Vale, me voy a dar una vuelta y a tomar un *Mengrohom*[43].

—¡Pero si no te gusta! Tómate mejor un *Babine*. La última vez que salimos te gustó más.

—Me tomaré los dos. Adiós. Que sigáis bien con el vestido. Y se quitó de en medio durante toda la tarde para dejarlas tranquilas.

Cuando volvió para cenar con su prometida, parecía que se había bebido todas las bebidas fermentadas existentes en la colonia, probando a ver cuál le gustaba más. Nadie dijo nada, en la casa reinaba la felicidad, y para felicidad la que traía él. No cenó y se tuvo que quedar a dormir en casa de su futura suegra, porque su estado era bastante lamentable.

El día de sus esponsales, María Leopoldina iba impecable. Lucía un vestido con gran escote y la falda con varias capas de tul, al ser alta podía lucir este gran vuelo. Con manga «francesa» por mitad del brazo. Una conocida de doña Amalia le había prestado un precioso velo, que llevó prendido de un moño alto, con un pasador de platino con diamantes. El pelo castaño oscuro de la novia destacaba entre tanta albura.

Antonio no quitaba ojo al prendedor, casi miraba más al broche de platino que a la inminente desposada. ¡Si lo perdía iba a ser su ruina! Pero la dama había insistido mucho y Amalia no había podido negarse. Además, le dijeron que en todas las bodas había que llevar algo prestado.

El velo y el prendedor eran lo prestado, lo usado fue una fina cruz de oro que siempre llevaba puesta, y lo azul unos pendientes de oro con zafiros que su marido le regaló para el enlace, en forma de argolla, y que ella no se quitaría en su vida.

María Leopoldina estaba exaltadísima. Cuando estuvo maquillada y perfectamente vestida salió al salón donde le esperaba un atractivo y apuesto caballero al que ella no había visto nunca. Amalia ya le había explicado a su hija que como su padre había fallecido, un conocido suyo iba a hacer las veces de padrino. Y que caminaría por la calle hasta la catedral con todo el séquito nupcial detrás, como se hacía en Portugal. Caminarían desde su casa a la *rua Dom Luis,* y desde allí lentamente por la acera, a la sombra de las acacias en flor y las hermosas vistas del jardín botánico a la derecha, pasarían por la *Casa de Ferro* que diseñara Eiffel, rodearían la *praça Mousinho de Albuquerque* con su estatua ecuestre, y ya frente a la Sé subirían la triple escalinata de la puerta principal de la Catedral.

En su pueblo se hacía así, se salía de casa y se iba andando a la iglesia. Y tras la novia con el padrino el cortejo.

Pero aquí no resultó ser igual. Detrás del cortejo iban unos nativos con *riqueços*, unos pequeños carros con techo y grandes ruedas donde cabían dos personas, de los que tiraba un hombre nativo, por si alguno de los invitados decidía ir sentado durante el trayecto, de un kilómetro escaso, a la catedral.

Muchísimas personas se unieron a la fila de caminantes. Eso era una novedad en Lourenço Marques, nadie lo había hecho antes, pero la población portuguesa se sintió conmovida por el recuerdo de sus costumbres. Aunque no estuvieran invitadas a la boda ni conocieran a la novia la acompañaron a la catedral. Muchas de ellas con sus narices afiladas para ver qué se urdía allí. Otros estremecidos y emocionados por *as saudades* (los recuerdos). Muchos habitantes autóctonos y extranjeros hicieron lo mismo, sin saber por qué, quizás por curiosidad o porque les pareció un bonito espectáculo. Algunos sacaban fotografías de ese acontecimiento tan extraordinario. La fila terminaba con decenas de niños cantando, saltando y tocando tambores u otros instrumentos propios de su cultura, porque no sabían qué era eso, pero era muy divertido. Resultó una boda espectacular y colorida, con aquella amalgama de personas, cada una feliz a su manera.

El caballero fue conversando con la novia alegremente hasta llegar a la iglesia, donde debía entregarla al novio que esperaba en el altar para su desposorio. A María Leopoldina le agradó mucho poder cruzar algunas palabras en francés con aquel señor que hablaba el idioma; el idioma que siempre estudiaban las señoritas y tan pocas veces tuvo oportunidad de practicar.

Doña Amalia estaba en el altar esperando junto al novio. A su entrada brotó un coro de rumores en la catedral. Su porte era magnífico y su elegancia impresionante: un vestido ajustado negro, unos guantes larguísimos por encima del codo y una preciosa pamela forrada del mismo color. Se anticipó dos años al vestuario de Rita Hayworth en la película *Gilda*.

Y después entró la novia con tronío. Con la expectación que causaron ambas mujeres pocos repararon en la estupenda estampa del novio. El pelo peinado hacia atrás con brillantina, haciendo pequeñas ondas, un pequeño bigotillo, moda de la época, el esmoquin impecable y unos lustrados zapatos negros con cordones. Como zalema, llevaba en el ojal de la solapa un pequeño lirio blanco, la flor preferida de su amada, igual a los que sostenía ella en el pequeño ramo.

—¡Lirios blancos! —le había dicho ella la primera vez que se los regaló—. ¿Sabes que los lirios de agua tienen dos nombres?

—No —contestó él.

—Sí, se llaman también calas. Tienen diferente olor cuando han sido cortados que cuando están aún en su planta.

Antonio sonrió para sí recordando el brillo de los ojos de María Leopoldina cuando le sorprendía con algo que él no sabía. Ese era el brillo que siempre quería ver en los ojos de su mujer. María Leopoldina estaba a punto de convertirse en su esposa.

Después de la sencilla ceremonia en la Sé Catedral de Lourenço Marques, en la que no faltó ni un detalle de ornamentación, y a la que acudieron altas personalidades de la ciudad, un fastuoso almuerzo se sirvió en uno de los salones del hotel Polana, donde los novios pasarían también su noche de bodas.

La novia observaba el desparpajo y soltura con que su madre se desenvolvía en ese ambiente, y aunque conocía el hecho de que trabajara en el hotel algún tiempo hacía muchos años, no sabía que conservara tan buenas amistades. Aliviada y cándidamente se dijo:

—¡Menos mal!— porque ella estaba hecha un manojo de nervios y ya no tenía fuerzas ni para sonreír—. ¡No puedo ni con mi alma!

En este ambiente festivo nadie supo que en Europa también se estaba celebrando la fiesta más deseada en los últimos años. En Normandía, concretamente en la playa de *Omaha*, diez divisiones de hombres de varias nacionalidades de los aliados habían desembarcado en una maniobra anfibia y, aunque fue una matanza, consiguieron tomar la playa, convirtiéndose en la mayor operación de invasión por mar de la historia. Casi tres millones de soldados cruzaron el canal de *La Mancha* y desembarcaron en los días posteriores. Liberaron París y, a continuación, el resto de la Europa ocupada por los nazis.

La estrategia de los aliados consistió en distraer a Hitler, haciéndole creer que el verdadero desembarco iba a ser en *Calais*, y fue allí donde agrupó su defensa. Los aliados hicieron caer desde aviones miles de trozos de papel de aluminio para confundir sus radares, junto con otras muchas maniobras de contraespionaje y distracción que confundieron a los mandos alemanes, como poner tiendas de campaña vacías, o tanques de goma, a muchos kilómetros al este; comunicaciones de radio ficticias y, sobre todo, los informes del espía español Juan Pujol, doble agente nazi y aliado, suministrando a los nazis información falsa para que enviase sus tropas a *Calais*.

—¿De dónde habrá salido toda esta gente? —preguntó María Leopoldina a su ya marido Antonio.

—No tengo la menor idea. Porque, salvo una docena que he invitado yo, el resto son invitados de tu madre.

—Debe de ser que como es modista de la alta sociedad... todos la conocen.

—Sí, será por eso.

Luna de miel en Portugal

Pocos días después de la boda, Antonio y María Leopoldina viajaban juntos a Portugal. Al desembarcar en Lisboa, lo primero que decidieron visitar fue la tumba de su hermano Vasco Pessanha y llevarle flores. Después se desplazaron al Alentejo, a Oliveira do Alentejo, para que ella pudiera despedirse de sus tíos, a los que adoraba, y encargaron poner una cruz de granito sobre la lápida común.

Mientras María Leopoldina se quedaba varios días visitando a viejos amigos en su pueblo, Antonio viajó a Lisboa, donde se había citado con el coronel don Renato Elías Coelho para resolver los asuntos concernientes a la herencia de su hermano.

El coronel Coelho le dio a conocer el contenido del testamento. El espacio que les afectaba a ellos contenía una clausula: «podrán optar a la parte correspondiente de mi fortuna, siempre y cuando nunca se divorcien». Siempre tuvo mucho sentido del humor su hermano Vasco.

Pero lo que le causó más asombro fue la historia que le contó el coronel Coelho.

—Tu hermano era un truhán. Estafó a cuantas mujeres se pusieron en su camino, y llevaba un ritmo de vida propio de un jeque árabe.

—Sí, me di cuenta cuando lo vi por última vez en su casa. Me extrañó tanto lujo para el sueldo de un enfermero.

—Pues esa solo era *una* de sus casas —recalcó Coelho—. Tenía varios coches, negocios y una gran cantidad de dinero en el banco. Era un estafador. Quizás hayas oído hablar de él. Se hacía llamar capitán Veloso. ¡Es el famoso y archiconocido capitán Veloso!

Antonio no podía dar crédito a lo que estaba escuchando. ¡Su hermano era el capitán Veloso, el gran estafador y burlador de mujeres! Estaba en busca y captura. La muerte lo había librado de su condena.

—Por eso vivía a todo tren. Sabía que en cualquier momento lo descubrirían. Aunque solía ir siempre disfrazado y se tomaba muchas precauciones para no ser fotografiado, habían conseguido algunas fotografías suyas lo suficientemente claras para identificarle, y varias personas lo habían reconocido en hoteles y aeropuertos. La policía lo estaba cercando. Pero siéntate, ponte cómodo y termínate el *Porto*, que te voy a poner otro. Antonio ya se estaba mareando. No era hombre para tantas sorpresas.

—Junto al testamento dejó una carta expresamente dirigida a ti. Toma.

Antonio ya no se atrevía a cogerla, y menos aún a leerla.

—Léala usted, por favor. Yo no estoy en condiciones.

El coronel volvió a coger la carta de manos de Antonio, que pusilánimemente se la estaba ofreciendo. Movió la cabeza afirmativamente y con sumo cuidado la abrió con un abrecartas.

«Querido Antonio —decía la carta—. Supongo que estarás sorprendido por todo lo que mi amigo Renato te ha revelado. Mas espero que me perdones. Y que me perdone el Señor de los cielos por lo que voy a decirte. Lee las necrológicas del *Correio da Manhã* del veinticinco de abril de 1945, y verás algo que quizás te interese. Te quiero y te he querido siempre. Tu hermano, Vasco».

—¿Y qué pone? —preguntó Antonio.

—No sé, yo no había leído la carta. Pero dentro del sobre está la página arrancada de un periódico.

Antonio cogió la hoja y buscó las necrológicas. Las leyó todas, pero ninguna llamó su atención.

—Muchas gracias por todo. Ha sido un placer conocerlo, aunque haya sido en estas circunstancias.

—Igual le digo, señor Pessanha. Quedo a su entera disposición para lo que usted pueda necesitar. Su hermano, pese a todo, era un buen hombre y buen amigo mío.

Hotel Polana, Lourenço Marques

Catedral de Lourenço Marques, en la plaza Mouzinho de Alburquerque, con el Ayuntamiento

Inauguración de la catedral por el cardenal Cerejeira el 14 de agosto de 1944

Estación de ferrocarril de Lourenço Marques

Cais Gorjao con taxis dentro del puerto. Lourenço Marques

Llegada del barco de Angola y Capitanía del puerto

Plaza 7 de Março

Calles de Lourenço Marques

Plaza Mc Mahon de Lourenço Marques

Mujeres portuguesas de principios del siglo XX

Compañía indígena de infantería

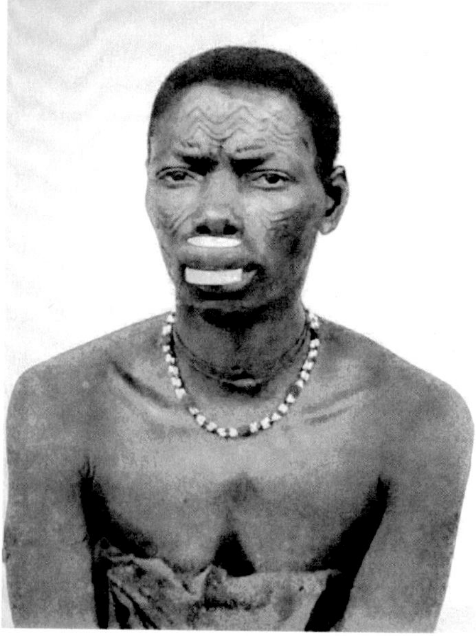
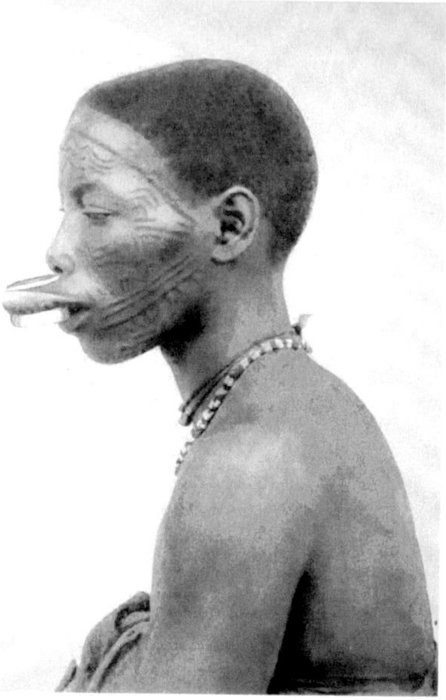

Mujer makonde

Teatro Varietá y Gil Vicente

(Izq.) 25 abril de 1974, el capitán Salgueiro Maia se dirige a los concentrados en las inmediaciones del Cuartel do Carmo.
(Der.) El capitán Salgueiro Maia.

(Izq.) Salgueiro Maia intenta obtener la rendición del General de Brigada Junqueira dos Reis, leal al gobierno.
(Arr.) Toma de posiciones en la Plaza del Comercio de Lisboa el 25 de abril de 1974

Se estrecharon la mano y Antonio salió del despacho del coronel. Al sentir el aire de la calle en la cara se sintió más aliviado. Pero continuaba mareado y tenía que ir a recoger a su mujer a *Oliveira do Alentejo*. Estaba a más de doscientos kilómetros. No le apetecía conducir, así que se fue al hotel a descansar. Saldría mañana.

De camino al hotel entró en un bar y pidió un café con aguardiente. Estaba destemplado.

Por la ventana observó cómo un limpiabotas negro hacía su trabajo concienzudamente. Vio como le remangaba los pantalones a su cliente y luego untaba un cepillo con betún marrón para iniciar su trabajo. Estaba sentado en un taburete de madera, mientras el caballero, con sombrero de fieltro y fina chaqueta de lana de vicuña, fumaba un puro despatarrado en un sillón. Exhalaba el humo que iba a parar a la cara del negro con cada chupada. No le importaba que el hombre corpulento, cincuentón y barba canosa tosiera fuertemente con cada bocanada de humo que le llegaba.

El limpiabotas llevaba gafas, con uno de los cristales blanquecino[44] para que no entrara la luz; gorra azul marino de lona, con una pequeña visera ladeada. El otro ojo tenía la esclerótica roja, como muchos de su raza. Limpió el zapato de polvo y suciedad y aplicó una fina capa de betún con movimientos circulares y lentos, dando varias capas hasta tapar todas las imperfecciones de la piel del zapato, apoyado en un soporte de madera con forma de pie, que tenía la caja de almacenamiento. La postura descarada del señor, casi obscena, contrastaba con la humildad del hombre postrado que, con la cabeza gacha, abrillantaba con una gamuza los zapatos. Movía las manos con rapidez de derecha a izquierda, lustrándolos hasta dejarlos brillantes. De vez en cuando escupía sobre los zapatos, pues la saliva contribuía a limpiar y también a pulir, y más que nada porque era una costumbre hacerlo así.

—*Limpia,* ten cuidado con los calcetines, que me los vas a manchar de betún —le llamó la atención el señor.

El hombre, doblado sobre su propio cuerpo frotando con esmero la empella del zapato, sonrió mostrando sus dientes, como pidiendo disculpas de forma tácita. Nadie sabía lo que pensaba, pero sonreía. Cuando acabó y le hubo pintado también el borde del zapato y del tacón, se incorporó y puso la gamuza sobre su hombro.

El caballero le dio unas monedas, se levantó y se fue sin decir palabra alguna, emitiendo un gruñido por despedida. El limpiabotas levantó su mano dándole las gracias y deseándole un buen día.

Antonio observó la escena meticulosamente y pensó en las desigualdades y el racismo que todavía persistían en su país, y en la creencia de superioridad que aún creían tener los blancos sobre los negros. Éste era el legado que habían dejado en sus colonias.

Caminó largo tiempo. Después tomó el tranvía número 28 recorriendo y disfrutando de los barrios más vetustos de la ciudad. Se dirigía a su barrio preferido, *Alfama*[45], el más antiguo de Lisboa, donde se establecieron los árabes en la antigüedad. Gracias a que no fue muy afectado por el terremoto de 1755 aún conservaba edificios históricos, un ambiente multicolor y casi intacto el trazado de estas *kasbahs* árabes, calles que descienden del castillo con fuerte desnivel y trazado irregular, empinadas cuestas y escalinatas interminables. Fue el barrio de la clase alta hasta la Edad Media, donde convivían musulmanes, judíos y cristianos. Pero después fueron los pescadores los que le dieron el actual auge construyendo una ermita y un hospital anexo. A mediados del siglo XX era el hogar de pescadores y obreros. Caminando por este barrio era usual escuchar *fado*, un género musical popular portugués con melodías tristes y melancólicas que normalmente hablan del mar y de las *saudades*. Veía la ropa multicolor colgando de cuerdas que atravesaban la calle de un lado al otro, o en las ventanas, a la vez que de las cocinas salía un fuerte olor de sardinas a la brasa. Antonio disfrutaba paseando por sus callejuelas de fachadas carcomidas, llenas de desconchones, paredes sucias y mosaicos descoloridos. Cuestas, callejuelas y miradores con maceteros floreados en puertas y ventanas. Escaleras angostas o rincones escondidos por donde le gustaba perderse y pasear su melancolía.

Caminaba hacia el Mirador de Santa Lucía (*Miradouro de Santa Luzia)*, desde donde le gustaba contemplar la ciudad. Esos frondosos jardines repletos de buganvillas y las balconadas con vistas maravillosas a la iglesia de *Santa Engracia*, su pulida cúpula y los tejados de *Alfama* brillando al sol, con sus callejuelas a diferentes alturas. Se perdía mirando los destellos el río Tajo, y recordaba a su amada María Leopoldina...

Taciturno, se sentó en un banco a contemplar pasar a la gente; observaba la fachada sur de la iglesia de *Santa Luzia*, construida bajo el auspicio de los Caballeros de Malta; en su sencillez era uno de los edificios más evocadores de Lisboa. Aburrido, se levantaba a deleitarse con los grandes mosaicos de azulejos, donde se explicaba la historia del terremoto de 1755 que asoló parte de Lisboa, el ataque cristiano al castillo de San Jorge y la expulsión de los árabes de ciudad.

Por fin se retiró a descansar. Se hospedaba en el *Hotel Tivoli*, construido sobre lo que fuera el *Palacete Rosa Damasceno*, después de sufrir una serie de modificaciones a principios del siglo XX. Fue inaugurado en junio de 1933, con 45 habitaciones, de las cuales ocho tenían cuarto de baño incorporado y teléfono. Este primer hotel tuvo gran expansión gracias a la guerra civil española y la segunda guerra mundial, por lo que más tarde los dueños lo ampliaron y construyeron otro mayor.

Había pensado ir al *Cine Royal, en la rua da Graça*, pero estaba demasiado cansado y se fue en taxi directamente a su hotel en la *Avenida da Libertade*. Se tumbó en la cama exhausto por los avatares del día. Mientras dormía sonó el teléfono y una voz sobresaltada surgió al otro lado del hilo.

—¿Antonio?, ¿eres tú, Antonio? —preguntó la voz.

—Sí, sí, soy yo, querida. María Leopoldina, ¿me oyes?, sí, ¿María Leopoldina? —gritaba al auricular.

—¿Antonio?, ¿estás ahí? —gritaba ella a su vez—, la conferencia no es muy buena.

Antonio, asustado, se sentó en la cama sin soltar el teléfono. Solo se escuchaban ruidos extraños.

—¿Ha pasado algo? ¿Estás bien? —gritó él también azorado.

—Antonio, Antonio, ¿me oyes? —Por fin parecía que la comunicación comenzaba a ser tal.

—Sí, querida. Estoy aquí. ¿Qué pasa? ¿Ha sucedido algo?

—Escucha. Escúchame bien —dijo María Leopoldina casi gritando, ya que las comunicaciones telefónicas eran muy malas en esa época—, ¡Telmo ha muerto, lo han matado! Apareció estrangulado en su despacho en abril. ¿Me oyes, Antonio?

Antonio se quedó atónito. Había soltado el teléfono. Ató cabos, cogió su chaqueta y sacó la hoja de periódico. Buscó. Todo empezaba a cobrar relevancia.

«Don Telmo Acacio Tavares Vasconcelos, fallecido por motivos aún sin resolver, el día veinticuatro de abril de 1945 en su ciudad natal Beja. Su alma descanse en paz».

Cuando lo leyó por primera vez no cayó en el nombre. Corrió al teléfono, pero se había cortado. Su mujer habría colgado cuando dejó de oír la voz de Antonio. Una carcajada de satisfacción brotó del fondo de su garganta. Las lágrimas escaparon de sus ojos por la alegría. Se sentó en la cama y puso la cabeza sobre las manos. No podía creerse que pudiera alegrarse de la muerte de alguien, pero se alegraba. Y mientras reía de felicidad sonó de nuevo el teléfono.

1945
Colonia Oriental Portuguesa

El viaje de Violet
Lourenço Marques, Gaza, Imbahane, Sofala, Tete y Manica

Violet era «señorita de compañía». A veces llegaban caballeros solos al Polana que deseaban estar acompañados en las cenas o bailes por una mujer instruída: pero en aquel país remoto había pocas mujeres que gozaran de educación suficiente para servir de acompañante y que, además, no estuvieran casadas. Era casi imposible para una dama llegar al país sin ser esposa de funcionario o militar. Y las hijas de éstos solían formarse lejos de la colonia, por lo que los servicios de una dama de compañía eran muy solicitados por estos señores durante sus momentos de ocio. Sin embargo, esta profesión no estaba bien vista por los componentes de la aristocracia lourensemarquesa, aunque su cometido no estuviera asociado a la obligación de mantener relaciones carnales con el caballero que la requiriera.

Era muy hermosa y delgada. Solía recoger su pelo casi siempre en un moño italiano. Sus ojos claros, bordeados por unas larguísimas pestañas, hacían que con cada parpadeo los hombres cayeran rendidos a sus pies. Siempre perfectamente maquillada, vestida a la última moda y con un aire altivo, caminaba cruzando las piernas elegantemente y, aunque sus faldas siempre tapaban con demasía las rodillas, miraba a todos con arrogancia desde el podio de sus altos tacones. Solo se hablaba de ella en corrillos y, a menudo, como tema de murmuración, siendo habitualmente, la comidilla de Lourenço Marques.

Al frecuentar compañías de este porte, Violet adquiría, poco a poco, clientes fijos, hasta que acabó por ser la amante de un cónsul. Se rumoreaba que, acaso, de algún otro mandatario más.

Conocía a las personas más representativas de la ciudad. Aunque nunca era recibida en las casas nobles, ella sí aceptaba a cualquier dignatario, por encumbrado que fuese. Se relacionaba con militares, embajadores, comerciantes y algunos políticos. Sus fiestas eran esperadas con impaciencia, y hasta las señoras más representativas acudían a ellas. Pero los asistentes solían ser foráneos; la alta sociedad *laurentina* no se relacionaba con ella. Por eso es que Violet también buscaba sus amistades entre personas no del todo «correctas». Este era el caso de Alves dos Reis y su esposa.

Violet era muy discreta, nunca trabajaba en su hogar. Elegía a sus clientes entre los caballeros de más alto rango que se hospedaran en el hotel Polana, y no se dejaba intimidar por aquellos a los que rechazaba: ella elegía y no había más que decir. Entabló muchas amistades, conoció a hombres muy influyentes, por lo que nadie se atrevía a mostrarle de frente ninguna animosidad, a ponerla en evidencia con palabras ni gestos, y menos aún a sostenerle un desaire; corrían el riesgo de perder su posición de un plumazo. Violet llevaba toda la vida en Lourenço Marques y su existencia corría paralela a la de la ciudad. Era tal su exquisitez que no adquiría sus prendas de vestir en las casas de modas de la ciudad, sino que se las hacía confeccionar a medida o las importaba de Europa. No quería coincidir en ningún modelo ni complemento con ninguna de aquellas señoras de la alta burguesía laurentina. Era uno de sus principios: la exclusividad.

Habitualmente le gustaba ir de compras a las tiendas de los indios, en la *Rua Gavea*, y sus seis calles transversales: *da Palmeira, da Porta, da Linha, da Catembe, da Laranjeira e da Fonte*. En este barrio, más conocido como *o Bairro comercial dos monhés,* se concentraban multitud de pequeñas tienditas administradas de manera usual por indios, adornadas con palmeras, flores y plantas aromáticas que los orientales suelen cultivar, y que emanaban también un lejano olor a cordero guisado que se filtraba desde las cocinas, por los estrechos ventanucos de los pétreos muros de las viviendas. Violet sentíase embriagada ante el trato complaciente y delicado con que era atendida por los comerciantes indo-británicos. Ellos le proporcionaban las mejores sedas y tejidos con los que confeccionar originales vestidos y trajes a medida. Las tiendas acostumbraban a estar repletas de mercancías colocadas con gusto en los sobrecargados anaqueles. Pasear con su sirvienta María Pía cargada de paquetes, entrando en una y otra tienda, donde la conocían y la colmaban de albaroques, era para ella un día festivo. En cada uno de los comercios, los dueños descuidaban a otras clientas y le dedicaban su tiempo y mayores atenciones, agasajándola con infusiones aromáticas y adulándola con elocuentes explicaciones para que comprara en su establecimiento, ya que no ignoraban lo buena cliente que era y que no prescindía de aquello que le gustara, sin importarle el precio.

En la vivienda, sobre ellos, por los angostos y altos pasillos se oían las voces de mujeres y niños que vivían en habitaciones que daban a patios interiores, mientras el marido o padre mercadeaba en las mejores habitaciones de la casa, las abiertas a la calle. Ahí no compraban las señoras de la ciudad y, sin embargo, ella tenía el privilegio de poder lucir trajes cosidos con telas y oropeles a los que nadie tenía acceso.

—Violet, ¿quieres que hagamos un viaje juntos? Nunca he hecho un largo viaje en coche por África —dijo el cónsul.

—¡Por supuesto! ¡Qué emoción! —exclamó Violet—. Me encantaría ir a la Isla de Moçambique. No la conozco y me han dicho que es maravillosa.

—¡Uf! Eso está muy lejos y las carreteras son horribles, de tierra y llenas de baches —se quejó el cónsul—. No sé si podremos continuar el viaje por tierra más al norte de Beira. Si fuéramos en barco...

Frente a la costa de cada ciudad importante había una isla o un archipiélago. Cerca de la costa de la ciudad de Vilanculos estaba el archipiélago de Baranzuto, con cinco islas. Frente a la ciudad de Angoche estaba la isla con el mismo nombre. Más al norte, en Quelimane, la Isla Paraíso; y la ciudad más septentrional, Nampula, tenía frente a su bahía la Isla de Mozambique.

Era demasiada distancia para ir en automóvil, mientras que en barco podrían hacer paradas en cada ciudad y visitar las islas.

—Sí, pero sería una aventura —dijo Violet.

—¿Una aventura? Sería una odisea.

—Mi vida, sí que es una odisea —dijo Violet al cónsul, guiñándole un ojo.

—El viaje será largo, y ya sabes que no hay muchos hoteles buenos en el país.

—Yo he vivido siempre en el hotel Polana. Me encantan sus habitaciones, su lujo, subir en su ascensor...

—Sí, ¡a ti te encanta el lujo! El ascensor de cristal y de hierro forjado..., el cristal fino, la buena mesa... ¿Sabes que Churchill se alojó en él cuando se escapó de la cárcel en la guerra de los bóers? Se saltó el muro de la prisión y anduvo casi quinientos kilómetros hasta llegar aquí.

—¿Estuvo aquí? Qué raro, yo no lo vi nunca... —dijo Violet con una sonrisa pícara—. La que nunca faltaba allí —enfatizó ella— era yo.

—Sí, en 1899 fue candidato por el partido Conservador, pero perdió. Ante este revés Churchill volvió a su trabajo como corresponsal de guerra en la segunda guerra anglo-bóer, entre Gran Bretaña y los afrikaners de Sudáfrica. Fue capturado por los bóers en una emboscada tendida a un convoy e ingresó en prisión. Pero consiguió evadirse, convirtiéndose en un héroe nacional. Una noche escaló el muro de la prisión y recorrió cerca de quinientos kilómetros de territorio enemigo, cruzando la frontera de Sudáfrica y Mozambique. Desde allí regresó rápidamente a la Sudáfrica británica, donde se unió a un regimiento sudafricano de caballería y participó en diversas batallas, continuando su labor como reportero de guerra. Durante este período sería propuesto a la cruz Victoria, pero el capitán de las fuerzas británicas, el mariscal Horatio Kitchener, vetó la condecoración —dijo el cónsul.

—Pero, según tengo entendido, el hotel se inauguró en 1922 y la guerra terminó en 1910, más o menos... Debe de ser una leyenda —rió Violet—. Lo había oído comentar, pero yo lo habría visto, ¿no crees? Llevo viviendo aquí muchos años. El Polana es mi hogar —rió con ganas—. Cuando lo construyeron tuvieron que aplanar la montaña para tender una carretera que permitiera circular en coche desde el hotel a la misma playa, camino que por entonces sólo se podía hacer a pie. Más tarde fue construida la carretera de caracol y se fijaron los raíles sobre las traviesas de un tranvía forzado a descender por una rampa tras el Club Naútico.

Y sin mayores preámbulos llamó a su niñera María Pía y le pidió que hiciera su equipaje.

—Prepara los baúles con mi ropa, sombreros y zapatos. No te olvides de los trajes de baño, de los trajes de noche, de cóctel...

—No se preocupe, doña Violet, sé muy bien cómo hacer su equipaje. Conozco toda su ropa y sus gustos. No se preocupe, que no le faltará de nada.

Violet sabía que era verdad, que María Pía la conocía mejor que ella misma. Que nada echaría de menos.

Así, María Pía, su criada negra, llenó varios baúles sin darse cuenta de que viajarían en un automóvil *Ford Modelo A Recolección* de color granate, importado desde Sudáfrica expresamente para él. Era un biplaza con techo negro y un maletero tipo camioneta detrás, muy apropiado para que Violet instalara su equipaje.

El viaje dio comienzo y Violet cada día estaba más entusiasmada.

Iba nerviosísima. Era su primer gran viaje en coche. Se había comprado un vestuario idéntico al que lucía Ingrid Bergman en la película *Casablanca*. Ahora llevaba puesto un pañuelo blanco que le cubría el pelo y cuyos cabos volarían al viento si el coche fuera descapotable, como en la película, pero que en su coche, y dado que el aire entraba por las dos ventanillas delanteras, lo único que hacía era hincharse de aire como un globo. Pero ella, con sus gafas negras de sol, se sujetaba el molesto pañuelo y sonreía feliz.

Después de pasar de largo por el mercado de Xipamanine, a las afueras de Lourenço Marques, lugar ideal para proveerse de todo, desde bicicletas usadas a vasijas de barro y cualquier otro cachivache, continuaron su camino.

Pero lo más interesante era la enorme selección de medicamentos y remedios tradicionales, incluyendo una gran variedad de pieles de animales, cabezas y patas de fieras, garras de aves y muchos más insólitos objetos. Xipamanine también era conocido como el centro de la delincuencia local, con una impresionante variedad de enseres robados a la venta.

Los vendedores de pescado espantaban las moscas y las langostas de los camarones y barracudas con algo parecido a un plumerito de lana blanco. Tuvieron que cerrar las ventanas del coche porque se les metía dentro el humo de las múltiples parrillas donde algunas personas mandaban asar el pescado que iban a consumir en el acto. También había algunos que vendían manos y cabezas de mono y que, por suerte, Violet no llegaría a ver. Era tradición de la zona comprar pescado o marisco fresco, recién sacados del mar, y que el mismo pescador o su familia los vendiera y asara para ser consumidos por la familia que acababa de adquirirlos.

—Me está entrando hambre con este olorcito —dijo Violet.

—¿Olorcito? ¿A esta peste a pescado lo llamas olorcito? Si no se puede respirar. Cierra la ventana, que nos vamos a atufar.

—¡Cómo se nota que eres francés! A mí me encanta ir a comprar pescado y comerlo sentada en una banquetita, bebiendo un zumo de piña recién exprimido. En los mercados de Lourenço Marques también lo hacen; lo he presenciado varias veces.

Antes de salir de la ciudad, un grupo de nativos de la etnia de los *Ronga* les hizo parar el coche, rodeaban el vehículo tocando tambores. Este tipo de situaciones exasperaban al cónsul, que era muy exquisito, mientras que ella las disfrutaba como parte de la cultura de su país.

—Michael, son sus creencias, sólo quieren vendernos una poción de amor y felicidad —decía Violet—, mientras una mujer indígena, bajita y delgada, cubierta con un extraño ropaje naranja, les ofrecía sin dejar de hablar un frasco de líquido rojo.

—Ya sabes que yo no creo en la medicina tribal ni en la tradicional, casi, cómo voy a hacer caso a esa vieja loca —dijo el cónsul enfadado.

Violet siempre tenía la palabra justa en el momento adecuado.

—No está loca, son sus tradiciones, cómpralo y luego, si quieres, lo tiras. Pero no se lo desprecies. Ella dice que somos jóvenes y que con ese líquido vamos a ser muy felices. Y quita esa cara de asco, hombre. Dale algo y coge el frasco. Venga, vuelve a arrancar —dijo dándole un cariñoso beso en la mejilla.

Él siempre acababa claudicando. La miró, como solía, embelesado. Le dio a la señora más de lo que pedía por la pócima y la mujer indígena le entregó dos frascos que él puso rápidamente en las manos de Violet, meneando la cabeza; Violet siempre llevaba razón. Qué fácil era complacer a unas pobres gentes que aún no han terminado de adaptarse a un mundo que ni siquiera sabemos si será mejor para ellos.

Después de bastantes horas de viaje, y unos trescientos kilómetros recorridos desde Lourenço Marques, llegaron a Chai-Chai, al norte de Lourenço Marques, ya en la provincia de Gaza.

La carretera no sólo era de tierra sino que parecía una ola. Subía y bajaba tantas veces que Michael no soltó el cambio de marchas en todo el camino, y tras recorrer doscientos kilómetros ya estaba agotado. Gracias a que la carretera en algunos tramos discurría junto a la costa podían a ratos ver el mar. Otras veces atravesaban unas tierras selváticas, verdes, húmedas o cenagosas, y Violet iba disfrutando del paisaje y del viento que le daba en la cara, mientras Michael, cansado, sólo deseaba llegar cuanto antes a cualquier poblado para comer y descansar. Pero ellos estaban juntos, y hacía años que no habían cesado de planear una escapada a solas. Lo que hasta aquel momento no les había sido posible realizar.

—Pobre mujer, lleva un haz de leña en la cabeza y se le van clavando las ramas en la espalda. Qué malvivir tiene esta pobre gente. Apenas han prosperado desde que los portugueses llegaron aquí.

Cuando la carretera serpenteaba por el valle del Limpopo podían admirarse las hermosas lagunas, únicas en la Colonia Oriental Portuguesa, y las enormes plantaciones de mandioca y cacahuetes que, gracias a la riqueza de esta tierra, producía hasta tres cosechas al año.

—Llevas razón, *mon chérie*[46] —dijo Michael, mientras consultaba su brújula recién estrenada y un desvencijado mapa—. Nos hospedaremos en Chai-Chai, o en algún lugar cercano, yo ya no conduzco más.

Estaban en la tierra del antiguo *Imperio de Gaza,* del rey Gungunhana de los *Nguni* o *Vátuas*. Varias etnias de la región le rendían vasallaje y tributo y era muy respetado. Nunca consiguió ser abatido por los portugueses ni cedió a las peticiones de extradición de los jefes de otras etnias, hasta que cayó en cautividad a manos de un puñado de hombres comandado por el entonces desconocido Mouzinho de Albuquerque, al mando de un puñado de hombres, cuando todos los demás jefes de los poblados vecinos se habían ido a refugiar en Gaza, en 1895, y más tarde exiliado a la isla Terceira de las Azores, donde falleció en 1906.

El cónsul conducía bastante deprisa para un estado tan deplorable del firme, que no llegaba a ser una carretera, y el coche levantaba a su paso grandes nubes de polvo. De vez en cuando veían agricultores con azadas que levantaban la cabeza sorprendidos al oír aproximarse el automóvil y saludaban con la mano, sonriendo, deslumbrados ante la mecánica visión, mientras las esposas e hijos salían a su vez de las cabañas redondas, rematadas en una especie de haz o penacho, para ver el coche, una novedad en la época, ya que todavía los carros y los caballos, e incluso algunos bovinos grandes, eran el medio cotidiano de transporte.

Los niños salían a la carretera de arena y corrían descalzos al lado del automóvil, tocándolo y gritando. Violet pedía a Michael que disminuyera la velocidad para que el paseo se dilatara un poco más y su momento de ilusión no terminara tan pronto.

Llegaron al atardecer al poblado. Más que un poblado era un grupo de casas pintadas de blanco, con paredes desconchadas, sucias, casi todas de chapa, con tejados de uralita y de una sola planta. Las calles, de tierra roja.

De vez en cuando pasaban mujeres y muchachas jóvenes, incluso niñas, con baldes y cubos llenos de agua sobre la cabeza. En las viviendas no había agua corriente, mas, los habitantes de la población, mediante mangueras, habían conectado algunos grifos con sus casas. Era todo muy rudimentario, pero al menos no tenían que alejarse varios kilómetros hasta el río a recoger agua insalubre.

Comieron un guiso de *muamba de galinha* (gallina guisada con calabaza), que les llenó demasiado y les produjo sueño. Buscaron un lugar donde descansar.

Al otro lado de la tierra roja donde se encontraban las viviendas amontonadas había otra pequeña «ciudad», pero en nada parecida a Lourenço Marques, con calles de tierra, casas mucho más sencillas, y algunas tan rodeadas de vegetación que parecía que la selva se las iba a tragar de un momento a otro. La vegetación era exuberante y los árboles proliferaban por doquier sin aparente cuidado de nadie. Los hombres vestían íntegramente de blanco, normalmente pantalón y camisa de lino, salvo el cinturón y los zapatos negros. Las mujeres vestidos livianos y sombreritos de casquete. Los niños jugaban en los parques subidos en los columpios donde imitaban a los monos. Los varones indígenas estaban sentados en las aceras a cierta distancia sin hacer nada. Llevaban pantalones por debajo de la rodilla, sin camisa ni calzado. Las mujeres estarían en sus casas, no se las veía por ningún lado.

Se acercaron al «*Faro del Monte Belo*», en la barra del río Limpopo, ya que era navegable. El farero acostumbrado a estar solo, insistió en que se quedaran a pasar allí la noche y le actualizaran con noticias de la ciudad y la metrópoli. No se hicieron de rogar, pues para llegar al hotel *Blue Dolphin* en Maxixe quedaban 250 kilómetros más de camino. Se notaba que el buen hombre siempre estaba solo: no paró de amenizar la cena con peculiares historias sobre tormentas e inundaciones; y ellos no dejaron de reír. Aquel hombre no les permitía abrir la boca. Se fueron a acostar medio beodos pero muertos de risa.

El hotel de Maxixe no era tan bueno como les habían contado, pero descansaron en él unos días, porque no querían partir de nuevo sin haber podido dormir a su aire y haber paseado por la ciudad y sus proximidades con tranquilidad.

Cuando partieron hacia Imhambane, «*ciudad de buena gente*», como la llamaban los portugueses, ya era casi medio día.

Las carreteras empeoraban por momentos. Tierra, baches, la vegetación las estrechaba, y a veces se juntaba tanto por arriba que tapaba el sol. Daba la sensación de que si te parabas un rato te engulliría.

De repente la vegetación cesó, y las tierras se hicieron más áridas, con arbustos.

Visitaron algunas misiones, pues aquí había varias, como la de Malaiçe, donde enseñaban a los jóvenes nativos a coser con máquinas «Singer», o bien a trabajar la ebanistería. En las misiones de Chibuto o de Banhine se impartían clases de lectura y escritura.

Finalmente vieron una granja a lo lejos y desistieron de volver a arriesgarse. Fueron hacia ella para pedir cobijo.

Según se alejaban de las ciudades había granjas regentadas por blancos, generalmente productoras de té, aunque también de caña de azúcar o sisal. Era costumbre que si algún viajero pasaba por ellas fuese hospedado por cortesía, y es que los visitantes solían traer noticias nuevas o, simplemente, eran muy bien recibidos tan solo por el hecho de ver caras nuevas.

Ahí estaba el mayor palmeral de la provincia de Imhambane. Desde el distrito de Massinga, junto a la costa, hasta Inharrime, la vista no conseguía abarcar toda aquella extensión de cocoteros, «*arbol de la vida*», como los llamaban ellos. Parecía que nunca iban a terminarse los cocos frescos (*lanho*), para deleitarnos y refrescarnos con el sabor de su agua. Si ese fruto era retirado de la copa de la palmera, al día siguiente había más en su lugar. En ciudades como Inhambane o Maxixe no existía un local donde no hubiera coco fresco para poder beber agua, aun sin provecho de la copra. Pero esa era la forma de supervivencia de algunas pobres familias cuyas mujeres se levantaban muy temprano y cargaban con la cantidad de cocos que pudieran transportar a la población más próxima para ser consumidos tan sólo por la frescura de su agua.

Después de pasar la noche en la pequeña granja tomaron el desayuno con el dueño, uno de los muchos trabajadores del palmeral.

—Esta plantación de cocos es una de las más grandes de África con 32.000 hectáreas y casi cinco millones y medio de cocoteros[47].

—Pero la más grande en el mundo pertenece a un solo propietario, la *Companhia de Boror*. Y no se conforma con eso, también tiene plantaciones de sisal y dos fábricas para tejer y embalar sus tejidos. Produce más de setenta mil cocos al día, aceite de coco y jabón en grandes cantidades, que se exportan a toda África —les explicó el dueño de la casa mientras desayunaban—. Después de recoger los cocos, se deja que se sequen al sol dos semanas. Podría visitar las plantaciones. ¿Les gustaría que vinieran a recogerles mañana temprano? Después, con el sol alto, el calor ya molesta. Pueden ir a la plantación a ver cómo los recolectan.

—¿Se puede ver? —preguntó curiosa Violet.

—Sí, puedo hablar con el encargado de una plantación y mañana les vienen a buscar en un jeep.

—En esta zona del país no podemos criar ganado porque hay muchos mosquitos —Michael y Violet cruzaron sigilosamente miradas por una conversación mantenida con anterioridad—, sobre todo *Tze-Tze*, que producen la enfermedad del sueño y que dificulta la cría de vacas. Pero aún así tenemos muchas cabezas de ganado bovino, caprino y lanar. También el mosquito dificulta la cría de pequeños animales domésticos, por lo que no verán muchas granjas de aquí a Quelimane. Los animales salvajes nos atacan con demasiada frecuencia.

En esta época casi toda la riqueza del país estaba en manos de importantes compañías, que hasta finales de los años 30 del siglo XX explotaron los recursos agrícolas y la mano de obra del país. Las principales eran la Companhia de Zambezia, la Companhia de Bobor, la Conpanhia do Luabo, la Sena Sugar States, la

Société de Modal y L´Emprêsa Agrícola de Lugela Ltd. No sólo eran las dueñas del terreno y los árboles, sino que también tenían fábricas donde lo transformaban, lo empaquetaban y vendían; tenían barcos para trasladarlo. Poseían también ferrocarriles, hospitales, trataban la corteza de los manglares y empaquetaban tabaco. Incluso alguna compañía disponía de hospitales propios. Esta necesidad de comerciar hizo que la zona se desarrollase muy rápidamente, y que aunque era de geografía muy abrupta, se construyeran ferrocarriles y carreteras para el mejor transporte de mercancías. Pero las ganancias no llegaban al pueblo.

Un hombre delgado, cubierto apenas con un taparrabos, o algo blanco que le tapaba sus partes pudendas, trepaba a los cocoteros con los pies descalzos y los tobillos atados con una especie de soga que les dejaba una holgura de unos treinta centímetros. Doblando las rodillas, como si fuera una rana, los pies apoyados en el tronco y abrazando el tronco, el peso de su cuerpo lo sujetaba en perpendicular al árbol, y así sus pies atados no se resbalaban. A pequeños saltitos, como un batracio, iba ascendiendo poco a poco hasta llegar a la zona donde colgaban los frutos, los enormes cocos. Era el momento de sacar el machete que llevaba atado a la espalda y, con fuertes cuchillazos, los separaba y dejaba caer al suelo. Violet miraba fascinada y se tapaba con una mano los ojos para evitar soltar un grito, mientras que con la otra apretaba la mano de Michael. Se estremecía con cada saltito del hombre. Daba miedo verlo subir, pero también daba pena verla a ella, porque el miedo se leía en sus ojos.

Cuando los cocos caían al suelo, otros hombres más fuertes los recogían y golpeaban verticalmente contra un palo picudo de aproximadamente un metro, clavado en la tierra, hasta que tanto la primera corteza, blanca y esponjosa, como la segunda, dura y peluda, se abrían y aparecía la pulpa blanca. Poco más tarde se llevaba a secar a los hornos la reputada copra. Asimismo, se obtenía un líquido turbio y dulce que se bebía como refresco. Si se dejaba unos días, los azúcares del líquido podían convertirse en alcohol y obtenerse un licor muy valorado en la zona.

La copra se metía durante veinticuatro horas en el horno. Después se prensaba y se obtenía todo el aceite. Ésta era una gran fuente de ingresos para la Colonia Oriental Portuguesa.

Al día siguiente se encaminaron hacia Vilanculos. Allí embarcarían para el archipiélago de las Bazaruto.

—La gente es tan amable, cariñosa y sonriente...

En Inhambane, las etnias predominantes eran los Chopes, subdivididos en Valengues y Bitongas. Aunque las guerras tribales, coloniales, el hambre, las inundaciones o las migraciones a centros urbanos en busca de una vida mejor han conseguido que poco a poco las etnias hayan sufrido desplazamientos y ahora se encuentren más mezcladas y deslocalizadas por el país. Incluso muchas de ellas han perdido sus costumbres y formas de vida. Pero todavía quedan grupos étnicos donde se pueden observar las antiguas tradiciones, incluso a escala social, rituales funerarios o de iniciacion, o individual, como la compensación por matrimonio o la prescripción de permanecer virgen o no antes del casamiento.

—He observado que según nos alejamos de Lourenço Marques, hay cada vez menos mulatos; en el sur son más abundantes —dijo el cónsul.

—Michael, cómo dices eso, pues claro, —exclamo Violet—.

El cónsul se quedó ofuscado y la miró con gesto adusto. Miles de hombres han cruzado la frontera durante años y años y violado por diversión a mujeres, incluso a niñas... ya que en Sudáfrica la prostitución está prohibida. Los fines de semanas, como un enjambre de hombres ebrios, entran en las cabañas de los poblados limítrofes buscando mujeres. No escatiman golpes. Amenazan a las familias con armas, mientras las obligan a ver cómo violan a sus hijas y esposas, o cómo se las llevan toda una noche, y las devuelven en la mañana o las dejan tiradas en el campo, heridas, semidesnudas y golpeadas. Son muchas las muchachas que quedan embarazadas, las que no mueren por la brutalidad de las violaciones o se ven obligadas a ocultar su estado de gravidez, casándose con algún pariente o muchacho de otra aldea, al que deben dar una cuantiosa dote para que las acepte. Estas mujeres viven el resto de su vida marcadas por el color de sus hijos, y sus maridos, para evitar la deshonra de la que ya eran conscientes, no dudan en maltratarlas agrediéndolas constantemente.

Gran parte de la población mestiza existente en la colonia, era nacida de la cópula de hombres blancos, o bien mestizos o indios con mujeres negras; este mestizaje, lo único que sabían de sus madres, es que habían sido violadas sobre una estera por un hombre de tez clara que solía pagar «el servicio» con unas míseras monedas. De aquí la injuriante inquina para herir a estos mulatos. La adversión con la que los herían y despreciaban al llamarles *«filhos de uma quinhenta»*, (hijos de una quinhenta), cuando una *quinhenta* era el equivalente al precio que cobraba una prostituta por una acto sexual, y equivalía a 50 centavos de escudo mozambiqueño, una moneda ínfima.

Continuaron su paseo y una melodía llegó a sus oídos. Violet, radiante, tiró de Michael arrastrándole adonde se agrupaban los músicos. Un muchachito tocaba el *marimbar,* una especie de xilófono grandísimo, de madera, que percutía con un par de mazas. Dos mujeres jóvenes, casi niñas, pulsaban unos *pankwé*, instrumento musical hecho con una calabaza hueca a la que adaptaban seis o siete alambres, bien templados, y de los que obtenían notas diferentes. Había tres jovencitas más, sumando un conjunto armónico tres pares de *maracas*. Todos por igual cantaban y mantenían el ritmo mientras hombres y mujeres danzaban con una alegría genuina en sus rostros. Algunas mujeres y hombres vestían falditas de paja encima de su ropa y algunos hombres también en los pies; todos estaban descalzos y bailaban en la tierra, en un claro entre las palmeras.

Había mujeres sentadas en el suelo o tras una desvencijada mesa donde vendían sus productos: piñas, papayas, cocos, mandioca, girasol, bananas, mangos, aguacates, soja, cítricos, almendras, anacardos o tabaco, todo de producción propia. Compraron una piña y varias papayas que les limpiaron, trocearon y envolvieron en grandes hojas de sisal, mientras se les hacía la boca agua. Las saborearon camino del coche.

Cada vez que paraban se acercaban al coche una veintena de mujeres y niños *chagana* gritando de alegría que vendían de todo: frutas, pescado, pollo asado, pan, huevos cocidos, camarones, o les cocinaban una *peixada* en el momento. Había mujeres sentadas en pequeñas sillas plegables, con una parrillita delante donde asaban el pescado en el momento. Además, no faltaban las que te vendían jabón, agua de colonia, cremas, cepillos de dientes o cuchillas de afeitar. Si necesitabas algo, seguro que esas mujeres y niños lo tenían.

Y qué decir de las playas, aquellas playas vírgenes, blancas, limpias, y sin apenas gente... ¡parecía el paraíso!

—Violet, las islas Bazaruto son cinco: Magaruque, Benguera, Bangue, Bazaruto y Santa Carolina. Poseen vastas playas inmaculadas, enormes dunas y arrecifes de coral. Están deshabitadas. Son un paraíso virgen, de ensueño; ideales para bucear en sus aguas turquesas llenas de arrecifes y contemplar multitud de peces de colores que se esconden entre los corales. Además, podemos ver juntos durante la puesta de sol aves y la mayor colonia de *dugongos*[48] del mundo.

Estaban a quince millas de la costa y a seiscientos kilómetros de Lourenço Marques. No tienen sitios de interés histórico ni cultural, pero los alrededores naturales son increíblemente hermosos, puede que los más bellos de toda la colonia, con sus aguas en una gama de azules desde el marino al claro, o después al turquesa, y su arena fina y blanca, donde se pueden practicar actividades como el buceo, observar aves, snorquel, o simplemente pasear por la playa y tomar el sol. Pero lo que más les maravilló a ambos fue el arrecife de coral, su gran amplitud, y su característica principal, su escasa profundidad: veinte metros como máximo, con lo que apenas metiendo la cabeza bajo el agua podían ver cientos de peces de colores de multitud de especies que se ocultaban entre los corales y nadaban en bandadas al son de una música imperceptible. También vieron morenas, tortugas, rayas y hasta los tiburones de arrecife. A Violet no le gustó nadar con los tiburones debajo de ella y se salió corriendo.

Las islas más pequeñas, Santa Carolina y Bangue, son tan minúsculas que ni siquiera aparecen en algunos mapas, y la cartografía ignora por completo otras islas porque sólo emergen cuando baja la marea. Se sabe de su existencia porque eran utilizadas por los colonos portugueses para que el propio mar hiciera el «trabajo sucio»: deshacerse de sus enemigos. Los portugueses bautizaron Bazaruto a la isla principal, arrebatándole su nombre original Ushurutswa («isla de la bruma»), quizás porque era impronunciable para ellos. Se cree que incluso la reina de Saba y el rey Salomón vinieron aquí en busca de las perlas de Ofir. La etnia tsonga mantiene la tradición pesquera, su sustento es la venta de pescado, que transportan en cestas.

El viaje en el automóvil continuó siendo deslumbrante pero cada vez más dificultoso. Hicieron varias paradas porque el vehículo se sobrecalentaba; tuvieron que cambiar varios neumáticos y la tierra atoró alguna parte del motor. Por suerte todavía estaban en una zona donde había hoteles y podían guarecerse tranquilamente durante los días que duraban las reparaciones. La grandeza de la vegetación, el verde tan intenso, la gama de tonalidades amarillo-verdosas de los árboles, el trino de los pájaros, el chillido de los monos, el zumbido de los millares de insectos, salpicados por graznidos o gruñidos de otros animales, lejos de molestarles parecían sumergirles en un entorno de paz y ensueño. A veces se oían cascos de animales cercanos que huían, o el repiqueteo del agua de alguna cascada o riachuelo. Violet, con los ojos cerrados, sonreía sin motivo, recostando la cabeza en el asiento del coche. Era tal la placidez del viaje que se durmió y soñó con su infancia, descubriéndose niña de nuevo, corriendo por un olivar arado con surcos, descalza con su vestidito blanco salpicado de florecitas azules. Recogía un ramo de amapolas y margaritas en ese secarral cubierto de tomillos, jaras y otros arbustos bajos, tan diferente del paisaje que ahora corría delante de sus ojos. Sintió nostalgia y se despertó, pero el recuerdo perduró en su mente y no pudo ser sustituido ni siquiera envuelta en la magnanimidad que allí poseía la naturaleza.

Los nativos organizaban excursiones para los turistas, dándoles paseos en sus canoas con una vela, llamados *dhows*, embarcaciones de origen portugués con vela triangular fabricadas por ellos mismos con técnicas ancestrales, donde transportan el pescado que capturan cada día y que después ofrecían a los turistas para hacer recorridos por las islas.

Al día siguiente decidieron alquilar un dhows para visitar las islas. A Michael le hubiera gustado más una barca de remos para navegar junto a su amante sintiendo la brisa en la cara y navegar solos en altamar, pero la distancia era demasiada para ir remando; así que tuvieron que compartir el día de crucero con un patrón negro con una boca enorme, siempre sonriente, que lucía unos dientes grandes y descolocados, pero que les fue explicando las características de cada pez, las mareas y las excelencias gastronómicas del marisco que se pescaba en ese mar. Gracias a su sugerencia cenaron unos exquisitos camarones a la plancha, ¡gigantes!

Navegaron por aguas cristalinas y llegaron a una playa cuya fastuosidad les impresionó.

—Mira esa barca. El padre sale a pescar con seis de sus hijos.

—¿Estás seguro de que todos son sus hijos?

—No sé, pero seguramente. Suelen ser familias muy numerosas, de diez o quince hijos, y salen a pescar los que pueden, para contribuir a la economía familiar.

—Mira esos peces, los hay de todos los colores: rojos, azules, amarillos. ¡Mira esas tortugas! ¡Y un dugongo! Es un pez rarísimo que vive aquí, creo que solo existen en todo el archipiélago treinta o cuarenta individuos —dijo Michael.

—Dame la toalla, me la voy a echar por los hombros. Me estoy quemando —dijo Violet.

—Cariño, ¿has pensado que esos niños de la barca seguro que nunca han visto una escuela? — dijo Violet, con la mirada perdida.

—Sí, algunos sí que van. Hay una escuela de monjas a diez

kilómetros. Antes, cuando he salido a comprar algo para comer, una chica ha entrado en la choza con un niño a la espalda.

—¿La chica va al colegio con un niño a la espalda?, ¿diez kilómetros?

—Sí.

—Pero ¿cuántos años tendría?

—No sé, unos doce o trece. Apenas si le había crecido el pecho. El hermano era más pequeño.

—¡Qué raro! En cuanto tienen catorce o quince ya las casan y se pasan el día moliendo maíz, dando golpes con un largo palo en un cubo, despiojando a los hijos, o acarreando agua desde el río. Ni siquiera tienen agua corriente y mucho menos electricidad.

—Sí, las pobres mujeres *chewa*, igual que las de otras etnias, se cargan de hijos antes de cumplir los veinticinco años, y además me han dicho que les hacen la ablación.

—¿El qué? —preguntó Violet.

El cónsul se removió en su asiento, molesto. Pensaba que ella conocía el término. Ahora tendría que explicárselo.

—Pues... —empezó a decir pudoroso—, la ablación es una intervención quirúrgica rudimentaria en la que a las niñas les quitan el clítoris. Ya sabes, el órgano femenino del placer —añadió avergonzado—. Se lo hacen cuando son pequeñas sus propias madres porque, de lo contrario, de adultas no encontrarían marido. Con este crimen consiguen que a las niñas no les guste el acto sexual y, además, sientan dolor. Así los maridos creen que se garantizan su fidelidad.

Violet dejó de tomarse el zumo y depositó el vaso sobre la mesa torpemente. Se había quedado pálida y sintió náuseas.

—Pero, no solo eso. La operación se ejecuta con una cuchilla de afeitar o un cuchillo, sin apenas higiene; luego les cosen los labios mayores y al tener la vulva cerrada suelen padecer infecciones. Después, en el parto, se lo tienen que descoser...

—No sigas, por favor, voy a devolver. —Se levantó rápidamente de la tumbona de cáñamo, poniéndose la mano sobre la boca para contener las arcadas.

Tras esta conversación, Violet tuvo pesadillas toda la noche.

En la Isla Paraiso o de Santa Carolina descubrieron un hotel maravilloso. Constaba de edificios de dos plantas de aire colonial americano con cien habitaciones. Una construcción de formas redondeadas, con terrazas y barandillas mirando al mar. Era el lugar de recreo de los ricos y famosos de la época. Los soportales, columnas y jardines se veían cuidados con esmero. Cuando entraron observaron el lujo de su interior y la elegancia de sus huéspedes. Un piano de cola lacado en negro destacaba en el salón, y un pianista nativo junto a otro con saxo tocaban música de jazz. Camareros con guantes blancos servían las mesas de madera de roble tallado, rodeadas de sillones y sillas de cuero de vaca. Los suelos de mosaico en tonos marfil, con grecas dibujando complicadas filigranas geométricas. Dicen que lo construyó un portugués para su amada mozambiqueña y que incluso había por alguno de los jardines una escultura de ella recostada sobre una palmera. Era demasiado grande para esa pequeña isla llena de arrecifes de coral. Tantos turistas podrían devastar el equilibrio de esta perfecta colonia submarina.

Al salir del edificio y caminar hacia la playa, grandes losas de piedra cubrían el suelo antes de acceder a la playa de dunas de arena blanca.

—¡Me quemo los pies! —gritó Violet.

—Pues no te salgas del pasillo de piedra, la arena abrasa. Vamos a ponernos bajo aquella sombrilla.

—No, yo quiero sentarme bajo una que esté más cerca del agua, me gusta que me de la brisa del mar en la cara mientras tomo el sol.

—Pero ya tienes los hombros rojos. No deberías exponerte más. Te estás abrasando.

—Muy bien, me dejaré la ropa puesta, pero al menos me dará el aire en la cara. Me echaré en esa tumbona y meteré los pies dentro del agua. Me encanta cuando vienen las olas y me refrescan los pies. Paso demasiado calor durante el año, quiero refrescarme un poco —dijo levantando la cabeza y mirando al horizonte tristemente. Echaba de menos a alguien.

Estar juntos y solos en aquella playa llena de dunas y de aguas turquesas les unió más aún de lo que ya estaban, y unidos esperaron al ocaso en un día de ternura como no lo habían tenido nunca.

Después de pasar unos deliciosos días de completo descanso en las pequeñas islas de Bazaruto se encaminaron a Beira, una incipiente ciudad comercial que fue levantada un poco al norte de la antigua ciudad de Sofala, sobre terrenos antiguamente pantanosos, junto a una bahía donde se localiza uno de los principales puertos del país y de África. Su nombre se debía al príncipe Felipe da Beira, que al inicio del siglo xx desembarcó en visita oficial.

Allí Michael tenía que hacer unas gestiones y estuvieron ocupados deambulando por la ciudad *de la ceca a la meca* todo el día bajo el sol aplastante del trópico. Por la tarde pasearon por la playa cogiendo almejas, igual que hacían un grupo de mujeres nativas. Ellas llevaban las capulanas remangadas y una malla tejida con hojas de palmera al hombro. Según las cogían las metían dentro, les miraban y se reían de ellos. También observaban cómo otras mujeres, metidas en el mar hasta la cintura, pescaban con tan solo una pequeña red en las manos. Eran expertas en este oficio. Violet y Michael se divirtieron mucho, y cuando se cansaron les regalaron su «mercancía». Las amables mujeres indígenas, en agradecimiento, se las cocinaron allí mismo y se las sirvieron en platos de madera, junto a la orilla del mar.

Esta vez pudieron cenar, dormir y descansar bien, pues la ciudad poseía un confortable hotel, el *Savoy,* construido recientemente. Incluso pudieron echar un partido de bádminton para entretenerse.

Beira era una ciudad casi autóctona dentro de la Colonia Oriental Portuguesa. De hecho, el África Oriental Portuguesa, o Colonia Oriental Portuguesa, eran nombres puramente administrativos. Todo el mundo conocía a la colonia como Mozambique, pero tenía sus propios administradores por zonas. Había zonas como Beira que emitían su propia moneda. La Compañía de Mozambique se ocupó del desarrollo de esta ciudad desde el siglo XIX hasta 1942. Incluso la ciudad a la que llegaba el ferrocarril desde el puerto de Beira, llamada *Mandingos*, en 1916 cambió su nombre por el de *Vila Pery*, en homenaje a *João Pery de Lind*, el gobernador del territorio por la Compañía de Mozambique. Desde 1942 a 1975 el gobierno colonial continuó ocupándose de la ciudad.

Desde el puerto de Beira llegaban trenes con cuantiosas mercancías, y Violet comprobó que allí proliferaban multitud de tiendas de indios, con hermosas telas de seda y cachemir, que ellos colocaban cuidadosamente en las repisas para que quedaran perfectamente visibles. No pudo resistirse y compró varias; el precio era más económico que en Lourenço Marques y gozaban de elevada calidad.

La provincia de Manica está situada en una de las zonas más elevadas del África Oriental. En ella nacen muchos de los ríos que descienden por el este, en dirección al Índico. De sus montañas brotan aguas de gran pureza, como las de la sierra de Vumba, cuya capital era Vila Pery (hoy *Chimoio*), con sus tierras fértiles y húmedas y un clima algo más fresco. Cerca está el Parque Nacional de Gorongoza. Tiene muchas explotaciones de oro, y en esta zona muchos niños trabajaban en las minas de oro desde que eran muy pequeños, por un sueldo tan escaso como miserables condiciones.

Gorongoza, además del nombre del parque natural, es el nombre de la montaña que está en él. Mide mil ochocientos sesenta y dos metros de altura y se encuentra dentro de la gran falla del valle del Rift, que se extiende desde el mar Rojo hasta Mozambique. Acoge en su interior grandes extensiones de sabana por las que se mueven enormes manadas de mamíferos, como búfalos y ñus, cebras y jirafas o los elefantes, mientras que en el oeste predomina la selva y abundan los gorilas y los chimpancés.

Era un área de las más prósperas del país, tanto, que uno de los primeros régulos que pisó tierras de Tete en 1660 la comparó con la ciudad de Ophir, ciudad bíblica famosa por sus riquezas: «Tete tiene tantas minas de oro y plata que parece la ciudad de Tarsis, a la que Salomón enviaba sus barcos para recoger el oro, según las Sagradas Escrituras». Portugal tenía tantas riquezas en su casa que no tenía necesidad de irlas a buscar a ningún otro sitio.

El cónsul y Violet se detuvieron en varios poblados para comprar frutas y unos collares que producían los nativos con cuentas de cristal. Rellenaron de paso algunas garrafas con la estupendísima agua que descendía de la sierra de Vumba. También fotografiaron a niñas de la etnia *sena* y *ndau*, que transportaban niños en la espalda a la vez que llevaban en la cabeza un cántaro de agua o un fardo de paja. Los hombres apenas trabajaban, cazaban o pescaban ocasionalmente; antes, su propósito había sido defender a su pueblo, y alimentarlo mediante la caza, pero desde que sus funciones fueron relegadas al olvido, no supieron adaptarse a su nueva vida y cambiar sus costumbres, caducas, sin embargo, y menos aún conforme aumentaba su jerarquía. El peso del hogar, las huertas, el agua y los hijos estaban enteramente en manos de las pobres mujeres que, desgraciadamente, eran a veces maltratadas o violadas, sin que ninguna justicia las defendiera.

Había algunas pequeñas granjas (*machambas)*, regentadas por alguna familia de nativos, que trataban de adaptarse al capitalismo del hombre blanco, y que construían entonces cerca de las ciudades. Constaban de su típica palhota, donde se instalaban los mienbros de la familia, normalmente una sola mujer con sus hijos; a las otras féminas las habían dejado en la aldea de la que provenían. Criaban pollos, patos, conejos y recogían el fruto de naranjos y limoneros, así como plátanos, papayas y demás frutas tropicales. No precisaban apenas trabajar porque la benignidad del clima daba los frutos casi sin esfruerzo, y las mujeres se encargaban del resto. Su ocupación era buscar un buen hombre para casarlo con sus hijas y ahorrar lo suficiente para sufragar su boda, ya que en las ciudades las dotes eran más altas. Había que considerar que la única ocupación de los hombres era escoger esposas y divertirse. Cuantas más mujeres tuviera, menos trabajaría él y mejor le cuidarían, restándoles menos tiempo para arreglarse y asistir a cuantas celebraciones, *batuques*, le invitasen: bodas, ensallos de danzas de guerra, de iniciación, tocar tambores u otro instrumento musical, y beber alcohol, algo que había llegado a convertirse en bastante usual. La convivencia con los blancos era buena; ellos hacían su trabajo y los blancos el suyo. Si cada uno respetaba las creencias y costumbres del otro, ninguno tendría problemas. Pero a veces alguien se preocupaba demasiado de la poligamia o de dónde estaban las otras esposas de estos hombres.

En un puesto de fruta vieron un niño de pecho metido en una caja de cartón con la boca untada de melaza. Lloraba porque un montón de hormigas habían trepado a su carita y se le metían en la boca y la nariz. Aunque lloraba, la madre no le prestaba atención, y cuando lo vio, Violet se puso a limpiarlo con la falda de su vestido y a gritar a la madre, de apenas catorce años y mirada cansina, que se acercó indolente arrastrando los pies.

Violet insistía en adrentrarse hacia el oeste, en el continente, camino de Tete, importante centro de comercio suajili, atravesando los verdes y profundos valles del Zambeze y sus afluentes.

Michael habló con el encargado de gobierno de la ciudad, por si existía la posibilidad de que fueran en algún transporte militar, o en algún camión de suministros, pero el hombre le miró con cara de circunstancias y le dijo que eso no era posible, que no era lugar para mujeres, y que por favor ni lo intentara. Era un viaje muy largo, peligroso y con buenas palabras le dio a entender que era estúpido.

Tete era la tercera ciudad más comercial del país gracias a que tenía un río navegable y mucho comercio fluvial. Su nombre deriva del idioma local *Nyungwe «Mitete»*, que significa «caña». Estaba al borde del río Zambeze, (también llamado *Gran Río*, ya que es el tercero más largo de África después del Nilo y del Congo). Poseía comercios, pero carecía de las amplias avenidas, los jardines, las casas coloniales portuguesas..., le faltaba la elegancia de Lourenço Marques. Aunque antaño hubiera sido un gran centro de comercio suajili en la época colonial era una ciudad recóndita donde solo había un puesto administrativo para controlar a la población y poco más.

Después de discutir con Michael cedió en su obstinación por viajar a Tete y permanecieron en Manica varios días. Recorrieron la zona, lo que fue un viaje mucho más provechoso, y ambos se solazaron en la observación de la belleza natural de esta zona privilegiada, fotografiar el contraste de los verdes de las profundas riberas del Zambeze y sus afluentes e incluso ver de lejos algún hipopótamo o cocodrilos al sol; pero por nada del mundo se les ocurriría acercarse. Optaron por conversar con sus gentes sobre viejos temas que les deleitaban, antiguas historias que les gustaba narrar y trasmitir de generación en generación[49].

—¿Sabes una cosa? He visto a un chico sin brazos caminando por la calle. Un albino. Todo el mundo le rehuía y se cambiaba de acera. He oído que muchos africanos en la antigüedad creían que traían mala suerte, que eran gafes, que estaban hechizados, que eran la consecuencia de que sus padres habían hecho algo mal, una prohibición tribal no respetada, una violación, o tal vez que eran fruto del adulterio con un blanco o incluso que poseían el espíritu del diablo; pero siempre algo ligado con la adversidad, por eso son blanquecinos, porque eran un castigo del cielo; pero de ahí a cortarle los dos brazos...

Violet suspiró con tristeza.

—Ahora no *mon cherie* —dijo Violet tristemente—. Antes eran fruto de la superchería local que les creía trasmisores de la mala fortuna, incluso la muerte; por eso hasta su propia familia los rechazaba e intentaba alejarse de ellos, empezando por sus propias madres, que a veces llegaban a deshacerse de sus hijos cuando comprobaban que era albino. O bien, se les tenía en casa encerrados porque eran una vergüenza para la familia, y no recibían los cuidados necesarios relacionados con su condición genética[50]. Otros creen que son fantasmas, que no mueren nunca, que son como zombis, que después de muertos vagan entre sus vecinos como espíritus. Incluso algunos escupen a su paso, o se tapan la nariz para no respirar su aliento, «para no contagiarse» de algo que no saben qué es, porque dicen que no son humanos. Ahora es todo lo contrario para su desgracia.

Michael la miró perplejo y escuchó con atención.

—Ahora se les considera amuletos, signos de buena suerte; y esa misma incultura pone en peligro sus vidas porque se cree que están hechizados y su cuerpo y órganos atraen la buena fortuna, incluso la riqueza. Así, los secuestran para arrancarles los órganos, los brazos, piernas, cabellos, los ojos, sangre, atrocidad que da mejor resultado si la persona permanece viva mientras la consuman. Existe la creencia de que los órganos de las personas albinas añadidos a pócimas mágicas, llamadas *muti*, facilitan la extracción de minerales en las minas del norte, oro y piedras preciosas, cuando no otorgan, sin dilación, riqueza a quien las ingiere. Incluso los dedos son amuletos, los genitales afrodisiacos, o bien la sangre transfiere vitalidad..., y si entierras cualquier parte del albino en un negocio atraerá el dinero...

El cónsul la miró con ojos de plato. Casi se le salían de las órbitas.

Así pues, cada vez son más frecuentes los *Dagumoto*. Es la palabra utilizada en la jerga de los hechiceros para denominar las persecuciones y asesinatos por encargo de los albinos, y los sacrificios rituales, que a veces consisten en ser descuartizados y devorados vivos.

Al tratarse de una afección hereditaria, en Europa o América nace un albino, aproximadamente, cada 20.000 personas, pero en algunas etnias de África, atávicamente endogámicas, la cifra aumenta mucho, llegándose al nacimiento de un individuo albino cada 4.000 nacimientos. Sin embargo, su esperanza de vida no supera los 20 a 30 años. Y es que no mueren, sino que desaparecen.

En el interior, el enclave de las granjas era cada vez más disperso. Estaban rotos y muertos de hambre. Vieron un poblado y se acercaron con ostensible temor.

Un hombre chicunda se acercaba a ellos. Se fijaron en los asientos, eran cilíndricos, parecían serijos, aunque estaban tan desgastados y sucios que no podían verlo bien. Los vasos y platos eran de madera toscamente tallados, pero no les importó la aspereza, porque estaban extenuados por el hambre y la sed.

Preguntaron por el jefe del poblado, como era costumbre, ya que él siempre tenía que dispensar consentimiento a cualquier viajero o forastero que entrara en sus dominios.

El hombre, un vejete chupadito y desdentado, pero risueño, les ofreció sentarse en unos asientos con bastantes mugre y beber un delicioso vaso de agua de coco, lo más típico de la zona.

Dio unas órdenes claras a un niño de no más de siete años y éste salió corriendo. Ellos no lo sabían pero el crío, obediente, fue hasta el río que distaba unos quinientos metros y sacó del agua una malla con variedad de frutas, de la que escogió tres piezas y las llevó al poblado. Era aquella su forma de refrigerar los frutos. La madre hizo los zumos. Al mismo tiempo, otro niño cazaba mosquitos con una especie de raqueta circular, de malla bien tensa y tupida. Cuando se saturaba de insectos los retiraba para proseguir las descargas de «raquetazos» al aire y cazar más y más zancudos. Violet y Michael observaban el arduo esfuerzo del muchacho por cazar y cazar mosquitos, en un ejercicio infructuoso, sin finalidad alguna, pues los bichos no se terminaban nunca. El anciano, de calurosa cortesía, les ofreció, además, a título de recibimiento, una masa de harina de yuca tostada con una especie de hamburguesa encima, el manjar de la etnia, que saborearon con gratitud y deleite, pues estaban famélicos. Terminado el ágape, el anciano jefe les orientó hacia el lugar donde podrían pasar la noche, aunque Michael ya lo sabía, no había dejado de consultar su brújula y los desvencijados mapas en todo el camino.

Sin aparente finalidad, el muchachito les acompañó a la granja del hacendado, y al llegar le dio al muchacho un par de monedas como agradecimiento.

—Señor, señor, yo mañana lo acompaño y le enseño el poblado. Señor, le llevo una sombrilla a la señora, para que su linda piel no se queme. Señor, ¿a qué hora quiere que venga, a qué hora?

—No, no. Gracias, no te necesitamos. Anda, cómprate algo. Cómprale algo a tu madre.

—Señor, ¿a qué hora...?

Lo que ni Michael ni Violet supieron nunca era que el rico

manjar típico de la etnia era una deliciosa hamburguesa amasada con los bichos y mosquitos que los niños cazaban por la noche a la luz de la hoguera.

—¿A esa barraca de caña con tejado también de caña le llamas casa? ¿Y los bichos? —protestó María Leopoldina.

—No todos los colonos son ricos. Este sitio es recóndito, pero al menos podemos dormir bajo un techo. Además, hace mucho calor. Cálmate y descansa. Además, yo no tengo la culpa de que un día entrara un lagarto y otro una culebra. Cuando hemos dormido en hoteles hemos estado muy bien. ¿No querías aventura? Te aseguro que hoy no va a entrar nada. Estamos viajando por la selva. Los hoteles solo están junto a algunas playas, y aún así entran insectos. Ya sabes que por aquí apenas podemos circular con el coche, que las carreteras son insufribles, y, si quieres, lo que podemos hacer es ir en *barco de cabotagem*[51] de ciudad en ciudad. Por tierra no puede ser de otra forma. ¡Y menos mal que no nos ha atacado ningún león! ¿Viste aquella casa donde había cinco leones encima del tejado? Pasamos de largo y no nos hicieron ni caso... Habrían acabado de darse un banquete, ¡que si no!

—No era un bicho ni una culebra, era una *mamba negra* —siguió ella dando la matraca—, una serpiente asquerosa, tan venenosa que nadie la quería tocar, ni aun después de matarla tú a culatazos —continuó con gesto adusto—, pues aunque esté ya muerta sigue siendo venenosa al tocarla. Imagínate que llegas a cogerla.

—Por suerte con tus gritos llegaron varios trabajadores y nos dijeron que no la tocáramos.

Salió de la habitación harto, porque de vez en cuando le exasperaba y ponía al límite de su paciencia.

Lourenço Marques
María Leopoldina está embarazada

—Estoy esperando un hijo.

—¿Un hijo?

Antonio, su marido, la cogió entre sus brazos y le dio vueltas en el aire.

—¡Suéltame! —gritó ella—. ¡Me estoy mareando!

—Es que no puedo creérmelo, ¿tan pronto? Me has hecho el hombre más feliz del mundo, laurentinita mía, mi pequeña Leo. Esta noche vamos a bailar para celebrarlo.

Pese a que Antonio se había impuesto antes del enlace, y María Leopoldina consintió en irse a vivir a Portugal, aún continuaban en Mozambique.

Les gustaba ir a un baile popular con orquesta de nativos al aire libre a las afueras de la ciudad, donde los domingos por la tarde, aparte de los nativos, algunos blancos se atrevían a danzar entre ellos. La música, casi siempre desafinada, ya incorporaba ritmos modernos, pero de vez en cuando se escuchaban ritmos tribales, y las nativas, con sus trajes multicolores, que les llegaban hasta los pies, danzaban en fila moviendo las caderas al ritmo frenético de los tambores y el saxofón, y en el culmen de la explosión musical salían los nativos y danzaban en parejas, haciendo que la sangre, aunque fuera la licuada sangre europea, les hirviera e invitara a unirse a ellos. Al final, todos, blancos y negros, nativos y colonos, portugueses y laurentinos, se mezclaban en el ritmo único de *marrabentas*, *midogos de chopi* y de *timbilas*, que les hacían sudar, reír y explotar de felicidad.

—¡Para, para! ¡No puedes bailar así, estás embarazada!

—Mis caderas se han movido así desde que mi madre me puso por primera vez en el suelo. Al escuchar este ritmo africano meterse por las ventanas, llegar hasta la cocina y meterse en mis oídos, mi madre decía que intentaba incorporarme sola de la manta donde me tenía sentada para protegerme de los golpes si me caía. También decía que me ponía en pie agarrada al borde de la cuna y allí meneaba mis pañales al compás, con tanta gracia que mi niñera llamaba a las vecinas nativas para que vieran bailar a la pequeña blanquita. Y según daban palmas y cantaban yo más me movía. Mi madre, ensordecida por las risas, las palmas y los cantos las echaba de casa a todas como si fueran moscas.

—Tu madre es de armas tomar.

—Sí, mi madre es portuguesa, pero, como yo, tiene alma de negra.

Otras veces, la música amainaba su ritmo y se volvía dulzona, y acompañando las notas de una guitarra alguna nativa cantaba canciones de tradición familiar de Carlos Paredes, compositor genial, el mayor virtuoso de la guitarra lusa, en *guyaratí*, portugués con acento africano, con tal sensualidad que si cerrabas los ojos te transportaba a la ribera del Tajo o a las calles en penumbra de *Alfama*.

—¡No, no y no!

Antonio se negaba a que su primer hijo naciera en esa tierra aún semi-desconocida, donde, aparte de los vecinos de su calle y aledaños, sólo conocía a otros trabajadores portugueses de su empresa. Era un hombre culto, de gustos refinados, y desde que se casó y abandonó su vida de mujeriego, se dedicaba en cuerpo y alma a su mujer, a la lectura, a escuchar fados y a salir con su esposa a bailar los domingos. Le faltaba vida social.

Añoraba su Évora natal, con su plaza del Giraldo, *praça do Giraldo*, con su foro romano y la fuente donde bebían las palomas. Añoraba la muralla, de la que no le dejaba salir su madre, y cómo la adornaban con luces de colores cuando había fiestas patronales. También recordaba el Palacio de las cinco esquinas, *Palácio das cinco quinas*, con sus interesantes ventanas árabes, y en la misma plaza el Templo de Diana, donde de pequeño jugaba al escondite con sus amigos entre sus columnas. La ruda e imponente catedral, *Sé catedral*, que más parecía una fortaleza, aunque por dentro fuera de mármol rosa y azul. Su madre le obligaba a acudir los domingos a misa. Echaba de menos a esos niños pequeños mal vestidos, con pantalones rajadados en el trasero, para facilitarles evacuar sin mancharse. Alguno, celoso de un hermano menor al que su madre amamantaba, tiraba de sus faldas para que ella se sacara el pecho y le diera de mamar, ocultos detrás de alguna puerta. Éste era su Portugal, su patria, y la adoraba.

—Anda, come un poco más de *mastata*[52].

Por lo que María Leopoldina sabía, cuando su madre llegó a África le costó mucho adaptarse y estuvo mucho tiempo cosiendo vestidos sencillos para las sirvientas negras a cambio de platos cocinados. Así, de paso que facilitaba el pago por las ropas que confeccionaba y practicaba con la costura, se ahorraba el tiempo de ir a comprar los ingredientes y discutir con las indígenas de los puestos, a lo que no estaba acostumbrada. Adquirir maíz, hojas de mandioca, *feijao nhemba* o arroz, judías y cacahuetes le podía llevar toda una mañana. Además, en su estado, no le convenía cargar con el peso de las patatas o la calabaza, que eran la base de la gastronomía popular. Nadie la pagaba con camarones, pescado, cangrejos o gallina. Estos productos más caros solo estaban al alcance de los portugueses.

Cuando María Leopoldina llegó de Europa, su madre siempre estaba con la aguja en la mano, por eso la hija se encargaba de preparar la comida para las dos. Su madre no había vuelto a contraer nupcias, bueno, en realidad nunca se había casado, aunque ella siempre se presentaba como viuda. María Leopoldina gustaba de la cocina y aprendió muy pronto a conocer la gastronomía del país. Como ya dominaba la cocina portuguesa, se convirtió en una experta cocinera tanto de la cocina peninsular como la ultramarina.

—Querido, come más *mastata*. ¿O quieres que te dé un poco de *caldeirada de pez de Pemba* que tengo para la cena?

A él lo tenía conquistado, tanto por su dulzura como por sus guisos. Le encantaba tanto el guisado de gallina y la *matapa* a la moda de la Zambezia como las *casquinhas* de cangrejo de *Hinhambane*, las *baviolets* con carne; las hojas de *feijao* con coco, el *caril* de camarones, como cualquier plato a base de aguacates, anacardos y papayas, piñas, mangos y guayabas, aliñado con salsa *piri-piri* o con leche de coco.

—Tengo miedo por ti. En Portugal hay mejores hospitales y mi familia podría ayudarte.

—¿Y mi madre? Se moriría si no pudiera conocer a su nieto. Soy lo único que tiene.

—Yo también.

María Leopoldina sabía que era cierto, que por mucho que él echase de menos su patria, Portugal, o su familia, «su verdadera familia» era ella, solo ella..., y ahora el hijo que pronto nacería.

La medicina tradicional de Mozambique era un segmento importante de su cultura. Los curanderos tradicionales, conocidos como *curandeiros*, estaban altamente valorados y demandados. Las danzas rituales curativas también eran parte importante del África Oriental Portuguesa, África Occidental Portuguesa, Santo Tomé y Príncipe, Cabo Verde, Macao y Timor; todas las colonias portuguesas. Aunque los avances europeos habían llegado ya a todas las colonias y había iglesias, pequeñas escuelas y hospitales modernos, él no se fiaba que el trato que le fueran a dar a su esposa, al ser blanca, fuera el mismo que a un nativo del país. Quedaban todavía secuelas de la colonización, como que las enfermeras nativas ganaban menos que las blancas por ejercer el mismo trabajo.

Pero María Leopoldina se salió con la suya, como casi siempre. Pensó: «el hombre reina y la mujer gobierna». A su primera hija la llamó Feliciana, nació en el *Hospital Miguel Bombarda* en Lourenço Marques.

El viaje de Violet
Zambezia, Nampula y Cabo Delgado

Mientras se aproximaban a la región de Zambezia iban viendo cómo el paisaje cambiaba. Violet, como se acomodó en el asiento de la derecha, podía fotografiar continuamente la variedad cromática del paisaje, los inmensos palmerales de cocoteros, los algodonales, las plantaciones de sisal, azúcar, maíz y tabaco. Cuando se aproximaban lo suficiente, también las maravillosas playas. Los animales, antílopes, búfalos, rinocerontes y leones, siempre estaban lejos. Los veían, pero ni ellos se acercaban a los animales ni los animales a ellos.

Michael veía que el viaje llegaba a su fin, porque la carretera de arena aplastada a veces, otras de tierra con vegetación y semiengullida por la selva, desaparecía de vez en cuando y conducía a tientas sobre *el mato*, hasta que volvía a aparecer. En la ciudad le habían dicho que más o menos se conservaba un sendero por el que transitaban las personas, los animales y, de vez en cuando, algún vehículo militar; prueba de ello eran las marcas de rodadas en la tierra.

Zambezia estaba dispuesta a modo de anfiteatro vuelto hacía el Índico, con vegetación que iba cambiando a medida que aumentaba la altitud. Así, en las zonas llanas, junto a la costa, se encontraban los extensos palmerales y en las zonas más elevadas, en las montañas, las plantaciones de té.

En el este, junto a la costa, se levantaba la bonita ciudad de Quelimane, capital de la provincia e importante puerto.

A medida que se iban acercando a Quelimane, la ciudad parecía un hormiguero y gente a los dos lados de la calzada se cruzaba de un lado para otro. Había que tener un cuidado tremendo con los niños, que no miraban ni para cruzar la calle. Según se adentraban en la ciudad, la calle, que era a la vez la carretera, se iba ensanchando y dejaba ver los suburbios, solo comparables a los de Lourenço Marques o Nampula. Casas de adobe con tejados de paja y algunas casas de los más adinerados de ladrillo y tejado de zinc. Lo único bonito que había allí era la casa de alguna institución del gobierno colonial, como el ayuntamiento o la catedral de Nossa Senhora do Livramento, del siglo XVIII.

Ya habían visto antes este tipo de poblados desde la carretera. Eran grandes y parecían organizados. Unos con casas redondas y tejados de paja, otros con casas rectangulares, formando calles..., parecían ya más modernos. Pero todas sin agua, sin infraestructuras, en tierra, y con las mujeres con bultos en la cabeza. Los niños corriendo, jugando, y sin hombres, probablemente trabajadores de las minas.

—¿Sabes de dónde viene el nombre de esta ciudad?

—¿De Quelimane? —preguntó Violet.

—Sí.

—Pues, según leí hace años, viene de cuando Vasco de Gama llegó a estas latitudes y, viendo que algunas personas estaban cultivando las tierras, les preguntó que cómo se llamaba ese pueblo, pero como se lo preguntó en portugués y no lo entendieron le respondieron «*Kuliamani*», que significa «estamos cultivando».

—No es por eso —rió el cónsul—. Es porque esta zona es una región llena de mosquitos de la malaria, del dengue, y muchos de los hombres de las tripulaciones inglesas morían de estas enfermedades. Por eso le pusieron de nombre «*Killing Man*» («mata hombres»), que evolucionó a *Queli-Man*, y de ahí el nombre —dijo Michael.

—De eso nada. Tú y tus historias. Yo he vivido aquí y sé más que tú sobre la historia de los nativos. Y me han dicho que en el idioma de la etnia *Chuabo*, originaria de la zona, significaba «estamos cultivando»[53].

—¡Vale, vale!, no vamos a discutir por eso, doña *erre que*

erre. Mira, el río Zambeze. Qué belleza —dijo él, cambiando de tema. Sabía que ella terminaría ganando o enfadándose. Él tenía otro carácter más diplomático, sóolo discutía por temas importantes.

—Lo malo es que muere mucha gente —comentó Michael, asustando a Violet—. Me refiero a que se meten en el río a bañarse y les arrastra la corriente y se ahogan. Otros lo cruzan en barca y en algún remolino se hunde la embarcación. Y encima, como no hay puente, cuando quieren atravesar el río pierden el equilibrio por la corriente y se ahogan. Leí en el *O Século* de Portugal que mueren más portugueses ahogados en el Zambeze que de cualquier otra forma en Mozambique. Se ve que los portugueses no están acostumbrados a estos ríos tropicales. Como siempre han oído que se hace navegable desde Tete hasta el delta de la desembocadura, piensan que por eso no tiene cocodrilos y deja de ser peligroso... Por cierto, también mueren muchas mujeres nativas mientras lavan la ropa. Se distraen y son víctimas de los cocodrilos en un santiamén. Hace poco un cocodrilo le arrebató un brazo a una chiquilla mientras lavaba, menos mal que lo cortó y no pudo arrastrarla hacia el agua. Es un río muy peligroso.

Después de algunas horas de camino, en las que los dos ya estaban deseando bajar del coche, divisaron la playa y se acercaron a refrescarse y tomar un zumo. Era la *Praia de Zalada*. La más linda que habían visto nunca, sobre todo el camino hasta llegar a ella. Millares de cocoteros se apelotonaban en las laderas de la carretera de arena, la mayor parte de los 37 km. que la separaban de Quelimane. Esta densa vegetación terminaba en un blanco arenal inmaculado que resplandecía bajo el sol todo lo que alcanzaba la vista hasta deslumbrarte. Si la marea estaba baja, la distancia hasta la orilla era tan grande que casi parecía infinita.

De nuevo coincidieron con otros miembros de esa etnia o quizás de otra, ninguno supo distinguirlos. Había un grupo de personas sumergidas de medio cuerpo en la playa, cantando y tocando tambores. Algunos hombres vestían con ropas corrientes europeas; otros, túnicas multicolores. Las mujeres casi todas llevaban una túnica azul con una capa roja muy particular y un pañuelo blanco en la cabeza que les recogía el pelo. Parecía una ceremonia de purificación, porque había otro hombre, posiblemente un chamán que parecía dirigir el evento, con una ropa más especial: una amplia capa verde muy luminosa, un cordón amarillo al cuello, y para cubrirse la cabeza un pañuelo blanco idéntico al de las mujeres.

—¿Tú ves lo que están haciendo? —preguntó Michael.

—Parece una ceremonia para exorcizarse, bautizarse o purificarse, algo así; los está echando agua por la cabeza, como en un antiguo bautizo en el río. Pero qué voces dan, parece un aquelarre. Así ahuyenta los malos espíritus —respondió Violet dubitativa.

—¿Los malos espíritus? —rió el cónsul—. Así lo que asusta son los peces.

—No seas cruel, es su religión.

—No dista mucho de la nuestra, no creas —garantizó el cónsul.

Violet hizo un gesto afirmativo con la cabeza y los dos subieron de nuevo al coche. Las carreteras eran horribles, llenas de baches, más que baches, grandes socavones en la tierra roja. Se cruzaron con un autobús viejo, los asientos de *escay*, atiborrado de personas, todas nativas, que viajaban con sus animales: gallinas, pollos, monos, conejos... Había hasta un cerdo pequeño que corría por el pasillo. Tuvieron que meterse entre los arbustos y casi embarrancaron para dejarle paso.

Cada vez los caminos eran peores. Los monzones a veces causaban riadas que arrastraban piedras y árboles destrozando las calzadas. Las carreteras tenían escalones de medio metro y el coche iba de medio lado, casi a punto de volcarse. Ambos estaban aterrados, y aunque Michael fingía tranquilidad estaba deseando darse la vuelta y no avanzar más. Bebió un trago de Sura, una bebida típica de Zambezia, elaborada por los nativos a base de savia de palmera fermentada. A simple vista parecía vino, pero era más dulce, agradable y con mayor graduación alcohólica. Necesitaba templarse un poco para continuar.

Tenían que ir a presentarse al menos a los dueños de la casa donde iban a pasar la noche. Michael ya lo había acordado todo antes de salir de Lourenço Marques, pero claro, sin definir fechas concretas.

Cada mañana antes de salir o la noche anterior, se ponía en comunicación por medio de la radio con el dueño o persona de referencia del siguiente punto de destino, tanto para advertirle de su llegada como para viajar tranquilo sabiendo que alguien le esperaba. También ellos le advertían de los peligros y entre los dos concretaban la mejor ruta. Algunas veces pasaban varios días en un mismo emplazamiento si encontraban un buen hotel o cuando Violet congeniaba con la dueña de la hacienda, algo que no sucedía con asiduidad. Violet a veces asistía a estas conversaciones por radio y valoraba mucho la pericia e intendencia que aquel hombre tenía para la organización de este inverosímil viaje. Cuando él notaba los ojos de ella clavados en su nuca volvía la cabeza y la contemplaba mirándole embobada, nada común en ella. Sus ojos reflejaban el amor que empezaba a despertarse en el tierno corazón de Violet.

En las ricas extensiones de *Vila Junqueiro* (ahora *Gurué*), población de difícil acceso que se encontraba al pie de la colina, estaban las enormes plantaciones de té, hermosos campos verdes, los más grandes de la Colonia Oriental Portuguesa.

La vista era fabulosa. Además, el clima fresco y el verdor recordaba los paisajes de algunos países al norte de Europa. La gran montaña *Namuli,* de 2419 metros de altitud, era la segunda más alta de la colonia. Mirarla juntos de la mano, abrazados por la humedad y frescura del tiempo, les hizo sentir la grandeza de la naturaleza. De repente, empezó a tronar y las descargas eléctricas allí, en medio de la nada, con esa virulencia y ese terrible ruido y resonancia sin ninguna protección, asustaron enormemente a Violet, que se sintió muy reconfortada en los brazos de su amado.

Pararon un breve espacio de tiempo en esta ciudad para visitar una de sus fábricas y ver cómo se procesaba y fabricaba el té.

Les sorprendió que aún siendo una ciudad muy pequeña se erigían en ella multitud de viviendas coloniales y estaba muy bien cuidada.

—¡No corras tanto! —le gritó Violet agarrándose al brazo izquierdo de Michael.

—¡Suelta!, ¡suelta! Nos vamos a matar, agárrate a la puerta.

—Es que vas muy rápido

—¿Rápido? ¡Si voy a sesenta por hora!

Habían cambiado de vehículo. Su Ford había sufrido muchos desajustes circulando por ese terreno y lo habían dejado en un taller mecánico, mientras el rico hacendado de la plantación de té les había provisto de un todoterreno jeep más apropiado para aquellas travesías. Les aconsejó que fueran al primer puerto y allí embarcaran en un navío de cabotagem que pararía en cada uno de los puertos por los que fueran pasando, y que ellos decidieran en cuáles apearse.

Les aconsejaron asimismo visitar el Faro de Olinda, al lado contrario de la playa de Zalala, en la entrada del río dos Bons Sinais (Buenas Señales). Este río en lengua chuabo se llama río Cuácua, pero el navegante portugués Vasco da Gama, cuando llegó a su desembocadura en 1498, lo llamó río dos Bons Sinais por creer que estaba camino de su ruta para la India.

Cuando atravesaron el Zambeze, al norte, se adentraron en la zona de los macuas. Ya se habían cruzado por el camino con mujeres con las caras pintadas de blanco. Algunas iban tapadas por completo con capulanas, (en macua *insunque*), dejando solo a la vista el rostro pintado. Otras llevaban un adorno en el labio superior o la nariz, casi siempre un aro. Eran la población más numerosa del país. Uno de cada tres mozambiqueños era *macua*. Se les consideraba muy inteligentes y amables.

—¿Por qué se pintarán la cara? —comentó en cónsul.

—Esa pasta blanca se conoce como *musiro* (*musiru ou m´siro)* y se obtiene del aplastamiento de la raíz y el tallo de esta planta. El *musiro* es un árbol muy común en la zona de las islas del norte de Mozambique. Una de las tradiciones de las mujeres *macuas* es colocarse esta pasta en el rostro. Por un lado, se utiliza como una máscara protectora de la piel que, al mismo tiempo, la cuida y la nutre. Por el otro, se dice que era un símbolo femenino para dar a conocer a la comunidad el estado amoroso de cada una. Antiguamente, en algunas comunidades, lo utilizaban las mujeres solteras comprometidas para avisar a los hombres que iban a contraer matrimonio. En otras comunidades lo usaban las mujeres solteras en edad de desposarse (muy jóvenes para nuestros ojos de ciudadanos urbanos occidentales) para así poder encontrar un pretendiente. Pero en otras, por el contrario, lo usaban las mujeres casadas cuando sus maridos estaban fuera de la comunidad por algún tiempo para ser respetadas.

En la actualidad es poco común que se le de alguno de estos últimos tres usos. Las mujeres lo utilizan, en general, por costumbre y para proteger su piel.

—¡Pues menos mal! —dijo el cónsul— que no había parado de reírse mientras ella lo iba contando. Porque si siguieran igual se iban a matar entre todos.

—Claro, antes cada etnia vivía muy separada una de otra, y cada una sabía la costumbre de las otras. Pero ahora que todas van a todos sitios nadie sabría para qué la lleva cada una.

—Menos mal que ahora solo es una mascarilla de belleza —rió hasta saltársele las lágrimas.

Además de estas costumbres estéticas, los *macuas* tenían, y aún conservan, algunas de sus costumbres ancestrales. Es común como iniciación sexual la desfloración artificial, la entrega de la esposa a un visitante por hospitalidad o el intercambio de parejas consentidamente, pero siempre bajo reglas muy definidas. El adulterio no está permitido y es considerado una maldición y una ofensa.

Ahora les quedaba la parte del viaje más dura, porque ya no había carreteras, ni siquiera para un vehículo militar. Habían dejado parte de su equipaje en la hacienda donde les habían prestado el jeep, ya que al devolverlo recogerían sus enseres. Antes habían estado bordeando la costa del país siempre hacia el norte.

De Lourenço Marques habían ido a Vilanculos y a la isla que hay siempre frente a cada una de las ciudades importantes.

La costa de la Colonia Oriental Portuguesa, según te aproximabas al norte, se hacía más tropical y frondosa, las carreteras en seguida desaparecían por las lluvias y el exuberante crecimiento de las plantas, y cada vez había menos habitantes blancos y granjas, y, por supuesto, ningún hotel.

Angoche era un antiguo puerto comercial musulmán, fundado alrededor del siglo XV. Por su importancia en el comercio de oro y marfil se convirtió en sultanato. A finales del siglo XVI fue reemplazado por Quelimane como puerto regional. Sin embargo, conservaba estrechas relaciones con la Isla de Mozambique. En el siglo XIX se convirtió en el centro de la trata de esclavos que duró hasta 1860.

En torno a la segunda década del siglo XIX, la mayor parte del tráfico de esclavos había sido formalmente proscrito por las potencias europeas, sin embargo, España y Portugal seguían traficando con personas de raza negra. Estaban ampliamente interesados y participaban en este ruin negocio porque necesitaban mano de obra gratuita para sus otras colonias en América y sus plantaciones de algodón, café, té o cacao, de modo que continuaron con este criminal comercio, que no decayó hasta la segunda mitad del XIX.

Los portugueses se encargaron de persuadir a los jefes locales y a los mercaderes africanos para participar en él, ya que el comercio de esclavos era más lucrativo que cualquier otro.

Todos estuvieron de acuerdo: la aristocracia, los jefes de las etnias (régulos) y los comerciantes africanos. Cada uno a su manera quería aumentar su riqueza, queriendo también defender su independencia, su autoridad y poder. A los jefes de las etnias no les importaba que esclavizasen a otras etnias, mientras les proporcionaran armas de fuego y mercancías de Europa. Así aumentó la fabricación de armas de fuego, lo que se transformó en un gran negocio de exportación. Con ellas se organizaban extensas cazas de hombres, ataques a otros pueblos, etnias y aldeas, con el fin de someterlos y venderlos como esclavos. Y la mayoría de estos esclavos provenían de los distritos del norte: *Tete, Isla de Moçambique* y *Porto Amelia.*

Pero lo que parecía casi imposible es que a mediados del siglo XX, este estado de esclavitud todavía estuviera funcionando encubiertamente a los ojos de todos, hasta el punto de que el gobierno portugués no dejaba claro a los colonos que la esclavitud no era un derecho de los colonos, y que debía ser suprimida definitivamente. Utilizaba un lenguaje ambiguo en sus disposiciones, como si la existencia de la esclavitud fuera una forma de servidumbre en las colonias portuguesas y de las costumbres indígenas, un hecho cultural, algo que demostraba la anterior gallardía de la colonización portuguesa.

La Isla de Mozambique, que los habitantes de la zona llamaban sencillamente *Ilha* (isla), fue la capital de la colonia hasta 1898, en que cedió su título a Lourenço Marques y cayó en el olvido. A esta pequeña isla de apenas tres kilómetros de anchura llegó Vasco de Gama buscando especias, y lo que encontró fueron sacos cargados de oro, joyas y los codiciados condimentos. Desembarcó y la convirtió en su punto de escala a la India en busca de mercancías. Hizo de ella la capital de esta colonia y construyó el gran bastión de San Sebastián, *Fortaleza de S. Sebastião,* con las piedras que constituían el lastre de los buques; algunas de ellas se ven aún en una playa próxima. La fortaleza erigida sobre las abruptas paredes rocosas en las que rompen las salvajes olas posee gruesos muros de más de veinte metros de altura; es la mayor del África Austral. Fue atacada por numerosos enemigos pero jamás conquistada.

La isla se había convertido en un importante enclave comercial gracias a su puerto. Se intercambiaban abalorios y telas de la India por esclavos, oro, marfil y palo santo de África. De esta isla partían todos los viajes comerciales hacia las ciudades costeras del sur y los árabes no querían perder los derechos comerciales adquiridos a lo largo de los siglos. Pero no solo estuvieron interesados en el control por las rutas comerciales los portugueses; los franceses fueron intermediarios del negocio de la esclavitud en las islas del Índico, los ingleses comenzaban a controlar las rutas de navegación en esta zona y los holandeses intentaron la ocupación de la isla en 1607-1608 y, al no conseguirlo, la incendiaron.

Violet y su amante observaban cómo algunos pescadores reparaban sus redes y preparaban sus aparejos y jarcias. Se echaban después a la mar izando las velas triangulares. Primero bordeaban la costa rocosa y luego enfilaban hacia el estrecho canal que separaba la isla de la orilla continental. Ella observaba con atención cómo se alejaban de la orilla en busca de algún caladero donde echar las redes.

—Vámonos —le pide de repente a Michael—. Aún tenemos que ver las murallas y ya está atardeciendo.

Pasearon por los depósitos de agua, los únicos manantiales de agua potable que había en la isla, por los portalones, las garitas de vigilancia y los bastiones. Todavía permanecían allí decenas de cañones que, apuntando al horizonte, daban cuenta de la potencia conquistadora y defensiva de Portugal. Cerca, la ermita de estilo manuelino, *Nossa Senhora do Baluarte*, el edificio más antiguo levantado por los europeos en el hemisferio sur.

Entraron en la ciudad y se admiraron de las bellas construcciones coloniales, sus jardines y sus paseos, iglesias, grandes almacenes y parques; las hermosas casas blancas con soportales, por donde bulliciosamente circulaban vehículos a motor y coches de caballos.

También las mujeres, con sus capulanas a la cabeza y como falda, que portaban en la cabeza recipientes con agua recogida de los manantiales y caminaban kilómetros hasta sus casas de paja y hojas de cocotero, en el barrio de *Macuti*.

—¡Merde! —maldice, y le pregunta a Violet por qué en África conducen por la izquierda.

Ella sonreía sin malicia, como siempre que en su ignorancia conocía algo que los otros no.

En Portugal y en la colonia mozambiqueña, conducen por la izquierda, mientras que Michael tiene problemas de vez en cuando cuando se cruza con otro carro o vehículo, porque tiende a situarse a la derecha de la calzada. En Francia como en casi toda Europa se conduce por la derecha.

—*Mon cherie* —le argumenta—, siempre se conducía por la izquierda como imitación de las reglas náuticas. Fueron los franceses los que sobre 1794 inventaron el patrón de conducción por la derecha de las carreteras y caminos, Dios sabe por qué. —Michael clavó los ojos en ella sorprendido.

—Como a continuación fueron invadiendo casi toda Europa, llevaron con ellos esa norma. Después de las guerras napoleónicas, la regla de conducir por la izquierda permaneció en los países que más odiaban a los franceses, o sea, el Reino Unido, el Imperio Austro-Húngaro y...

—Portugal —añadió Michael levantando los brazos y mirando al cielo.

—También hay que añadir que en esa época Inglaterra prácticamente invadió Portugal, y claro, la costumbre permaneció.

Después de la I República, cuando fue instaurada la dictadura de Salazar, todo cambió. Tampoco se sabe por qué a mediados de 1928 se estableció la circulación de los vehículos en las carreteras por la derecha. Hasta entonces en todas las colonias de Portugal y en la misma metrópoli se conducía por la izquierda por influencia británica[54].Sería para unificar la circulación con su limítrofe España y el resto de Europa continental.

Arquitectónicamente, la Isla de Mozambique estaba dividida en dos partes: al norte la «ciudad de piedra» y al sur la «ciudad de macuti».

En la ciudad de piedra, al caer el sol, las mujeres elegantemente vestidas se pasean o se balancean en mecedoras en los soportales; los hombres vestidos de lino blanco para evitar el calor inician «la ronda».

Macuti queda algo alejada de la ciudad centenaria de piedra. Era la zona habitada por la población indígena. Casas de paja y techos de cocotero, en un laberinto de callejuelas. Las mujeres con sus coloridos trajes tradicionales cuidaban de sus hijos, molían granos o cocinaban; los niños gritaban y les pedían dinero medio en *makhuwa*, la lengua bantú primaria de la isla, medio en portugués; los hombres que ya habían vuelto de su tarea diaria remendaban las redes. Los que iban terminando se cambiaban de ropa para jugar al *m´pale*, donde dos hombres entablaban una contienda en la que se disputaban cuántas piedrecitas metía cada uno en una tabla repleta de pequeños agujeros alineados mientras los demás observaban; era el juego tradicional de la isla.

El Canal de Mozambique era una de las rutas que atravesaban las ballenas desde hace millones de años, en su migración anual (entre diciembre y marzo) hacia la Antártida. Cuando llegaba el frío (junio a septiembre) viajaban hacia el norte. Podían llegar a latitudes por encima de Inhambane e incluso a las islas Comoros. Se cree que la época del año en que las ballenas abundan más en la zona de Inhambane es la primera semana de agosto.

Violet y Michael estaban casi en la zona más septentrional del país, en la provincia de Nampula. Allí hacía muchísimo calor y la humedad era agobiante.

— ¿Vamos a comer algo?

—Sí, claro cariño, yo también estoy extenuada. Arranca el coche, junto a la playa he visto que asaban pescado a la brasa. —Él arrugó la nariz, ¡otra vez el olor de pescado a la brasa! Le encantaba pero luego la ropa le olía fatal. Él era un hombre pulcro en demasía.

—*Cherie*, ¿sabías que al norte de esta zona, en *Cabo Delgado*, la etnia dominante son los *makondes*? —dijo Violet inesperadamente—, aunque también hay *Chicundas*. Entre los *makondes* gobiernan las mujeres, me lo contó una prima de mi criada. Sus señores se trasladaron al norte, y cerca había una etnia matriarcal donde las mujeres tenían varios maridos y eran ellas las que ocupaban el papel dominante. La filiación era por línea materna, la mujer era la propietaria del terreno de cultivo y la que lo cultivaba; los niños y las herencias pertenecían a las mujeres y los maridos se trasladaban al pueblo de sus esposas. De ahí su gran importancia y poder. Tenían una reina *makonda* y su hermano era el jefe. Éste participaba del poder imperial y gozaba de altas prerrogativas y autoridad. Muchas reinas *makondas* imponían su voluntad a su hermano, por lo que para librarse de su tutela les concedían el gobierno de una región lejana.

»En lugares aislados les gustaba afilarse los dientes y tatuarse, ya sea como forma de identificación o estética —continuó Violet—. Algunas se hacían un agujero en el labio superior donde se ponían un adorno, al que llamaban *pepele*. Se solían dedicar a la talla del marfil y la madera. También me dijo que algunas se estiraban el labio inferior poniéndose una especie de platito cada vez mayor, hasta que el plato llegaba a medir diez centímetros de diámetro o más, ¡fíjate qué atrocidad! Y cuando se lo quitaban se les quedaba el labio colgando, fofo —y se estiró el labio haciendo el gesto...—. Yo no me lo creo. Él la miró también con cara de asco e incredulidad. Seguro que su sirvienta le había tomado el pelo.

»En la ceremonia de iniciación masculina *licumbi* en Makonde, los chicos eran circuncidados y después permanecían aislados durante tres meses. Hacían un ritual de danzas con máscaras para este baile que ellos mismos tallaban. Las llamaban *mapico*. Las máscaras tenían caras grotescas y ojos extraños, con una abertura en la boca que ellos hacían coincidir con sus ojos para poder mirar. Esta danza para ellos gozaba de un importante significado social y religioso. No se debía saber quién era el hombre que bailaba detrás de cada máscara. Danzaban al son de los tambores creando un ambiente teatral y festivo que entretenía a todos. Al final fingían una huída donde otros aldeanos les perseguían, mas ellos lograban escapar. Era la culminación de la iniciación, el éxtasis.

»En las ceremonias de iniciación femenina según el *ritual chiputo* (ciudad del interior, también Makonde) —seguía explicando Violet mientras Michael escuchaba atentamente—, cuando las niñas se hacían mujeres se tatuaban el vientre y se hacían marcas en la cara. También participaban en la ceremonia de danza, pero ellas no bailaban. Se podían poner o no máscaras en la cabeza, pero siempre de rasgos más suaves, o a veces solo se las pintaban con pinturas como los macuas.

»Se aceptaba el matrimonio entre primos hermanos; estaban prohibidas las relaciones sexuales antes del matrimonio y había que pagar una dote, *lobolo,* al tío de la novia (el hermano de su madre). Intercambian o se prestan las mujeres entres sí, pero aunque parezca que estén muy habituados a ello, existían crímenes pasionales.

»Esta etnia, al estar muy oculta en zonas bastante inaccesibles y llenas de vegetación, además de muy distanciada de la capital, ha estado menos expuesta a las influencias exteriores, y gracias a ello ha resistido con éxito la depredación de africanos, árabes y europeos esclavistas.

»Cuando se casan dan mucho valor a la fidelidad, y si un hombre es infiel es expulsado de la etnia, porque ya ninguna otra mujer quiere ser su esposa. En esta etnia las mujeres son libres. Los hombres son los que se integran en los espacios familiares de las esposas. El hombre que manda en cada uno de estos espacios es el tío materno de la mujer, y el marido debe someterse a las reglas que éste marca. Si se revuelve o trata de imponer las suyas es expulsado y el matrimonio se disuelve, quedándose cada cónyuge con lo que llevó cuando formaron juntos el hogar —seguía Violet con su locución.

»Esto es muy dañino para el hombre *makonde*, ya que por faltar a las normas pierde su patrimonio, su riqueza y la mujer libre con la que se casó. También pierde el hogar que obtuvo a cambio, pero, sobre todo, el estatuto dignificante de hombre adulto y casado.

»Y no cayeron bajo el poder colonial hasta hace unos años, sobre 1920; son muy rebeldes y valientes —añadió—. Su religión tradicional es una forma animista de culto a los antepasados, aunque ya algunos hablan portugués y se están convirtiendo al catolicismo. Yo he visto fotos de mujeres makondes tatuadas con rifles en las manos».

—Yo lo único que sabía de ellos es que eran muy hábiles haciendo tallas de madera —expuso el cónsul—. Pero tener fama de violentos e irascibles les ha debido valer mucho en su aislamiento.

—Sí, son famosos en Mozambique entero y en otros países por sus hermosas tallas en madera de ébano de figuritas y máscaras. Antes de la entrada de los portugueses tallaban las figuras en *pau preto* (ébano) de sus antepasados, que los jefes de la etnia guardaban en su cabaña; esculpían sobre todo dos tipos e obras: «*Shetani*» o demonios y las «*Ujamaa*» o matrimonios, que estaban formados por personas, animales, herramientas e incluso animales y ganado. Cuando los portugueses entraron en el lugar introdujeron una nueva talla: cabezas de «*mapico*» en madera más clara y blanda, a menudo ciba salvaje, más grandes y que coloreaban, adornaban con plumas y que incluso podían parecerse a alguien de la etnia o de los colonizadores (a modo de burla). Algo muy curioso es la figura preponderante de la mujer hasta en la escultura, cuando se la esculpe sola o embarazada. Y cuando se la esculpe acompañada de algún hombre siempre aparece de mayor tamaño —finalizó Violet con admiración.

Llevaban en la reserva ya más de una hora. Esa tierra además de caliente y hostil estaba deshabitada. No encontraban gasolineras, y cuando aparecía algún poblado no conseguían hacerse entender.

Un guerrero *macua* les cortó el paso y ambos se asustaron. Blandiendo un arco con flechas a la espalda y ataviado con apenas un taparrabos y algunos adornos en el cuello se aproximó al todoterreno y, sorprendentemente, les habló en un portugués apenas comprensible.

—No ser buena tierra para mujer. Muchos animales salvajes.

Michael suspiró aliviado. El hombre saludó a los extranjeros y continuó su camino. Sí, ambos sabían que esa zona era peligrosa, por eso llevaban unos rifles cargados, aunque eran conscientes de que en el caso de acercarse alguna fiera no sabrían utilizarlos con la suficiente rapidez y certeza. Más tarde vieron un toldo que se movía y la posibilidad de no quedarse sin gasolina les alivió un poco del susto.

—¡Mira, Michael, una gasolinera!

—Menos mal. Sacaré las garrafas. Vaya papeleta tener que llevar las maletas aplastadas porque hay que ir con las garrafas de gasolina... Y hay que llenarlas todas, a saber cuándo encontramos otra.

—¡Michael, mis sombrereras! Mira, las has chafado —protestó Violet airada—. Déjame ver mis sombreros.

—No vas a ver tus sombreros ahora. Si se han estropeado yo te haré traer otros de París, no seas caprichosa. ¿O quieres que nos quedemos tirados en la carretera sin gasolina? Esto no es la ciudad.

Violet se metió en el coche enojada, cerrando la puerta con genio. El viaje y el cansancio estaban destapando el carácter verdadero de cada uno.

Pero la gasolinera estaba abandonada. El toldo, hecho jirones, se mecía al compás del suave viento, y no se veía nada más en la lejanía. Violet empezó a temer por su seguridad y se olvidó de sus cajas de sombreros.

Unos cuantos kilómetros más adelante, escondido tras una colina de arena, un muchacho *macua* de piernas largas y andrajosa vestimenta estaba al pie de un surtidor donde, escrito en mal portugués, decía «Última gasolinera». Llevaba un pantalón cortado a tijeretazos a la altura de las rodillas y deshilachado, para no sufrir las temperaturas bochornosas de la zona. Bebía de una botella un agua amarillenta que solo con mirarla daba grima. Los dispensadores de gasolina solían ser nativos que apenas cobraban un salario miserable, si es que lo cobraban. Formaban parte de la servidumbre de alguna gran mansión, no poseían formación alguna y los colocaban en estos apartados puestos de trabajo que los blancos no querían. Los surtidores solían estar en las ciudades, pero quizás allí hubiera habido hacía poco alguna construcción, o les venía bien tener de paso este surtidor como refuerzo.

—¿Está limpia la gasolina? —preguntó el cónsul al muchacho.

—Como la mar cristalina —rió el muchacho hablando portugués; algo raro, porque eran muy pocos los macuas que lo hablaban, señal que trabajaba para algún hacendado de la zona.

—Véndeme buena gasolina, ¿eh? Que como se me atasque el motor con tierra o algún palo...

—Muy limpia, señor, está muy limpia —le dijo, mientras se guardaba rápidamente el dinero.

Después de la cena Violet comenzó a sentirse enferma. La fiebre le subió rápidamente y le dolía la cabeza tanto que parecía que iba a estallarle. Tenía temblores, dolores musculares y articulares. Se quitó la chaqueta de fino *tweed*, uno de los tejidos más característicos de finales del siglo XIX. La lana no era el tejido más adecuado para ese clima, pero esa noche con la tormenta había refrescado. Era uno de los atuendos que llevaba Ingrid Bergman en *Casablanca* y Violet se lo había encargado expresamente al cónsul, que encantado se lo trajo de París. Se quedó tan solo con la blusa de algodón con un fino volante rodeando los ojales que completaba el conjunto.

El cónsul pensó que era consecuencia de una insolación, ya que había tomado el sol en todas las playas que habían visitado. Pero por la mañana la fiebre continuaba y decidieron retroceder. Cancelaron el viaje a Nacala y volvieron a alguna ciudad más importante donde pudieran atenderla mejor.

El viaje había sido largo y varias granjas donde se habían alojado no estaban muy bien acondicionadas. En algunas no había mosquiteras en las camas, algo imprescindible para evitar las picaduras de mosquitos.

Violet cada día se sentía peor. Adelgazó varios kilos y su piel se puso gris y macilenta. El cónsul empezó a preocuparse cuando un día, al acostarse, vio unas manchitas rojo-violáceas que le habían salido en las piernas y el pecho. Además, se mareaba y vomitaba continuamente, parecía dengue, pero podría ser también malaria.

No había médicos, por lo que el cónsul no sabía diferenciar bien entre ambas enfermedades. Solo sabía que el dengue era más benigno y no duraba más de una semana, pero ante la duda decidió volver.

Michael fue muy contundente: había que llevarla a la capital sin perder tiempo. En coche el viaje sería larguísimo y dificultoso y su vida podía peligrar. Tenían que ir en barco. Había que llegar cuanto antes al puerto de Moçambique y allí esperar el primer *barco de cabotagem* (barcos que van de ciudad en ciudad por la costa) que les llevara de nuevo a Lourenço Marques.

Contrató un camión con lona para evitar el sol y el calor, y lo hizo acomodar como si fuera un dormitorio. También hizo meter un hermoso colchón de paja y pagó a dos mujeres nativas, que le costó mucho encontrar y convencer, para que se ocuparan de ella durante el camino. Ellas no entendían por qué se la llevaba y qué pintaban ellas en un camión; insistían en llevarla a que la curara su chamán. Supieron atenderla bien, hidratarla con zumos, y nutrirla con caldos de aves que ellas mismas cazaban por el camino. Los demás se alimentaban de frutas y latas de conservas que Michael llevaba como vituallas de urgencia.

Si era malaria necesitarían quinina[55]. Se trasladarían rápidamente al puerto más cercano, y de allí zarparían directamente a Lourenço Marques.

El dengue se producía por la picadura de la hembra del mosquito *Aedes aegypti*, que suele habitar en zonas donde prevalecen altas temperaturas y humedad. No tenía ningún tratamiento, como cualquier otra enfermedad vírica, tan solo la rehidratación y el reposo. Si era dengue se curaría en una semana aunque sentiría unos terribles dolores de huesos y articulaciones, junto con hemorragias nasales. En algunos países llamaban a esta enfermedad «*la fiebre rompe huesos*».

Sin embargo, la malaria la producía la hembra del *mosquito anofeles* y la fiebre no era continua sino intermitente, cada dos o tres días; aunque al principio puede aparecer todos los días y ser muy alta, hasta 39 o 40 °C. Cuando se rompen los glóbulos rojos se producen escalofríos muy desagradables que generan un gran malestar general, tos y diarrea, dolor de cabeza, muscular, articular y vómitos. Es muy debilitante. Además, es mucho más peligrosa que el dengue.

En África era usual aplicar cataplasmas o infusiones de corteza de sauce para bajar las inflamaciones o quitar el dolor. Las nativas le daban infusiones de raíces y de plantas que ellas habían traído o que recogían por el camino cuando paraban, y aunque éstas no la curaban al menos eran inocuas para la enferma y le proporcionaban bienestar. En cuanto llegaron a la primera población con médico éste les tranquilizó. Les dijo que si tenía petequias, como llamó a las pequeñas manchitas moradas en la piel, y ya no tenía vómitos ni diarrea, el diagnóstico era dengue, con lo que no se preocupasen tanto, porque su mejora estaba próxima.

—¿No tendrá que tomar quinina? —preguntó el cónsul.

—No será necesario. Solo muchos líquidos, buena alimentación y mucho reposo. Y nada de aspirinas, que aumentarían las hemorragias.

Se quedaron más tranquilos, pero estaban muy cansados e impacientes por llegar a casa.

Él iba en la parte delantera del camión con un militar que le facilitó el delegado de zona. No tardaron demasiado, pero los barcos no partían a diario y hacían demasiadas escalas. Incluso tuvieron que cambiar dos veces de barco. Todo fue muy ajetreado y dificultoso.

Por fin llegaron a Lourenço Marques. Violet había mejorado bastante y Michael estaba agotado. Llegó con la barba larga y desaseado. Su traje blanco de lino había dejado de estar impoluto para convertirse en un andrajo arrugado, maloliente y lleno de manchas. No llevaba sombrero, estaba demacrado y la preocupación y el cansancio habían hecho mella en él, hasta casi terminar con su entereza.

—¿Y mi señora?, ¿dónde está? —dijo sonriendo María Pía, mientras se secaba las manos en un trapo colgado de la cintura del delantal.

—Ahora la traen...

—¿La traen? ¿De dónde? ¿Dónde está mi señora? —gritó histérica.

Salió de la casa corriendo, con el delantal puesto y a medio vestir. Llevaba en la mano una espumadera, ya que estaba cocinando y ni siquiera la soltó.

—¿Dónde está mi señora Violet? ¡Señora Violet! ¡Señora Violet!

—gritó en la calle, mirando en derredor sin verla zarandeando al cónsul histérica.

De repente, advirtió que de un camión sacaban una camilla con una mujer tumbada y corrió hasta ella. Era su señora, casi su hermana.

—¡Señora, señora! ¿Qué le ha pasado?

El cónsul la alcanzó en ese momento, cuando estaba a punto de abalanzarse sobre la camilla y la sujetó. Su señora estaba traspuesta, agotada por el traqueteo del viaje y las malas condiciones del camarote, y él no quería que la despertaran. Ya estaba casi curada, pero conservaba el cuerpo pegajoso y sucio. Venía despeinada, mal vestida, con la cara muy pálida y mucho más delgada.

—María Pía, cálmese. Espere un poquito hasta que lleguemos a casa —le dijo el cónsul conmovido—. No arme escándalo en la calle. A Violet no le gustaría...

María Pía se frotaba las manos una contra la otra, en redondo, como para calentárselas, acción que alternaba con la de levantar las manos mientras miraba al cielo y hablaba en una lengua incomprensible.

Los hombres llevaron a la mujer sobre la camilla hasta la casa, y ella les indicó dónde estaba su habitación. Las lágrimas no dejaban de brotar de sus ojos, y se los limpiaba restregándolos con un pañuelo que sacó del bolsillo del mandil. Se sonaba los mocos, se limpiaba los ojos y no decía palabra, estaba abismada. Cuando Violet estuvo instalada en la cama, a la sirvienta le dio un soponcio y cayó al suelo todo lo larga que era.

1955-1965
Portugal

1955
Tiago Pessanha y Eduarda Freitas
Évora

Mario siempre había estado enamorado de Eduarda Nogueira Freitas, y cuando esta se desposó con Tiago Pessanha, hermano de Antonio, no dejó de acosarla, fingiendo encontrársela en el mercado, en las tiendas, en los paseos o en la puerta del colegio de sus hijos. Cuando se demostró que este sistema de «reconquista» no le daba resultado, (Eduarda persistía en su amor por Tiago, su esposo, y ya habían florecido en su vientre tres hijos fruto de su pasión), el amor de Mario pasó al odio, y cada vez que ella cruzaba en su camino, que no eran pocas, le decía algo, le hacía alguna impertinencia, objetaba alguna displicencia o desdén sobre su persona o sobre su vestimenta, conducta o lenguaje, siempre protegido por su uniforme y por la debilidad de una mujer amonestada en la vía pública en presencia de sus hijos o de quien estuviera delante. Pasó de las ironías al sarcasmo, ante la aparente indiferencia de Eduarda, y a las injurias o los insultos, que no se limitaban a ella directamente, sino que se dedicaba a divulgar entre comerciantes y convecinos de forma delirante. Hasta que la situación llegó a ser tan insostenible para los nervios de la pobre Eduarda que esta lloraba por los rincones y tan solo fingía alegría cuando su marido llegaba de trabajar, todo por no comprometerlo, porque lo conocía, porque sabía que «se podía perder», y ella callaba y fingía. Pero, al igual que sucede en el adulterio, en estos conflictos el marido es el último en enterarse, y Tiago fue el último en conocer los rumores que corrían sobre su mujer, su amada y respetable esposa, que nunca había mirado a otro y nunca había puesto un pie en lugar alguno que la deshonrara.

Una mañana muy temprano, con el frescor de la amanecida y los incipientes rayos del sol perfilando su semblante, esperó a Mario en una calle cercana, y cuando este dobló la esquina, sin que ni siquiera supiera qué pasaba ni por qué sintió de pronto un líquido caliente deslizarse por su pecho. Tiago, de una cuchillada limpia, le cortó el gaznate de derecha a izquierda, de frente, como hacen los hombres, y con un «esto es por mi Eduarda, hijo puta», lo empujó contra la pared y su cuerpo cayó sin vida y sin ruido en el pavimento, con los ojos en blanco fijos en el nuevo día que acababa de nacer.

Él sabía que, aun sin dejar pruebas, las circunstancias lo iban a incriminar y que nadie le iba a otorgar la presunción de inocencia. Como en la familia de Mario había más agentes de la ley nunca podría zafarse de la condena. Así que, anticipándose a cualquier reacción, sin decirle nada a nadie, ni siquiera a su esposa, había huido a Marruecos, donde permaneció durante varios meses.

Ella, que se había dedicado a su casa e hijos desde que se casó, no tenía forma alguna de ganarse la vida, de no ser limpiando o cosiendo, pero en una ciudad de provincias estas noticias corren como el viento, y todo el mundo conocía la historia y la conocían a ella, haciéndole el vacío. Su padre había sido batanero, y a fuerza de meterse en las frías aguas del río a dar golpes a los tejidos para enfurtirlos más o a los paños para que cogieran más cuerpo, había fallecido de pulmonía. Tampoco vivía su madre, por lo que la única ayuda que podría haber tenido era la de sus suegros, que lejos de ayudarla alentaron ese tipo de comentarios, culpándola de la desgracia de su hijo y de la mala fortuna que ella le había traído.

No teniendo más recursos de supervivencia no le quedó más remedio que recurrir al apoyo de su cuñado Antonio, con el que no tenía especial trato, puesto que hacía años que había abandonado a su familia para recorrer mundo.

Le costó un gran esfuerzo encontrar al afamado Antonio, mujeriego y filántropo, al que solo se le ocurrió la idea de abogar por ella en una hacienda en la que había trabajado, y cuyos dueños congeniaron con él en su día. Aunque no los conocía demasiado era consciente que en algo la emplearían.

Eduarda no tuvo más opción que trabajar en dicha hacienda en condiciones casi infrahumanas para huir de la postrera vida que llevaba en Évora desde que Mario fue asesinado. Sintió la pesadez de la culpa sobre sus inocentes hombros y las miradas de todos sobre su nuca. Totalmente consternada dejó su hogar, se llevó a sus famélicos hijos y abandonó su vida estable y feliz por otra precaria y llena de sacrificios.

Su marido, aunque huido, de vez en cuando se ponía en contacto con ella y le enviaba algo de dinero desde Marruecos, donde decidió refugiarse, pues supuso que ahí sería más fácil escabullirse y eludir la mano de la ley.

—¿Qué tal estás, Eduarda? —le llamaba Tiago desde Marruecos—. ¿Y los niños? ¿Todo va bien?

—Muy bien. Ya sabes que a veces tengo mucho trabajo, pero los cuatro te queremos mucho y te recordamos continuamente. Tengo aquí a los niños que quieren hablar contigo y preguntarte cuándo regresas del Brasil. ¿Tienes trabajo para mucho tiempo? —fingía Eduarda para que los niños no se enteraran.

Había entrado a trabajar en una quinta cercana a Vidigueira, «*A Campainha*», donde las condiciones de vida eran difíciles de soportar y la meteorología muy adversa. El calor insoportable en verano, que podía sobrepasar los cuarenta grados, no era peor que los diez bajo cero a los que podía llegarse fácilmente en invierno. La casa de adobe en que vivía con sus hijos no les protegía apenas de las inclemencias del tiempo.

Tiago la amaba. Desde muy jóvenes habían estado juntos, era la mujer de su vida. La llamaba siempre que podía y hablaba con los niños, a los que adoraba.

Casi siempre contestaba Ambrosia al teléfono, la mujer de Emilio, que era una excelente persona y le ayudaba en todo lo que podía; Ambrosia sentía lástima por ella. Eduarda le había dicho que su esposo había viajado al Brasil por motivos familiares, y ahora le era difícil ahorrar para volver. La buena mujer se lo creía y la ayudaba con frecuencia, dándole ropa para los niños o algún animalillo que echar a la cazuela. Menos mal que a la hora que su marido llamaba don Emilio casi nunca estaba. Así podía hablar con más libertad, porque don Emilio, que era más perspicaz, seguro que la hubiese pillado en algún renuncio.

Eduarda Freitas era una mujer corpulenta y ruda, de campo; sus manos finas se volvieron fuertes y ásperas para soportar el duro trabajo. Tenía el pelo corto, rizado y castaño, de aspecto estropeado aunque limpio. Nunca le quedaba tiempo para arreglárselo. Olía siempre a limpio, a jabón casero, aunque entre sus tareas estaba el cuidado del ganado y de otros animales. Su piel era grasienta, con muchos poros, los ojos marrones y grandes ojeras moradas, la nariz recta y la boca pequeña. Resaltaban en ella los lóbulos de las orejas, demasiado rasgados por el peso de los pendientes de oro, grandes y colgantes, que usaba. En las pantorrillas habían crecido unas retorcidas varices, fruto de las largas jornadas en pie y de los pesos que debía levantar.

Vestía con faldas largas, de paño recio, ya fuera verano o invierno, y se le veían siempre unas medias de color azul marino, gruesas y llenas de pelotillas. Encima de las blusas, que variaba con cierta frecuencia, llevaba siempre chaquetas de punto con dibujos muy originales que ella misma tejía con agujas de lana.

Fue muy guapa en su juventud, cuando su cuerpo aún no se había ensanchado por los partos ni estropeado por los disgustos; pero, sobre todo, la habían envejecido prematuramente el sufrimiento que le causaron los avatares de la vida de su marido y el trabajo en el campo.

Pero un día Tiago se cansó de estar huido tanto tiempo y sin ver a su esposa ni a sus hijos, y creyendo que aquel asunto ya estaría olvidado volvió a Portugal, emplazándose en Lisboa. Pensaba que entre tantos norteños, alentejanos y algarvianos, mancebos, marineros y mercaderes, nunca lo iban a encontrar.

Allí trabajaba en el muelle del río Tajo, en el *Casilheiro*, el ferri que cruzaba el río. Era un trabajo que conocía y en el que no tenía que estar en contacto ni con muchos compañeros ni con el público. Cruzaba el río desde Lisboa a Almada y viceversa, varias veces al día, llevando personas al trabajo por las mañanas y vehículos y jóvenes que volvían de juerga por la noche.

Cuando terminaba su turno se iba en su bicicleta a un barrio periférico de Almada que quedaba muy cerca del trabajo. Al principio alquiló una casa en Amadora, que al estar más alejada de Lisboa tenía unos precios más ventajosos, pero la profusión de delincuentes que allí se concentraban era causa de constantes redadas, y él temía que en cualquier momento le reconocieran y detuvieran. Por otra parte, entre delincuentes había un pacto de honor y nadie decía nada. No fue ahí donde la mala suerte se cebó con él.

No pasó demasiado tiempo cuando el hermano del guardia asesinado lo reconoció en el ferri y lo siguió durante varias noches hasta ver si se le presentaba la oportunidad adecuada para su anhelada venganza.

No se había olvidado del rostro del asesino de su hermano mayor, el que tantas veces le mostrara éste entre comentarios llenos de celos y lujuria. Habiendo jurado vengarse el día que le dieron cristiana sepultura a su cuerpo, no cejó en su búsqueda hasta encontrarlo casualmente aquel día en el ferri del Tajo. Había jurado en presencia de todos los asistentes al sepelio y entre los gritos insidiosos de algunos y los llantos de su desconsolada madre, que apenas podía sostenerse en pie ni caminar, pues sus flacas piernas difícilmente podían dar un paso, el encontrar y vengarse de ese malaje, matándolo con sus propias manos. La madre, con un velo negro cubriéndole un rostro ajado, descolorido y descompuesto por el llanto y la tragedia, oyó las palabras de su hijo, y con un movimiento de cabeza pareció darle permiso para que cumpliera su compromiso.

Después de años buscándolo en cada rostro, en cada suburbio, en cada cuadrilla de trabajadores, una noche en una taberna de *Cova do Moura* lo tuvo cara a cara, vio que el hombre inerme bebía taciturno, posiblemente para olvidar la soledad y la angustia que le producía no poder estar con su mujer e hijos, y supo que el día había llegado. Anduvo toda la noche tras él hasta encontrar el momento adecuado para su soñada victoria.

Lo siguió desde *Cova do Moura*, de tasca en tasca y de taberna en taberna, hasta la *plaça da Figueira*. Llevaba ya más de tres horas siguiéndolo. El perseguidor no bebía alcohol, se quedaba en un rincón, pedía un café solo, «*bica*», sacaba un cigarro y fumaba haciendo tiempo. Mientras tanto, el tabernero lo miraba de reojo. Para no llamar la atención, en algunas ocasiones pedía un vaso de vino que luego no se bebía, ni pagaba; se trataba de una deferencia habitual con las fuerzas de la autoridad.

Aguardó a que su enemigo debilitara su raciocinio por el alcohol ingerido. Ese hombre recio sería difícil de atacar si no estaba ebrio. Esperó. Tuvo mucha paciencia. Observó cada movimiento, cada paso, cada palabra, hasta que comprobó que ya la lengua se le trababa, no mucho, pero lo suficiente. Algunas palabras ya se le atascaban y por momentos farfullaba sonidos ininteligibles. Sintió miedo de que se volviera a su casa y perdiese la oportunidad del encuentro, no podía esperar a tenerlo totalmente desarmado. Él lo conocía desde joven y sabía que era fuerte. Vio que su mejor posibilidad era la sorpresa... ya se tambaleaba y las manos le temblaban... Cuando, distraído, Tiago pedía otra copa de *ginjinha* (licor de cerezas) apostado de pie con el codo en el mostrador, se acercó, se instaló a su costado y abrazándole cual un Judas le hincó la navaja hacia arriba, bajo las costillas, por el lado izquierdo, mientras decía sonriendo: «Tiago, amigo mío, cuánto tiempo sin verte...» Éste, con los ojos clavados en los del guardia, que centelleaban por la alegría de la venganza, soltó el vasito que sujetaba en su mano y las *ginjinhas* que tenía dentro rodaron por el suelo. Un segundo después el vaso se rompió contra el duro mosaico gris del piso y el líquido rosado corrió por las juntas de cemento, por las que el suelo dilataba con el calor del verano.

Todos los presentes vieron teñirse la blanca camisa de Tiago de rojo carmesí, cual brillante atardecer de verano, y la fuerte sacudida de la mano del guardia al sacar la cuchilla de la navaja. Huyeron. La mayoría sin pagar siquiera, y algunos hasta con las botellas o copas de licor en la mano. El dueño del local no dijo nada, solo recostó su cuerpo contra la pared posterior a la barra mientras limpiaba las manos en el delantal, los ojos fijos en el uniforme del guardia, mirando sin querer ver.

Pero vio. Claro que vio. Vio como ese vigoroso hombre, herido de muerte, se sujetó la herida con la mano izquierda, ante la sonrisa de placer que embriagaba al hermano menor del guardia que el moribundo había acuchillado hacía unos años.

Tiago, extenuado por el dolor, se inclinó hacia la izquierda por el sufrimiento, y con un movimiento instintivo embistió contra el sorprendido y desprevenido guardia, el benjamín de una familia de guardias, hijo y nieto de guardias nacionales republicanos, desde que este honorable cuerpo se creara en 1911. Este hombre deshonró su uniforme y la virtud de estos defensores de la patria. Creía, como algunos pertenecientes a los cuerpos de seguridad pública, que el respeto se ganaba con el miedo, acostumbrados a abusar de su autoridad sólo porque su palabra tenía más peso que la de un ciudadano común, hasta llegar a no saber distinguir el bien del mal. Como había hecho su hermano acosando a Eduarda y como quiso hacer él mismo tomándose la justicia por su mano. Antes de perder la consciencia aún sintió en sus propias carnes cómo Tiago lo cogía del cuello y lo empujaba hasta toparse con la barra del bar, donde lo golpeó una y otra vez hasta desnucarlo, quitándose de en medio para siempre a un sicario que desde el más allá parecía mirarle con ojos de asombro.

1962
La infelicidad de María Leopoldina
Oliveira do Alentejo

María Leopoldina regresó a Portugal en contra de su voluntad tras el nacimiento de su segunda hija. El resto de sus hijos ya nacieron en su pueblo, Oliveira do Alentejo. Ella había nacido en Lourenço Marques y se había educado en Beja, ciudad portuguesa situada en el Bajo Alentejo y después en Lisboa. Pero cuando regresó a la Colonia Oriental Portuguesa al cumplir los dieciocho años pasó los tres años más dichosos de su vida con su madre, de la que había estado separada catorce años. En ese tiempo conoció a Antonio Mendes Pessanha, que por casualidad trabajaba en esa ciudad, y se casó con él. Pero nunca pasó por su imaginación que volvería a Europa. Después de dar a luz a su segunda hija, su esposo se empeñó en regresar a Portugal y aceleró el viaje cuanto pudo. María Leopoldina nunca supo la causa de tanta urgencia, por más que él insistiera en que era por el bienestar familiar, para asegurar el porvenir de sus hijas y de los hijos que nacieran después. Pero ella nunca lo creyó.

—Querido, no lo entiendo. La niña tiene cuatro meses. No sé por qué quieres que hagamos una travesía tan larga en barco ahora. Podríamos esperarnos unos meses o unos años. Yo me fui con cuatro años a Portugal. Aquí nuestras hijas podrían disfrutar de una infancia muy feliz.

—Pero sabes que aquí hay muchos riesgos de enfermedades y los hospitales no son tan buenos como en Portugal.

—Aquí hay muy buenos profesionales. Casi todos los médicos y enfermeras son portugueses y los que no lo son han sido formados por ellos.

—No insistas, ya he ido al consulado a pedir los visados y a inscribir a la niña. Prepara tú todo lo que vayamos a necesitar en el viaje. Tengo que reservar unos pasajes en el barco que haga el itinerario más corto. No quiero que tú o las niñas sufráis un trayecto largo y pesado.

—Pues déjalo para más adelante...

—¡Que no! Por favor, querida, no insistas. Tengo mis razones.

María Leopoldina no entendía este prematuro interés por volver a su tierra. Quizá no le gustaba África. Quizás era verdad que temía por la salud de sus hijas...

Volvieron a su pueblo, Oliveira do Alentejo, porque María Leopoldina sabía que debía seguir a su marido donde quiera que él fuese, y que esta era su obligación. En pocos meses, María Leopoldina estaba de vuelta en su tierra y, gracias a la herencia de su difunto cuñado Vasco, había recuperado las propiedades que le habían sido usurpadas por su hermanastro.

Su marido la había defraudado. Ese aventurero, luchador, innovador hombre con el que se casó en África, al llegar a Portugal se había tornando cada vez más apático y despegado, descuidándola a ella como esposa y como mujer.

Su vida había ido pasando con tranquilidad, como un ancho río que corre deprisa pero sin ruido hacia el mar. Siempre pendiente de su marido y sus hijos, había vivido pero no había disfrutado de los muchos años transcurridos.

Con frecuencia pensaba en sus perdidos ideales:

La mujer reivindicativa, como fue *Emmeline Pankhurst*, que en 1892 fundó la Liga en Favor del Derecho al Voto de la Mujer, junto con su marido, el cual defendía sus mismas ideas: la mujer tenía los mismos derechos al voto que el hombre, hasta que, poniendo en peligro su propia vida, lo consiguió en 1928. Junto a ella, otras como la famosa Annie Kenney, que fueron encarceladas durante años e hicieron huelga de hambre, a lo que respondieron con una alimentación forzada mediante sondas nasogástricas. En Portugal en 1931 solo podían ejercer su derecho al voto las mujeres con estudios superiores o secundarios, sin embargo, podían votar todos los hombres.

O *Florence Nightingale*, la enfermera que creó la primera escuela de enfermería laica en 1860, en la que se empezó a dar valor a la ventilación e higiene de las habitaciones, a la limpieza y a la asepsia para evitar infecciones.

O *Rosa Luxemburgo*, que defendió ideas socialistas y fue encerrada en la cárcel varias veces por manifestarlas o publicarlas en periódicos...

Todo lo que María Leopoldina aprendió en su juventud, y que forjó su carácter temerario y revolucionario, había quedado aplastado por las infidelidades de su marido y el continuo trajín de traer niños al mundo y criarlos como una buena madre y esposa, sin tener en cuenta para nada su condición de esposa; solo la de madre.

Pasaron los años y María Leopoldina parió cinco veces más, tres hijas y dos hijos. Al principio habían sido la consecuencia de su amor, y de la obligación más tarde. Se había ocupado de la casa y del buen devenir de la familia. Había superado múltiples vicisitudes, pero no había sido una mujer afortunada. Nunca tuvo graves problemas, pero siempre tuvo que mediar para templar el ambiente familiar, dar al que le faltaba o quitar al que tenía demasiado. Esto sucedía muy a menudo. Había estudiado en su juventud, quizás con la esperanza de ser algo más que madre y esposa en la vida. Pero las circunstancias en las que vivió la hicieron rendirse a ser la sombra de su marido y el apoyo para sus hijos. Su vida no fue lo que ella había soñado que sería cuando conoció a aquel trotamundos portugués en África.

Cuando una persona centra toda su vida, todo su amor, todas sus ilusiones y sus metas en otra, en este caso en su marido, y hace que todo gire a su alrededor, cuando desparece el motivo por el que cree que vive, el sentimiento de pérdida es tan grande que puede llevarle a la desesperación.

Su hijo Nuno, el último, le había *dado la puntilla* después de un largo sufrimiento. Ella, que no esperaba quedarse de nuevo en cinta, engendró a ese niño. Fue la alegría de todos, menos la de ella. Estaba ya muy cansada, aunque era muy joven. Su marido se había ido distanciando con los años, y aunque vivían y dormían juntos ya nada era igual. Últimamente muchas noches se encerraba en la habitación de invitados con la disculpa de estudiar algún proyecto o porque decía querer leer y no molestarla. María Leopoldina recordó aquellos años felices en los que él leía y ella se arropaba para evitar la luz. Él buscaba sus pies bajo las sábanas y se los acariciaban mutuamente en un baile sin música. Él nunca salía de la cama, le encantaba dormir acurrucado en sus brazos. El tiempo, la apatía de Antonio hacia su mujer, sus mentiras y sus desaires continuos deterioraron el matrimonio de Antonio y María Leopoldina. Ahora ya nunca la abrazaba por las noches. Algo pasaba.

Con algo más de cuarenta años, aún era una mujer lozana y muy bella. Su cabello oscuro ya lucía algunas canas, pero lejos de envejecerla le daban un aire desenfadado.

Convertida en una perfecta esposa y madre de familia, elegante y distinguida, cuyos armarios rebosaban modelos de alta costura, tenía mano izquierda y era inteligente, y gracias a su sagacidad había conseguido mantener cerca a su marido. Siempre fue la más honesta y la más intachable. Sus hijas, princesas; sus hijos, pinceles; nunca se oía en esa casa una palabra más alta que otra. Se hacía respetar.

Sobriamente vestida desde que se levantaba cada día al clarear el sol, siempre austera, elegante, rigurosamente ajustada a la moralidad imperante. Trajes grises o azul marino, faldas rectas marrones, blusas de seda, blancas o rosas. Los pendientes de aro con cuatro zafiros que le regalara Antonio para su boda. ¡Qué lejos quedaba aquello. Su collar de perlas, que solo se quitaba para dormir. Siempre en su dedo la alianza de casada.

Su vida era tan espartana como su ropa, su atuendo daba la imagen correcta de la templanza en su forma de ser y estar en la vida. Había cambiado mucho desde aquellos años de felicidad en África.

Cada noche tomaba un baño de espuma perfumada con sales de lavanda y se retiraba a su habitación. Siempre igual, siempre lo mismo, su ritual. Todas las noches. Ella se despedía de sus hijos, esposo y visitas, si las hubiera, antes de tomar su baño vespertino e irse a su dormitorio, donde se sentía guarecida y resguardada de todo y de todos. Nadie había visto en los últimos años sus camisones bordados y vaporosos, o su bata de terciopelo blanco, desde que su esposo empezara a dormir en otra habitación. Pero no era eso lo que más podría molestar a María Leopoldina, sino sus salidas nocturnas.

Cuando alguien hablaba de la familia, ella siempre decía: «Las madres son la sustentación de la sociedad actual. Sin ellas, la especie sucumbiría. Si una madre dedica sus esfuerzos y su cariño, todo su tiempo y sus energías a sus hijos, estos van por el buen camino, dejándose orientar y asesorar por la voz de una persona que respetan y valoran, y que sabe que daría la vida por ellos, que nunca los defraudaría, y que se desvive por sus personas». Ese fue su lema y la norma que reguló su conducta mientras sus hijos vivieron en su casa. Después todo se le hizo grande.

—¿Recuerdas cuando te quedaste embarazada de Nuno? No te gustó nada, ni una pizca..., pero cuando nació, ¡era tan bonito!, ¡se reía tanto! ¿Y cuándo empezó a chapurrear palabras? A todos se nos caía la baba con él —dijo Antonio sonriendo.

—Bueno, a ti no se te caía mucho, porque nunca estabas. Que si el trabajo, que si las obras, que si los planos... Cuando no estabas de viaje te encerrabas en tu despacho con tus libros o el teléfono. Siempre tuve que atarte en corto. Había que sujetarte las riendas, porque te escapabas. Cuando no estabas «haciendo negocios», asistías a «cenas de empresa». ¡Ya me gustaría a mí haber ido alguna vez contigo a alguna de esas dichosas cenas!, pero, claro, no podía ir ¿Por qué? ¿Con quién estabas cenando?, ¿con el Papa? —discutían cuando estaban juntos.

Aún vivían en Oliveira do Alentejo, pero Antonio casi siempre estaba en otras ciudades más grandes donde lo requerían por su profesión, topógrafo. Lo cierto es que él tampoco hacía mucho por estar más con ella y sus hijos. Él vivía su vida. Era un *bon vivant* y la vida en el pueblo lo aburría soberanamente. De vez en cuando iban a algún estreno de teatro o a veces iban todos a la playa algunos días. Pero él no era un hombre familiar y siempre se buscaba alguna excusa para no estar y para desplazarse a trabajar lo más lejos posible de su casa.

Por eso Antonio decidió dejarla en Oliveira do Alentejo, con sus hijas, y trasladarse a vivir con sus dos hijos varones a Lisboa, donde podría ocuparse él mismo de atender a Nuno, porque estaría más cerca de los médicos y del trabajo.

Fue la mejor disculpa que encontró, y aunque ambos sabían la causa principal de su separación, acordaron tácitamente no hablar del tema. Él se fue a Lisboa y ella se quedó en el pueblo con las hijas.

—Mira, Leo, si vas a empezar de nuevo lo dejamos y...

—Te vas —le interrumpió su esposa, quitándole la palabra de la boca—. Pues vete cuando quieras, para la sombra que me haces...

—Pues adiós. —Y salió, dando un portazo.

—Quien tuvo, retuvo —se dice en voz baja al mirarse en el espejo de su cuarto. Aún se ve bella mientras se atusa el pelo y se coloca algunos cabellos que han escapado de la trenza, con la que después se hace un moño.

1956
Eduarda y su familia
Vidigueira, Bajo Alentejo

—¿Qué haces aquí tan pronto? Todavía no es hora de salir de la escuela —dijo Eduarda.

—Es que...

—¿Qué?

—Hoy nos han revisado la cabeza y tengo piojos —dijo Eunice llorando.

—¿Piojos?, ¿tú tienes piojos?

Eunice movió la cabeza afirmativamente, pero no podía hablar, no le salían las palabras.

—Eunice, hija, no llores. Ya sabes que los piojos van a lo limpio. A ver, acércate, te voy a mirar.

—¡No! —Y salió corriendo a su cuarto.

—¡Eunice! —gritó su madre—. ¡Ven aquí! —le gritaba mientras la perseguía hacia la alcoba—. ¡Ven que te miro!

—¡No, me da vergüenza! Nos han echado a tres, a Julia, a Ana y a mí.

—¿Y a ningún chico?

—No, el mes pasado ya pillaron a cuatro y les raparon la cabeza. Ahora todos tienen el pelo muy corto.

—Ven. No salgas corriendo que te doy con la zapatilla. Ya está bien de tonterías. Ven aquí que te veo la cabeza.

La niña se quedó sentada en la cama y esperó pacientemente a que su madre le revisara el cuero cabelludo. Menos mal que no vio el gesto de asco de la madre, ya que estaba plagada de liendres.

—¡Hija mía! ¿Cuánto hace que no te lavas la cabeza?

—Me la lavé hace tres días, madre, como siempre, el sábado.

—¿Y miras el peine cuando te peinas por la mañana?

—Sí —dijo—. Vi puntitos blancos, pero pensé que era caspa. Tú tienes caspa.

—Hija, pero esto no son puntitos blancos de caspa. La caspa cae. Las liendres se quedan pegadas al pelo. ¿No te diste cuenta?

La niña volvió a contestar moviendo la cabeza hacia los lados, en sentido negativo. Tenía los ojos húmedos. La verdad es que llevaba unos días rascándose la cabeza todo el día, pero era joven aún y no lo relacionó con tener parásitos.

—Ahora tendremos que mirarnos todos y andar con mucho cuidado. Habrá que cortarte el pelo.

—¡No, madre, por favor, el pelo, no! —lloró Eunice descorazonada—. ¡Por favor, madre! —decía entre hipos—, el pelo no, el pelo no...

—Estate quieta, ¿cómo quieres que pase el peine por esta melena? —dijo cogiendo el pelo en mechones y soltándolo sin saber qué hacer—. Y deja de llorar, que pareces una plañidera.

—Madre, por favor. Espere a que venga Paulo. Él seguro que me lo peina, tiene mucha paciencia. Espere a que llegue él... —dijo con la cara llena de lágrimas. Sabía que si su madre empezaba a ponerse nerviosa se lo cortaría.

—¡Ay! —suspiró la madre, cerrando los ojos.

—Madre, láveme el pelo con vinagre y luego esperamos a que venga Paulo.

La madre la miró. Tenía que ser condescendiente. En esa época el pelo era muy importante para cualquier niña. Conocía el estigma social que iba a tener si se lo cortaban. Pero, ¡tenía tanto que hacer! Y ahora, además, peinar cada día esa melena varias veces..., y revisar a los demás para que no se contagiasen. ¡Todo se le ponía en contra!

—Vamos. Te voy a lavar la cabeza —dijo con un largo suspiro.

Las dos salieron al patio. Llenaron una jofaina de agua y la madre lavó a su hija el pelo lo mejor que pudo. Seguidamente empapó el pelo con vinagre y se lo envolvió con una toalla. Pasada media hora, cuando se la quitó, observó:

—No tienes ni un piojo, hija. Sólo liendres. Hay que matarlas todas.

Se dispuso a romper los huevos uno a uno, presionándolos entre las uñas de sus dedos pulgares. Le daba mucho asco, pero por una hija se hacen cosas que una no llega a imaginar. Con cada huevo que estallaba su cara se contraía como si hubiera chupado un limón. Le daba mucho asco, pero no quedaba más remedio.

A continuación se lo lavó de nuevo y le pasó un peine fino como pudo, pero el pelo era tan largo que se atascaba en enredos y nudos y no avanzaba.

Eunice estaba muy nerviosa. Temía que, de un momento a otro, la madre no soportara más el agobio y decidiera cortar por lo sano. No soportaría salir de casa con el pelo corto como un chico. La madre cada vez se angustiaba más, y el tiempo parecía no avanzar.

Por fin, después de más de una hora, se lo lavó de nuevo y lo envolvió mojado con vinagre de nuevo.

—Vamos a esperar a que llegue tu hermano —dijo—. La cabeza debe permanecer con el vinagre cinco horas, así que tenemos tiempo de esperarle.

Fue a tirar de nuevo el agua sucia por la atarjea y después a lavarse las manos a fondo.

—Lávate bien las manos, y si te pica la cabeza, me lo dices. No te rasques, ya que se te quedarán los huevos en las uñas y nos los contagiarás a todos. ¿Me has oído? —le repitió, zarandeándola por el brazo.

Eduarda retiró la ropa de cama donde dormía la niña, las toallas y las sábanas y le dijo a Eunice que se desprendiese de la ropa que ese día había llevado al colegio. Calentó agua hasta que echó a hervir y metió toda la ropa en el caldero, dándole vueltas durante mucho tiempo. Tenía que aniquilar los posibles insectos que pudiera haber en las prendas que habían estado en contacto íntimo con su hija.

Por la tarde llegó Paulo y vio a su hermana lánguida e indolente, con los ojos rojos y la toalla liada en la cabeza. En cuanto la vio supo qué sucedía. Eunice se levantó y echó a correr hacia él.

—Paulo, hermanito...

—¿Qué te ha pasado?, ¿tienes piojos?

—Sí, hermanito. ¿Me vas a limpiar el pelo? Madre me lo quiere cortar.

Paulo miró a su madre. Se había liado un pañuelo a la cabeza a modo de turbante y cargaba ropa de un lado a otro, primero a desinfectarla y luego a tenderla. La entendía perfectamente. Pero también comprendió los sentimientos de su hermana.

—Sí, te lo voy a limpiar. Espera que me cambie de ropa y me pongo contigo. Vengo hecho un asco.

Desapareció mientras Eduarda se acercaba a su hija y la abrazaba, ya más serena.

Paulo preguntó a su madre qué tenía que hacer y siguió al pie de la letra sus instrucciones. Untó el pelo de su hermana con aceite y lo cepilló.

—Este peine y este cepillo desde hoy sólo los vas a usar tú —le dijo la madre—. Cada vez que te peines tienes que lavarlos y hervirlos durante quince minutos. ¡Que no los use nadie más! Y no te olvides de desinfectarlos.

Paulo buscó unas pinzas de su madre, las que utilizaba para cogerse los rulos, y fue apartando el pelo mechón por mechón. Como estaba cubierto de aceite, y él hacía unos mechones muy finitos, pues tenía mucha paciencia y era muy sosegado, pudo ir pasando la parte fina del peine por toda la melena; pero tardó horas. A veces cortaba algunos pelos que tenían muchos huevos pegados, pero cuando terminó, el pelo estaba perfectamente limpio.

—Ya he acabado, madre —dijo Paulo—, ¿se lo lava usted otra vez? Hay que quitarle todo ese aceite...

La madre se lo lavó de nuevo para quitarle el aceite y se lo peinó. Cuando se hubo secado, los tres se miraron con complicidad y ternura.

—Anda, hazte una cola de caballo, que te lo voy a trenzar, así será más difícil que te caiga algún piojo más. Y no te acerques a nadie, ¡a nadie! —le dijo la madre, complacida aunque disimulando su satisfacción.

Estuvo haciendo todo esto una vez a la semana durante más de un mes, hasta que la epidemia de piojos pasó. Eunice conservó su larga melena ondulada para envidia de otras niñas a las que se la cortaron.

1961
Tiago Pessanha
Sacavém

A Tiago Pessanha no le gustaban las paredes sin ventanas ni puertas, huyó de la justicia por segunda vez, escapándose de un furgón en marcha. Ya no podía volver a su casa, así que se trasladó a Sacavém, cerca de Lisboa, así al menos podría visitar a su mujer y sus hijos alguna vez.

Sacavém era una ciudad industrial, había mucho movimiento de personas y pasaba más desapercibido. Al estar en busca y captura, y su foto en todas las comisarías del país, era fácil que lo reconociesen en un pueblo pequeño donde todos se conocen y están al tanto de la vida de cada cual.

En Sacavém había una fábrica de vajillas, la mejor del país durante muchos años, hasta el punto de que llegó a ser conocida por la frase «*Sacavém es otra loiça*» («Sacavém es otra loza»), que le dio fama en Portugal y en el mundo entero.

La fábrica se situaba en la Quinta de la Araña, junto a la línea de ferrocarril que unía Sacavém con Lisboa, lo que simplificaba la cuestión del transporte de mercancías y materias primas. Funcionaba desde 1856, según constaba en un mosaico de azulejos policromado que estuvo en la entrada hasta mediados de 1990.

La fábrica fue vendida a los ingleses, que introdujeron nuevas técnicas de producción y la transformaron en una de las más importantes fábricas de Portugal, consiguiendo que la fábrica de loza fina se convirtiera en cerámica fina, creada con caolín, una arcilla con un alto grado de pureza, lo que hizo que hasta el rey Luis I nombrara a John Stott Howorth, su nuevo dueño, con un título nobiliario, barón de Sacavém, y el privilegio de poder llamar a su fábrica *Real Fábrica de Loiça de Sacavém*, que incluso podía competir con la de *Vista Alegre*.

Fue por el auge de esta fábrica por lo que la ciudad se fue llenando de personas oriundas de otras partes del país y zonas suburbanas que llegaban a la ciudad buscando unas mejores condiciones de vida.

Surgieron muchos movimientos proletarios, y gracias a la lucha obrera y a las preocupaciones sociales por parte del patronato inglés consiguieron vacaciones pagadas, escuelas dentro de la fábrica, caja de ahorros mutuos para sus trabajadores y campos de vacaciones para los hijos de los trabajadores de las fábricas, entre otras conquistas.

La gente del campo era más conformista, más temerosa de la naturaleza, más supersticiosa y más religiosa, y por todo ello más influenciable y maleable; todo lo contrario que la de la ciudad, donde las noticias de otros países llegaban y se difundían con rapidez a través de los sindicatos y los partidos políticos en el exilio. Se luchaba por la modernización del país, el cese de la corrupción de la aristocracia y la liberación de las colonias que sólo traían gastos y muerte.

Ya desde 1953 se estaba estudiando la posibilidad de construir un puente colgante que atravesara el estuario del río Tajo desde Almada a Lisboa, al que llamarían en su inauguración en 1966 puente Salazar[56].

El puente de acero de más de dos kilómetros de largo y de porte casi idéntico al *Golden Gate* de San Francisco tenía que tener dos plataformas, la superior para coches y la inferior para trenes, pero la inferior fue descartada hasta muchos años después. El puente está constituido por 14 vanos. De entre ellos destaca el vano central, que mide 1.013 metros. Está elevado sobre el nivel del río Tajo una distancia de 70 metros. A ambos lados de este vano se encuentran dos mástiles que se elevan 190 metros desde el nivel del agua. Por debajo de esta cota, estos mástiles descienden 80 y 35 metros hasta el firme bajo la vaguada del río.

Un país con tecnologías y edificaciones supermodernas eran coetáneas de una población rural que iba en su mayoría con los pies descalzos y sucios, pasando hambre y viviendo sin la más mínima calidad de vida.

Acababa de terminar la segunda guerra mundial, y el gran presidente Salazar había firmado un pacto con España de neutralidad equidistante, el *Pacto Ibérico*. Ambos tenían miedo del otro y los dos estaban en la ruina. Salazar hizo decantarse a su pueblo entre la guerra o el hambre..., y no entraron en la segunda guerra mundial, pero no les eximió del hambre. Portugal siguió abasteciendo en la oscuridad a las tropas alemanas de wolframio y alimentos, privando a su pueblo de lo que necesitaba y dejándole en un estado de máxima precariedad.

Desde las huertas, las ganaderías y los graneros viajaba en trenes hacia el frente nazi la despensa de Portugal, en detrimento de la salud de los portugueses.

Tiago Pessanha pertenecía al sindicato de ceramistas, *oleiros*, y en una de las huelgas de 1960, encabezando una manifestación en la que se pedían mejoras laborales para los trabajadores, fue reconocido por uno de los policías desplazados desde la capital y fue detenido.

Después del juicio lo encerraron en la cárcel de Linhó, en Sintra, donde enfermó de neumonía. Pasó los últimos años de su vida entre continuos escalofríos y esputos verdes, grandes cefaleas y dolores. Las toses le herían como puñaladas en el pecho, cual guadaña de la muerte.

Al anochecer de una nublada y fría tarde de octubre, Tiago Mendes Pessanha suspiró largamente,y con el sonido ronco de su último estertor un hilo de sangre se deslizó por la comisura izquierda de su boca, y la cabeza, ya sin ningún músculo que la afirmase al resto de su cuerpo, se descolgó por encima de la almohada y se dobló por el borde de la cama.

Tras largos años de agonía su alma se fugó entre los barrotes de la celda mucho antes que su cuerpo hubiera cumplido su condena.

1961
Quinta A Campainha
Bajo Alentejo

Avisaron a Eduarda de que su marido había fallecido una semana después, cuando ya no pudo ni velarlo ni asistir a su entierro. Como nadie fue a reclamar su cadáver, lo enterraron en una fosa común, junto a otros supuestos indigentes que no tenían familia ni recursos.

Eduarda nunca le perdonó a don Emilio que no le diera el telegrama que llegó a su nombre. Su explicación fue: «Pensé que lo trasladaban de cárcel, y como estaba muy ocupado se me olvidó».

Ella y sus hijos habían mal vivido desde que el honrado padre de Marculino dejara su cargo y contrataran a Emilio, el desalmado capataz. Trabajaban como siempre en la vaquería, pero aprovechándose de su situación social y sabiendo que el cabeza de familia estaba en prisión, Emilio no dejaba de molestarla a ella y a sus hijos con nuevas encomiendas y trabajos extras, que ni les pagaba ni agradecía. Casi siempre eran los trabajos más duros, más desagradables y que nadie quería, ya que era consciente de que no podían negarse, ni siquiera se atreverían a levantar los ojos del suelo y sostenerle la mirada.

Pero la familia Pessanha tenía buenos amigos en la hacienda, y este gesto de maldad del capataz no pasó desapercibido para las buenas gentes de su vecindad. Cuando se enteraron, las mujeres, de luto riguroso, y algunos hombres portando un crucifijo que uno de ellos descolgó de la cabecera de su cama se encaminaron hasta la humilde morada de Eduarda y sus hijos. Colocaron un lienzo negro encima de la mesa, el crucifijo y velas encendidas, ya que no había muerto al que velar; rezaron el rosario y lloraron toda la noche, cual plañideras. Les llevaron algo para comer, quedándose con ella el resto de la tarde y de la noche.

Todo el mundo se sorprendió cuando vieron entrar a Ambrosia, la mujer de Emilio acompañada del padre Francisco. Fue entonces cuando Eduarda, emocionada, comenzó a llorar con más fuerza y todos los asistentes turbados la emularon. Ambrosia se acercó a ella, la abrazó y le dio el pésame. La acompañaría toda la noche. Todos conocían su buena fe y Eduarda se consoló junto a ella, sabedora de que su gesto había sido sincero, porque a pesar de que su marido era mala persona, ella siempre había demostrado ser una mujer con buen corazón. El padre confesó a la viuda y le dio la comunión, al igual que a todos los que se la solicitaron; rezó junto a los reunidos unos minutos sintiendo una enorme lástima por aquella mujer y esos niños que velaban un crucifijo en vez del cadáver de su marido y padre. Alentó a la viuda y los huérfanos con unas sinceras palabras y les bendijo. Minutos después abandonó la humilde morada apesadumbrado.

1961
Doña Inés y Nuno en la finca Quinta A Campainha

A veces Antonio llevaba a sus hijos a la finca para que viesen a sus primos y jugaran juntos. Sus hermanos habían fallecido y él se había separado de su mujer.

«¡Qué familia más disgregada! —pensaba Antonio—. Al menos si nuestros hijos se vieran se tomarían cariño y no estarían solos en la vida. Siempre se ayudarían los unos a los otros».

Por quien más lo hacía era por Nuno. Desde que conoció a doña Inés siempre estaba feliz. Pese a los comentarios de los demás niños del colegio, o las burlas de quien le señalaba con el dedo por la calle, al llegar a casa ella tenía la sutileza de hacérselo olvidar, de distraerle, engatusándole con un bizcocho, o con una peonza nueva que tenía que colorear antes de liar la cuerda y tirarla contra el suelo.

Ese día, Nuno José de Queirós Pessanha era feliz. Su padre lo había dejado ir con su tata Inés a la finca, y para él esas salidas al campo eran su mayor motivo de felicidad.

Doña Inés Juan Sousa do Río, a la que él llamaba su «tata Inés», tenía chófer. Ella no conducía su Citroën Tiburón, un coche con diseño adelantado a su época. A Inés le gustaba viajar delante, en el asiento del copiloto, detrás iban Nuno y Lua, la perra labrador de doña Inés. Cada uno iba asomado por una de las ventanillas con la cabeza hacia fuera. Parecía que el coche tuviera orejas.

Doña Inés lo regañaba continuamente, pero con un tono cariñoso que casi parecía un mimo.

—Nuno José, siéntate bien. Mete la cabeza, pareces un perro.

—Yo no parezco un perro. No voy con la lengua de fuera como Lua —protestaba el niño.

Doña Inés reía a carcajadas con las ocurrencias del crío. ¡Era un niño adorable!

Nuno vivía en casa de doña Inés desde poco tiempo después de que su padre lo trajo del pueblo. Al principio tan solo se quedaba por las tardes, ella recogía a Nuno y a su hermano Amaro del colegio y se los llevaba a su casa hasta que el padre de ambos, Antonio Pessanha, regresaba del trabajo. Pero, poco a poco, el padre, viendo el afecto que esta mujer mulata les demostraba a sus hijos se los fue confiando más y más tiempo. Primero empezó por dejarlos a cenar y después ya casi los recogía a punto de meterse en la cama. Nuno, como era más pequeño y se dormía antes, lloraba para irse a su casa, con lo que comenzó a quedarse de vez en cuando, para terminar quedándose casi todos los días.

Al final, tanto tiempo pasaba con esta mujer que lo mimaba tanto, como si fuera su propio nieto, que Nuno llegó a quererla casi más que a su propia madre.

Sus padres se habían separado, no legalmente pero sí en la práctica. Cuando Antonio llegó a Lisboa, escogió para vivir uno de los más bulliciosos barrios de Lisboa. Un barrio con tascas, trapicheo, prostitución y, sobre todo, mucha vida nocturna, que era lo que él echaba de menos en Oliveira do Alentejo. No pensó ni por un momento si era o no el mejor barrio para sus hijos. Alquiló un pisito en el Barrio Alto, en Intendente.

Nadie entendía por qué María Leopoldina permitió que sus dos hijos varones se fueran con el padre, siendo uno de ellos, Nuno, un niño muy pequeño aún y enfermo. Aparecieron los tres en Lisboa una tarde de otoño, una semana antes de empezar el colegio. Los niños estaban encantados. Allí permanecieron durante años.

Por su parte, doña Inés tenía una quinta en Vidigueira, en el Bajo Alentejo, donde criaba cerdos, ovejas y vacas, y un gran bosque de alcornoques adultos, ya en explotación. Los niños, como invitados de la dueña, se sentían boyantes de felicidad.

Doña Inés había tenido un solo vástago de su matrimonio. Hacía dos años que viajaba toda la familia en su coche: doña Inés, su esposo, su hijo, su nuera y su único nieto. Iban a celebrar el cumpleaños de su esposo. Conducía el hijo cuando una vaca se atravesó en la calzada; éste no tuvo tiempo de reaccionar al estar distraído porque todos iban cantando; y, dando un fuerte volantazo, se salió de la carretera. El automóvil dio varias vueltas sobre sí mismo y quedó destrozado. La única superviviente fue doña Inés, que por muchos meses hubiera querido fallecer junto a ellos.

En vez de un cumpleaños celebraron cuatro entierros. Pero, aunque parezca sorprendente, a ella la muerte que más le afectó fue la de su nieto, su precioso nieto, al que adoraba.

Doña Inés estaba hundida desde el día en que perdió a su familia, vagaba por su casa como un fantasma. Día y noche deambulaba por los pasillos y únicamente se sentaba en la habitación de su nieto Nelson, cogía sus osos de peluche y, estrechándolos contra su pecho, lloraba desconsoladamente. Después colocaba una y otra vez los cochecitos o los soldaditos con los que jugaba. A veces, en un arrebato de furia, los barría todos de un fuerte manotazo y los tiraba al suelo para luego, sollozando fuertemente, volverlos a recoger y colocarlos de nuevo en su lugar. Entonces se tumbaba en la cama del niño, y mirando el techo del que pendían dos cometas y un móvil de peces se quedaba mirándolos fijamente hasta que su alma destrozada era invadida por un profundo sueño que reparaba su agotamiento.

Decidió a los pocos meses trasladarse a Lisboa y allí alquiló un pisito en una zona que le pareció lo suficientemente alborozada como para no dejarla pensar en todo el día y pocas horas durante la noche. Pero desde que conoció a los Pessanha su vida había dado un vuelco.

A menudo recordaba cómo conoció a Nuno y a Amaro: un día en el que salió a comprar el pan como cada día encontró jugando en el portal a dos niños en pijama y se sorprendió. Hacía frío, aún no era primavera, y curiosa les inquirió:

—Niños, ¿qué hacéis aquí en pijama?, ¿dónde está vuestra madre? —pregunto doña Inés.

—En Oliveira do Alentejo —respondieron los dos niños a coro.

—¿Dónde? —volvió a preguntar un poco nerviosa. Chasqueó la lengua—. Niños, escuchadme —repitió un poco alterada cogiendo al mayor del brazo—. ¿Que dónde está vuestra madre o vuestro padre, o quién os cuide?

—Mi madre en Oliveira do Alentejo —repitió el pequeño y fue interrumpido por el mayor, que añadió:

—Mi padre se ha ido a trabajar y no podemos entrar en casa hasta que vuelva.

—¿Y cuándo vuelve? —dijo sentándose en el escalón y armándose de paciencia—. A ver, sentaos aquí, que no me estoy enterando de nada. ¿Cuándo se ha ido tu padre? —le preguntó al mayor.

Así, poco a poco, los niños le explicaron que su padre había salido a trabajar en un puente muy grande que se estaba construyendo, pero que como ellos no tenían colegio habían salido a jugar al portal y se había cerrado la puerta, por lo que iban a tener que permanecer allí hasta que su padre volviera. Llevaban poco tiempo en Lisboa y no conocían a nadie.

Mientras el niño mayor hablaba en una verborrea interminable doña Inés dejó de escucharlo. Su atención se centró en el pequeño que, abstraído en su juego, no se percataba de que ella lo miraba atentamente, tanto que hasta Amaro se dio cuenta de que no lo escuchaba y se calló.

—Señora, señora —la amonestó el niño.

Doña Inés se volvió hacia el niño mayor y le preguntó su nombre.

—Me llamo Amaro y mi hermano Nuno. Pero le llamamos Zezinho.

Doña Inés reconoció las facciones de su nieto en las de Zezinho. ¡Le recordaba tanto a su Nelson! Así que, sin más preámbulos, cogió a los dos niños y se los subió a su casa. Cuando Antonio volvió a su casa a media mañana, preocupado por haber dejado solos a sus hijos, (le había surgido un problema en la obra y tuvo que ir allí unas horas), no los encontró. Estaba a punto de sufrir un infarto cuando llamaron a la puerta y aparecieron los tres: doña Inés, Amaro y Zezinho.

Después de presentarse, aclarar el malentendido, charlaron y tomaron café. Y después de charlar más y tomar más cafés se dieron cuenta de que se conocían, de que ella era la dueña de la hacienda donde trabajaba su cuñada y vivían sus sobrinos. Él había trabajado allí, pero tenía más relación con su difunto esposo.

—¡Qué casualidad! ¡El mundo es un pañuelo! —comentaron, y después de muchas risas y anécdotas compartidas concluyeron que cada vez que Antonio saliera de casa los niños se quedarían con ella. Así ayudaría a Antonio mientras ella reconfortaba su vacía existencia.

Nuno José había padecido una enfermedad de pequeño que le había dejado una secuela de por vida: la polio. Mientras estuvo en su casa había estado protegido de los comentarios, las comparaciones y de las burlas. Pero desde el primer día que compartió aula con niños de su edad, los demás niños enseguida se percataron de su defecto y, con la crueldad que sólo poseen los niños, le empezaron a poner motes, a reírse, a decirle que hiciera cosas que sabían que no podía. Él se inició en el descubrimiento de la crueldad del mundo, del que siempre había estado protegido por su familia, y a sentir en sus propias carnes el desprecio de otros y la amargura de pensar siempre «¿por qué a mí?»

Así Nuno comenzó a quedarse por las tardes con su «tata» Inés. Para su padre era una gran ventaja que su vecina cuidara de los niños mientras él trabajaba. El afecto que esta señora llegó a sentir por Nuno la llevó a pedirle al padre que le dejara a dormir con ella. El niño encontró una nueva madre y doña Inés lo adoptó como a su nuevo nieto.

—Muy bien, Nuno, la caligrafía está perfecta y has terminado las cuentas. Ahora acaba la redacción y el dibujo y puedes irte a jugar con el patinete.

De vez en cuando se llevaba al pequeño Nuno a la hacienda y el niño estaba encantado. Paseaban de la mano.

Pero había días en los cuales el niño era especialmente feliz, como en el cumpleaños de la señora.

Doña Inés reunía a todos sus empleados, que se colocaban en fila, y se iban acercando a la mesa donde estaban Zezinho y ella, y cuando les llegaba el turno recogían una pequeña cantidad de dinero cada uno, que su señora les brindaba para celebrar su cumpleaños.

—Hola, Marculino, ¿cómo estás?, ¿y tu mujer?

—Pues bien, señora, en la casa, como siempre. Yo un poco cascado de la espalda, ya sabe, desde que me caí de la mula...

—Sí, sí, Marculino. Qué desgracia. Pero sigues yendo al médico que te busqué, ¿verdad?

—Sí, señora. Dos veces al año voy. Me hace radiografías y me pone una lámpara roja durante dos semanas. Me alivia mucho el dolor. Si no fuera porque usted paga las facturas, qué sería de mí...

—Sí, es una terapia novedosa, yo no la he probado nunca, pero dicen que da muy buenos resultados y quita mucho el dolor. Además, es mi obligación, Marculino. Tu familia siempre me ha sido fiel. Tú trabajabas aquí cuando yo nací. Ya sabes que para mí has sido siempre como de la familia.

Marculino agachó la cabeza avergonzado. Si no hubiese sido por el clasismo la hubiera llevado al altar. Pero él era un simple peón y nunca hubiera podido acceder a pedir su mano. Se fue a trabajar a la ciudad para no tenerla presente a cada momento del día, pero sufrió un accidente y ya no pudo desarrollar la función que desempeñaba. Doña Inés, por piedad, lo admitió de nuevo entre sus empleados.

—Ya tu padre trabajaba para el mío —prosiguió doña Inés—. Toma esto —decía mientras le daba un sobre con algunos billetes, que aun no siendo mucha cantidad era una gran ayuda para estas personas que trabajaban descalzos, de sol a sol, por un salario que apenas les daba para comer y vestir.

—Muchas gracias, doña Inés. Que Dios la bendiga.

—Y esto para tu mujer —añadía, entregándole otro sobrecito.

Él se alejaba cojeando, mientras se calaba la boina hasta taparse las orejas, con sus dos sobres bien sujetos. Su pantalón de pana marrón claro, pelado por muslos y rodillas, camisa de franela a cuadros, un jersey de lana gruesa, tejido a mano probablemente por su mujer, y unas botas ya sin color definido de lo usadas que estaban y de las tierras y caminos que habían pisado. ¡Y era de los más afortunados!

Luego pasaba el siguiente.

—¡Olegario, qué mayor estás ya!

—Buenos días, doña Inés —dijo bajando la cabeza porque se había ruborizado. Estaba en plena pubertad.

Los demás muchachos de la finca se burlaban de él desde que diera el «estirón» y le creciera una pelusilla por encima del labio superior. El cuerpo desgarbado, los brazos y piernas excesivamente largos y delgados para su estatura, el pelo muy corto y la cara escuálida y negruzca por el sol. Todo ello le convertían permanentemente en el punto de mira de la mofa de otros adolescentes.

—¡Fumanchú! —le gritaban al verle pasar, haciendo referencia a los bigotes de este personaje de Sax Rohmer—. ¡Vaya bigote!

Y él, un muchacho tímido, huérfano de padre, se sonrojaba y aceleraba el paso para alejarse de ellos.

—Toma, Olegario, esto para ti, y esto otro para tu madre y tus hermanas.

—Muchas gracias, señora. Que cumpla usted muchos —contestó con la boina entre las manos.

—Y tú que lo veas —decía doña Inés, orgullosa.

Así desfilaban, uno tras otro, los sumisos empleados que esperaban este día y el de Navidad, pues esta pequeña limosna les sacaba un poco de su desdicha y de su escasez. Ni estas humildes gentes sentían que perdían su dignidad al recibir esta gratificación por la celebración de la onomástica de la señora, ni ella lo consideraba vejatorio. Era la costumbre y así había sido siempre.

Cuando terminaba, doña Inés daba también un pequeño sobre a Nuno, que este rompía con impaciencia para descubrir que dentro había dinero de sobra para comprarse globos, caramelos y las suficientes canicas de cristal para tener más que todos sus amigos.

—¡Gracias, gracias, gracias! ¡Un beso, «tata» Inés! —gritaba el pequeño, colgándose del cuello de la mujer.

La triste dama con el niño era feliz. A Nuno le encantaba estar con ella. Visitaban los recintos de los animales, incluso podía tocarlos. Cada vez que una yegua alumbraba un potro, o una cerda daba a luz a sus cochinillos, allí estaba él, en primera fila, mirándolo todo con ojos redondos. Era el primero en tocar a los animalillos recién nacidos.

—No los toques, los va a aborrecer la madre —le decía el mayoral, y él retiraba la mano para, a los dos segundos, volver a acariciarlos—. ¡No los toques, Nuno!

Pero no hacía caso. Era el niño más inquieto y curioso que habían visto.

—¿Qué son esos árboles, tata?

—Son alcornoques, Zezinho

—¿Y qué frutan dan?

—No dan fruta. Pero de su tronco se saca el corcho.

—¿El corcho?

—Sí, el corcho con el que se tapan las botellas de vino.

—¡Ah! Ese corcho...

—Ese corcho —repitió doña Inés—, ese corcho. —Y sonrió, mirándolo embelesada—. Sí, cariño. Eres muy pequeño aún para entenderlo...

—¡No soy pequeño! Yo quiero saber para qué sirve ese corcho, tata. ¡Cuéntemelo, cuéntemelo! —gritaba, poniéndose pesado.

—Bueno, mira, hijo, el alcornoque es un árbol muy extendido en este país. Se encuentra en todas las regiones, sobre todo en el Alentejo. El corcho, del que Portugal es el primer exportador mundial, sirve entre otras cosas para fabricar los tapones de las botellas. Pero para eso hay que ser paciente. De hecho, el árbol debe tener entre veinte y treinta años antes de que se efectúe un primer descorche o extracción del corcho, y después habrá que esperar nueve años para el segundo. Solamente puede utilizarse el corcho a partir del tercer descorche. El corcho entonces se apila en planchas al aire libre, se hierve y se clasifica según su espesor y calidad. Las planchas de mejor calidad servirán para extraer los tapones de corcho natural, mientras que las de menor calidad se utilizarán para fabricar suelas o tapones para vinos más corrientes.

—Ah, sí. En otra excursión que hicimos pasamos por un bosque de alcornoques y vimos unas marcas en los troncos.

El niño era pequeño, muy inteligente. Todo cuanto escuchaba lo asimilaba y se le quedaba grabado en su cándida mente. Impresionaba a doña Inés le receptividad de aquel niño, la capacidad de absorber datos y conocimientos, y le había tomado un cariño casi irracional. Ella lo cuidaba como a su propio nieto. Además, el niño, dado su singular carácter, se dejaba querer y apreciaba mucho los mimos y las atenciones que ella le dedicaba.

—Es que la producción de corcho toma muchísimo tiempo. A los treinta años de sembrado el árbol, su primera corteza es virgen y resulta de mala calidad. No puede utilizarse. Hay que dejar pasar nueve años más para extraerla y poderle dar uso. A partir de esa fecha son necesarios otros nueve años más, y así, de nueve en nueve años hasta llegar a ciento siete. Para mantener un estricto control, cada extracción se marca con una señal en su tronco. Sin embargo, los alcornoques de Portugal y otros países ya no dan abasto ante la creciente producción de vino.

—Además, hay que limpiar muy bien los suelos para que en ellos puedan criarse animales y alimentarse de los arbustos, sobre todo cerdos, y la leña que recogemos también nos sirve para las estufas, para las cocinas y para venderla —intervino Vicente—. Señora, aprovechando la conversación, quería hablarle a usted de la posibilidad de fabricar nosotros mismos los tapones de corcho y facilitárselos directamente a los bodegueros, sin intermediarios. Se oye que van a traer otros tapones de goma que son mucho más baratos que los nuestros y que va a bajar el precio.

—No te preocupes, Vicente. Nuestro corcho nunca podrá ser sustituido por ningún otro material. Quizás para vinos de poca calidad lo cambien, pero los grandes cosecheros nunca pondrán ese tipo de tapones a sus caldos. Bajaría su prestigio, y ya sabes que el pueblo portugués es muy orgulloso y competitivo. Nos gusta la calidad.

—Está bien, señora, pero investigaré el tema y la tendré al tanto.

—Zezinho, ¿sabes quién descubrió lo útiles que eran los corchos en las botellas? —le dijo doña Inés al niño.

—No.

—Pues en la segunda mitad del siglo XVII, un monje francés llamado *Pérignon* descubrió las cualidades especiales del corcho para cerrar botellas de vino, y una nueva era empezó para el *Quercus suber*.

—¿El guercus qué? —dijo el niño haciendo una mueca.

—Así es como se llama el alcornoque en latín. Los tapones de corcho —continuó doña Inés— permitieron almacenar los vinos con seguridad durante períodos prolongados y transportarlos a largas distancias. Se desarrolló así la industria vinícola de una manera que, de otro modo, probablemente nunca habría sido posible. El uso sistemático del corcho para tapones de botellas hizo que, al administrar los bosques, se favoreciese este árbol sobre otras especies, y que finalmente grandes extensiones de bosques se transformasen en rodales de una sola especie. Por eso, como empiecen a fabricar tapones de otro material que no sea el corcho no tendremos a quién vender nuestra producción y podríamos arruinarnos.

—¡No lo permitiré, soy Superman! —dijo el niño, saltando sobre doña Inés como si fuera el superhéroe que había visto en algunos cómics de su hermano.

1963
Noticias de la abuela Amalia
Oliveira do Alentejo

—Madre, madre —entró gritando Marilia.

—¿Qué pasa, hija? —respondió María Leopoldina sobresaltada saliendo de la cocina aún con las manos mojadas.

—Ha llegado carta de Lourenço Marques, mira el sello...

María Leopoldina se secó las manos apresuradamente en la falda antes de coger la carta que le ofrecía su hija.

Hacía meses que no tenían carta de su madre. Ella vivía en otro mundo, en sus fiestas y en sus negocios, según le habían contado personas que habían viajado y vuelto desde la Provincia Ultramarina de Mozambique[57]. Cuando ella se enteraba de que alguien había estado en su amado país, se las arreglaba para ir a visitarles y enterarse de las últimas noticias de primera mano, no a través de la televisión o del periódico.

Siempre le sorprendió que muchos conocieran a su madre y le dieran noticias directas de ella, de su salud, que decían que era inmejorable, y de sus avatares en la política. Los que no la conocían, al menos le informaban de la situación del país.

Últimamente en la Provincia Ultramarina de Mozambique se estaban produciendo muchos cambios que la censura de los medios de comunicación en Portugal no revelaban. Ella por sus propios medios sabía que se estaba preparando un movimiento de jefes tribales que intentaban levantarse contra el usurpador, y que había personas que habían estudiado en Portugal carreras universitarias y tenían preparación para dirigir a toda esta legión de hombres y mujeres oprimidos. Un tal Mondlane sonaba como uno de estos hombres.

Eduardo Chivambo Mondlane era hijo de un jefe tribal, de la etnia bantú de los *tsonga*; el cuarto de dieciséis hermanos. Mondlane nació en 1920 en el África Oriental Portuguesa y hasta los doce años trabajó cuidando rebaños de cabras. No pudo asistir a la escuela primaria hasta esa edad y se le prohibió asistir a la escuela secundaria, ya que las leyes coloniales portuguesas indicaban que era demasiado mayor para entrar. Se trasladó a Sudáfrica donde estudió en una escuela parroquial, y después de terminar trabajo social ingresó en la Universidad Witwatersrand, en Johannesburgo, pero fue expulsado del país un año después, en 1949, cuando se instauró el Apartheid. Ante este nuevo revés en su vida académica, Mondlane se trasladó a Estados Unidos para continuar sus estudios. En 1951 ingresó en el *Oberlin College*, en Oberlin, Ohio, empezando como junior. En 1953 obtuvo el graduado en antropología y sociología. Continuó sus estudios en la Universidad de Northwestern en Evanston, Illinois, y se doctoró en sociología de la Universidad de Northwestern.

María Leopoldina abrió la carta rasgando el sobre sin la paciencia necesaria para ir al despacho de su marido a coger el abrecartas. Se admiró de cómo una mujer que apenas había ido a la escuela de su pueblo, con su mala letra y sus faltas de ortografía, hubiera sido tan valiente.

Querida hija:

Espero que a la llegada de ésta estéis todos bien. Aquí estamos bien gracias a Dios.

Hace tiempo que no sé de ti, ni de los niños, ni me cuentas cómo te va con tu marido. Supongo que serás muy feliz con Antonio y tus hijas, cuéntame del pequeño, no me has mandado aún ninguna foto y me gustaría mucho verlo. ¿Cómo te va con Antonio? Sé que el día a día no es tan bonito como cuando una pareja se enamora y pasea de la mano buscando rincones oscuros: yo también lo viví y por mi experiencia con otras personas con las que he hablado sé que el matrimonio agota y que el día a día aburre. Tú piensa siempre que la Virgen de Fátima está contigo y te ayuda, y nuestro Señor Jesucristo ve tus acciones y escucha mis plegarias. Tienes que ser siempre muy religiosa, para que en el juicio final puedas venir conmigo, allá donde yo te esté esperándote desde muchos años antes.

Aquí todo está cambiando mucho. Los portugueses ya no tienen tanto poder como antes. Los nativos van a escuelas cristianas y estudian primaria, y algunos incluso llegan a terminar secundaria.

Se ha negociado un pacto que permite estudiar carreras universitarias a los nativos; tres o cuatro alumnos por materia y año podrán trasladarse a la metrópoli a estudiar medicina, derecho, economía, farmacia, etc., con gastos pagados. Así prevén que en diez años habrá cuarenta médicos, ingenieros, abogados, farmacéuticos, etc, para ir desarrollando su propio país. Esto me parece muy bien. ¡Ya era hora!

Cuando vas por la calle ya no te respetan como antes. No se apartan de la acera aunque vayan en grupos, y si pueden te hacen tropezar. Nos miran con desdén, y a veces con rencor. Los más espabilados se atreven a gastarte bromas de mal gusto, y el otro día mientras subía al coche de caballos uno me hizo caer tirando de las riendas a propósito. Caí mal y me he hecho daño en la cadera. Todos se echaron a reír y después salieron corriendo.

A mi amiga Marisa, una sirvienta de toda la vida ha empezado a robarle ropa. Empezó por lencería, una sábana, alguna toalla..., prendas pequeñas que ella no podía notar. Pero ayer me contó que dejó encima de la mesa un camisón de seda con una bata haciendo juego y le desapareció. Se quedó trastornada, porque no se podía creer que una criada que llevaba sirviéndola más de diez años se comportase así. Cuando me llamó llorando me dijo que ella había notado que le faltaban prendas, pero que la confianza que sentía hacia Mariana no le permitía dudar de su lealtad y hacer semejante faena. Ahora ya no se fía de ella, y no la quiere en su casa; la tiene que despedir pero no se atreve sin decirle por qué. Tiene miedo porque ella tiene muchos hermanos e hijos y teme alguna represalia. Los nativos tienen los humos muy subidos.

En los mercados no hay día que pasen un grupo de chiquillos tirando octavillas cuyo mensaje es que el pueblo se una al

FRELIMO[58], un grupo clandestino que opera desde Tanzania, creo, y que lleva funcionando desde 1962. Tiene muchos adeptos. Cada vez los nativos se hacen más cultos y cuestionan más las leyes de la colonia, y los portugueses estamos más asustados.

Por otra parte, los portugueses dan propaganda a los indígenas donde dibujan a unos famélicos niños con sus madres, en los que se lee «El FRELIMO os engañó. Ustedes sufren». Hija, hay mucha hostilidad.

Dicen que un tal Mondlane, el hijo de un jefe bantú, que estudió en Estados Unidos, es el dirigente desde Tanzania y que está organizando grupos de guerrilleros en el norte, en Tete.

¿Te acuerdas del Teatro Varieté? Ya casi no va nadie y dicen que lo van a demoler para poner un cine en su lugar. Aún recuerdo, antes de que fuera teatro, que fui a patinar un día con una amiga..., bueno, yo no patiné pero me gustó mucho ver cómo se deslizaban con esos zapatos con ruedas. ¡Hija, qué pena me da! ¡todo está tan distinto de cuando yo era joven!

María Leopoldina, menos mal que te fuiste a casa, yo le doy gracias a Dios cada día porque Antonio consiguiera convencerte. Desde que tú te casaste se han ido extendiendo por África una serie de movimientos que defienden algo que llaman «autodeterminación» y ahora los nativos quieren formar su propio gobierno y que desaparezca el poder de los portugueses. Antes pedían solo igualdad con los blancos. Pero se produjeron una serie de asesinatos de familias blancas en granjas del norte y los culparon; unos nativos habían matado a un grupo de portugueses, creo que unos granjeros, y ahí comenzó todo. En las ciudades se reunieron grupos armados de portugueses y tugas y se dirigieron en vehículos a vengarse de los que ellos creían habían sido los asesinos. Las represalias fueron terribles. Y después descubrieron que no había sido en Mozambique, que la información era falsa. Desde entonces estos dirigentes revolucionarios cambiaron. Ya no piden la igualdad, piden la independencia. Nos miran como enemigos, hasta las personas más fieles que tú recuerdes ya no son de fiar, yo creo que nos odian[59].

Esto me lo cuentan mi sirvienta y otras nativas del barrio. Siempre he tenido buena amistad con todas.

La matanza había sido en otro país pero los portugueses creyeron que había sido aquí y ahora todos están descontentos. Los nativos, porque los han maltratado sin razón alguna, se sienten discriminados y explotados, y se oye que el conflicto bélico va a estallar de un momento a otro en la Colonia; y los portugueses porque tienen que enviar más tropas a la guerra de Ultramar para controlar la posible proliferación de la revolución del norte. Dicen las malas lenguas que todo fue un rumor difundido a propósito por algún gobierno extranjero para provocar la rebelión y aprovechar el momento de invadir nuestro país y quedarse con sus riquezas.

Los soldados portugueses, que han sido obligados a venir a África a una guerra que no les interesaba, maltratan a las nativas y las violan. Los puntos fronterizos con la guerrilla se han convertido en un prostíbulo, donde las jovencitas negras van a acostarse con los soldados por un dólar, y la mayoría de los granjeros han abandonado sus granjas y se han venido hacia el sur o a la capital.

Gente que viene de Europa dice que la guerra comenzó el 25 de septiembre de 1962 en el norte, aunque ni siquiera sé si será un rumor, porque aquí no hemos notado nada. Los periódicos de Portugal tampoco hablan de este hecho.

Aquí nadie sabe nada. Yo que he vivido toda mi vida en esta tierra y he trabajado codo con codo con los nativos entiendo que esta es su su causa y su guerra, y se van a sacrificar hasta la muerte por su libertad. Esto se está convirtiendo en un infierno.

También tengo mucho miedo porque esta guerra se prolongue tanto que tengan que venir tus hijos a combatir contra los que yo considero mis compatriotas. Pero antes que nada están mis nietos.

Dale muchos besos a mis nietas y a los niños y, sobre todo, a mi querido yerno. Y a ti que Dios te bendiga.

Sin más que decirte, se despide de todos vosotros, tu madre que no es si no Amalia.

Y firmaba con su nombre y un garabato debajo.

Pese a su mala letra sabía leer y escribir desde niña, y siempre había estado al tanto de todo.

María Leopoldina, por su parte, desde que fue abandonada por su esposo no se amedrentó, se puso el mundo por montera y comenzó a realizar todos los sueños que no pudo hacer cuando vivía junto a él. Ya pasaba la mitad del siglo XX y ella leía y escuchaba la radio, como en otros países en que el desenvolvimiento cultural y la sociedad eran más avanzados.

Su madre le contaba muchas noticias por carta y la mantenía al día de los problemas en Ultramar, noticias que no llegaban a su país; no era conveniente despertar las conciencias de los hombres en esa época, y mucho menos la de las mujeres. Pero ellos tenían reuniones políticas y movimientos sindicales, y las mujeres estaban fuera de todo este movimiento.

Una vez al mes visitaba a sus hijos en Lisboa y empezó a aficionarse por la lectura. Se sentía libre, por una parte le daba pena que hubiera sido Antonio el que abandonara el hogar y no ella, pues a él le daba igual un lugar que otro, era «*un culo de mal asiento*», pero ella disfrutaría de esos paseos por la bella, cosmopolita y blanca Lisboa cada día. Ahora cada vez que volvía a su pueblo se sentía como aquella polilla que volaba junto al fuego y se había quemado.

Paseaba por el *Chiado*, el barrio alto, llamado así por estar en la zona más elevada de Lisboa. Fue siempre muy frecuentado por los intelectuales, algo que se percibía inmediatamente al pasear por sus calles o al entrar en sus tiendas, joyerías o comercios, con sus casas coloridas y los edificios construidos a principios del siglo XX, elegantes y llenos de distinción. Normalmente subía en el Elevador de Santa Justa después de caminar desde la plaza del Comercio, y se sentaba en una de las cafeterías que en primavera, y a la sombra de los preciosos árboles morados en flor, inundaban la ciudad y tomaba un refresco o un café solo frente a las ruinas de la que fue la *catedral do Carmo*. Aquí todavía quedaba un *chafariz*[60] que le daba un aire romántico y árabe a la ciudad.

Cerca, la estatua de Ribeiro, y en el otro extremo de la calle la *praça Luis de Camoens* recordaban al gran escritor. Todo aquí era movimiento, aires de ruptura, se respiraba modernismo y avance.

Pasear por Lisboa se le hacía cada día algo nuevo, siempre descubría alguna casa cubierta de azulejos que no había visto antes, o esa fuentecilla de hierro o piedra en un rincón de una estrecha callejuela, o el resplandor de la blancura de sus casas desde un mirador en el que no había estado nunca.

A veces baja por la *rua Garrett*, llamada así en honor al poeta João Almeida Garrett. En esta calle se encuentran antiguos cafés de principios del siglo XX, como el *café A Brasileira*, que frecuentaba el gran poeta portugués Fernando Pessoa y la élite de los intelectuales portugueses, donde María Leopoldina acude con regularidad a tomar café y leer el periódico, y luego deleitarse con los escaparates de las mejores y más elegantes tiendas de la ciudad.

Comienza a leer a los intelectuales de la época, a no querer quedarse atrás en los nuevos acontecimientos que la rodean, siente que el tiempo que le queda no es suficiente. Empieza a sentirse transgresora, como lo fuera en su juventud, distinta, llena de energía y con la cabeza plena de ilusiones de cambio.

Lee mucho. Su librería preferida, también en esta calle, es *Bertrand*, la más antigua del mundo, fundada en 1732 y que sigue en activo. En ella no solo se venden libros, sino que antaño fue lugar de reunión de escritores, club literario, y ha sido testigo de tertulias importantes de políticos, o literatos portugueses republicanos de finales del siglo XIX (la llamada generación de los 70 del siglo XIX).

A veces entra en los «*Armazens Ramiro Leão*» solo por subir en su ascensor, uno de los más antiguos de Europa, que le recuerda el del Hotel Polana que tanto visitaba con su madre. Eran famosas sus cajeras, *caixeirinhas*, tanto por su elegancia como por su forma de atender. Y nunca se va del Chiado sin tomar un helado en *Santini*, heladería recientemente inaugurada, con sus helados artesanales, y que presume de tener la mejor tarta de chocolate del mundo.

Los días nublados disfruta paseando por la Baixa, donde contempla el río Tajo y su enorme desembocadura que parecía el propio mar. A veces la bruma no dejaba ver la otra orilla, Almada, con su enorme Cristo con los brazos en cruz, ni el puente Salazar, cuya construcción ya ha sido terminada.

Sus antiguos monumentos, el Monumento a los Descubridores, la torre de Belem y, sobre todo, el monasterio de los Jerónimos, obra arquitectónica majestuosa de estilo manuelino, singular y única en belleza en toda Lisboa. La historia de su país relatada en monumentos le hace pensar en los avatares de su vida.

Al lado, la confitería de Belem, donde gusta entrar a tomarse un café y dos o tres pastelitos.

Una tarde primaveral, mientras ella miraba los violetas árboles de jacarandá, se le acercó un apuesto caballero y le preguntó:

—¿Sabe usted desde qué año se llevan fabricando estos pastelillos aquí?

—No, no lo sé —contestó ella sorprendida. A punto estuvo de verter el café.

—Desde antes del siglo XVIII. Los hacían las monjas del convento de los Jerónimos, que antes estaba a las afueras de Lisboa. Pero hubo una revolución sobre 1820 y en 1834 se cerró el monasterio... ¿Puedo sentarme?

Ella hizo un gesto afirmativo porque estaba sorbiendo el café en ese momento.

Él continuó:

—Entonces el panadero del convento, que se quedó sin trabajo, decidió venderle la receta a un empresario que había llegado del Brasil con ganas de invertir. Se llamaba Domingos Rafael Alves. Antes se llamaban «pastelillos de nata» y desde que el cocinero le dio la receta a don Rafael Alves les cambió el nombre a «*pastelillos de Belem*», y su receta ha sido un secreto durante más de doscientos años, que ha pasado de padres a hijos y continúa en manos de sus descendientes. Ahora solo hay tres personas que la conozcan en todo el mundo.

Ella lo escuchaba extrañada. Aunque era muy apuesto, aún estaba asombrada por su aparición.

—Son bollitos de hojaldre rellenos de crema de unos ocho centímetros de diámetro. Se fabrican en un lugar que se llama la *Oficina del Secreto*, y tanto la pasta como la crema, que se hacen de leche, azúcar y yema de huevo, tardan en cocinarse dos días. Se comen tanto calientes como fríos.

—¿A usted cómo le gustan más? Ella tenía las comisuras de la boca manchadas de canela y una pizca de crema en la punta de la nariz. María Leopoldina rió agradecida y sintió de nuevo mariposas en el estómago.

El caballero se presentó y le advirtió sobre los efectos que habían tenido en su faz los pastelillos. María Leopoldina le preguntó qué hacía el Lisboa, a lo que él respondió que le gustaba la fotografía y que venía de *Casa Garcez* en la calle Garret de comprar material fotográfico. Pero ella sabía que al lado de ese comercio había una farmacia, la *farmacia Durão,* donde, además de vender mil potingues para todo tipo de dolencias como emplastos para el dolor de ciática, naranjada purgante, crema virginal, remedios para la solitaria o «polvos de vizcondesa», era la tapadera de un lugar de conspiración y propaganda republicana donde se curaban a la vez las heridas físicas y políticas.

—¿Dónde se aloja? Si no le importa, podría acompañarla hasta el hotel.

Al entrar en el hotel contenplaron una escena que ambos calificaron de dantesca. Un caballero elegante con abrigo verde, sombrero y bigotito estrecho y corto, se acercó al mostrador de recepción para inscribirse. Ante la petición del empleado del hotel de darle su documentación, ya fuera el documento de identidad o el pasaporte, había sacado un carnet de la falange española.

—Esto no me sirve, señor, necesito su documentación.

—¿Acaso esto no es un documento? ¿Usted sabe quién soy yo?

El gerente, ante los gritos, salió del despacho y al ver de quién se trataba hizo un gento con la mano al joven empleado. Éste registró atemorizado al caballero que se marzó resoplando y maldiciendo.

El nuevo amigo de Maria Leopoldina explicó que Portugal, durante la Guerra Civil Española, había facilitado préstamos importantes a los sublevados contra el gobierno legítimo español; que la policía portuguesa había colaborado en la persecución de los huídos de la guerra, que fueron devueltos a sus verdugos y que más de cinco mil españoles, sobre todo de la región cercana a Badajoz, habían sido fusilados sin juicio previo. Que más de veinte mil hombres portugueses lucharon contra el gobierno republicano español y que, por muy imparcial que se proclamara el gobierno portugués, este puso a disposición de los alemanes sus puertos para que trajeran navíos y materiales, anticipando la unidad nazi de estos tres estados.

Maria Leopoldina se quedó asombrada ante esta información. Cuando empezada a recuperarse de la impresión que le causó pensar que su país había colaborado en tal barbarie, salió el falangista español, que, dándoles un empujón y refunfuñando, les dijo:

—¿No miran por dónde van?

Desde ese día, casi siempre que se desplazaba a Lisboa, él la acompañaba en sus paseos o compras. Era un hombre instruido y elegante, y pronto empezó a formar parte de su vida.

1964
Quinta A Campainha, Alentejo
Una tragedia

—¡Madre! —entró llorando Eunice—. ¡Madre, madre...!

—¡Ya voy! ¿Qué pasa?, ¿por qué gritas tanto?

Eduarda se quedó horrorizada cuando vio a su hija. Llevaba la blusa rota, la manga colgando hecha jirones, el pelo alborotado y moratones en la cara. Pero lo que más la impresionó fue la sangre en las piernas. Estaba llena de barro y le faltaba un zapato.

Soltó la jarra con agua que llevaba en la mano y, junto con el estruendo que produjo al quedar hecha añicos, un chillido aterrador salió de su garganta.

Sabía perfectamente lo que le había pasado a su hija y se quedó paralizada. No sabía qué hacer, no podía mover un solo músculo. El tiempo se detuvo en su mente; vio que su hija, llorando, le tendía los brazos; toda la infancia de la niña pasó por su cabeza, como dicen que pasa la vida minutos antes de la muerte.

Corrió hacia ella y su alarido y el llanto de la niña se oyeron al unísono.

—¡Hija, hija mía! ¿Quién ha sido? ¿Qué canalla te ha hecho esto?

—¡Madre, madre! —siguió sollozando Eunice, sin que de sus labios saliera más que esta palabra. Ya abrazadas ambas cayeron de rodillas.

Eduarda llevó a su hija a la alcoba y la ayudó a tenderse en la cama. No retiró ni la colcha.

—¡Ay!, ¡ay! No puedo, me duele mucho —gimió la chica. Estaba llena de magulladuras.

—Túmbate en la cama, hija, que te voy a quitar esa ropa y el barro. —Ayudándola consiguió que Eunice se subiera a la cama.

La muchacha se echó sobre el jergón con gran esfuerzo y se giró de lado, juntando las rodillas contra el pecho y metiendo la cabeza entre los brazos. Su madre, que había salido de la habitación en busca de agua caliente y unos trapos limpios, la oyó llorar a gritos, con desesperación, como nunca en su vida había llorado. Ella también se puso a gemir, y mientras cogía unas toallas limpias y calentaba agua en una olla, las lágrimas corrían por sus mejillas como ríos, una tras otra, sin cesar. De repente, el llanto de las dos se hizo uno solo, las dos lloraban a la vez, cada vez más alto, como si cada una quisiera que su voz retumbara más en esa casa llena de desconsuelo.

—Hija, deja que te quite esa ropa —dijo Eduarda.

Eunice estaba en la misma postura que se pusiera, pero al menos había dejado de llorar. Estaba blanca como la cal y sus ojos hundidos parecían no tener vida.

—¡Eunice! —gritó Eduarda, asustada—. ¡Eunice!

La niña hizo un leve movimiento.

—Madre, me quiero morir —dijo con un hilo de voz.

La madre perdió el control.

—¡Vamos, hija! Quítate esa ropa, la quemaremos toda. Voy a bañarte para que te sientas limpia. No pienses en ello. No pienses en nada. Venga, ayúdame...

—¡Me quiero morir!, ¡me quiero morir! —gritó cada vez más fuerte, como si hubiera perdido la razón.

Eduarda la abrazó fuerte, muy fuerte, casi hasta que le crujieron las costillas y, susurrándole al oído, le dijo:

—Hija, tú vales más que todo lo que tengo en este mundo. Tú no te vas a morir. Si te mueres tú me muero yo también, nos morimos todos. Venga, cálmate, yo estoy contigo. Piensa en mí, en Linda, tu perrita, en tus hermanos, piensa en la playa, piensa en las flores. Hija mía —hablaba mientras lloraba—, piensa en que eres la muchacha más guapa del pueblo. No llores, no llores...

Y por fin Eunice fue calmándose y relajó un poco su cuerpo. La madre le fue quitando la ropa, primero la blusa rota, luego la falda y la ropa interior ensangrentada. Su madre la tapó con una sábana blanca para que no se viera desnuda y sucia, e iba escondiendo la ropa en un cesto que había traído de la cocina. Cuando estuvo totalmente desnuda lg fue lavando las piernas, los pies (lo más ensangrentado y lleno de barro), luego el cuerpo y los brazos, y por último calentó más agua para lavarle la cara y, de nuevo, sus partes íntimas. Ella se rebulló cuando la tocó, pero no se atrevió a decir nada. La madre sabía el dolor y el martirio por el que estaba pasando su hija y penaba por ella. Por último, le lavó el pelo, mal lavado, pero le quitó la tierra, se lo peinó y se lo recogió en una coleta.

—Ponte estas bragas y este camisón. —Lueso salió de la habitación con todos los enseres utilizados para retirarlos de la vista de la muchacha—. Voy a buscar un médico.

—¡No, madre! —gritó—, ¡no, madre, por favor!, ¡no se lo diga a nadie!

Al caer la tarde llegaron sus dos hermanos. Habían estado pastoreando las ovejas y cabras y terminaban de meterlas en el corral. Cuando entraron, cansados y hambrientos, notaron que el ambiente estaba tenso, nadie hablaba, aquello parecía un sepulcro.

—¿Qué pasa, madre? —dijo Paulo serio.

—¿Ha pasado algo? —insistió Alfonso.

La madre guardó silencio. Había estado sentada varias horas en una silla. Tapada con las faldas de la mesa camilla, al calor del brasero, seguía mirando un humilde crucifijo de madera que tenía colgado enfrente en la pared, como si nunca lo hubiera visto. Se le había apagado el carbón del infiernillo y ni había notado en sus piernas llenas de cabrillas que hacía frío, mucho frío. Había estado pensando en la conversación que habían tenido esa mañana. Eunice era muy cándida. Esto arruinaría su vida.

—¡Estoy harta madre! ¿Por qué tengo yo siempre que vaciar los orinales de mis hermanos? ¡Me da asco, madre, huelen fatal! Mira, por lo menos Paulo solo mea, pero Alfonso mea y caga todas las noches. Dígale que cague en el basurero del corral como hacemos todos, ahora lo tengo que limpiar yo...!

—Tú eres la hija y lo que no puedo hacer yo lo tienes que hacer tú, a mí no me da tiempo recoger vuestros bacines. Procura casarte con un rico y así tendrás un retrete dentro de la casa como tienen los señores. Si no, recogerás los orinales de tus hermanos y después los de tu marido e hijos. Así que deja ya esas ínfulas y vete a lavarlos bien. ¡Que no huelan a nada cuando los pongas otra vez debajo de cada cama!

Eunice se fue con un orinal de porcelana[61] en cada mano, protestando y dando arcadas. Ella tenía el suyo propio, un poquito más pequeño, más propio para una niña, aunque también de hierro esmaltado como los de sus hermanos y lo vaciaba y limpiaba después de asearse. Pero no soportaba el fuerte olor de la orina de sus hermanos, y menos sus heces.

De repente, Eduarda volvió en sí.

—¡Pobre hija mía! —dijo en voz alta, aunque nadie la escuchara.

No podía pensar y menos hablar. Estaba absorta en sus negros pensamientos y, aunque oyó llegar a sus hijos, no escuchó lo que dijeron.

—¡Madre! —gritó Paulo—, ¿qué le pasa?, ¿está enferma? —dijo mientras se limpiaba los pies en el redor. Se acercó a tocarla con la mano la frente.

Alfonso se dio cuenta de que su hermana no estaba ni salía a recibirlos, ni aun con el alboroto.

—¿Dónde está Eunice? —dijo con tono preocupado.

De pronto, los dos se percataron de que Eunice no estaba. Allí había pasado algo grave.

—Madre, conteste, ¿qué pasa? ¿dónde está mi hermana?

La madre pareció volver en sí. Había escuchado todo como en un sueño. Miró hacia el cuarto donde dormían todos y dijo:

—Eunice está enferma. Ahora duerme, no la despertéis. Ahora duerme, duerme...

Parecía que estaba loca, hablaba como una demente.

Los chicos corrieron hacia su habitación, donde dormían los tres, los dos chicos en jergón y la niña en otro más pequeño, y la encontraron con la cara llena de moratones. Todavía entraba la suficiente luz por la ventana para ver sin necesidad de encender luz artificial.

—La han pegado —dijo Paulo a su hermano. Paulo la adoraba.

Al oír gente en la habitación, la muchacha se despertó. En ese momento ululó una lechuza. Eunice chilló.

—¡La lechuza no, la lechuza no! —gritó de nuevo, y se incorporó sobresaltada en la cama medio sonámbula.

—Eunice, ¿qué te pasa? Somos nosotros. Aquí no hay ninguna lechuza. Estás con nosotros sana y salva.

Las lechuzas en los pueblos presagiaban la muerte, y a Eunice siempre le habían dado mucho miedo.

La niña lloriqueó medio dormida y volvió a tumbarse. Miró a sus hermanos con mirada vacía, como la que tenía su madre al entrar ellos en casa. Estaba perturbada.

—Paulo...

—Dejadla descansar. Salid de la habitación y dejadla que vuelva a dormirse.

—Me duele —dijo rebulléndose en la cama, intentando incorporarse.

—Tranquila hija, tranquila, estás a salvo, dijo la madre mientras le atusaba el cabello. Mira, estamos todos a tu lado.

Eunice los miró sin verlos, mas se sintió mejor y pareció sosegarse.

Volvió a echarse y se hizo un ovillo. Al rato, su respiración era lenta y pausada.

Eduarda Freitas sabía que su palabra y la de su hija iban a tener poco peso frente a la de un capataz. Dirían que la niña le provocó, que era ligera de cascos, que andaba detrás de él. O que quería sacar beneficio de una relación furtiva con un hombre casado de una posición superior. Los guardias no la iban a creer, y más aún cuando saliera a relucir el pasado de su difunto marido. Emilio Soares tenía muchos conocidos y poder en la comarca. Tenía todas las de perder.

Ella recordó algunas circunstancias que ya en su momento no le habían gustado; como madre tenía que haberse alertado con lo que fueron los primeros indicios.

—Eduarda, mándame a tu hijo mayor para ayudarme mañana con la caza —le dijo un día el capataz.

—Está descompuesto, no creo que mañana esté ya bien —contestó Eduarda temerosa— Si quiere usted va el chico pequeño.

—¡No!, ¿qué dices?, ese canijo no me vale para nada..., mándame mejor a la niña, que ya está hecha una mujercita... —dijo riéndose ladinamente.

Por supuesto, Eduarda disculpó a su hija y no la envió.

A pesar de la oposición de su hija, Eduarda había llamado al médico para que la explorase. Don Bernardo era buen médico y buena persona y ella confiaba en su discreción.

Cuando vio a la niña, a la que había atendido en otras ocasiones, se le descompuso la cara por el disgusto. Él sabía quién había sido. Solo un hombre en toda la hacienda era tan inmundo como para hacer algo tan ruín. Maldijo su estampa y le deseó la muerte, algo poco profesional. Después recuperó la compostura y hablando a la chiquilla con dulces palabras y los ojos llenos de lágrimas consiguió que se despertara.

Pero Eunice, al verlo, escondió la cara entre las manos y gritó a su madre exigiendo saber por qué lo había llamado.

—Madre, te he dicho que no se lo dijeras a nadie.

—Eunice, cariño —dijo don Bernardo—, tengo que explorarte, puedes haber cogido una infección o tener algún desgarro. Tengo que verte ahora.

La muchacha se arropó hasta la cabeza y se negó a salir de debajo de las sábanas. Estaba avergonzada. Se sentía humillada, ultrajada, pisoteada, no quería que nadie más la tocara, y menos un hombre.

Hubo que convencerla de que don Bernardo no era un hombre cualquiera, era el médico de la familia, el médico al que habían recurrido desde que se trasladaron a la hacienda, que la conocía desde hacía años, que siempre la había curado de todas sus enfermedades. Hubo que contarla mil historias de cuando era pequeña y del jarabe que le recetó, y de aquella vez que le picó una abeja y él le extrajo el aguijón, Y cuando ya casi no tenían más historias para convencerla, la cabeza de la chica asomó bajo el embozo.

—Está bien, don Bernardo, pero no me haga daño —dijo mientras se le saltaban las lágrimas—. Pero mi madre tiene que quedarse. —Y añadió—: Madre, deme la mano y apriete muy fuerte.

La madre había traído el candil de aceite que utilizaba en la cocina y puso al máximo la llama del quinqué que tenía en la habitación de sus hijos. Así Eunice se sentiría más segura.

El médico levantó la sábana con delicadeza y dejó al descubierto solo sus piernas. Las separó con suavidad, pues ella las tenía tensas y apretadas. Tuvo que hacerlo con mucha delicadeza, ya que no quería que ella sintiera que estaba obrando en contra de su voluntad. La distrajo contándole que su mujer había hecho unas galletas y, en vez de azúcar, había echado sal, que las llevó para el cumpleaños de su suegra, y claro, ésta se comió una. Y al notar el sabor, por no desairar a la nuera, se la terminó sin rechistar. Pero cuando su mujer probó la primera mientras decía: «Es una nueva receta que me ha traído mi hermana de Bélgica», escupió la galleta en la cara de una de las ancianas amigas de su suegra. Pasó la vergüenza más grande de su vida. Todos rieron, incluso Eunice, y ahí aprovechó el médico para ir separando las piernas y doblárselas para poder tener visibilidad.

—Eunice, bonita, ahora tienes que colaborar conmigo. No te pongas nerviosa, aprieta la mano de tu madre y separa las rodillas un poquito, solo un poquito.

—Tenga cuidado, doctor —dijo y cerró los ojos fuertemente, como si al apretarlos dejara de pensar.

La visión fue espeluznante. El doctor cerró también los ojos, como si él tampoco quisiera ver. Sacó una torunda de su maletín, se puso unos guantes y con un líquido de yodo limpió las zonas lesionadas con meticulosidad. Eunice emitió unos leves grititos, pero no se movió, solo apretó fuertemente la mano de su madre. Posteriormente, con otra gasa limpia, secó la zona.

—Doña Eduarda, necesito lavarme las manos —le dijo a la madre para que lo acompañara fuera de la habitación y poder hablar a solas.

—Dígame, don Bernardo, ¿cómo está mi hija?

—No te voy a engañar, Eduarda —dijo el doctor mesándose los

pelos de la barba—. Ese miserable, ese bellaco le ha hecho mucho daño tanto física como psíquicamente. Va a necesitar mucho tiempo para recuperarse. Debe lavarse dos veces cada día con agua hervida y sal y ponerse este líquido después de secarse bien. Que lleve ropa interior muy limpia y que se cambie cada día dos veces, después de cada cura. Si tiene fiebre o supura, llámeme enseguida. Yo vendré a verla mañana si puedo. Que no salga de casa. Que coma naranjas y ensaladas con pepino y pimiento. Distráigala todo lo que pueda, yo le voy a traer un transistor[62] para que se entretenga. Escúcheme bien, Eduarda. Es posible que no esté embarazada. Usted ni se lo nombre, y si ella dice algo dígale que es muy raro la primera vez, casi imposible, que ya se lo diré yo cuando venga. Sobre todo que no la vean los moratones los vecinos, para que no saquen conclusiones. Si no está embarazada es mejor que nadie se entere, ¿me entiende, Eduarda? Es mejor que nadie se entere.

Eduarda asintió con la cabeza porque tenía un nudo en la garganta que no dejaba que las palabras saliesen. Se le cayó el alma a los pies.

—Gracias —dijo por fin con voz de ultratumba.

El médico le dio una palmadita en el hombro y se despidió de ella hasta el día siguiente.

Fue el médico, don Bernardo, el que levantó la liebre. Conoció a los Pessanha a través de los hijos de Antonio Pessanha, pues la señora Inés algunos fines de semana se los llevaba a la finca para que jugaran con los animales. Cuando su hermano fue capturado, doña Inés dio trabajo y casa a su mujer e hijos. Había visto cómo los primos jugaban juntos y cómo habían ido creciendo todos en la finca.

Ya hacía tiempo que no venían, pero había habido años en que los hijos de Antonio habían pasado allí todas las vacaciones de verano jugando con sus primos, como si estuvieran en su propia casa. Más tarde, cuando Amaro y Nuno se iban, los otros tres volvían a sus tareas, porque la finca para ellos no era un lugar de esparcimiento, era su trabajo.

—Señor Pessanha, soy don Bernardo, el médico de «A Campainha».

—Buenas tardes, doctor, ¿qué se le ofrece?

—Disculpe que le moleste, pero tengo una noticia que darle.

Antonio se temió lo peor. Su hermano ya había fallecido, y si llamaban era porque algo malo le habría ocurrido a su familia.

—¿Qué ha pasado, doctor?

—Verá usted, no sé cómo decírselo...

—Por favor, don Bernardo, hábleme claro.

—¡Ay! —suspiró el hombre—. Han violado a su sobrina.

—¿Que han violado a Eunice? —gritó sobresaltado.

Continuó gritando maldiciones contra Dios, los hombres, la iglesia y contra todo lo divino y humano. Cuando terminó se dio cuenta de que al otro lado del teléfono continuaba el médico, pero los latidos de su corazón eran tan fuertes que aún no conseguía recobrar el resuello.

Hubo una pausa. Ninguno de los dos habló y parecía que la conferencia se hubiera cortado.

—¿Está usted ahí? —dijo el médico prudente.

—Sí, sí..., estoy aquí —dijo Antonio, perturbado.

Su mente se había quedado bloqueada. No le salían las palabras. No sabía qué decir. Pensaba en esa niña, esa tierna e inocente niña que apenas tendría trece o catorce años, no lo sabía con exactitud, y no podía imaginar lo sucedido. El médico volvió a insistir.

—Don Antonio... —dijo el médico tras otra larga pausa, pero fue interrumpido por su interlocutor.

—Perdone —dijo. Se había quedado sin palabras—. ¿Qué ha pasado? —Según brotaron las palabras de su boca se dio cuenta de lo incongruente de su pregunta—. Quiero decir —corrigió—, ¿está bien mi sobrina?, ¿se sabe quién ha sido?

El médico suspiró.

—Sí, don Antonio. Ha sido Emilio, el mayoral.

De la boca de Antonio salieron los insultos más ofensivos, soeces y groseros hacia ese vil hombre que don Bernardo escuchara en su vida. Lo maldijo, lo amenazó y juró vengar a su sobrina en nombre de su hermano. Sus ojos no soltaron una lágrima, pero despedían un fuego que podría haber abrasado a cualquiera que estuviera delante. Al escuchar el escándalo, sus hijos Nuno y Amaro acudieron al comedor, pero se quedaron escuchando detrás de la puerta. Viendo así a su padre no se atrevieron a entrar. Cuando el padre colgó el teléfono se escondieron en su habitación.

—¿Qué ha dicho, papá?, ¿qué le han hecho a Eunice? —preguntó Nuno algo confuso. ¿Y qué es «violado»?

—Nada —dijo Amaro y corrió al cuarto de baño a encerrarse.

Nuno no entendía nada, pero sabía que la angustia y el nerviosismo con el que había hablado su padre y la cara de Amaro no denotaban nada bueno.

Amaro adoraba a su prima. Habían jugado mucho juntos. Era una niña encantadora. Él la recordaba de pequeña, con su brillante pelo ondulado castaño claro, que recogía con unas horquillas en la parte posterior de la cabeza, dejando caer unos mechones por ambos lados de la cara. Tenía siempre un aspecto angelical, ya que cuando venían sus primos, Eduarda, su madre, la ponía siempre vestidos de piqué con cuello bebé, canesú bordado o de nido de abeja y grandes lazos en la espalda que ella misma cosía. Parecía una princesita.

Al día siguiente se levantó temprano. Estaba de vacaciones porque era Pascua. Su padre acaba de marcharse. Cogió una mochila y metió algo de ropa. Sacó de un cofre de madera con llave que tenía escondido en lo más alto de la estantería de su habitación un puñadito de billetes. Nuno lo observó desde la cama fingiéndose dormido. Amaro lo miraba de reojo de vez en cuando; si hacía un ruido fortuito u oía el chasquido de alguno de sus huesos, entonces se paraba en seco y volvía la cabeza para mirarlo. Pero Nuno tenía los ojos cerrados y no se movía. Parecía dormido.

Cogió la caja de la tercera estantería, en la que Nuno suponía que tenía sus secretos o dinero, porque, aunque lo había intentado, nunca había podido llegar a ella; para eso se tendría que haber subido al cabecero de hierro de la cama y le daba miedo. Aunque él siempre decía que era vértigo, lo cierto es que era algo miedoso. Pero por su prima haría lo que fuera necesario.

Observó cómo Amaro salió de puntillas de la casa y se encaminó a la estación de autobuses. No sabía los horarios, y cuando llegó aún faltaban varias horas para que saliera el que le acercaría a la población más cercana a la quinta. Desde allí ya se las arreglaría para ir.

Pasados unos minutos le sorprendió una silueta conocida que se aproximaba al banco donde él estaba sentado: era su hermano Nuno. ¡No podía ser!, ¿qué hacía allí? Lo miró enfurecido.

—¿Qué haces aquí? —le espetó.

—Voy contigo.

—¿Conmigo? Yo no voy a ningún lado.

Nuno lo miró con agudeza en la mirada.

—Está bien, pues voy a «ningún lado» contigo. Si no me dejas, se lo digo a padre.

Amaro se quedó desarmado. Se llevaría al chico, aunque no era buena compañía y no le apetecía tener que cuidarlo por el camino. Solo le ralentizaría el viaje. Pero no le quedaba más remedio.

En pocas horas el autobús llegó al pueblo más próximo y Amaro preguntó en la panadería si alguien iba hoy en coche a «A Campainha». La gente del pueblo los miraba con recelo. ¿Quiénes eran esos chicos que viajaban solos? Pero por fin alguien les dijo que Agustín, el pocero, iba a ir a la finca porque le habían llamado con urgencia.

Los chicos preguntaron dónde vivía y, agradecidos, corrieron a casa del pocero.

—¿A dónde vais vosotros? ¿Quiénes sois? —preguntó Agustín.

—Somos los sobrinos de Eduarda.

—¿Y a qué vais a la hacienda? Hoy todo el mundo el mundo está trabajando.

Amaro sabía que no podía nombrar a su prima, ni decir que alguien en la familia se había puesto enfermo, pues lo pillarían en la mentira. Pero Nuno tuvo una idea y salió a su encuentro.

—He estado enfermo unas semanas y mi tía nos ha dicho que viniéramos a su casa a respirar el aire puro del campo.

El hombre meneó la cabeza.

—El aire puro del campo..., estos de la ciudad llaman aire puro al olor a boñigas de vaca y de caballo o a lana de oveja. Claro que comparado con el aire sucio de la ciudad... ¡Anda! Subid al camión.

Cuando los chicos llegaron a la casa de su tía, Eduarda los miró estupefacta. Los chicos no sabían cómo explicar por qué estaban allí. A fin de cuentas ella no sabía que el doctor había avisado a su cuñado, y la explicación de que Nuno había ido a respirar el aire puro del campo le pareció una soberana patraña. Pero no estaba con ánimos para hacer indagaciones y resolvió creérselo. Le vendría bien la ayuda de un buen mozo y Nuno entretendría a su hija.

Eunice, Paulo y Nuno eran más o menos de la misma edad, y aunque Amaro y Alfonso eran mayores, los cuatro juntos compartían aún los mismos gustos por el juego.

Eunice era más madura mentalmente, y más después de lo que le había pasado. Se aburría un poco, pero estaba contenta de tener allí a su primo Nuno. A Amaro hacía tiempo que no lo veía, estaba guapísimo. ¡Qué pena que ella estuviera tan delgada y ojerosa!

Amaro estuvo serio hasta la hora de la cena, temiendo que su padre llamara o se presentara. También le preocupaba qué le iba a decir para explicarle por qué había desaparecido de casa sin avisar. Estaría sobre todo preocupado por su hermano Nuno. Tendría que haberle dejado una nota.

Empezó a ponerse nervioso y a perder la calma, y muy temprano comentó que se iba a la cama porque estaba cansado. Pero antes dijo que iba a dar un paseo porque le dolía la cabeza. La tía se extrañó, pero no tenía ganas de nada.

—No te vayas lejos, no vayas a perderte —le dijo—. Y vuelve pronto.

La mujer se quedó sentada en una sillita frente a las ascuas de la chimenea, donde sobre un trébede reposaba una cazuela de barro dando vueltas a unas patatas con unas tajaditas de conejo y col que habían sobrado del mediodía.

Iban a dormir todos los chicos en el mismo cuarto. Eduarda

dormía en una cama turca en la cocina, cerca del hogar, que cerraba cada mañana al levantarse. Usaba para su cama las sábanas más viejas y percudidas, para que sus hijos tuvieran las mejores y estuvieran más cómodos.

Eduarda había juntado hoy las dos camas para que todos los chicos durmieran juntos, y Eunice dormiría en la cama turca en la cocina. Ella se había preparado un camastro al lado con unas mantas alentejanas en el suelo junto a su hija. No le importaba estar incómoda, sabía que pasaría la noche en vela pendiente de su hijita.

Cuando lo vio salir, Nuno dijo que tenía ganas de obrar y que volvía enseguida. Amaro se le había adelantado mucho, y tan solo lo distinguía a lo lejos. No lo podía llamar para que lo esperase, ni acercarse mucho a él para que no lo viera. Además, tenía que irse escondiendo detrás de cuanto se le ponía al paso, un tractor, un árbol, un fardo de paja, etc.

Quedó estupefacto cuando advirtió que su hermano salía a caballo de una cuadra, y del trote pasaba al galope rápidamente. ¿Dónde iría?, se preguntó. En la lejanía vio algo que colgaba de una cuerda tras el caballo garañón, pero pronto desapareció tras las caballerizas.

Se quedó ahí quieto mirando y no pasó nada. Oscurecía y tenía que volver a casa, si no su tía empezaría a preocuparse.

Pero cuando llegó, lo primero que vio fue la cara congestionada de su tía y sus ojos hinchados, y cuando se le estaba acercando para pedirle perdón por haber tardado tanto mientras componía una disculpa, vio que, sentado en una silla al fondo, estaba su padre. Entonces el que empezó a preocuparse fue él. Nuno no sabía qué decir ni qué hacer. La mente se le quedó en blanco, las piernas le empezaron a temblar y algo terrible pensó que iba a pasarle.

Sus primos no estaban. Se sentía solo, desprotegido, y cuando su padre se levantó, sintió que el mundo se hundía bajo sus pies.

—¿Qué haces aquí?

Nuno no contestó.

—¿He dicho que qué haces aquí? —le dijo su padre, acercándose.

A él le pareció que su padre era un gigante y que sus pasos retumbaban bajo las losas del suelo. Cerró los ojos, pero algo providencial sucedió.

La puerta de la calle se abrió y entró su hermano Amaro.

—Vaya, el que faltaba —dijo con sorna su padre—. ¿De dónde sales tú? ¿Cómo habéis llegado hasta aquí?

Amaro miró a su hermano. Por la cara de susto que tenía no sabía qué había dicho y qué no. Miró a su tía y de su cara abotargada tampoco obtuvo respuesta.

—Queríamos ver a los primos —dijo Nuno—. Venimos de dar un paseo porque a Amaro le duele la cabeza; nos ha dado mucho el sol por el camino. Creo que tiene insolación.

—Pues espero que ya los hayáis visto. Venga, subid los dos al coche, y que no tenga que repetíroslo.

Dieron cada uno un beso a su tía y subieron al coche sin decir palabra. Nadie habló, nadie preguntó y nadie dio explicaciones. Posiblemente todos supiesen la verdad de cada uno de los otros y lo mejor era correr un tupido velo.

Pero lo cierto es que toda la verdad solo la conocía uno de ellos.

1964
Quinta A Campainha, Alentejo
Antonio visita a doña Inés

A pesar de que Vasco Pessanha había repartido el remanente de la herencia no embargada entre sus padres y hermanos, reservando una parte para Eduarda, ésta continuaba viviendo en un estado muy lamentable.

Sus suegros nunca quisieron ayudarla, siendo, además, partícipes de su expulsión de Évora al culparla del trágico final que había tenido Tiago.

Con su menguada parte, y bajo la condición de que Vasco incluyera de modo explícito en el testamento, envió a sus hijos a un colegio en Lisboa para que estudiaran, no trabajaran más en la hacienda y en el futuro pudieran darle a su madre la vida que ella merecía.

Sólo el hermano mayor se resistía a estudiar y quiso permanecer con la madre en la hacienda. Además, en esa época, el no saber leer ni escribir no era tan traumático para un chico, y él, por su parte, conocía la lectura y la escritura a grandes rasgos. El analfabetismo en la época se calculaba cercano a la mitad de la población.

Aquel dinero resultaba suficiente para que los hijos se desarrollaran académicamente pero no alcanzaba para comprar una casa y la madre pudiera dejar de trabajar. Además, la sentencia de Vasco fue muy clara: «Este dinero se lo dejo a los hijos de Tiago, para que su madre los envíe a un colegio de Lisboa y puedan ser en el futuro personas de bien, no corran la suerte de su padre y mía».

Así que, aunque Antonio ayudara a Eduarda con cierta suma de dinero a mejorar su calidad de vida, reponer enseres y habilitar la casa por dentro y por fuera, ella seguía trabajando en la hacienda como una mula.

Antonio se apenaba de ella, pero él tampoco disponía ya de dinero. Había derrochado su fortuna con amantes mesalinas y no tanto en mantener a su mujer y a sus siete hijos, como tratara a veces de aducir en su propia disculpa. Por otra parte, en este momento tenía que alquilar una nueva casa en la ciudad y sufragar los continuos tratamientos de Nuno.

Un día, cuando volvía de recoger a Nuno en la hacienda, este le comentó cómo doña Inés celebraba el día de su cumpleaños dándoles un poco de dinero a cada trabajador mientras esperaban en fila su turno. Antonio quedó desorientado. No imaginaba que la buena de Inés conservara todavía aquellas costumbres caciquiles. Le parecía humillante para las personas, tan buenas, que habían trabajado con fidelidad para su señora durante tantos años... Hizo un giro rápido en la carretera, cambió de sentido y se encaminó de nuevo a *A Campainha*.

—Antonio, qué haces aquí de nuevo, ¿ha pasado algo? —le preguntó doña Inés asustada cuando lo vio acercarse de la mano de Nuno.

—Me gustaría hablar contigo. Anda, Zezinho, vete a la cocina a que te den de merendar —dijo Antonio a su hijo para quedarse a solas con doña Inés.

Doña Inés estaba preocupada. Antonio había vuelto, no sabía por qué ni a qué se debía tan serio semblante.

—Sentémonos aquí Antonio, junto a la higuera, le diré a Renata que nos traiga limonada.

Antonio comenzó a hablar:

—Mira, Inés, Zezinho me ha contado que celebraste tu cumpleaños dándoles a cada uno una cantidad de dinero...

—¡Ay!, dijo doña Inés, ya sé por dónde vas. Conozco tu mentalidad, tus ideas progresistas, y me temía que en cualquier momento que algo así podría pasar. Es la costumbre, siempre se ha hecho así y a ellos les gusta.

—¡No Inés, no les gusta! Es humillante para los hombres y mujeres que trabajan para ti esperar en fila, como esclavos, a que tú les des una limosna, unas migajas que te sobran, lo que han de agradecerte en público, para así reafirmar tu poder delante de todos. Eso es degradante, yo no quiero que mi hijo vea esas cosas, ese tipo de comportamiento despreciable.

—¡Antonio, me estás ofendiendo! Nadie les obliga a venir —dijo ella plantándole cara.

—Permíteme, Inés, por la confianza que nos tenemos, que te lo pregunte —interrumpió él, pues la conocía y sabía que daba en hueso—, ¿qué pasaría si uno de ellos no viniera a recoger su sobre? Sé que siempre lo has hecho porque lo hacía tu padre, y el padre de tu padre, pero eso ya no debe hacerse en estos tiempos. Tus empleados son libres, libres de querer o no querer celebrar tu cumpleaños, y libres de no venir a recoger esas monedas que les das a cada uno. ¡Pero si la mayoría van descalzos..., cómo no van a venir! Lo necesitan. Si ganaran lo suficiente, muchos de ellos no acudirían a humillarse a mendigar los cuatro *contos* que les das de propina —explicaba, pertinaz, Antonio.

»¡Súbeles el sueldo! Cuando les pagues, entrega a cada uno de ellos una remuneración extra por su esfuerzo, si es que la merecen, pero no les obligues a permanecer en fila esperando un dinero que necesitan mientras te prodigan sonrisas, te dan las gracias y se inclinan reverentes en rendición de pleitesía antes de darse la vuelta. Solo les falta besarte los pies o caminar hacia atrás para no darte la espalda, como se hacía antiguamente ante los reyes».

Doña Inés se quedó pensativa. Ella lo había hecho toda su vida en su cumpleaños, desde que era una chiquilla, y le encantaba ser la protagonista. Además, lo había visto hacer en los cumpleaños de su padre y su madre cuando vivían..., pero ahora, en su madurez, podía advertir que las cosas habían cambiado. Cierto. Ella, que gracias a su educación se consideraba una mujer instruida, debía admitir que las palabras de Antonio no eran menos ciertas. Nunca se lo había planteado. Su matriarcal benevolencia devenía en desuso, anticuada. Ya no se hacían esas cosas. No era cuestión de ser bondadoso, había que ser justo.

En ese momento llegó Renata con la limonada, y mientras ella misma servía los vasos miró a Antonio con los ojos llenos de lágrimas. Antonio se ruborizó. Tampoco pretendía hacerla llorar.

—Inés... —dijo Antonio.

Pero doña Inés le interrumpió con una sonrisa simulada en sus preciosos labios, mientras le instaba a beber y callar poniéndole el vaso en la mano.

Hubo un silencio incómodo que apenas duró unos segundos y que rompió doña Inés diciendo:

—Tienes razón, Antonio, debo adaptarme a los nuevos tiempos. El caciquismo subyace en la mentalidad de todos nosotros, de cuantos hacendados me rodean, pero yo voy a ser la primera en romper con estas costumbres. Voy a modernizar la forma de pagos, el año que viene haré una fiesta solo para ellos y a la que yo no asistiré, así cada uno podrá ser libre de acudir o no acudir, sin temor alguno a ser despedido. Y si quiero premiar a alguien lo haré en privado, en su paga mensual, sin que nadie tenga que permanecer en fila de forma «humillante» —recalcó, mirando de soslayo a Antonio, que sonrió viendo cómo le remedaba.

Doña Inés había comprendido muy bien lo que Antonio le había dicho. Nadie tenía que degradarse para recibir un mendrugo. Y cumplió su palabra. Hablaría, se prometió, en persona con cada uno de sus empleados, yendo ella misma casa por casa, en vez de que ellos vinieran a la suya. Observó las condiciones en las que vivían sus trabajadores y se sintió apesadumbrada. Se conmovió al comprobar de qué manera sobrevivían algunas familias y se avergonzó de su propia desidia, de no haberse preocupado ni haber puesto remedio durante tantos años a esta deplorable situación.

Observó que la mayoría no tenía zapatos, ni siquiera unas sencillas abarcas. Algunos carecían de cama, no había lechos para todos. Varios niños se amontonaban en un solo jergón. Asimismo vio que muchas de las viviendas constaban de tan solo una habitación que servía de comedor, cocina y dormitorio de padres e hijos. Le dolió la falta de intimidad en la que vivían esas familias y que nunca se hubieran quejado ante ella. Ni siquiera tenían retretes, ¡para eso estaba el corral! Una parte del corral estaba medio vallado o techado y hacían sus necesidades en la tierra; luego lo tapaban con una pequeña pala, tanto en invierno como en verano. Sintió vergüenza ajena ante sus miradas, como si la hubiesen sorprendido en una acción deshonrosa. ¡Cuánta razón tenía Antonio! Aquellas personas temían al capataz y a ella no le llegaba noticia alguna. Doña Inés se consideraba la principal culpable por no haberse preocupado de su gente.

—Si estuviera aquí Marculino —pensó— esto no habría pasado. Él era diferente. Su padre y él si fueron unos fieles y honrados trabajadores.

Hacía años que Marculino había enfermado. Postrado en la cama ya no podía trabajar. Pero doña Inés nunca perdió la esperanza en su recuperación. Le permitía vivir en su humilde casa, pero sin remuneración, por lo que su mujer y él vivían de sus exiguos ahorros y los pocos rendimientos de la huerta que trabajaba ella. Doña Inés le había sustituido por Emilio.

La muerte de Emilio se calificó como una venganza, pero no encontraron pistas del culpable y se cerró el caso. Hablaría con su nuevo capataz y le pondría al tanto de las novedades.

Mandó ampliar algunas casas que eran demasiado pequeñas para los que vivían en ellas, haciendo reparar los tejados en otras. Compró colchones de mijo o lana a los que apenas tenían jergones. Dio dinero para adquirir sábanas, mantas, ropa y enseres domésticos a los que más lo necesitaban. Dispuso la desinfección de todas las casas haciendo que se blanquearan con cal por dentro y por fuera, fachada e interior, a fin de que tuvieran un aspecto más cuidado y acogedor. Instaló electricidad y agua corriente en todas las viviendas. Fueron cegados los pozos negros y se instaló sistema de colectores para las duchas y retretes instalados en cada hogar. Su hacienda avanzó cien años en pocos meses.

En cuanto a los niños, prohibió que trabajaran en sus tierras y les obligó a ir a la escuela del pueblo, pagando ella su transporte y demás gastos. También recomendó a sus trabajadores que llevaran zapatos (¡estaban a mediados del siglo XX!).

Pero lo más importante es que proporcionó los medios para que sus empleados obtuvieran la dignidad. Quizás no lo hizo por ellos, sino por miedo a que Antonio le privara de ver de nuevo a su amado ahijado Nuno, pero se convirtió en una pionera del movimiento social en la zona porque sus trabajadores ya se sentían libres, sin coacciones, y trabajaban con mayor entusiasmo, sabiendo que su producción sería reconocida y que no necesitaban de la limosna de nadie para vivir como personas dignas, no como desposeídos.

1965
Oliveira do Alentejo
Eunice y Amaro

Eunice Freitas Pessanha tuvo suerte. No se quedó embarazada y el espeluznante trance que sufrió en su adolescencia le trajo una consecuencia positiva: su primo Amaro, que bebía los vientos por ella, se enamoró tanto de verla con más continuidad, que tras unos meses pidió la mano de su prima, y los dos estaban felizmente casados un año después del terrible suceso.

En la familia nadie habló nunca más de aquel funesto hecho y se quedó arrinconado en la mente de todos como si jamás hubiera sucedido. Don Bernardo, el médico, que propició todo este feliz desenlace, nunca abrió la boca, y se alegró enormemente cuando vio que la chica ultrajada había rehecho su vida y que en su cabeza no habían quedado secuelas, al menos visibles para los demás. El amor que le proporcionaba su marido se lo hizo olvidar.

Pronto se quedó embarazada y la hija que tuvieron, Anabela, fue la alegría de todos en la familia.

Al día siguiente de la visita de los muchachos a su tía Eduarda, don Emilio apareció muerto y, por las heridas que tenía en todo el cuerpo, dijeron que lo habían arrastrado con un caballo. Además, uno de sus caballos, el garañón, había desaparecido misteriosamente de las caballerizas. Lo encontraron semanas más tarde, en una quinta a más de cincuenta kilómetros de «A Campainha».

Don Bernardo no supo quién lo había hecho, pero dedujo que tenía que haber sido una consecuencia de la conversación que tuvo con Antonio Pessanha.

En el pueblo nadie relacionó a esos niños que un día llegaron al pueblo buscando a alguien que los acercara a la quinta *«A Campainha»* con el asesinato de don Emilio. Además, era un hombre que tenía muchos enemigos. Tampoco nadie vio a Antonio ir a recoger a sus hijos.

Pero Amaro un día confesó a su padre que Emilio había muerto como Héctor, arrastrado por un caballo delante de su casa hasta que su piel y su carne desgarradas quedaron enganchadas en las piedras y raíces de los árboles por donde pasó. Y añadió: «Pero no murió con el honor del troyano[63]».

1968-1972
Lourenço Marques
Provincia Ultramarina de Mozambique

1968
Cais de Mozambique
Provincia Ultramarina de Mozambique

—¡Creía que ya lo había visto todo, todo! —dijo doña Violet a su fiel criada, que trataba de consolarla. Estamos en el siglo XX, hemos sufrido dos guerras mundiales y aún así todavía los blancos no respetan a los habitantes autóctonos. Muchos blancos son nacidos aquí en la colonia, ¡mozambiqueños! Llevamos viviendo con ellos toda la vida. Yo vine aquí hace casi cincuenta años, me he forjado una vida, y todo el mundo me respeta, negros y blancos, y siempre los he respetado a ellos. Estaba desnudo, ¡desnudo!, bueno, tenía puestos unos pantalones remangados hasta la rodilla y descalzo. Cuando yo pasé junto a él tenía las manos atadas a un palo muy por encima de su cabeza, de forma que los pies apenas tocaban el suelo, sólo los dedos. ¡Cómo sangraba, María Pía! ¿Es que somos inhumanos? Tenía sangre por todo el cuerpo, lo han torturado con latigazos, tenía marcas en la espalda, en la cara, en los brazos y los pies llenos de heridas. Pedía agua y nadie se la daba. Pedía el agua con un susurro, casi sin fuerzas, con un hálito de voz. Estaba a punto de morir.

»Me he puesto muy nerviosa y he ido a la oficina del *Cais* a ver si encontraba al jefe del puerto. He encontrado a un vigilante y le he pedido ayuda. ¡Me ha dado la espalda! Aparecieron allí otros hombres, seguramente estibadores, pero nadie se le ha acercado. Todos me miraban, pero nadie se movía. Sin amilanarme he ido lo más aprisa que he podido a la oficina del jefe del *Cais* y le he pedido agua.

—Señora, no se meta, éste no es asunto suyo.

—¿Pero cómo que no es asunto mío? Es asunto mío y suyo, más suyo que mío realmente. ¿Se cree usted que estamos aún en la época de la esclavitud? ¡Dele agua por Dios, dele agua, descuélguele de ahí y llévele al hospital!

—Señora, está ahí para dar ejemplo a los otros. No podemos permitir que los indígenas se nos subleven. Si esto sigue así arremeterán contra nosotros, contra todos nosotros, y luego ¿a quién va a pedir usted ayuda? Usted es blanca y mayor.

—Yo no le he hecho daño a nadie nunca —dije—, ¿por qué me iban a hacer a mí algo?

—Señora, los negros no son como nosotros, tienen que trabajar para nosotros. No tienen derecho a huelga, ni a revelarse dejando de trabajar. Tienen sus obligaciones y deben cumplirlas...

Estaba terminando de decir esto cuando se oyó el grito desgarrador de una mujer:

—¡Lo han matado, lo han matado! Vosotros lo habéis visto —dijo señalando con el dedo índice a todos los que allí estaban presentes y a los que miraban escondidos entre las mercancías—. Todos vosotros sois culpables. ¡Cobardes! Lo han matado... —sollozaba una mujer nativa abrazando el cuerpo del fallecido, el hombre que hacía unos minutos colgaba de un palo atado por las muñecas yacía en el suelo encogido, con un fuerte golpe en la cabeza que antes no tenía.

Doña Violet gritó con todas sus fuerzas y se agarró al capataz que corría a su lado en pos de los gritos. Era cierto, antes estaba moribundo pero vivo, y ahora estaba muerto; pero no por los latigazos, ni por la sed; le habían golpeado fuertemente en la sien y sangraba por el cráneo abundantemente.

Doña Violet se sentó al lado de la mujer que gemía y la abrazó dándole consuelo. Nadie se había acercado a ella ni al cuerpo del que había sido su marido. Todo el mundo miraba desde lejos pero nadie hablaba. Tenían miedo.

Seguramente habían visto al hombre que había dado el golpe fatal a su compañero. Pero nadie iba soltar ni una palabra. Estaban paralizados por el terror. Ella no tenía miedo, se encaró con el jefe del *Cais* y le inquirió con agresividad:

—¡Ha sido por su culpa, por su culpa! —le gritó escupiendo saliva por la boca mientras las lágrimas corrían por su cara y sus manos llenas de sangre manchaban su ropa. ¡Ha sido por su culpa, sinvergüenza, malhechor, bergante, ha sido por su culpa! —gritaba mientras le golpeaba en el pecho con los puños manchados de sangre.

El hombre no la detuvo. Cuando se hubo desahogado, se agachó, y abrazando a la desconsolada viuda la meció entre sus brazos. Y continuó en esta pose hasta que llegó la policía y se llevaron a las dos mujeres junto al cadáver.

1972
Últimos coletazos de la guerra de Ultramar

Portugal decidió dotar a esta guerra de unos pertrechos de combate anticuados con el fin de mantener un moderno equipamiento militar en la metrópoli. Los soldados portugueses, además de bisoños, no disponían de los medios necesarios y combatían, sobre todo al principio de la contienda, con viejos fusiles *Máuser* y armas y munición, explosivos y granadas, así como material de demolición y equipos de comunicación, obtenidos de saldo tras la Segunda Guerra Mundial. Aunque tenían helicópteros, las tácticas de la guerrilla, basadas en emboscadas de patrullas, en sabotear las comunicaciones o cortar las líneas del ferrocarril, o con ataques relámpago de apenas unos minutos, anularon en gran medida la superioridad de las tropas y vehículos militares, y los portugueses tenían muchas dificultades de movimiento.

Los insurgentes iban armados apenas con rifles y pistolas, pero tenían la ventaja de que conocían el territorio, se camuflaban fácilmente entre la población nativa y disfrutaban de apoyo en los suministros alimentarios y provisiones. Atacaban en el *mato*, como llamaban los nativos a las zonas con espesa vegetación, aprovechando casi siempre la estación del monzón con sus fuertes lluvias, para evitar que les persiguieran con facilidad y evitar su captura. Los vehículos de los portugueses (aunque según la metrópoli «portugueses eran todos») se enfangaban y quedaban atrapados en el barro.

Los soldados estaban muy desmoralizados. Combatían en una guerra que no les importaba, con reclutamientos forzosos. Muchos de ellos, según su propia ideología, opinaban que ya era hora de que ese pueblo fuera libre. Otros, por el contrario, creían, como aseguraba Salazar, que las colonias eran indispensables para el sostenimiento de la metrópoli y luchaban con venganza.

Incluso la ONU antes ya había declarado la guerra de independencia como un derecho del pueblo a luchar por su libertad.

Durante los últimos años de la colonia, algunos soldados portugueses cometieron muchos atropellos con los ciudadanos y nativos mozambiqueños. Las órdenes les eran dadas y algunas eran incoherentes. Se propuso por ejemplo el sistema de «aldeamientos», donde se juntaba a toda la población de cada aldea, en una zona fortificada vigilada, para evitar que se unieran a la guerrilla. Se les trasladaba deprisa, sin condiciones morales ni de higiene, a cabañas demasiado juntas. Igualmente se producían asesinatos por resistirse a abandonar sus hogares para ir a los aldeamientos.

Se les educaba en una inculcación del sentimiento patriótico nacional, de los valores portugueses, sin respeto alguno por conservar sus tradiciones y ni ninguna de sus riquezas culturales nativas.

Fueron famosas las matanzas en varios poblados. Quedaron registrados algunos asesinatos en masa o individuales por tropas coloniales en ciudades como Teté, Beira y Cabo Delgado; pero a veces excedían la destrucción sistemática de población civil y se destruían aldéas enteras.

La primera masacre que se recuerda, y por la que se cree que se unieron varios grupos revolucionarios, fue la de Mueda, en la que fallecieron cerca de 600 personas asesinadas a tiros por las autoridades coloniales que dieron orden de diparar a la multitud, que sólo pedía un trato más humano y mejores condiciones de vida en la secretaría de la administración portuguesa de la ciudad. Samora Machel más tarde comentó que ahí fue cuando le nacieron las ideas independentistas, ya que hasta ese momento sólo pedían un trato de igualdad con los blancos.

Ya en 1966, en Zambué[64], cerca de Teté, fueron asesinadas un número desconocido de personas.

En Mphadwe, cerca de Bene, mataron otras 58 personas en 1968, 90 en Chiauaio y más de 200 en Inhaminga, distrito de Beira.

Estos crímenes y torturas aumentaron entre los años 1971 a 1973.

Cerca de Teté, el ejército portugués llevó a cabo otra serie de masacres: las de Chawola, Wiriyamu y Juwau en la Provincia Ultramarina de Mozambique, que pasarán a la historia como las masacres más violentas ocurridas durante la guerra colonial. En el poblado de Wiriyamu, los soldados portugueses asesinaron a más de 400 civiles, entre los cuales había muchas mujeres y niños. Un superviviente de Wiriyamu, el muchacho Antonio Mixioni[65], después de ser herido por los soldados portugueses, al recuperar el conocimiento huyó del montón de muertos quemados y contó lo sucedido. Habían entrado en la aldea y matado a todos los que vieron: mujeres, hombres, ancianos y niños, y quemado después el poblado.

—»*¡Phani wense!*» ¡Matadlos a todos!

—*¡Phani wense!* Se escuchaba gritar de vez en cuando. *¡Phani wense!* Era la voz autoritaria del agente de la policía secreta (DGS), Chico Kachavi.

Según el testimonio de un oficial militar que había sugerido que tuvieran clemencia con aquella pobre gente a la que estaban llevando a un aldeamiento. Pero la siniestra voz del agente Chico se hacía oír cada vez con más furia: «Son órdenes de nuestro jefe —aclaraba—, tenemos que matar a todos. Los que se salven serán los que nos denuncien».

Dos niñas de aquellas poblaciones que fueron casualmente encontradas después de haberse consumado la masacre, fueron quemadas más tarde fríamente dentro de una choza por el mismo agente de la DGS para evitar una posible denuncia.

En aquella tarde en Wiriyamu y Juwau solamente se escuchaban los gritos de los soldados, los disparos de los fusiles y los gemidos de las víctimas heridas de muerte. Ambos poblados sufrieron los momentos de angustia más terribles de su existencia. Toda esta atrocidad duró hasta la puesta del sol, en que los militares estaban ya hartos de tanta crueldad. Algunos lograban salir de la fogata y huían muriendo después es el *mato*. Otros que fueron descubiertos por los soldados fueron reunidos en alguna *palhota* (choza) a la que posteriormente prendieron fuego con ellos vivos dentro. Daba igual que fueran hombres, mujeres o niños. Algunos niños de pecho morían en brazos de sus madres. Los pocos que lograron escapar y ser hospitalizados dieron testimonio de estos hechos. La comisión de la Delegación de Salud de Tete, que se desplazó al lugar de las masacres unos veinte días después (demasiado tarde para averiguar nada), tampoco desmiente los hechos.

Incluso hay datos que confirman que hubo intentos de envenenamientos masivos de población en diversas aldeas utilizando agua envenenada. De repente, un día de septiembre de 1973, en el distrito de Vila Perry, que era un área controlada por el FRELIMO, centenas de personas mozambiqueñas muerieron con síntomas típicos del cólera: vómitos, diarrea y temperatura baja. Después de tres días habían muerto alrededor de mil personas y se esperaba que muriesen muchas más, pero esa supuesta epidemia acabó. No era lógico que una epidemia de estas características terminara en 72 horas.

La Comisión de Investigación de la Asamblea General de las Naciones Unidas de 1974 en Nueva York dijo : «Hay fuertes sospechas que indican que las muertes se han producido por envenenamiento del agua, lo cual podrán indicar una *política de genocidio* por parte del gobierno colonial portugués. Este informe debería, de la forma más breve posible, llamar la atención de la comunidad internacional por las atrocidades cometidas en Mozambique». Además, la Comisión encontró pruebas de «distintos tipos de actos de violencia perpetrados contra la los mozambiqueños por algunos comandos de las tropas coloniales, violencia que iba desde la frecuente práctica de la tortura a las masacres que implicaban la eliminación de poblaciones enteras de algunos pueblos. Y otras atrocidades, como violaciones o abrir los vientres de las mujeres embarazadas». Los objetos más comunes de tortura fueron el caballito de mar (un látigo hecho de piel de hipopótamo que producía mucho dolor pero no dejaba marcas), remos (con los que golpeaban las manos de los nativos) o látigos hechos con neumáticos de bicicleta. Algunas sesiones de tortura también incluían el uso de agujas y choque eléctrico. Pero esta investigación nunca fue publicada en Portugal ni en otros países.

Después de culpar a Portugal por tantas atrocidades durante tantos años, las investigaciones concluyeron que probablemente existiera una facción de la DGS que, alimentada por el odio a los nativos y la intolerancia a los derechos humanos, creara unos grupos especiales y compañías de comandos con este fin: asesinar a los nativos.

La masacre en *Mucumbura* en diciembre de 1972, denunciada en The Times y relatada por el padre Hastings, se cree que nunca existió. Este padre británico y antiportugués narró una serie de hechos sobre una masacre similar a otras realizadas por los portugueses, pero de proporciones disparatadas y donde dijo que fallecieron 400 personas, que corroboró con un vídeo y con las palabras de unos sacerdotes españoles. Pero después de exhaustivas investigaciones, tanto españolas como de la BBC, descubrieron que eran falsedades. El poblado no venía en los mapas, los padres burgaleses estaban prisioneros desde dos años antes, y sobre el vídeo la propia BBC dijo que era de al menos cuatro años atrás. Además, en investigaciones en Mozambique, los nativos dijeron que no había ninguna población que se llamara así, que ninguna población en la zona tenía más de 200 habitantes y, para mayor desfacharez, que el tal padre Hastings nunca estuvo en Mozambique.

25 de abril de 1974
Lisboa

25 de abril de 1974
La rebelión de los capitanes
Lisboa

El 9 de septiembre de 1973 hubo una reunión clandestina en el Monte Sobral en Alcáçovas, donde fue constituido el Movimiento de los Capitanes que más tarde se convertiría en el *Movimiento de las Fuerzas Armadas (MFA)*. Preocupaba y producía descontento entre ellos las nuevas reglas sobre la escala militar, que hacían cada vez más fácil ascender en la carrera castrense.

También se reunieron el partido socialista y el comunista. En esta asamblea ilegal manifestaron la necesidad de echar abajo la dictadura fascista de *Salazar y Caetano*, conseguir que Portugal fuese una *democracia* y el *fin de la guerra colonial* que tantos muertos estaba produciendo entre la población. Y, como consecuencia, la independencia de todas las colonias que aún poseía Portugal.

Las guerrillas coloniales estaban teniendo cada vez más éxito gracias a las ayudas internacionales de que disponían, provocadas por movimientos africanos de liberación que amenazaban la estabilidad de la metrópoli, y Portugal ya estaba muy deteriorada por los gastos militares y el sostén de las guerras coloniales.

Todas estas circunstancias provocaron que un grupo de oficiales portugueses derrocaran el gobierno de Salazar el 25 de abril de 1974 de forma incruenta, en la que se llamó después «*revolución de los claveles*».

Un grupo de siete capitanes de ideas izquierdistas, dirigido por el general *António de Spínola*, se rebeló contra el sistema y se hizo con el poder prometiendo establecer un sistema democrático en Portugal, así como la independencia de las colonias africanas. Durante 1974 y 1975, las islas de Cabo Verde, Santo Tomé y Príncipe, Guinea-Bissau, Mozambique y Angola se independizan; en 1975-1976 el ejército indonesio ocupó Timor, antes de que tuvieran opción alguna a la democracia. La evacuación de los colonos desde todas las nuevas naciones independientes, así como el regreso de las tropas produjo un agravamiento en la economía portuguesa, el aumento del desempleo y la inquietud política en las calles.

Son las 0:25 horas del día 25 de abril de 1974 cuando la emisora *Radio Renascença* transmite *Grândola vila morena*, una canción revolucionaria de *Zeca Afonso,* prohibida por el régimen. Es la señal pactada por el MFA (*Movimiento de las Fuerzas Armadas*) para ocupar los puntos estratégicos del país.

En la parada de la Escuela de Prácticas de Caballería de Santarém el capitán *José Salgueiro Maia* antes de salir dice a sus soldados: «*Señores míos, como todos saben, hay diversas modalidades de Estado: los estados sociales, los corporativos y el estado al que hemos llegado. Así, en esta noche solemne, vamos a acabar con el estado al que hemos llegado. De forma que, quien quiera venir conmigo, vamos para Lisboa y acabemos con esto. Los voluntarios que salgan y formen. Quien no quiera salir se queda aquí*». Los 240 hombres formaron de inmediato. Después recorrieron los 100 km hasta Lisboa para acabar con la dictadura.

Miles de portugueses se echan a las calles mezclándose con los militares sublevados. Los tanques atraviesan Lisboa en plena madrugada, el ruido, el boca a boca y los teléfonos rugen alertándose unos a otros para que todos los que están a favor se unan a ellos en una manifestación de apoyo, sin parangón y sin precedentes, a los revolucionarios. El pueblo ya está harto de callar, cansado de ir a la cola del mundo, de ser los últimos de la fila. Se les ha abierto una puerta y todos pugnan por salir el primero.

El pueblo, cada vez más poderoso, en un solo clamor. Los tanques, encabezados por el *capitán Maia,* se dirigen al *Carmo*, pasando por el *Terreiro do Paço* o plaza del Comercio, en la *Baixa,* a orillas del Tajo. A su paso más y más hombres y mujeres se unen a ellos, a las tropas levantadas, cantando y gritando consignas revolucionarias. Por fin el pueblo, que ya lo había perdido todo, veía cómo el horizonte se abría de nuevo, cómo la luz entraba otra vez en sus vidas, cómo sus almas, henchidas de valor y triunfo, se aunaban y pedían libertad al unísono.

La gente invade las calles. Los grupos de ideologías izquierdistas habían tomado cartas en el asunto, poniéndose a disposición de estos capitanes para evitar masacres, tumultos y desorganización. El lema de los jóvenes capitanes había sido tomar el poder sin derramamiento de sangre, ni una sola muerte a sus espaldas. El pueblo debía tomar el poder por sí mismo, ellos sólos debían ser los catalizadores, las mechas que encendieran esa pólvora que ya estaba a punto de explotar en cada ciudad, en cada barrio, en cada casa, en cada corazón. La mecha fue prendida y la carga estalló.

Tanto el *capitán Maia* como otros oficiales que habían estado en el frente de Angola, avergonzados por las vejaciones, violaciones, matanzas y mutilaciones vividas por la población angoleña se juraron respetar la vida de cualquier ser humano. Pretendían liberar a su país sin violencia. Muchos de estos oficiales procedían de la incorporación forzosa a filas de jóvenes universitarios que en su etapa estudiantil ya se habían enfrentado al Régimen.

Los puños se alzaban desnudos hacia el cielo, las voces se confundían entre gritos y lágrimas, los cánticos eclipsaban los rugidos de los tanques entre los edificios; los hombres se subían a los carros de combate, que ya no parecían armas temerosas, sino una colmena de personas que dirigían su fuerza hacia la conquista de su libertad.

A veces los tanques apenas cabían por las estrechas calles del casco antiguo, y todos colaboraban dando órdenes confusas, como capataces de obra que eran, obreros acostumbrados a afrontar problemas, o bien estudiantes que con sus innovadoras ideas irían a cambiar el mundo.

Todos a una.

Todos juntos.

Todos con una sola meta.

En la *rua Ribera das Naus*, frente al Mininisterio de Marina, dos tanques M47, mandados por el *Mayor Pato Anselmo*, se enfrentan con tropas del *capitán Maia*. Aquí empiezan las negociaciones entre los oficiales de los dos grupos y acuerdan pasarse al grupo de los sublevados.

A la altura de la *Rua do Arsenal* de Lisboa, los soldados del *capitán Maia* y sus obsoletos tanques son rodeados por doscientos soldados y dos carros blindados M-47 y 200 soldados, fuerzas bastante superiores en número y equipamiento a las órdenes del *coronel Romeiras* y dirigidas por el *general Junqueira dos Reis, segundo Jefe Militar* de Lisboa, leal al gobierno.

El capitán Maia envía a parlamentar al jovencísimo teniente de la escuela de caballería *Alfredo Assunção*, pero *Junqueira dos Reis* no quiere hablar con él, insulta al teniente y como única respuesta el teniente recibe tres puñetazos del general. Assunção no los devolvió. Los encajó como pudo. El general Junqueira dos Reis estaba fuera de sí, pero el teniente, impasible y cumpliendo con su deber, se cuadra, lo saluda, se da la vuelta y vuelve a sus posiciones.

Ahora es el propio *capitán Maia* el que llevando una bandera blanca en la mano izquierda se acerca para hablar con el general Junqueira dos Reis. A mitad del camino se detiene y le dice que quiere hablar en terreno neutral. El general le ordena que se acerque y Maia le responde que hablarán a mitad del tramo de unos 200 metros.

Ante la negativa a acercarse, el *general Junqueira dos Reis,* muy irritado, se dirigió a uno de los alféreces que ocupaban la torreta de uno de los dos blindados (que empuñaba una ametralladora pesada) y le ordenó que disparara sobre el *capitán Maia*, a lo cual el alférez se niega. Al bajar de la torreta fue inmediatamente relevado del mando y detenido. Si la revolución no hubiera triunfado, el *alférez Fernando Sottomayor*, el hombre que no quiso matar a Maia, hubiera sido fusilado. El general se vuelve hacia el otro carro de combate y ordena que dispare contra el capitán Maia, que con los brazos en cruz y un trapo blanco espera respuesta a 100 metros. El otro artillero se quita el casco y desciende también del tanque. Los soldados se echan los fusiles al hombro y dejan al general solo, gritando como un descosido. Desquiciado, saca su pistola e intenta disparar contra Maia pero el *coronel Romeiras* se interpone entre los dos. El general está humillado, y viendo que la tropa no le obedece se retira con sus ayudantes.

Entonces es el propio Maia el que avanza hacia al tanque, erguida la cabeza, por la vía del tranvía, sin ignorar que un buque de guerra en el Tajo, frente a la *plaça do Comércio*, les amenaza. Solo ante el peligro, intentando apaciguar la ira. Los militares saltan de los tanques para unirse a él. Los dos grupos de militares se acercan y se abrazan. Han conseguido alcanzar el *Terreiro do Paço, la plaça do Comercio* sin bajas y sin heridos.

Por fin ascienden a la *plaza do Carmo* donde *Marcelo José*, ya informado de los hechos, no sabe cómo reaccionar. Los militares adeptos al gobierno telefonean continuamente, nerviosos, dando órdenes al ministro de defensa y al primer ministro, que, ocupando el Ministerio de Defensa en el Terreiro do Paço, observan cómo esas masas de insurgentes, cómo miles de personas subidas a los carros de combate, cómo el pueblo sublevado se acerca y se aposta bajo sus ventanas.

Algunas personas insisten en cruzar porque quieren ir a sus trabajos. Una señora se encara con el capitán Maia porque si no la van a despedir. Maia con simpatía la responde:

—Hoy no se trabaja, mañana sí. Hoy es fiesta, y desde hoy todos los 25 de abril serán fiesta. Váyase a su casa señora.

Otra señora pasa por la *plaça do Rossio*, se acerca a un tanque y pregunta a los soldados:

—¿Qué es esto, qué están haciendo aquí?

—Vamos para el Cuartel del Carmo, donde está Marcello Caetano, el presidente —le respondieron.

Eran cerca de las nueve de la mañana, y el soldado, que ya llevaba unas horas de guardia, pidió a *Celeste Caeiro* un cigarrillo. «Yo nunca he fumado, pero en aquel momento me supo mal no tener uno. Me fijé en si había algo abierto, pero era demasiado temprano, estaba todo cerrado y no había nadie en la calle».

—Lo siento, yo nunca he fumado, pero tengo claveles para darte.

Le tiende la mano con un clavel blanco. El muchacho extiende el brazo desde arriba, luego le da otro rojo. Él se los pone en la pechera y en el cañón del fusil. El resto de los soldados le imitan. La señora, que llevaba un gran ramo de claveles sobrantes de una inauguración que iba a celebrarse ese día, reparte todos ellos entre los soldados. El resto de las floristas de la plaza hacen lo mismo, y pronto todos los soldados sublevados exhiben claveles en sus solapas y en los cañones de sus fusiles. *Celeste Caeiro* sin saberlo ha creado un icono para esta revolución pacífica. La revolución de los claveles.

Todo lleno de claveles que simbolizan la confraternización de los trabajadores con los militares, una señal de que no piensan hacer fuego contra el pueblo.

—No queremos sangre —grita el capitán Maia encaramado en uno de los tanques con un altavoz en la mano—. Vamos a posicionar los carros de combate apuntando al edificio. Queremos la renuncia de Caetano y que se ponga fin al régimen salazarista.

—Atención, *cuartel do Carmo*, van a entrar dos delegados —añade.

Desde el otro lado del río Tajo, en Almada, militares leales a la dictadura tienen en el punto de mira con potente armamento al capitán Salgueiro Maia y sus seguidores.

Han pasado tres horas y las puertas del cuartel continúan cerradas.

La gente abarrota las calles, todos los árboles y balcones están llenos de personas, no se puede ni andar. Pese a que se ha dicho por la radio que la población permaneciera en sus casas, por si el levantamiento no triunfaba, que no hubiera enfrentamientos entre civiles de distintas ideologías, el pueblo se he echado a la calle. Todos con el puño en alto gritan consignas revolucionarias. Cantan Grandola Vila Morena u otras canciones revolucionarias de la época. Un coche se acerca al cuartel del Carmo. Negro, grande, parece un coche oficial. Debe ser el *general Spínola*, porque la radio ya está diciendo que el presidente del gobierno solo entregará el poder a un oficial de grado superior, no a un capitán.

Desde Almada no pueden disparar porque el sacrificio civil sería inmensurable.

Los soldados no pueden ya contener a las personas. Hacen barrera con los fusiles en horizontal. No hay violencia, sólo se trata de contener a un pueblo exaltado que no deja de gritar «¡viva, viva!» y de vitorear a Spinola. Empiezan entonces a entrelazar sus brazos para con la espalda contener a los jóvenes estudiantes, trabajadores, madres, hijos, obreros, reporteros de televisión, políticos y todo tipo de personas que empujan por querer acercarse a los carros de combate, a Maia, al meollo del levantamiento.

—Por favor, dejen pasar el coche, confirmo que es el general Spinola que viene a asumir el poder. Ya tendrán mucho tiempo para vitorear y celebrar la victoria —dice el capitán Salgueiro Maia.

—Por favor, dejen espacio para reunir fuerzas y organizar columnas. Además, creo que entre nosotros hay tiradores del *PIDE* (policía nacional de defensa del estado, en realidad la policía secreta), apostados en las ventanas cercanas con intención de matar al general Spinola, por eso no puede salir del coche ni mostrarse en público.

—¡Pueblo portugués, vivimos un momento histórico que no tuvimos desde 1640. Es la liberación de la patria —continúa el capitán Maia.

—Dejen espacio para que el gobierno que se ha rendido sea sacado de ahí —continúa dando órdenes Maia, aunque ya desde una ventana dentro del cuartel do Carmo.

El entonces alférez miliciano *Carlos Beato* recibe órdenes de Maia para conducir al depuesto jefe del gobierno Marcelo Caetano a *Pontinha* (cuartel de Pontinha, cerca de Lisboa).

—Pero, mi capitán, ¿dónde está el cuartel de *Pontinha*?

Otro alférez miliciano de la columna de Salgueriro Maia que sí conoce este emplazamiento es el que tuvo que escoltar el Mercedes de Spinola al cuartel de Pontinha, puesto de mando de los capitanes.

El pueblo empieza a gritar «¡victoria, victoria, victoria!» Hay personas que han trepado a los balcones, hasta en las farolas. Los militares, sonrientes, con los fusiles en la mano, conversan con los niños.

Son las seis y treinta y nueve minutos de la tarde cuando sale el primer representante del gobierno.

Empiezan a moverse los tanques. El capitán Maia va encima de uno de ellos con la mano derecha en alto, con los dedos índice y corazón dibujando una «V» de Victoria. Todos lo aclaman.

Seis horas más tarde el régimen dictatorial se derrumba.

No obstante, esta revolución incruenta arrojó un saldo de cuatro muertos ocasionados por los disparos de la PIDE, la policía política, contra manifestantes civiles[66].

El cuartel del Carmo, en Lisboa, fue cercado por el Movimiento de las fuerzas armadas, apoyado por una multitud de manifestantes, lo cual obligó a aceptar la entrega del poder a Caetano. El presidente hizo llamar y entregar los poderes a Spinola para evitar un vacío de poder y que se produjeran enfrentamientos entre facciones distintas de la población o incluso una guerra civil. Con el cerco del Carmo por parte del capitán Maia[67] se pone fin al régimen salazarista, siendo él mismo quien escoltó a *Marcelo Caetano y Marcelo José* al avión que les transportaría para el exilio en Brasil.

Los actos militares fueron encabezados por el capitán Salgueiro Maia, al frente de las fuerzas de la *Escola Prática de Cavalaria*, quien capitaneó la columna de blindados que venía desde Santarém a 100 km de Lisboa, montó cerco a los ministerios, ocupó el Terreiro do Paço a primeras horas de la mañana del día 25 de abril y forzó al final de la tarde la rendición de Marcelo Caetano en el cuartel do Carmo, quien entregó el Gobierno a Antonio de Spinola.

Todas estas acciones habían sido orquestadas por el *mayor Otelo Saraiva de Carvalho* en el cuartel de Pontinha. Él incluso había elegido la canción de José Afonso.

Al día siguiente fueron amnistiados y liberados los presos políticos de la prisión de Caxias. Se produjo también el retorno desde el exilio de los líderes políticos de la oposición[68].

En esta misma prisión fueron detenidos todos los antiguos sicarios, torturadores y asesinos de la antigua policía política, pero cierto día, sin que nadie supiera cómo ni cuándo, todos escaparon y desaparecieron del país.

En horas y sin derramamiento de sangre los portugueses pasaron de la dictadura de Salazar a la democracia.

Y tras la emoción histórica de cientos de miles de personas en la plaza del Comercio se abrió una nueva etapa en Portugal, tras casi diez lustros de mano de hierro. Pero los que lo celebraron con especial intensidad fueron los jóvenes, a los que se les abría una nueva vida de esperanza dejando atrás el hedor, vicios y abusos de este gobierno que ya formaba parte del pasado[69].

1974
Lourenço Marques
Provincia Ultramarina de Mozambique

26 de abril de 1974
La marrabenta

La gente enfervorizada bailaba al unísono sus ritmos tribales y tocaba sus instrumentos de percusión, y sobre todo una especie de guitarras de cuatro cuerdas hechas por ellos mismos con cañas vaciadas y trozos de madera. Parecía que sus cuerpos iban a descoyuntarse mientras danzaban la *marrabenta* con movimientos casi frenéticos, hipnóticos, y gritaban al unísono: «*¡teka, teka!*», que es la expresión que se usa mientras se baila *marrabenta* y hace que el ritmo se contagie de unos a otros y que terminen todos uniéndose al grupo.

Era 26 de abril en Lourenço Marques y ya habían llegado las noticias de la Revolución de los Claveles a Mozambique. No portaban banderas ni gritaban contra los portugueses, sólo bailaban. Era su forma de manifestar a los conquistadores que si «allí ya son libres pronto lo seremos aquí también». Aunque había soldados portugueses con armas en las manos no tenían miedo, llevaban cuatrocientos años esperando la libertad y pronto sus guerrilleros bajarían del norte y proclamarían la independencia de su país, aunque fuera arrancándosela a sangre y balas a los conquistadores.

Algunos, los más atrevidos, llevaban palos y retaban con la mirada a los soldados, que intimidados miraban para otro sitio. Nadie les había dado orden de disparar. Ni siquiera dispararon en Lisboa cuando ayer tomaban la ciudad los capitanes, ¿qué iban a hacer ahora ellos? Se sentían fuera de lugar y amedrentados por tanto nativo envalentonado alrededor, conocedores de que al menor movimiento mal interpretado podrían ser pasto de esas masas coléricas que en sus danzas decían todo, que eran felices por primera vez en sus vidas, que pronto iban a ser de nuevo los dueños de sus tierras, y que ningún intruso volvería a someterlos ni a hacerles sentir esclavos en su propio país.

Un hombre, apenas vestido con taparrabos, descalzo y con unos collares extraños se acerca a un policía bailando, dando saltos, levantando una pierna y luego la otra, provocando al portugués, que pese a su serio rostro y a su fusil en la mano está aterrorizado. Se retira. Ahora es una jovencita con los pechos al aire y una faldita de plumas, también descalza, la que se planta frete al policía. Moviendo las caderas hacia atrás y hacia delante, casi rozando con su sexo el fusil, mientras sus pechos suben y bajan, sus brazos a cierta distancia de él se mueven como si le acariciaran, en un exótico baile lleno de erotismo y excitación, casi lujuria, provocan al policía, que con el rostro rojo brillante tiene que darse la vuelta y retirarse del círculo de nativos que se supone «controla». No se sabe si lo hace por vergüenza o por la excitación que ya estaba sintiendo en su propio cuerpo. Había contemplado danzar así a los nativos muchas veces, pero nunca una mujer le había hecho centro de su baile sensual. Estaba excitado y avergonzado.

Cuando el policía se va todos se ríen y gritan «*teka, teka*» más fuerte. Un hombre sale del círculo a acompañar a la mujer en su baile.

La música cada vez suena más rápida, los tambores cada vez retumban más fuertes, los hombres y mujeres cada vez bailan más deprisa y más exhaltados. De repente todo cesa. Y al unísono gritan: «¡Libertad! ¡Independencia! ¡Fuera los portugueses! ¡Fuera los represores! ¡Viva Mozambique!» Pero los portugueses no les entienden porque gritan en su lengua, en su idioma autóctono, en el idioma de su pueblo; y beben un aguardiente que ellos mismos destilan llamado «*canhu*».

La *marrabenta* surgió en el sur de la colonia hacia 1930, pero se hizo más popular en la década de los 60 con los primeros movimientos revolucionarios que surgieron en el norte. Era como una manifestación anticolonialista, no sólo un baile, era la música de la resistencia, la música de la lucha. El régimen portugués en la colonia oriental portuguesa exigió que se cantara y bailara solamente música portuguesa durante la mayor parte del período colonial. Surgieron varias organizaciones, como la Asociación Africana (AA) y el Asociativo Centro de Negros de la Provincia de Mozambique (CANPM), que dieron un importantísimo empuje en la promoción de la cultura mozambiqueña. Así, la *marrabenta* se convirtió en una música de lucha, cuyos temas hablaban de amor, de la vida diaria, pero también de crítica social, de acontecimientos o de la historia de Mozambique. Era una forma de difundir su historia solapadamente y de defender su identidad cultural.

Algunos autores creen que el término deriva del verbo portugués «*reventar*» («reventar» también en español). Se refiere a la fuerza con que tocan las guitarritas de forma colérica, o de cómo mueven sus cuerpos hasta la extenuación (baila hasta que revientes). Pero sea el origen el que fuere, la *marrabenta* es el baile que da la identidad a este país.

Amalia cambia de trabajo

Desde que doña Amalia empezó a acudir a las citas en el Polana, primero con el empresario español, después con el embajador de un país árabe al que impresionaba su blanquísima piel y su frondosa melena rubia, y más tarde con multitud de personalidades que se alojaban en el hotel más famoso de Lourenço Marques, empezó a transformar su natural carácter cándido, ingenuo, que la había sojuzgado toda la vida, por una actitud más frívola y voluptuosa. Los que habían sido placeres sencillos advenían exquisiteces y comenzó a utilizar perfumes y sombreros importados que encargaba a los amigos que hacía entre los clientes del Polana y que después le traían cada vez que volvían a Mozambique y le ofrecían como regalo.

Poco a poco, ella misma se fue confeccionando vestidos de noche, los más exclusivos de la ciudad. Se hacía traer encaje, seda, tul, brocados, organza, satén, lino, muselina, piqué y todo tipo de telas finas que tan solo empleaba ya para sus propios vestidos.

Luego empezó a encargar modelos *prêt à porter* de conocidos modistos europeos y, en pocos meses, pasó de ser la modista de la *avenida Dom Luiz* a ser la gran dama del Polana, la señorita de compañía a la que todos los hombres deseaban, la más solicitada y la mejor pagada. La más elegante y cariñosa y la más codiciada.

Se volvió ambiciosa y cada vez más exclusiva. Tan solo se relacionaba con los hombres más influyentes de cada país.

—Estuvo envuelta en espionaje internacional durante la guerra —le dijo un día el director, su primer mentor, al empresario español—. Se ha vuelto mezquina y manipuladora, y sólo deja a un hombre para estar con otro más importante o más acaudalado.

—Es una lástima. Cuando yo la conocí me hubiera casado con ella, pero me rechazó un simple regalo y pensé que tenía compromiso con otro hombre y no quería dar lugar a malas interpretaciones. Me pareció tan sensible y tan fiel a sus principios que me frenó y nunca le propuse nada.

—Creo que no hubiera aceptado. El día que decidió cambiar su vida íntegra e irreprochable, ajena a la impudicia, lo hizo con una idea muy clara: el dinero. Desde ese día sólo ha pensado en ganar más y más. Sólo se ha relacionado con personas poderosas y opulentas, cada vez más, hasta llegar al límite de relacionarse con hombres sin escrúpulos, que posiblemente la hayan utilizado, unas veces y otras mutuamente, para obtener información sobre estrategias, ataques o tácticas futuras de militares del bando enemigo.

—¿Entonces es verdad que fue una espía?

Don Álvaro, encogiéndose de hombros, comenzó a relatarle algunos cotilleos y chismes, según él.

—En 1943, Amalia empieza a frecuentar la compañía del mariscal Klaus Müller, un hombre muy atractivo, que presumía de «auténtica raza aria» y que se prendó de Amalia desde el mismo momento en que la vio, queriéndola para él. Siempre que venía a Lourenço Marques ella estaba a su lado, comían y cenaban juntos, y se supone que también pasarían la noche juntos, aunque no sería en el Polana, de eso puedo dar fe.

—Me deja sin palabras, comentó sorprendido el español.

—A nadie le sorprendía. Siendo ella portuguesa y presidiendo su país un fascista que apoyaba a Hitler, todos pensamos que simpatizaban en ideología, que ambos gustaban del partido nazi, y que por eso se entendían tan bien.

—Pero cuando Müller no estaba en la colonia, Amalia desaparecía como un furtivo y no se sabía nada de ella. Las malas lenguas murmuraban que se veía con un piloto inglés, un tal Andrew Becher, y que le transmitía las nuevas, estrategias y planes de los germanos. Cuando los alemanes lanzaban aquellos cohetes, las V1 sobre Londres, los ingleses acentuaron su inquietud, aunque, según decían, no tuvieran los tudescos mucha precisión. Caían de tal modo impreciso que morían miles de personas, tanto en Londres como en Amberes. No obstante, aún no había llegado lo peor. Listas las V2, los nuevos cohetes superaban la velocidad del sonido y podían teledirigirse. Al impactar sobre la ciudad de Londres crearon tal vorágine y confusión, tal caos... producían muchísimos muertos y heridos. Pero el estruendo que producían segundos después cuando atravesaban la barrera del sonido era espantoso. La población enloquecía.

»Los ingleses, que poseían esta información, no podían detectar con sus radares, debido a la altitud de vuelo, los proyectiles lanzados desde Alemania ni podían detenerlos con artillería antiaérea ni tampoco con cazas.

—¿Superaban la velocidad del sonido? —dijo el español echándose las manos a la cabeza.

—Sí. Lanzaron miles de V1 y V2 entre 1944 y 1945 desde plataformas móviles de desconocido emplazamiento, con lo cual los aliados estaban a punto de perder la guerra y la cabeza. En ese período, Amalia no abandonaba el Polana, siempre con la mejor de sus sonrisas, flirteando con unos y con otros. Ella quería que su hija se decidiera a casarse y se marchara a otro lugar, incluso a otro país, pero la joven se resistía. Amalia, con su coche, no cesaba de hacer el trayecto entre el hotel Polana y su propia casa, no permitiría que su hija advirtiera el tipo de vida que llevaba. Adelgazó varios kilos, pero siempre mantuvo su temple y compostura. Sí —volvió a afirmar el director—, esa mujer está hecha de acero. Solía eludir a menudo con alguna argucia la atención de los ingleses cuando los alemanes estaban cerca. Un día en el que charlaba animadamente con un militar francés vio por el rabillo del ojo que salía del ascensor el mariscal alemán. Esta ocasión no la había previsto. Tenía que fingir que estaba en el Polana por casualidad. Se levantó tranquilamente, sin perder la compostura, y se dirigió al tudesco mariscal, y, haciéndose la sorprendida, se colgó de su brazo dejando al francés con la palabra en la boca. Tenía prioridades. El alemán no se dio ni cuenta. Mantuvo la templanza. De otra manera, si hubiese sido observada hablando con otro hombre y, con más motivo, de un país enemigo, el mariscal podría haber dudado de su lealtad y habría podido desbaratarse su misión. Pocos días después los alemanes trasladaron sus bases de lanzamiento y su artillería hacia Calais, ya que los informadores de Hitler, entre ellos el mariscal Müller, transmitían informaciones totalmente erróneas a sus superiores, y hasta el último momento o primer instante del día más largo, el *Führer* creyó que el desembarco se produciría en Calais, y que lo de Normandía era una simple distracción para que llevaran allí sus nuevas armas y su tropas.

El empresario español levantó las cejas y se bebió su *Manhattan* de un trago. Nunca hubiera podido imaginar que esa dulce, tierna e inocente muchacha a la que acompañó a su casa, y que rechazó un presente que le había hecho como pago por un trabajo de traducción, esa joven a la que había idolatrado, a la que hubiera pedido en matrimonio de haber surgido la ocasión, pudiera haberse convertido en tan pocos años en una mundana y veleidosa mujer llena de caprichos y estrategias. Y lo peor de todo era que aún le fascinaba.

Había sido admirada por casi todos los hombres de su generación y envidiada por las mujeres que, aunque externamente la vituperaban, en su fuero interno deseaban ser tan libres e independientes como lo era ella.

Aún así, los estadounidenses tiraron dos bombas atómicas en *Hiroshima* y *Nagasaki*, dos pequeñas islas del archipiélago de Japón, casi al término de la guerra, y sólo faltaba que se rindiera el emperador *Hirohito*. Pero gran parte de los militares japoneses consideraba la rendición como un deshonor, y, o se suicidaban haciéndose el *harakiri* o volaban en aviones *kamicaces*, estrellándose con piloto incluido contra barcos aliados. Las batallas en suelo japonés entre estadounidenses y japoneses fueron de las más sangrientas, ya que los japoneses nunca se rendían aunque murieran todos en la batalla, como en *Iwo Jima* y *Okinawa*.

Hirohito, que se consideraba un Dios, no podía rendirse, y no lo hizo hasta que los americanos le obligaron con dos bombas atómicas sobre territorio civil para amedrentar y disuadir definitivamente al pueblo y a sus fuerzas armadas de continuar por el camino de las invasiones y agresiones en el Pacífico, sobre todo en China e Indonesia. Al rendirse el emperador ordenó a su pueblo que no se suicidara y que intentara sobrevivir. Él mismo se sobreponía a su propia humillación para desvirtualizar ante su pueblo su condición de Dios.

Pero se cree que la misión de las bombas atómicas no sólo fue terminar con la guerra, sino también mostrar al mundo, y, sobre todo, a sus enemigos, en primer lugar la Unión Soviética, su capacidad militar defensiva y ofensiva.

—Siempre supe que me habías pagado una parte muy importante de la casa —le dijo sonriente un día a su amigo Álvaro, el director del Polana.

—¿Yo? —dijo él volviendo la cabeza hacia las botellas y cogiendo una coctelera.

Su cabeza ya lucía una incipiente calva, semejante a una tonsura. «¡Han pasado ya tantos años!», pensó Amalia.

—No sé de qué me hablas —volvió la cabeza hacia ella con una sonrisa forzada, dando vueltas por la barra como un tiovivo. Nunca había sabido mentirle.

Pese a considerarse un hombre que había vivido la primera y segunda guerra mundial y se había movido entre militares, espías y estafadores, Álvaro, cuando se quitaba la careta de barman de hotel, era un hombre honrado y nunca supo mentir. En la soledad de su vida privada era un hombre sensible y sincero.

Su cargo de director y su relación con los mejores clientes del Polana, su habilidad para preparar cócteles y su manejo de las botellas, a las que hacía girar, cual malabarista, en el aire, para siempre hacer caer los multicolores líquidos dentro de la coctelera, donde se mezclaban para componer excitantes mejunjes que todos los clientes adoraban, producía un distanciamiento entre él y sus asiduos que no tenía con Amalia. A ella no, a ella nunca le mentiría, jamás había podido resistirse a esa mirada verde intenso tan intrigante.

—Sabía que triunfarías, pero necesitabas de trampolín. Yo sólo te ayudé a dar el salto a la respetabilidad...

—¡Respetabilidad! —rió ella sarcástica, mirándolo con sus sabios ojos entornados, dando una calada a su cigarrillo emboquillado—.

Por un momento, Amalia se quedó observando el vacío, recordando melancólica el momento en que se propuso la empresa de triunfar con sus manos y su aguja... Y lo hubiera conseguido si la codiciosa ambición no le hubiera hecho acelerar el camino de su vida. Llegó siendo pobre, sin conocer el lujo ni la comodidad, pero éstos habían provocado en ella una atracción tal que la precipitaron a cambiar su rumbo vertiginosamente y, sobre todo, el de su hija.

Recordó aquella noche...

El ascensorista, con semblante serio y sorprendido, no podía creer lo que veían sus ojos; apretó el botón de la planta tercera del ascensor. Amalia, su antigua compañera de trabajo, muy elegantemente vestida, iba acompañada por un caballero que se hospedaba en el hotel desde hacía dos noches. Él trabajaba en el Polana desde su inauguración y nunca había visto a Amalia subir a una habitación acompañando a ningún hombre.

Amalia tuvo cuidado de que sus miradas no se cruzaran, puesto que sus ojos brillaban pero no de felicidad, sino por las lágrimas que apenas podía contener. Estaba avergonzada. Ningún hombre la había abrazado desde hacía años, y ese desconocido la tenía sujeta por la cintura.

—Qué cutis más suave tienes —dijo pasando sus rugosos dedos por la maquillada carita de Amalia.

Ella retrocedió inconscientemente, no se sentía tan inexpugnable como había creído.

Amalia entró tras él en la habitación. Con el cuerpo tenso y apretando los dientes para contener las lágrimas sonrió mientras se giraba y daba unos pasos alejándose de él. Era como si quisiera alargar el comienzo de lo inevitable. Él la siguió y, abrazándola por la espalda, puso las manos en sus senos, apretándolos, sintiendo su tersura, para después, con delicadeza, bajarle la cremallera del vestido y sacarle las mangas, dejando que resbalase por sus enaguas de seda hasta caer al suelo. Amalia sintió cómo un torbellino de lágrimas corría a través de sus mejillas y continuaba por su cuello hasta perderse en su pecho, ¡como un Guadiana!

Era como si la compuerta de una presa se hubiera abierto de golpe. Las lágrimas surgían de sus ojos y ella no podía evitarlo. Él la besó en el cuello y, sofocado, la tumbó sobre la cama. Ni siquiera apagó la luz. Amalia se sintió horrorizada, giró la cabeza hacia la ventana, desde la que se veían las luces de la playa, y siguió mirando éstas mientras soportaba a ese hombre jadeante, cubierto de sudor y con la espalda llena de vello que se le había puesto encima, le había bajado las bragas sin ninguna delicadeza y la había penetrado, haciéndole daño, sin proferir una sola palabra. Se movía sobre ella haciendo unos ruidos que semejaban los de un animal, mordiéndole el cuello mientras que sus manos recorrían, como si exploraran, sin pudor alguno, todo el cuerpo. Pesaba mucho. Intentó abrazarlo, no quería que nada saliese mal, pero al tocar la espalda, mojada y cubierta de vello, sintió asco y retiró la mano. Sollozó.

Cuando el hombre hubo satisfecho su deseo, gimió mientras arqueaba el cuerpo y cayó con todo su peso sobre ella, aplastándola durante un largo rato. El sudor que corría por su cara caía sobre la de ella, que apenas podía moverse para secárselo. Era repugnante. Sintió su miembro flácido y un fluido tibio y pegajoso que se deslizaba por sus piernas. Oyó un ronquido. El hombre, con un gesto automático, se acomodó en la cama y, tirando de la sábana, se arropó dándole la espalda. Amalia no sabía qué hacer. ¿Debía quedarse allí toda la noche? Necesitaba asearse.

Se sentía perturbada. Sentía miedo y repulsión. Si se levantaba y despertaba a su cliente, ¿le pagaría por la mañana? Llena de angustia y soportando las náuseas, se mal arrebujó entre la poca ropa que el cliente le había dejado, en el borde de la cama.

No durmió. Estuvo aletargada toda la noche, oyendo con agrado cómo las olas del mar disipaban los groseros ronquidos que ella no quería escuchar. Le zumbaban los oídos y le estallaba la cabeza. Observó las tenues luces naranjas del amanecer y escuchó cómo ese hombre se levantaba, carraspeaba hasta desprender las flemas de la garganta, entraba en el baño y, después de un buen rato, salía y se vestía pausadamente.

Ella estaba rígida, no movía un músculo. Se fingió dormida. Pero por el rabillo del ojo vio que el hombre dejaba unos cuantos billetes sobre la mesilla, cogía su sombrero y salía de la habitación. Ni siquiera la miró.

Entonces rompió a llorar, se sintió sucia, vejada, ruín... Saltó de la cama y, metiéndose en la bañera, abrió el grifo para que el agua manara con fuerza. Se restregó la piel con la esponja, llorando, con rabia, con asco, hasta que su piel se puso roja. Había permitido que otro hombre, que no era su amado Diogo, mancillara su cuerpo.

Y sólo por dinero. Se había convertido en Violet.

Tendrían que pasar meses hasta que Amalia dejara de sentirse indigna y despreciable y aprendiera a dar valor, más valor, a la suculenta vida que le proporcionaban aquellos, cada vez más frecuentes, billetes en la mesilla, que el decoro y pundonor que siempre la habían honrado. El deseo de riqueza pudo con la virtud.

María Leopoldina siempre creyó en la existencia de una aristocrática señora portuguesa que supuestamente vivía en su villa de Cascais, pero que cada dos años venía a Mozambique de vacaciones y ocupaba la parte superior de la casa. María Leopoldina se extrañaba de que no hubiera venido en los años que estuvo ella. Con sutiles elucubraciones, su madre le explicó que la situación en Europa era muy delicada y que quizás le diera miedo salir de su hogar.

—Pero aquí estaría más segura que en un país con una guerra tras su frontera y en un continente en el que está a punto de estallar otra.

Aunque la explicación no la satisfizo, nunca sospechó que esa falsa señora de rancio abolengo y su humilde madre eran la misma persona.

Con sus dieciocho años, a María Leopoldina le encantaba subir a escondidas a la segunda planta de la vivienda para jugar, admirar los muebles, las cristalerías, las vajillas, las lámparas, las esculturas, los cuadros..., y, como no, la cama con dosel de gasa, en la que se tumbaba y luego arreglaba con sumo cuidado, los sofás de cuero negro, tapados con lienzos blancos que ella quitaba para sentarse y leer a escondidas alguno de los libros de la extensa biblioteca que esta señora tan culta y refinada poseía.

También subía para, a hurtadillas, ponerse los vestidos colgados en los roperos, que casualmente eran de su talla y le quedaban como un guante, así como se aderezaba con las joyas, guardadas en el joyero y que nunca entendió por qué la señora no se llevaba a Portugal. Bailaba dando vueltas por el gran salón, escuchando música en la gramola bajo las lámparas de araña, soñando con ser una princesa.

Su madre lo sabía, pero siempre la dejó disfrutar de este aperitivo de su futura existencia, ofreciéndole una perfecta vida en la metrópoli, junto a una familia que la adoraba, asistiendo a unas escuelas de privilegiados, viajando a placer, rodeándose de compañías diversas para que aprendiera a desenvolverse en su futura posición, y cuanto fuere necesario para desarrollar su actitud cosmopolita, su carácter social, propio de una dama, mas, sin revelarle que todo aquello era suyo, y que la planta de abajo era su coartada, su reducto, su refugio.

Doña Amalia siempre procuró proporcionar a su hija, desde la distancia, conexiones y habilidades sociales que le facilitaran una posición de considerable bienestar, lo que usualmente se obtenía por herencia o por matrimonio, pero que ella deseaba que poseyera sin depender más que de ella misma. Para este fin se había sacrificado ella. Amalia ya había tenido que afrontar un dolor muy profundo al tener que enviar a su hija lejos de África para que se formara y adquiriese una educación que le sirviera para desenvolverse mejor en la vida. Pero lo peor fue cuando María Leopoldina la visitó con motivo de su puesta de largo, efeméride de las altas esferas sociales. La puesta de largo consistía en una fiesta con cena y baile. En este día su hija iba a celebrar la edad en la que perpetraba la entrada en sociedad, el pasaje hacia las relaciones sociales. No sólo suponía poder asistir a fiestas o reuniones del círculo de amistades de los padres, sino, además, el anuncio de la edad de contraer noviazgo. Por ello Amalia optó por una reunión en su casa con su círculo más íntimo de amigos. Pero no tenía demasiados amigos cercanos. María Leopoldina estrenaría su primer vestido largo y estaba encantada. Ese tipo de vestido es el que luciría en las sucesivas fiestas y acontecimientos sociales futuros. Era por ello un día especial para la muchacha y su familia. Cumplía dieciocho años pero ella, su madre, no podía permitir que permaneciera a su lado por mucho tiempo: corría peligro, no físico sino mental. Podía averiguar cómo era y había sido la vida de su madre y no habría podido soportar tamaña desilusión. Posiblemente la hubiera odiado y se habría alejado de su vera para siempre.

Prefería que todo continuara como hasta entonces, que se hubiera vuelto a Portugal, pero no pudo ser. El sufrimiento al verla a su lado, expuesta a cualquier comentario indujo a la madre a cuidar de su hija y a protegerla de todos, como si de nuevo fuera una niña. La adoraba. Su hija, la que la había hecho abandonar su país y su vida, a la que amó desde antes de nacer, a la que cuidó y mimó cada día hasta que embarcara con su hermano rumbo a Portugal..., su niña. La niña que durante tantos años había estado lejos, a la que echaba de menos con cada despertar y por la que rezaba antes de dormir... ¡Su hija!, de la que apenas recibía una foto anual, justo del día que estrenaba el abrigo de invierno que le compraba su tía... Su preciosa hija. Su hija, a la que protegió no permitiéndole venir durante años a África, pero que, testaruda como ella, se empeñó en venir, y vino, algo que ella en el fondo de su corazón deseaba. Deseaba tanto verla... ¡que se olvidó por un tiempo del peligro!

Pero con un marido y una hija tenía que volver a Portugal, ya no podía permanecer allí por más tiempo. Sufría y rezaba cada noche, no sabía cómo convencerla para que se marchase. Le palpitaba la cabeza, le temblaba la voz, no comía. La amaba tanto..., todo lo había hecho por ella. No quería que viviera en la estrechez, con una madre modista, ni mucho menos que se la estigmatizara por ser la hija de una meretriz. Ella, con el paso del tiempo, se había vuelto sibilina, pero su hija no debía saberlo.

Antonio se enteró de la doble vida de doña Amalia porque en las ciudades pequeñas todo se sabe, y, cómo no, Lourenço Marques no era una excepción y doña Violet no era una persona fácil de esconder. Todo el mundo la conocía, y sabía de su pasado y de cómo había llegado a ser lo que hoy día era. Pero a muchos no les importaba, y a los que les importaba, normalmente mujeres, preferían no hablar de ello. Nunca le había comentado a su mujer de dónde venía el dinero que proporcionaba a doña Amalia su desahogada posición actual, ni tuvo intención de referirse a que durante el tiempo que ellos estuvieron en Lourenço Marques se veía obligada a fingir que continuaba viviendo de la costura, oficio que había dejado en el olvido desde hacía muchísimos años.

No obstante, por más que doña Amalia hubiera abandonado su mundanal vida, trasladándose a la planta baja, era Lourenço Marques una ciudad donde no podían guardarse grandes secretos por mucho tiempo. Y el reloj corría en su contra.

Por puro azar, durante los casi tres años que María Leopoldina había permanecido junto a ella, nadie había cometido, felizmente, la cruel imprudencia de revelar a la joven ningún extremo acerca de su madre. Tampoco abundaron las ocasiones, puesto que Amalia se abstuvo de introducirla en los círculos frecuentados por ella.

Por eso Antonio, en un pacto sin palabras con su suegra, siempre quiso llevarse a su esposa a Portugal y, no sin costarle mucho esfuerzo y tesón, pudo conseguirlo.

Llegada la hora de sacar a su esposa del país, su suegra le recompensó con una gran suma de dinero, lo que les ayudaría a empezar una nueva vida en el viejo continente.

Amalia, después de simular durante cuatro años su dedicación a la humilde y abnegada profesión de modista, deseaba volver de nuevo a la planta de arriba, a su vida, a sus bailes, a sus cenas y a sus interesantes y seductoras compañías, es decir, a su otra forma de vida. No ya por dinero, del que tenía más que suficiente, sino por esa otra vida en sí, porque le pertenecía y había llegado a transformarla como mujer. Una vida, la propia, a la que se había acostumbrado y que le resultaba mucho más atrayente que ninguna otra.

Y mantuvo, como siempre lo había hecho, una cercanía y una consideración especial por sus niñeras y por la gente del pueblo, de la que procedía. Alcanzó las nubes sin olvidar sus raíces.

Ella permanecería allí el resto de su vida y moriría el día en que Dios considerara que se la debía llevar a su seno, mas no dejaría nunca esta tierra de oportunidades, donde había resurgido de la nada y donde podía vanagloriarse de ser alguien importante sin sentirse despreciable.

Notas

1 Santa Marinha de Gontinhães fue elevada a la categoría de villa el 5 de julio de 1924 y se le cambió el nombre por Vila Praia de Âncora, pero aquí vamos a llamarla Vila Praia de Âncora desde el principio.

2 Municipio, conjunto de aldeas.

3 Monumento ideado por el ingeniero don Laureano Salgado Rodríguez, que empezó a construirse el año 1910, colocándose sobre la primera piedra una cajita de zinc que contenía dos monedas de oro, dos de plata y dos de bronce, junto con una copia del acta de tal acontecimiento. El día 14 de septiembre de 1930 se celebró su inauguración con diversos actos y ceremonias religiosas y paganas, que aún se repiten el último domingo de agosto al pie del monumento. Esta imagen pétrea, cuyo manto arranca desde la misma roca, está a 100 metros sobre el nivel del mar, tiene 15 de altura y está tallada en piedra, a excepción de la cara y las manos, que son de mármol blanco. La corona está rodeada de azulejos y descansa sobre sus hombros. El interior del monumento esta hueco y tiene una escalera de caracol que permite subir al barco que la Virgen sostiene en su mano derecha desde el cual se pueden disfrutar unas magníficas vistas.

4 Escudo en el lenguaje popular. Moneda portuguesa anterior al euro.

5 De 1830 a 1910 Portugal tuvo la última bandera monárquica, que entró en vigor por decreto el 18 de octubre de 1830 durante el reinado de María II de Portugal. El diseño de dicha bandera fue de forma rectangular dividido en dos partes, la parte del lado izquierdo de color azul oscuro y la del lado derecho blanca. Los colores tradicionales y monárquicos de la época eran el azul y el blanco. Sin embargo, los republicanos tenían la idea de sustituir el color de la bandera al cesar la monarquía y comenzar la república, como un símbolo más de cambio gubernamental y de libertad. Eligieron el rojo y el verde que eran los colores del partido republicano y los que utilizaron asimismo en la insurrección republicana en Oporto y Lisboa, el 31 de enero de 1891. El 15 de octubre de 1910, tras una reunión de personas importantes de la época, se escogieron estos dos colores para la nueva bandera de la República de Portugal.

El escudo nacional portugués, sin embargo, no cambió. Es el símbolo primigenio del país, además de ser uno de los más antiguos del mundo. Es el mismo en todas las banderas que ha tenido Portugal, con excepción de la primera. Este escudo lleva usándose más de 800 años.

La bandera actual de Portugal se aprobó en la Asamblea del país, el 19 de junio de 1911 y se proclamó *A Portuguesa* como himno nacional, sustituyendo a *O Hino da Carta*, que era el himno nacional desde mayo de 1834.

6 Históricamente, los pescadores alternaban su actividad a lo largo del año entre la pesca de sepia, que se realiza de marzo a junio, con la pesca de especies pelágicas como la sardina y el jurel, que se capturan mediante artes de cerco y xeito, desde junio hasta finales del verano. A partir de octubre, su actividad se centra en el marisqueo y continuaba hasta el inicio de la veda del marisco en marzo del año siguiente.

7 Las mujeres y madres de los pescadores cuando sus hombres salían a la mar hacían grandes vigilias en la playa tanto por la noche como el día esperándoles. Como en la orilla del mar siempre hace frío se cubrían desde la cintura a la cabeza con la mitad de las enaguas y con la otra mitad se cubrían las piernas. Se suele decir que llevaban siete enaguas blancas y bordadas, y que eran siete precisamente por superstición, porque los colores del arco iris son siete, las virtudes son siete, los días de la semana son siete, las reverberaciones son siete. O simplemente porque para esas mujeres el número siete es mágico, místico, casi bíblico.

8 El domingo 13 de mayo de 1917, tres niños fueron con sus ovejas a un lugar conocido como Cova da Iria, cerca de su pueblo natal de Fátima. Lucía, la mayor, describió haber visto en una encina a una mujer «más brillante que el sol», vestida de blanco y con un rosario en las manos, que les pidió que retornaran el mismo día y a la misma hora durante cinco meses consecutivos, encomendándoles el rezo del rosario para pedir la conversión de los pecadores, y les introduciría en la práctica del sacrificio cotidiano. En los mensajes que los niños transmitían la Virgen exhortaba al arrepentimiento, a la conversión y a la práctica de la oración y la penitencia como camino de reparación por los pecados de la Humanidad. El pueblo portugués se volcó con estos niños y los siguió y acompañó en cada aparición, en las que la Virgen prometía que Dios haría revelaciones. Más aún, después del «Milagro de Fátima», miles de personas aseguraron ver como el sol se «movía y danzaba». La Virgen de Fátima se convirtió desde entonces en la Virgen predilecta de los portugueses y a la que más veneran.

9 El salitre es corrosivo para la madera, para unas más que para otras, por eso los barcos se construían preferentemente de teca e iroco, entre otras. Más tarde, esta «supuesta moneda» fue sustituida por otra, unos

tubos de plumas de aves llenas de oro en polvo, los meticais (meticales), que dan nombre a la moneda del actual Mozambique.

10 Navegar contra el viento es recoger el aire de la dirección opuesta y proyectarlo contra otra mayor, y así el barco avanza siempre, aunque lentamente.

11 Doña Ana do Chinde, doña Macacica, doña Ignácia Benedita da Cruz son algunas de los nombres de las célebres donas da Zambézia. Normalmente, estas mujeres eran mestizas, hijas de portugueses y de negras o goesas. Surgieron en el siglo XVII y no fue hasta mediados del siglo XIX, cuando dejaron de tener poder al extinguirse los prazos de la Corona. Muchas de ellas heredaron fabulosas fortunas, llegando a tener gran poder en sus jurisdicciones.

12 Pequeño ejército de esclavos que cuidaban de la seguridad de los prazos. Después de la abolición de la esclavitud en el último cuartel en el siglo XIX, los xicundas pasaron a ser Simpaios, auxiliar nativo de la policía en la administración colonial.

13 África Occidental Portuguesa fue una provincia ultramarina, parte del antiguo Imperio portugués, situada en el sudoeste de África. A lo largo del tiempo ha tenido diversas denominaciones como Angola Portuguesa, Provincia Ultramarina de Angola y la actual de República de Angola, tras su independencia en 1975.

14 Las fronteras separaban poblados de la misma etnia y unían bajo el mismo gobierno a otras que se odiaban entre sí. Esta arbitrariedad fue aún más sangrante cuando los estados africanos se fueron independizando y sus antiguos colonizadores no permitieron que en los nuevos países recién formados se pudieran unir las etnias antes separadas o separar las razas que eran enemigas entre sí ancestralmente, y las fronteras se consideraron inamovibles.

15 El índigo es el producto de donde se obtiene el doméstico añil.

16 Las personas con talasemia, que es una enfermedad propia del Mediterráneo, están inmunizados contra la malaria o el paludismo, ya que sus glóbulos rojos tienen un defecto (son más grandes de lo normal); la enfermedad se produce porque un mosquito transmite un parásito a la sangre que sólo es capaz de parasitar los glóbulos rojos sanos. La sangre de las personas con talasemia tiene un gran número de glóbulos rojos deformes, dejando al parásito indefenso en la sangre y permitiendo que nuestro sistema inmunitario acabe con él. Debido a esto hay una alta frecuencia de talasemias en los países con malaria endémica, puesto que es un método natural de supervivencia; y los portugueses detectaron que esta población se contagiaba menos de malaria que los ciudadanos de la metrópoli. Por

eso, en los países donde hay más malaria abundan más los individuos con talasemia.

17 Goa es también el gentilicio utilizado para describir a la gente del estado indio de Goa.

18 El hotel Polana era autosuficiente. Se había construido con máquinas generadoras de electricidad, calefacción, lavandería, frigorífico, fábrica de sodas y un servicio permanente de correos y telégrafos, lo que permitía a sus visitantes expedir cartas, telegramas o radiogramas y hasta paquetes postales para todo el mundo donde llegaran barcos. Tenía piscina de adultos y niños, sala de té, sombrillas y hamacas, terrazas para consumir refrescos, todo era poco para el Polana. Pero aunque desde el salón de té se podía acceder fácilmente a unas hamacas frente a la playa, el Reglamento de playas de 1910, que se mantuvo en vigor hasta 1934, estipulaba que los no europeos no podían entrar en el Pabellón de té, ni tampoco bañarse en las mismas aguas que los blancos. Sus bailes siempre estaban repletos de invitados, engalanados con sus mejores ropas y joyas, y, por supuesto, los hombres con chaqueta blanca y pajarita negra.

19 Años atrás, las instalaciones eléctricas estaban protegidas mediante unos fusibles conectados en serie en la línea. La gente los llamaba coloquialmente «plomos». De este modo, toda la corriente de la línea debía pasar por el fusible. Dichos fusibles están (pues todavía se encuentran viviendas con ese tipo de instalación) fabricados con un hilo de plomo que se calienta y se funde con el paso de una corriente superior para la que está preparada la instalación. Para restablecer la corriente había que poner fusible (un plomo) nuevo.

20 En Portugal cada contrayente lleva dos padrinos que a la vez sirven después de testigos.

21 El perico es un tipo de orinal bastante más alto con dos asas y con tapa. Cuando era para una niña, sobre todo de la burguesía, solía ser de cerámica pintado con bellos dibujos o flores.

22 Era el Salvarsan. A partir de 1944 se abandonó el uso del cianuro para usar el antibiótico penicilina, recientemente descubierto y mucho más eficaz. Para probar la penicilina, durante los años 1946 a 1948 los Estados Unidos llevaron a cabo experimentos sobre sífilis en ciudadanos de Guatemala sin el consentimiento ni conocimiento de los hombres y mujeres, que fueron utilizados como cobayas. Fueron experimentos con humanos en los cuales médicos, generalmente estadounidenses, infectaron sin consentimiento de las víctimas (a numerosos guatemaltecos, soldados, reos, pacientes psiquiátricos, prostitutas e incluso niños huérfanos), inoculándoles sífilis y otras enfermedades venéreas como gonorrea para comprobar

la efectividad de nuevos fármacos, tanto antibióticos (en especial penicilina), como distintos tratamientos preventivos.

23 No hay que confundir la Avenida Dom Luiz, que es la actual Avenida Samora Machel, con la antigua Rua Dom Luiz, que es la que después pasó a llamarse Rua Consiglieri Pedroso. Por esta razón, obviaremos el nombre de la antigua Rua Dom Luiz y la llamaremos Rua Consiglieri Pedroso desde el principio.

24 Barrio con tiendas de propietarios mayoritariamente indios que vendían sobre todo tejidos y bártulos traídos de Asia.

25 Hoy día la Reserva de elefantes de Maputo.

26 En 1770, fue publicado por el Marqués de Pombal un edicto por el que se protegían las fábricas de vajillas portuguesas existentes en el país y la prohibición de entrada de otras (sobre todo las inglesas), excepto las provenientes de India y China en barcos portugueses, junto con una exportación libre de impuestos en el país a todos las vajillas nacionales. La fábrica de Viana do Castelo, al igual que muchas otras, es una «hija» de este decreto. Su decoración se hizo predominantemente en azul, oro, ocre y amarillo canario, naranja y violeta. Estuvo funcionando ocho décadas, desde 1778 hasta 1855. Se volvió a abrir en 1947.

27 Artur Virgilio Alves dos Reis y su esposa María Luisa Jacobetti de Azevedo existieron de verdad. La falsificación del dinero, los títulos universitarios y otros desfalcos, son históricamente ciertos, no invención de la autora.

28 Alves dos Reis fue el mayor estafador verdadero de la historia portuguesa. Aunque su historia está novelada, todos los datos por muy inverosímiles que parezcan son correctos y verdaderos.

29 Sobre 1910, en la colonia Oriental Portuguesa, la colonia indio-británica llegaba a ser aproximadamente la cuarta parte de la población «civilizada», de modo que los comerciantes portugueses les culpaban de la falta de desarrollo de la colonia. Algunos autores de la época, en un racismo sin parangón, llegaron a decir que el atraso de la colonia era causa de la invasión de comerciantes asiáticos, ya que eran unos «comerciantes densos y codiciosos como las langostas». Se les describía como «personas sucias que vivían amontonadas sin higiene, que dormían sobre las mercancías y que engañaban a los compradores con sus mentiras y palabrería». Aunque luego se apresta describirlos como «una comunidad obediente y tranquila muy importante en el desarrollo de la red comercial de la colonia». El gobierno de la colonia incluso les puso unos impuestos abusivos, grabando con grandes tasas también a los indios que desembarcaban en la Provincia de Mozambique, aunque fueran de paso hacia otras colonias Estas leyes

tuvieron que suprimirse por las quejas de las otras colonias colindantes.

30 Nacida en Lourenço Marques

31 En lengua changane de los rongas en la zona del actual Maputo y los changanes en Gaza. Es la segunda lengua más hablada, por el 11% de la población aproximadamente en la zona de Gaza, después del Macua, 26%, y la tercera el elomwe en Zambezia con el 8%. La cuarta más hablada es el Chuabo con el 7% en Quelimane. La palabra «Maputo» se formó a partir del prefijo «ma», que es un plural, y el sustantivo «uputso». Así quedó Maputso, nombre proveniente de una bebida tradicinal, el Uputso, utilizada todavía hoy para ceremonias tradicionales en la zona de Matutuíne (Bela Vista) en la región de los Tembes, provincia de Maputo.

32 Construcción elevada de forma octogonal o circular normalmente, con barandilla de hierro forjado y techo en forma de cúpula, donde se colocaban las orquestas o bandas musicales para tocar a la intemperie.

33 En abril de 1931 la compañía Delagoa Bay Development C° Ltd. abandona la concesión, que deja en manos del municipio y la mantiene hasta 1936.

34 Después de la revolución cambiarían el nombre por Jardín Tunduru.

35 Sopeira, porque trabajaban apenas por la comida. En Portugal los primeros platos, aunque contengan legumbres u otros alimentos, siempre se llaman sopa. Era un término muy despectivo.

36 La calle Araujo estaba en la zona residencial de lujo de Lourenço Marques, y era comparable a mediados del siglo XX al Chiado en Lisboa.

37 Era verdad, estaba preparado para acoger hasta 1359 espectadores. Muchísimo para 1933.

38 Autobús.

39 La Coca-Cola que se vendía en la colonia era menos dulce que la del resto de Europa; se decía que Salazar la tenía prohibida en la metrópoli sólo para hacer daño a los americanos que no le apoyaban como él quería; aunque otros decían que si hubiese entrado esta bebida en la metrópoli lusa hubiese disminuido el consumo de vino de producción nacional, que daba trabajo a muchos portugueses.

40 El estado de Gaza fue fundado por Soshangane (1821-1858) como resultado de una gran guerra entre tribus, desencadenado por los zulúes como consecuencia de un periodo de sequía al sur, que les hizo intentar invadir territorios del norte. El Imperio de Gaza, durante su apogeo en la década de 1860, se extendió por regiones que ahora forman parte del sureste de África: Zimbabue, sur de Mozambique y norte de Sudáfrica. La caída del Imperio de Gaza se precipitó cuando su último emperador, Ngungunhane, nieto de Soshangane, su fundador, fue hecho prisionero por los

portugueses el 28 de diciembre de 1895 en Mandlakazi (hoy en día Chaimite, situada en la provincia de Gaza en Mozambique).

41 La suerte está echada.

42 El río entró en la historia por ser su cruce el detonante de la Segunda Guerra Civil de la República de Roma. La noche del 11 al 12 de enero de 49 a. C. Julio César se detuvo un instante ante el Rubicón atormentado por las dudas. Cruzarlo significaba cometer una ilegalidad: convertirse en enemigo de la República e iniciar la guerra civil. Julio César dio la orden a sus tropas de cruzar el río, pronunciando en latín la frase «alea iacta est» («la suerte está echada»).De este día proviene la expresión «cruzar el Rubicón», que expresa el hecho de emprender irrevocablemente una empresa de arriesgadas consecuencias. El río Rubicón tenía especial importancia en el derecho romano porque a ningún general le estaba permitido cruzarlo con su ejército en armas; era la frontera entre las provincias romanas y la Galia. Marcaba el límite del poder del gobernador de las Galias y éste no podía —más que ilegalmente— adentrarse en Italia con sus tropas para que así Roma quedara protegida de amenazas militares internas.

43 Mengrohom, bebida blanca hecha con maíz y mandioca. Babine, producto de la fermentación de hojas de palta.

44 Cuando alguien era operado de cataratas se anulaba la visión de ese ojo tapándolo con un cristal ahumado para que no viera doble. Ahora, como en la misma operación se introduce ya la lente de corrección, se ve perfectamente.

45 Alfama deriva de la palabra árabe «al-hamma», que significa «baños» o «fuentes». En esta zona hay un grupo de manantiales que han dado lugar posteriormente a la construcción de varios chafarices en Lisboa.

46 «Cariño», en francés. L.M. siglas de Lourenço Marques, fue uno de los tabacos que se comercializaron en la colonia en esa época y que llevaban los hombres blancos en el bolsillo como signo de riqueza y poder.

47 La superficie de España es de 50.487.836 hectáreas.

48 El dugongo es el único mamífero herbívoro acuático (de ahí que sean llamados «vacas marinas»). Junto con los cetáceos, los sirenios son los únicos mamíferos adaptados completamente a la vida acuática. Son animales grandes y pesados y tienen movimientos lentos. Viven en aguas tropicales, en las costas, estuarios e incluso ríos. Son famosos por su docilidad, por esto fueron presas fáciles para la caza, para aprovechar su piel y su carne, lo que los llevó al borde de la extinción. Actualmente son animales protegidos.

49 En 1969 comenzó a construirse en esta zona la obra más importante y gigantesca de este país: la presa de Cahora Bassa, la segunda mayor de

África y la quinta del mundo. Con un pantano que ocupa un área de dos mil setecientos kilómetros cuadrados, con doscientos noventa kilómetros de anchura y que, en su mayor longitud, alcanza los treinta y ocho kilómetros. Su construcción estuvo promovida por el gobierno colonial portugués y fue atacada repetidamente por los insurgentes, ya que la todavía África Oriental Portuguesa apenas tenía el dieciocho por ciento del control, y no asumió el control total de la presa hasta 2007, aunque desde 1975 la colonia se había liberado de Portugal, pasándose a llamar Mozambique.

50 Como no tienen melanina deben tener más cuidado con la exposición de la piel al sol con protectores solares y, sobre todo, de los ojos porque pueden llegar a quedarse ciegos.

51 El barco Cabotaje navega por la costa de cabo a cabo.

52 Guiso de almejas y cacahuete.

53 Otra versión más plausible dice que la palabra podría ser de raíz swahili, la lengua originaria de la costa oriental portuguesa hace siglos. En swahili «kilima» significa «montaña» o «colina» y la terminación «-ni» es «lugar donde se vive». «Kulliamani» sería «lugar encima de la montaña». También vemos que el topónimo «ki» en vez de «que», está presente en la escritura de otros países cercanos como Kenia o Tanzania.

54 A mediados de 1928, un año después de que fuera creada la Junta Autónoma de Carreteras, se creó el Código de carreteras portuguesas y por el decreto nº 18.406, del 30 de mayo de 1928, se establecía la circulación por la derecha en las carreteras. Así pues, a partir de las 5 am del 1 de julio de 1928 en Lisboa y media noche en el resto de Portugal continental, los cerca de 31 millones de conductores pasaron a circular por la derecha, junto con los conductores de Guinea, Angola y Timor, y se cree que también en la Fortaleza de São João Baptista de Ajudá. Pero en Macao, Goa y Moçambique, teniendo en cuenta sus situaciones específicas, sobre todo geográficas y rodeadas de colonias inglesas, se mantuvo la conducción por el lado izquierdo. En Timor la conducción pasó a la derecha en junio de 1928, pero cuando fue invadida por Indonesia en 1975 volvió al lado izquierdo. Y así sigue hoy.

55 Era el único remedio en la época para la malaria, hasta que se descubrió la vacuna. Aunque en 1978 el colombiano Manuel Patarrollo inventó la vacuna contra la malaria, esta enfermedad sigue causando el 50% de muertes de las personas que la contraen en Mozambique en el siglo XXI.

56 El Puente Salazar tenía este nombre por haber sido mandado construir por el jefe del estado de Portugal, don António de Oliveira Salazar en 1960, comenzó a designarse con su actual denominación «Puente 25 de abril», tras la Revolución del 25 de abril de 1974, también llamada «de los

claveles» por ser pacífica , que restauró la democracia en Portugal.

57 La colonia Oriental Portuguesa cambió de nombre por «Provincia Ultramarina de Ultramar» en 1951, para cambiar el concepto de colonia por el de una nueva provincia ultramarina de Portugal. Así pretendían hacer creer que las colonias formaban parte de una nación multirracial y pluricontinental.

58 En 1962 fue elegido presidente del recién formado Frente de Liberación de Mozambique o FRELIMO, que estaba formado por grupos nacionalistas más pequeños. En 1963 estableció la sede del FRELIMO fuera de Mozambique, en Dar es Salaam, en la vecina Tanzania. Con el apoyo, tanto de las potencias occidentales como de la URSS, el FRELIMO empezó en 1964 una guerra de guerrillas para intentar obtener la independencia mozambiqueña de Portugal que desembocaría en la Guerra de Independencia de Mozambique.

59 Tras la Segunda Guerra Mundial se extendieron con éxito por toda África una serie de movimientos que defendían la autodeterminación. Muchos mozambiqueños se convirtieron progresivamente en independentistas, incrementándose su frustración debido a la continua sumisión frente a un gobierno extranjero.

60 En las fuentes monumentales parte elevada donde están puestos los caños por donde sale el agua. Este tipo de construcciones es muy típica en Lisboa, en los manantiales.

61 Aunque se llamaban de porcelana, lo cierto es que eran de hierro cubierto con una capa de esmalte blanco y el borde pintado en rojo o azul.

62 En esta época casi nadie tenía transistores a pilas. Apenas en algunas casas tenían una radio grande que funcionaba con electricidad, y que muchas familias no podían permitirse comprar. El transistor (radio con pilas) se inventó en 1947, y sólo empezó a comercializarse con agilidad entre 1960 y 1970.

63 Según la mitología griega, Paris se enamoró de Helena, la esposa de Menelao, rey de Grecia, y la raptó. Se inicia la guerra entre Grecia y Troya. Paris y Héctor eran los hijos del rey de Troya. Paris se acobarda y no sale a combatir, y tiene que ser su hermano el que defienda el honor de los troyanos. En el último combate entre Héctor y Aquiles, Héctor pide a su rival que se honre el cadáver del perdedor, pero el griego rechaza cualquier trato. Finalmente Aquiles mata a Héctor clavándole la lanza en la base del cuello, el único lugar desprotegido por su armadura. Aquiles ata los pies de Héctor a su carro y lo arrastra delante de las murallas de los troyanos humillándolos, y después se lo lleva arrastrando a su campamento.

64 Según obra en el libro de Francisco da Costa Gomes *Sobre Portugal*.

65 Según consta en el libro de Hipólito de la Torre y Josep Sánchez Cervelló *Portugal en el siglo XX*.

66 El golpe de estado contra la dictadura portuguesa fue pacífico por parte de los militares implicados, que emitieron comunicados apelando a que no hubiera derramamiento de sangre. Pero, por desgracia, la policía política de la dictadura (PIDE) murió matando: Fernando C. Gesteira, José J. Barneto, Fernando Barreiros dos Reis y José Guilherme R. Arruda fallecieron ametrallados por los agentes de la PIDE cuando la multitud rodeaba su sede.

67 Salgueiro Maia nunca aceptó ninguna prebenda y siguió en la carrera militar muriendo de cáncer en 1992 con el grado de Mayor.

68 Se reconoce el derecho de las colonias a la independencia, se procede a la liberación de los presos políticos y se suprime la censura. Del exilio regresan políticos como Mario Soares y en 1976 se aprueba una nueva Constitución. El 25 de abril de este mismo año se celebran elecciones parlamentarias que son ganadas por los socialistas de Soares, quienes formaron el primer Gobierno Constitucional del país.

69 En el estadio deportivo de Machava, en los alrededores de Lourenço Marques, poco después del miércoles del 25 de junio de 1975, como parte de la conmemoración de la independencia del país, después que los soldados portugueses bajasen la bandera portuguesa, soldados del Frente de Liberación de Mozambique izaban la nueva bandera de Mozambique. A pesar de esta ceremonia, el hecho es que el Frente ya gobernaba el territorio desde el 20 de septiembre de 1974, o sea nueve meses antes de este día.

En Portugal es tradición que las personas lleven dos nombres: el primero el que deciden los padres y el segundo el del padrino o la madrina. El segundo nombre puede ser masculino o femenino, independientemente del sexo de la persona.

Con respecto a los apellidos, el primero es el de la madre y el segundo el del padre. Pero a la hora de la verdad, el que consta en los documentos y el que se transmite es el del padre. Si se quiere decir el nombre de un modo más abreviado ellos te preguntan «primer y último nombre», con lo cual se refieren al nombre propio y al apellido del padre, nunca preguntan «nombre y apellido», para que no den el apellido de la madre.

Personajes

Amalia Silva de Queirós - Diogo (padres de María Leopoldina).
María Leopoldina de Queirós y de Queirós (hija de los anteriores).
Manuel Caeiro de Queirós (padre de Amalia).
Onofre Silva de Queirós (hermano de Amalia).
Viven en Vila Praia de Âncora.

Dionisio Silva de Queirós (hermano de Amalia).
Onofre Silva de Queirós - Lucinda (padres adoptivos de María Leopoldina).
Telmo Acacio Tavares Vasconcelos (hijo adoptivo de Onofre y Lucinda).
Antonio Damiao Mendes Pessanha (novio de María Leopoldina).
Vasco Carmo Mendes Pessanha (hermano de Antonio).
Tiago Amílcar Mendes Pessanha (hermano de Antonio).
Los tres hermanos vivieron en Évora.

Tiago Amílcar Mendes Pessanha - Eduarda Nogueira Freitas (hermano y cuñada de Antonio Pessanha).
Eunice, Paulo y Alfonso Freitas Pessanha (hijos de los anteriores).
Viven en Portugal.

Doña Violet (señora de la casa donde vive Amalia de Queirós en la Colonia Oriental Portuguesa).
Doña Pía (sirvienta de doña Violet).
Michael Thierry Prouvost (cónsul).
Juan Alberto del Castillo Yáñez (empresario español).

Viven en Lourenço Marques, Colonia Oriental Portuguesa.

Gregorio Pereira do Río - Aurelia Esteves Moreira (dueños de la hacienda «A Campainha», en el Alentejo, Portugal).

Dulce Sampaio Sousa (niñera brasileña de la hacienda).

Dulce Sampaio Sousa do Río (segunda esposa de don Gregorio).

Inés Sousa do Río (hija de Gregorio do Río y Dulce Sousa).

Marculino (amigo de la infancia de doña Inés).

Nelson do Río (único nieto de doña Inés).

Viven en la hacienda «A Campainha» (Portugal)

Emilio Celso Viegas Soares - Ambrosia Santos Pessoal (guardeses de la hacienda «A Campainha»).

Mario Felicio Gonçalves Carrapatoso (amigo del guardés de la hacienda).

María Leopoldina de Queirós - Antonio Pessanha (padres de Feliciana, Claudia, Anabela, Fátima, Marilia y Nuno).

Feliciana, Claudia, Anabela, Fátima y Marilia Pessanha de Queirós (hijas de los anteriores que se quedan en Oliveira do Alentejo).

Nuno y Amaro Pessanha de Queirós (hijos de María Leopoldina de Queirós y de Antonio Pessanha que se trasladan a Lisboa).

Vasco Veloso (también capitán Veloso). Personaje ficticio basado en el Capitán Roby.

Artur Virgilio Alves dos Reis - María Luisa Jacobetty de Azevedo (también llamada Marisa). Personajes reales novelados. Vivían en Portugal, huyen a África.

Calles de Lourenço Marques

Praça 7 de Março
Praça Mouzinho de Albuquerque
Avenida da Republica
Rua Araújo
Avenida Dom Luiz
Fortaleza de Nossa Senhora da Conceiçâo (actualmente Fortaleza de Maputo)
Plaça Mac-Mahon

Calles de Maputo

Praça 25 Junho
Praça Independência
Avenida 25 Septembro
Rua do Bagamoyo
Avenida Samora Machel
Praça dos Trabalhadores

Bibliografía

1. *Historia Universal de la Medicina;* Barcelona, Salvat Editores, tomo VII, 1974.

2. Valencia Vega, A.; *Fundamentos del Derecho Político,* Juventud La Paz, 1954.

3. Almaça, Carlos; *A Natural History Museum of the 18th century: the Royal Museum and Botanical Garden of Ajuda*, Lisboa, Museu Bocage, 1996.

4. *Los recursos marítimos marinos de Galicia. La pesquería de la sepia con trasmallos en la ensenada de San Simón (ría de Vigo)*, Servicio de Asesoría Técnica. Dirección Xeral. de Recursos Mariños, Consellería de Pesca e Asuntos Marítimos, Xunta de Galicia, 1999-2000.

5. *Las armas alemanas. Las bombas V1 y Vs en la segunda guerra mundial.*

6. «Estudio y conservación de los vestidos de época», artículo de José Elías (Guatemala) en el periódico *El País* del 26 de marzo de 2011.

7 *Moçambique: albinos cercados entre mitos e incompreensão,* Rcmpharma.

8. *El siglo de la ciencia,* editorial El Mundo.

9. *Diccionario de Botánica*, Font Quer, 6ª ed., Barcelona, 1997.

10. Silbert, A.; *Le Portugal méditerranéen à la fin de l'ancien régime*, Lisboa, Inst. Nacional de Investigação Cientifica, 1978.

11. López Redondo, Eugenio; *Yo luché por la libertad*, 2011.

12. *Fundamentos de obstetricia.* Rosen Medicina de Urgencias, Elsevier.

13. *Historia da guerra colonial, 7ª parte.*

14. *Distrito de Quelimane. Aspectos Gerais.* , 6, 1929

15. Santos Rufino, José dos; *Las campañas de vacunación contra la poliomielitis en España,* Universidad de Salamanca, 1963.

16. *Clarín.com*, edición 1-07-1999, El Mundo.

17. *Revista de Estudios Políticos* (nueva éoca), núms. 31-32, enero-abril, 1983.

18. *Companhia de Moçambique. Retratos do Africa Oriental Portuguesa.*

19. Jiménez Belmonte, Alejandro; *Maputo, Mozambique.*

20. *Enciclopedia Larousse de la enfermería.*

21. *The Sunday Expres,* Londres, 15 de diciembre de 1963.

22. Aguilar y Galbes, doctores; *La madre y el niño,* ed. Safeliz.

23. Moro, Javier; *La pasión india,* Seix Barral.

24. *Vilhena, María* da *Conceição; As mulheres do Gungunhana.*

25. *Cahora Bassa,* Encyclopedia Britannica.

26. *Archivo Histórico Ultramarino de Lisboa.*

27. *Archivo Histórico de Mozambique en Maputo.*

28. Capela, José; «O tráfico da escravatura nas costas de Moçambique em 1902», en *Arquivo, Boletin Semestral del Archivo Histórico de Mozambique*, núm. 3, abril, 1988, pp. 5-11.

29. Barticevic Sapunar, Marco Antonio; *La esclavitud: América conquistada, África esclavizada.*

30. Feraudy Espino, Heriberto; *Macua.*

31. *Sofala.gov.mz*. Portal del gobierno de la provincia de Sofala.

32. *V Congreso de antropología Social,* La Plata, Argentina, julio-agosto, 1997, coord. Liliana Tamagno.

33. Martín-Cano Abreu, Francisca; *Sociedades matrilineales de África. Estudios de género.*

34. Mondlane, Eduardo; *The Struggle for Mozambique*, Harmondsworth, Penguin Books, 1969.

35. *Angola discutida na Assembleia Geral das Nações Unidas,* guerracolonial.org (marzo de 1961).

36. *Eduardo Chivambo Mondlane (1920-1969)*, Oberlin College, revisado en septiembre de 2005 por Melissa Gottwald. Consultado el 23 de septiembre de 2007.

37. Luna de Carvalho, David y Eced Minguillón, Lourdes; «La dimensión religiosa del restauracionismo monárquico en Portugal (1910-1912)», en *Historia Social*, núm. 49, 2004, pp. 97-115.
38. Rui Lira, José; *A debate la monarquía portuguesa.*
39. Andrade, Nuno; *Para Além Do Portão - A GNR E O Carmo Na Revolução De Abril*, Guerra & Paz, 2008.
40. *A Revolução dos Cravos*, Biblioteca Diplô, vista de Moçambique, (01/04/2004).
41. Engel, Tobias; «A sina da instabilidade em Guinée-Bissau» e «A segunda morte de Amilcar Cabral», en *Le Monde diplomatique*, noviembre, 2003.
42. Aniceto, Afonso y Gomes, Carlos de Matos; *Os Anos da Guerra Colonial, 1961-1975*, Lisboa, Quidnovi, 2010.
43. Sánchez Cervelló, Josep; *A Revolução Portuguesa e a sua Influência na Transição Espanhola (1961-1976)*, Lisboa, Assírio & Alvim, 1993.
44. Marques, A. H. Oliveira, *Breve História de Portugal*, Lisboa, Presença, 2006.
45. Rodrigues, António Simões (coord.) *História de Portugal em Datas*, Lisboa, Temas e Debates, 2000 (3ª ed.).
46. Fischer, Barbara; *A Revolução dos Cravos*, 1974.
47. *Capitanes de abril* (película).
48. Becket, Ian et al.; *A Guerra no Mundo, Guerras e Guerrilhas desde 1945*, Lisboa, Verbo, 1983.
49. Oliveira, A. H. de; *História de Portugal*, Lisboa, Palas, vol. III, 1981, 6ª ed.
50. Mattoso, José; ,*História Contemporânea de Portugal*, Lisboa, Amigos do Livro, 1985; «*Estado Novo*», vol. II y «*25 de Abril*», vol. único.
51. Pakenham, Thomas; *The Scramble for Africa*, Abacus, 1991.
52. Reis, António; *Portugal Contemporâneo*, Lisboa, Alfa, 1989.
53. Rosas, Fernando; Brito, J. M. Brandão; *Dicionário de História do Estado Novo*, Venda Nova, Bertrand Editora, 2 vols., 1996.

54. VV.AA.; *Guerra Colonial, edição do Diário de Notícias.*
55. *Jornal do Exército,* Lisboa, Estado-Maior do Exército.
56. Cann, John P.; *Counterinsurgency in Africa: The Portuguesse Way of War,* 1961-1974, Hailer Publishing, 2005.
57. Samora Machel; *Arqueología crítica.*
58. Quiroz, Sandra; *Bailando al ritmo de la historia con marrabenta en Mozambique*, Afribuku.
59. Brandoli, Javier; *África, un lugar en el mundo.*
60. *ABC Madrid,* 17 julio 1973, p. 25.
61. Oliveira, A. H. de; *História de Portugal,* 6ª ed., Lisboa, Palas Editora, vol. III, 1981.
62. *Sociedades sedentárias e impacto dos mercadores, 200/300, 1885.* Parte II, Agressão imperialista, 1886-1930, vol. 1, 2ª ed., Maputo, Livraria Universitária, Universidade Eduardo Mondlane, 2000.
63. Dalila Cabrita, Mateus; *A PIDE/DGS na guerra colonial: 1961-1974.* Lisboa, Terra-mar, 2004.
64. *Vigiados e perseguidos*: documentos secretos da P.I.D.E./D.G.S., 1977.
65. Torre, Hipólito de la y Sánchez Cervelló, Josep; *Portugal en el siglo XX,* Madrid, Itsmo.
66. Costa Gomes, Francisco; *Sobre Portugal*, Lisboa, A regra do jogo, 1979.
67 Caballero, Chema; *Viaje a Mozambique. La masacre de Mueda,* El País, 6 de diciembre de 2012.
68. Reis, Barbara; *Massacre de Wiriamu*, Jornal Público, 10 de septiembre de 1995.
69. Pereira de Lima, Alfredo; *Edifícios históricos de Lourenço Marques,* 1966.
70. Lobato, Alexandre; *Xilunguíne*, 1970, Lourenço Marques-Lisboa, Agência Geral do Ultramar.
71. Enes, Antonio; *Relatório apresentado ao Governo*, Lisboa, Imprensa Nacional, pp. 51-59.
72. Cruz, Padre Daniel da; *Em Terras de Gaza*, Lisboa Gazeta das Aldeias, 1910, p. 305.

73. Bermejo, Ángel M.; *El tiempo detenido en la isla de Mozambique*, Madrid.

74. Freud, S.; *Duelo y melancolía*, Buenos Aires, Amorrortu.

75. *Turismo Enxebre*. La web del turismo alternativo en Galicia.

76. Caballero, Chema; *El País. Crónica de Viajeros. Mozambique.*

77. *The Delagoa Bay Review.*

78. Teixeira, Armando; *A Catedral de Nossa Senhora da Conseiçao em Lourenço Marques, 1948.*

79. Ribeiro, Manuel Félix; *Os mais antigos cinemas de Lisboa 1896-1939.*

Agradecimientos

Este libro no podría haberse concebido sin la ayuda de algunas personas que me han aportado ideas: Luis López Escudero, Carmen Escudero Martínez, María Jesús Centenera Ruiz, Luis Carlos Galvão, Luis López Redondo, Armand Vidal Sanabrás, Adelaide Félix, Sara Morgadinho, Delfim Serro, María Herondina Pinto.

Especial reconocimiento a mis correctores Óscar Durán y José Anguita Cervera.

A todas ellas muchas gracias por ayudarme a realizar este sueño y a conseguir que el proyecto de escribir este libro haya sido posible.

ÍNDICE

Ledoria,
desaforado amor por la palabra